Sr. G

Copyright © 2017 por Sue Hecker.
Todos os direitos desta publicação são reservados por Casa dos Livros Editora LTDA.

Publisher: Omar de Souza
Gerente editorial: *Renata Sturm*
Assistente editorial: *Marina Castro*
Estagiário: *Bruno Leite*
Copidesque: *Giuliano Francesco Piacesi da Rocha*
Revisão: *Thamiris Leiroza e Cynthia Azevedo*
Capa: *Denis Lenzi*
Diagramação: *Abreu's System*

CIP-Brasil. Catalogação na Publicação
Sindicato Nacional dos Editores de Livros, RJ

H353s

Hecker, Sue
  Sr. G / Sue Hecker. – 1. ed. – Rio de Janeiro : Harper-Collins, 2017.
  il.
  Continua com: Eu, ele e sr. G

  ISBN: 9788595080348

  1. Ficção brasileira. I. Título.

17-42372
CDD: 869.93
CDU: 821.134.3(81)-3

Harlequin é um selo da Casa dos Livros Editora LTDA.
Todos os direitos reservados à Casa dos Livros Editora LTDA.
Rua da Quitanda, 86, sala 218 — Centro
Rio de Janeiro, RJ — CEP 20091-005
Tel.: (21) 3175-1030
www.harpercollins.com.br

SUE HECKER

Sr. G

Rio de Janeiro, 2017

Agradecimentos

Agradecimentos, em qualquer quantidade que sejam feitos, nunca serão suficientes para demonstrar minha gratidão a você, meu querido leitor, ao meu marido Milton, maravilhoso companheiro e meu anjo de luz Gabriel, o presente que o papai do céu me deu.

Também, não posso de deixar agradecer nominalmente algumas pessoas especiais, que muito colaboraram comigo na criação e apresentação desta história, Simone Gianotti e Suzete Frediane Ribeiro, pessoas reais e companheiras. Outras são aquelas que, por um motivo ou outro, preferiram manter-se resguardadas por nomes fictícios, como a Patrícia Alencar Rochetty e o Carlos Tavares Júnior, colaboradores muito queridos, bem como o foram Stheven, Eric, Alencar, Andrew, Manu e Nick, que brilhantemente com muitos ensinamentos e conselhos brindaram-me durante os meses de pesquisa.

Antes que me perguntem, já respondo que não, minha história não foi baseada na vida de uma pessoa. Tive sim a colaboração ímpar com conhecimentos e experiência ao "betar" o Sr. G, a Patrícia Alencar, amiga que representou muito bem a personagem da história, e realizou comigo muitas pesquisas sobre a violência doméstica e suas consequências.

Também foram feitas profundas e incansáveis pesquisas com dominadores e submissas que se colocaram à disposição para me ajudar a entender o universo BDSM, a fim de que, ao montar o perfil do Carlos, este não fosse visto e entendido como um dominador característico do mundo BDSM, porque não era de acordo com essas especificidades que queria caracterizá-lo.

De qualquer maneira, o que quero destacar é que este não é um romance BDSM, mas, sim, uma história que pretende mostrar que, acima de qualquer convenção ou estereótipo, está o amor que luta para transpor quaisquer barreiras e traumas para se realizar e prevalecer, inclusive possibilitando a felicidade àqueles que nunca imaginaram tê-la como parte de um casal. Espero que tenha tido sucesso em meu intento.

Surto de beijos.

Prólogo

Patrícia Alencar Rochetty...

Ok, confesso: tenho um "ponto fraco". Mas, por favor, não me analisem ou procurem outros deles em mim, como ciúme, insegurança, carência. Tudo bem que esta última, sim, com certeza deixou marcas em minha vida, mas este não é o momento propício para abordar a questão. Se você é resistente a uma análise minuciosa, imagine eu! Detesto! Agora, quero contar que tenho mantido um excelente relacionamento com um querido amigo que mora dentro do meu corpo, embora, às vezes, ele banque o turrão e se recuse a cooperar. Como fez depois que tive um único encontro com um sujeito para lá de atencioso e sedutor. O meu amiguinho quis tentar convencer meu coração a se abrir para a ideia do amor, achando que seu desejo seria atendido com um simples toque de mágica, sem considerar qualquer lógica ou razão!

Ora, a despeito de nossa duradoura e sólida amizade, eu sou o lado dominante. E, nesta etapa de minha vida, estou focada apenas em alcançar segurança e estabilidade financeira. Não vejo nada de errado nisso, principalmente se considerar os motivos que me levaram a pensar assim, os quais se explicam, basicamente, por querer melhorar as condições de vida de meus pais. Eles são artesãos e vivem de suas criações. Trabalham incansavelmente com amor e perseverança sem o devido reconhecimento. Quero poder ajudá-los dando um mínimo de retorno ao muito com que já me presentearam ao longo da vida!

Por isso, meu amigo vai ter de entender: não adiantará enviar inúmeros e diferentes desejos para as diversas partes de meu corpo, tentando me demover de meu propósito. Então, senhoras glândulas e terminações nervosas e senhores vasos sanguíneos, sosseguem o facho e parem de atender aos comandos e fisgadas do ponto que os envia. Quem manda aqui sou eu!

Carlos Tavares Júnior...

Uma única e insana noite bastou para marcar na minha memória o cheiro de uma mulher misteriosa... Desafiadora... Nunca um sobrenome foi tão importante... e tão fugaz... Penso, esforço-me e... nada acontece! Só o que consigo vislumbrar é o movimento dos lábios dela, mudos, pronunciando essa vital informação. Bastaria apenas uma leve dica de lembrança e eu faria dela a melhor oportunidade para encontrar essa quimera, pois, de fato, essa mulher maravilhosa mais parece produto da imaginação, um sonho ou uma fantasia, como se tivesse simplesmente evaporado no ar.

Capítulo 1

Patrícia Alencar Rochetty...

Aos dezoito anos, passei no vestibular da Universidade Federal de São Paulo, para o curso de Administração de Empresas, e fui morar numa república, linda, pura e virgem. Chegar invicta aos dezenove anos não foi uma escolha, mas, sim, o resultado de uma vida até então repleta das maiores inseguranças e dos menores privilégios que uma adolescente jamais gostaria de ter.

Nasci em Ajuricaba, uma minúscula cidade do Rio Grande do Sul, com apenas 15 mil habitantes. Crescer em um lugar desses, sendo gordinha e com uma pinta no rosto, não me dava mesmo muitas opções... Alguém pode imaginar uma cidade que vira um atoleiro nos dias de chuva, dificultando o acesso a ela? Só quem mora em uma é que sabe o que é isso... Pois foi assim que vivi todos os anos antes de chegar a São Paulo.

Havia menos garotos circulando pela cidade do que planetas no espaço celeste. E os mais populares eram disputados pelas garotas mais bonitas, enquanto os mais ou menos bonitinhos ficavam para as mais ou menos bonitinhas... Para as outras "menos providas", sobravam aqueles meninos que nem elas, ou seja, "nada"; éramos os tribufus que ninguém queria! Minha única opção era ler livros de romance e sonhar com príncipes encantados. O meu seria aquele que passaria pela cidade e ficaria apaixonado pela gata borralheira que eu era.

Tinha muitas amigas na escola, afinal, eu era a divertida da turma, sempre fazendo piadas com a minha própria figura. Essa foi a forma que encontrei para não ser excluída do círculo "das amigas descoladas", que eram as mais populares. Porém, era difícil ouvir as histórias que todas contavam a respeito da perda da virgindade. Algumas eram românticas, enquanto outras, por sua vez, causavam arrepios, por citarem a dor de perder a bendita pelezinha.

Quando fiz 16 anos, decidi arrumar um emprego e ajudar na renda familiar, já que meu irmão mais velho era o que, à primeira vista, poderia se chamar de um perfeito vagabundo, vivendo à custa dos meus pais, que trabalhavam dia e noite produzindo peças artesanais infantis para uma grande empresa do Rio Grande do Sul. As brigas em casa eram constantes e, para completar, o infeliz trocava os utensílios simples que meus pais lutaram tanto para comprar por drogas. Muitas vezes, meus pais tiveram de ir à delegacia ou a hospitais para resgatá-lo. Ele não era mau sujeito, só que estava completamente perdido e afundado no vício.

Meu primeiro emprego foi com nossa benfeitora desde criança, uma dádiva de Deus... apesar de que, no começo de nossa relação profissional, não pensei bem assim... Não é fácil trabalhar como assistente pessoal de uma mulher linda, separada e... azeda como um limão! Perdi a conta de quantas vezes fiz careta pelas suas costas sempre que me dava alguma ordem.

No primeiro dia, ela exigiu que me mudasse para sua casa, alegando que atrasos eram inadmissíveis. Ou seja, o fato de eu morar na zona rural da cidade seria um ótimo motivo para me despedir ao primeiro deslize. Meus pais não gostaram muito da ideia, mas eu dei pulos de alegria, porque sairia daquele sofrimento doloroso de presenciar o que meu irmão fazia com eles. Mas eles acabaram concordando, porque ela nos havia ajudado muito quando precisamos estudar em casa por um período para nos adequarmos ao ensino formal.

Daí, começou a rotina de ela pegar no meu pé por qualquer coisa...

— Menina, você só tem essas roupas? — Ela ainda não me chamava pelo nome. — Não pode usar essas roupas de chita para andar comigo para cima e para baixo!

Quando me flagrou na cozinha, chupando uma manga, foi logo ralhando.

— Menina, você tem que saber comer!

Ora bolas, pensei comigo, tem jeito certo para chupar manga, Vossa Majestade?

Acho manga uma fruta tão gostosa que deve ser comida com prazer, lambuzando-se mesmo, sem frescura! Primeiro, há todo um ritual preliminar em que você tem que pegá-la entre as mãos, senti-la entre seus dedos e apertá-la. Só aí eu já sinto fagulhas de prazer me invadirem. Depois, deve fazer um buraquinho e chupar até que todo o caldo seja sugado... hum... E quando ele acaba, a gente arranca a casca com os dentes mesmo e encontra uma polpa bem suculenta nos esperando. Daí para a frente é cair de boca e chupar novamente até deixar o caroço lisinho, sem nada!

Cá para nós, eu era virgem, mas não era boba! Já havia visto vários filmes proibidos para menores. E como, diferentemente das minhas amigas, eu não tinha outra opção em termos sexuais, permitia-me ter meu inocente prazer com a manga.

E justamente por considerá-lo um prazer inocente, olhei para aquela mulher sem entender o motivo para tanta bronca. Ela puxou um espelhinho da bolsa e fez com que eu olhasse meu reflexo. Senhor do céu! Nunca tinha visto meu rosto quando chupava manga. Tinha suco amarelo até na minha testa... Ô frutinha boa do pecado!

Entendi o recado e achei a cena engraçada, mas não pude evitar um pensamento sacana. Minhas reflexões libidinosas fizeram um paralelo com o ensinamento franciscano que prega que é dando que se recebe. Então, maquinei: se eu chupava bem o caroço de manga, caso usasse esse conhecimento em alguém qualquer dia, haveria uma deliciosa retribuição...

— Menina, você come demais! Não é à toa que aquelas roupas mais largas lhe caem tão bem. Fique sabendo que não gastarei um centavo a mais com roupas para você. Já há um monte delas em seu guarda-roupa, e você vai ter de se adequar.

E assim foi por meses trabalhando a seu lado. Ela falava de um lado e eu fazia careta de outro. Mas, com o passar do tempo, fui me acostumando com suas reclamações e comecei a tentar entendê-la.

Uma casa sem fotos, sem lembranças, silenciosa... apenas à noite eu ouvia seu choramingo de dor! Tudo nela me intrigava. Como uma senhora de 58 anos, linda, rica e inteligente, podia trabalhar dia e noite tentando esquecer algo do passado? Claro que não seria eu a perguntar isso, pois, no mínimo, ganharia uma arranhada bem em cima da minha pinta.

— D. Agnello, se não for mais precisar de mim hoje, vou passar o final de semana com meus pais — disse a ela, como sempre às tardes de sexta-feira. Mas, naquele dia, foi diferente.

— Patrícia...

— Sim? — respondi timidamente, com medo de suas palavras, até porque não poderia fazer careta para ela estando à sua frente.

— Se lhe pedir para passar o fim de semana comigo, você poderia aceitar?

Pela primeira vez na vida, vi humildade em seus olhos. Aceitei a proposta, limitei-me a visitá-los e retornei em seguida. A partir de então, nossa convivência mudou.

Ela passou de um recipiente amargo para um doce. O adjetivo maravilhoso que eu usava para sua ausência agora descrevia sua presença. Acompanhei a mudança: a adolescente reprimida começou a se transformar em uma jovem sonhadora. As conversas das garotas das quais eu implorava para participar tornaram-se desnecessárias. Os garotos que nunca me olharam passaram a me disputar. Dia a dia, fui aprendendo com a minha mentora a ser uma dama, nem por isso baixando a guarda para nenhum dos idiotas que me desprezaram no passado.

A primeira demonstração de afeto "ao estilo Agnello" aconteceu alguns dias depois daquele fim de semana, pouco antes de um jantar. Pediu-me que a ajudasse a arrumar a mesa. Fiquei surpresa com o pedido, porque sempre era a Berenice, governanta da mansão, quem fazia isso. Mas, aos poucos, fui entendendo o motivo. Ela quis me ensinar a lidar com os talheres, copos e pratos. Até perceber isso, achava que era uma exigência para que eu passasse a acompanhá-la nas refeições.

A primeira vez, tenho que admitir, foi um verdadeiro desastre! Troquei todos os talheres, bebi água na taça de vinho, empurrei a comida com o dedão para o garfo e ainda chupei o caldo verde da colher, fazendo barulho. Tudo errado. Hoje, divirto-me ao me lembrar das caras e bocas de nojo dela, mas também fico emocionada com o modo delicado com que fui sendo ensinada a me portar educadamente à mesa, a comer corretamente e a não ser tão gulosa quanto eu era. Em vez de encher o prato igual a um peão de obra, fui submetida a uma reeducação alimentar. Ainda que tenha sido flagrada várias vezes fugindo da dieta...

Como logo na noite seguinte. Depois de mais um dia alimentando-me como passarinho igual a ela, revirei-me na cama diversas vezes, ouvindo o ronco da minha barriga. Decidi ir à cozinha, sorrateiramente, para fazer um lanchinho, *afinal*, pensei comigo, *que mal haveria em comer um pequeno x-burger e tomar um iogurte light às 23h?* Arrumei meu pratinho e decidi levá-lo para o quarto. Subi, calma e silenciosamente, os degraus da escada dos fundos, que ligavam a cozinha ao andar superior, mas, quando pisei no penúltimo degrau, o infeliz estalou! Fiquei imóvel como uma estátua! Se desse mais um passo, com certeza, o último degrau me revelaria à D. Agnello. Alguns segundos depois, sem ouvir qualquer som vir do quarto dela, resolvi encarar o último degrau. A passos de tartaruga, fui andando para meu quarto, segurando em uma das mãos o prato com meu lanchinho cheiroso e, na outra, um iogurte light.

— Patrícia? — chamou ela.

Parei de respirar e, novamente, estaquei.

— Patrícia, estou acordada, pode entrar no quarto.

O que era aquilo? Até parecia o Big Brother! A mulher teria câmeras pela casa?

— Oi, D. Agnello! Fui buscar um copo d'água, está muito quente hoje. A senhora precisa de alguma coisa? *Diz que não, diz que não,* pensei comigo.

— Entre aqui, Patrícia! — ordenou ela.

— Já é tarde, D. Agnello, e estou morrendo de sono. — Que resposta foi essa? O que ela queria falar em uma hora daquelas?

— Patrícia, tarde está é para você comer! Ou pensa que não senti o cheiro de algo fritando na cozinha?

— Ahn? — Para que morar numa casa tão grande como aquela se o cheiro que vem da cozinha pode ser sentido a metros de distância? Tinha que pensar em uma resposta rápida. — Foi só uma torrada com requeijão light que fiz na frigideira — falei, rezando para que ela engolisse esse absurdo e não se levantasse e visse a tal "torrada" em minhas mãos.

— Isso não me interessa. Pode comer o que quiser, mas precisa ter consciência de que não deve fazê-lo fora do horário, ainda mais hambúrguer, uma das piores opções. Boa noite, Patrícia!

Fiquei parada, pensando. Não rebati, não havia argumentos diante do óbvio...

As mudanças foram acontecendo gradualmente. Se, para mim, era prático fazer um rabo de cavalo logo ao acordar, para ela era um desleixo. Assim, quando eu chegava ao escritório às 8h, para passar sua agenda, ela me mandava de volta ao quarto para pentear o cabelo, passar lápis e batom, rotina esta que se tornou um dos meus hábitos matinais. Mais uma Lição Agnello de Vida Útil.

Ela me transformou de gata borralheira em uma mulher moderna e prática, claro que dentro de seus padrões de modernidade. Não preciso dizer que nunca fiz nada exatamente como minha protetora queria, mas aprendi muito com ela. Nos últimos meses em que ficamos juntas, ela me deu total liberdade para administrar praticamente todos os seus bens, claro que sempre acompanhando de perto. E me saí muito bem, modéstia às favas... Minha dedicação e jeito para a coisa a fizeram me encorajar a prestar vestibulares, e eis que passei na Unifesp.

Até seu *personal trainer*, lindo e bonitão, ela passou a dividir comigo, mas eu nunca sequer tive coragem de olhar nos olhos dele. Primeiro, porque ele talvez tivesse muito mais do que o dobro da minha idade, e, segundo, porque sempre percebi a asa que ele arrastava para ela. Embora aquele coração de rocha jamais daria qualquer esperança ao moço.

O que nunca entendi foi a forma pela qual ela costumava referir-se aos homens. Sempre que ela contava uma de suas experiências, eu ficava apreensiva, imaginando-os todos pensando apenas no prazer pessoal, muito diferente dos livros e dos filmes a que eu assistia. Ela os descrevia como seres extremamente egoístas em termos sexuais.

No dia em que me despedi dela e de minha família, foi como se estivesse deixando para trás um pedaço de mim. O fato de ter que parar de trabalhar e, consequentemente, de ajudar meus pais, doía em meu coração, principalmente quando, a cada dia que passava, via seus olhares ainda mais cansados e tristes. Era fato que meu irmão estava acabando com a vida deles. Foi então que fiz um juramento: eu venceria na vida e os ajudaria sempre, inclusive meu irmão, para que pudesse sair do buraco em que se enfiou.

— Patrícia, aqui começa uma nova vida. Abrace essa oportunidade com unhas e dentes e prometa a mim que nunca deixará nenhum homem direcionar sua vida. Você está preparada para vencer sozinha — disse D. Agnello, dando-me um abraço tão emocionado que até lágrimas consegui ver em seus olhos.

— Obrigada, minha fada madrinha! Prometo que jamais deixarei qualquer homem do mundo me ditar regras. Vou vencer sozinha, prometo à senhora — disse, ainda em seus braços, chorando e brincando com ela, querendo ir embora logo.

— Quero que aceite este presente.

Ela me entregou um envelope, dentro do qual havia um comprovante de depósito feito em minha conta, em um valor que jamais imaginei, e um bilhete, em que se lia:

> *Ficamos juntas por poucos anos, mas eles significaram uma vida...*
> *Partilhamos encontros e desencontros de ideias, ensinamentos e aprendizados...*
> *Não faltaram os grandes obstáculos e frequentes foram nossos desafios...*
> *O não e o sim foram realidades sempre presentes. Juntas conseguimos, por meio de uma admiração mútua, chegar à tão sonhada amizade...*
> *Chegou o momento de você seguir viagem sozinha...*

*Que as nossas experiências compartilhadas até aqui
sejam a alavanca para você alcançar a alegria de realizar
seus sonhos.
Amo-te!
Agnello.*

Perdida em lágrimas, quando me virei para abraçá-la uma última vez, ela não estava mais ali. A dor física que me dilacerou por causa da falta de beijos e abraços deu lugar às boas lembranças que eu carregaria para sempre em meu coração.

Capítulo 2

Patrícia Alencar Rochetty...

Morar em uma república de 16m² com mais quatro meninas foi um grande aprendizado. Nossa moradia, teoricamente, deve ser um local de repouso. Mas, quando se entra pela porta de uma república, entende-se que não existem espaços individuais, não há mais silêncio nos momentos em que você precisa dele, não há possibilidades de muitos chiliques temperamentais. Enfim, ou você se adapta a essa realidade, ou você sofre. Depois do primeiro mês de convivência com quatro amigas loucas, decidi adotar com elas o que eu chamava de "filosofia dos cinco dedos": assim como meus cinco dedos são diferentes um do outro, mas dividem o mesmo território sem interferirem no espaço alheio, nós cinco viveríamos da melhor forma possível, sem invadir o espaço privado e individual de cada uma. E assim foi.

Desde o início, fiquei focada em meus estudos enquanto Simone, Tiane, Vanessa e Fernanda eram totalmente desregradas e loucas por festas. Saíam todas as noites enquanto eu ficava estudando e repassando as matérias do dia. O resultado era sempre o mesmo. Quando eu pegava no sono, elas chegavam rindo muito, falando alto sobre as experiências daquela noite, do que tinha rolado com os caras.

Um belo dia, depois de as quatro insistirem muito, resolvi sair da minha rotina e ir à primeira festa com minhas novas amigas da república. Foi quando pude comprovar que tudo aquilo que ouvi da D. Agnello naqueles anos tinha fundamento.

Pela primeira vez na minha vida despertei numa cama completamente desconhecida, posicionada debaixo de um espelho fixado no teto. A decoração do cômodo resumia-se a quadros sensuais, e a televisão exibia um vídeo pornô. Mas o que mais chamou minha atenção foi ter consciência, ao mesmo tempo, de um cheiro forte de desinfetante no ar e de uma dor e ardência insuportáveis em minha até então pura virtude. Ainda sonolenta, consegui ouvir o barulho de uma torneira sendo fechada... e foi nesse momento que minha ficha caiu! Olhei para mim mesma, flagrando-me nua debaixo do lençol! Desespero, angústia e irritação foram os sentimentos predominantes nos minutos em que o "tico e teco" processaram as informações que minha mente captava.

Malditos veteranos filhos da mãe! Era só o que eu pensava ao perceber que me fizeram beber coquetéis de bebidas alcoólicas a noite toda, como forma de trote! Burra, burra, mil vezes burra! Não cansava de me recriminar.

Sem perder muito tempo com considerações inúteis, segui o impulso de me levantar da cama rapidinho e procurar minha roupa. Ora, o que menos desejava naquele momento era olhar para o tamanho do "trote" que tive que pagar! Arrepiada, tentei me vestir rapidamente, mas, ao ouvir a porta do banheiro se abrindo, senti detonar em mim o impulso de correr para a outra única porta que vi, acreditando que fosse a saída daquele lugar. Podem me chamar de covarde, mas, sinceramente, se o tamanho da dor fosse indicativo do tamanho do que a causou, o homem devia ser um jegue!!! Pensar nele tocando de novo em mim fazia com que minhas terminações nervosas gritassem.

Para completar minha infelicidade, a tal porta dava acesso a um corredor interminável. Sapatos na mão, correndo como uma louca, fui passando de porta em porta. Umas estavam abertas e tinham a decoração semelhante a do quarto de onde saí, outras estavam fechadas, mas era possível ouvir gemidos e sussurros por detrás delas. Onde eu fui parar? O que fui fazer? A insensatez parecia ter dado de 7x1 na lucidez.

Flashes e lampejos vinham à minha mente enquanto tentava sair daquele labirinto fétido. A primeira lembrança foi a de um beijo trocado com aquele gatinho depois da terceira tequila dos infernos, que mais tarde descobri ser tequila vermelha flambada com licor de laranja! E nisso admito minha culpa, porque, ao ver as minhas amigas felizes e gritando "inferno" todas as vezes que a tomavam, a babaca aqui avançou várias doses... claro que com a ajuda da voz sedutora do tal gatinho.

— A novata vai tomar o inferninho... — Gritos e assobios soavam por todo o ambiente.

O gatinho ia narrando todo o trajeto da bebida até chegar a mim, quando então me encarava e falava.

— Aí vem ela, novata... — Dois veteranos seguravam uma bandeja trazendo a tequila vermelha como fogo.

Delirei!!! Devo ter imaginado que uma bebida tão bonita não podia fazer mal.

— Aí, linda! Tem que colocar o canudo e puxar de uma vez, senão derrete! — dizia ele sedutoramente, mexendo com meus sentidos.

Não pensei duas vezes, tomei a bebida, que desceu superquente. A sensação na hora foi incrível! Não fiz careta e imitei as meninas gritando "inferno"! Uma ovação de incentivo começou a se repetir, junto com as palavras do gatinho.

— Esta vai ser minha garota hoje! — Esta frase revirou meu estômago e meu desespero veio junto. Meu Deus do céu, será que ele usou camisinha? Do mesmo jeito que corri fugindo do desconhecido, voltei àquele quarto com os mesmos passos apressados. *Isso não podia ficar assim*, pensei na ocasião. Aquele infeliz se aproveitou de mim e, por isso, achei que ele deveria saber quem era a novata aqui!

Os flashes surgiam mais nítidos a cada passo que eu dava.

— E aí, novata, qual o seu nome? — Até a lembrança do seu perfume amadeirado veio à minha mente

— Patrícia.

Tive lampejos de como minha língua estava enrolada. Os passos rápidos agora davam lugar a outros mais lentos — 5x2 da lucidez sobre a insensatez...

Minha cabeça parecia que ia explodir, a dor não me permitia perceber claramente como cheguei àquele lugar, e as lembranças vagas vinham desconexas.

— Seu cheiro de baunilha está acabando comigo.

Senti um arrepio quando me lembrei do seu hálito mentolado sussurrando próximo ao meu ouvido enquanto dançávamos uma música... nossa! Que música era mesmo? Xinguei-me internamente, que diferença faz saber qual era a música em uma situação assim, em que me encontrava em um lugar daqueles, sem explicação nenhuma!

A fúria que sentia era tanta que invadi o quarto exigindo explicações.

— Você pode me dizer como vim parar aqui? — Cuspi a pergunta sem olhar na cara do indivíduo.

— O que é isso? Um interrogatório? Fizemos alguma coisa de ilegal, Tequila? — Como assim, Tequila?

— Meu nome é Patrícia. E que história é essa de tequila?

— Qual é, Tequila! Fiz somente aquilo que você pediu. — Então debochou e bancou o professor, explicando que a tequila é originada de uma planta chamada agave-azul e que demora 12 anos para amadurecer. — Você disse que tinha 19 anos e que queria ser minha tequila, pois já estava mais do que madurinha para mim.

— Eu não falei isso! Não é possível!

— Falou, sim! E a cada estocada minha, ainda gritava para que eu fizesse de você a tequila mais quente até do que aquela do coquetel. — Nu e com o membro ereto, o safado tinha a cara de pau de me dizer isso como se fosse um detalhe muito importante de se lembrar.

— Ouça muito bem o que vou falar. Você se aproveitou de uma pessoa alcoolizada e isso ficará não só na minha, mas também na sua memória para o resto da vida.

Calcei os sapatos que até então segurava, jogando meu cabelo para trás. Então, olhei para ele e disse:

— Conviva com esse remorso, seu molestador de virgens alcoolizadas.

— Você está de brincadeira comigo, né? Eu não molestei você! Foi tudo consensual!

— Consensual, moleque?! Você sabe o que significa tal palavra? Como pode ser consensual se eu nem me lembro de como vim parar aqui? — Nem me lembrava do nome dele, ex-gatinho maldito. — E vista uma roupa logo porque sua vírgula está me irritando! O que você fez para esse negócio ser tão torto? — Se ele achou que iria tripudiar de mim e ficar por isso mesmo, estava muito enganado.

Ele se enrolou com uma toalha. Seu olhar de arrependimento não desgrudava do meu.

— Se você não se lembra de como veio parar aqui, o problema é seu. Não te amarrei. Só perguntei se queria ir para um lugar mais sossegado, e você respondeu que queria ir a um lugar para apagar seu fogo. E aqui estamos agora — falou ele, furioso. — Escuta aqui, garota, quando penetrei você, não encontrei nenhuma barreira que indicasse que você ainda era virgem! Então, não venha agora dizer que era pura.

Eu não ouvi isso! Ou ouvi?

— Repete o que você acabou de dizer! — gritei. — Diga de novo que eu não era virgem! Você não deve nem saber o que é uma virgem! Aposto que até hoje só pegou rameiras, nem sabe do que está falando! — Minhas palavras saíram entre lágrimas de raiva e arrependimento por ter sido tão inconsequente.

Depois de alguns minutos de brigas e discussões, nos sentamos na cama sem chegar à conclusão alguma. Eu, de um lado, perdi algo de precioso que tão bem havia preservado até então. Ele, do outro, assustado com toda a confusão que causou. Eu nunca vou me lembrar de como foi minha primeira vez, e ele nunca vai se esquecer de como foi a experiência de tirar a virgindade de uma garota bêbada.

Essa minha estreia sexual traumática foi fundamental para que eu colocasse o primeiro tijolinho no muro que a cada ano eu ia erguendo em torno de mim. Muitos outros tijolos foram sendo acrescentados após os inúmeros encontros que tive que resultaram em sexo. O efeito deles sobre minhas terminações nervosas, envoltas por minhas paredes internas, era uma total apatia, a despeito de todos os estímulos de meus parceiros. Foi assim que me convenci das teorias da D. Agnello, segundo as quais os homens só pensam no prazer sexual deles.

Eu já estava no segundo semestre quando conheci a Babby, minha melhor amiga, em uma festa. Foi uma espécie de amor de graça, que nos tornou irmãs à primeira vista. Eu tinha ido com a Raquel, uma colega de turma, só que não conhecia ninguém por ali, e fiquei me sentindo um peixinho fora do aquário. Quando a Raquel encontrou um peguete, a Babby foi minha salvação. Como acontece com aquelas amigas de anos, houve uma incrível e cúmplice conexão entre nós duas. A partir daí, nunca mais desgrudamos uma da outra e eu agradeço até hoje pela Raquel ter-me levado naquela festa como estepe, no lugar do seu par romântico que não apareceu.

Éramos duas pessoas completamente diferentes uma da outra. Enquanto uma era certinha, organizada e romântica, a outra era destrambelhada, desorganizada e descrente do amor. Agora, se me perguntarem por que não acredito no amor, eu não saberei responder. Até tentei gostar de alguns ficantes, mas nunca consegui manter um relacionamento efetivo por mais de três semanas.

— Amiga, você tem que abrir seu coração! Já se deu conta de que você sempre acha defeitos nos caras com quem você fica?

Para a Babby era fácil dizer isso, porque sempre foi feliz e realizada com seus namorados, que a levavam ao máximo do prazer, enquanto eu nunca nem cheguei perto.

Um dia, caminhando pela Av. dos Bandeirantes, indo para o ponto de ônibus, reparei num sex shop. Não na loja em si, mas no que havia na vitrine, descaradamente exposto como uma joia preciosa, atraindo-me como um ímã. Andei de um lado para o outro na calçada, olhando disfarçadamente, tentando convencer-me de que aquilo era uma loucura. Mas, por dentro, uma vozinha estranha e uma fisgada em uma região que nem sabia que existia no meu corpo me fizeram decidir. Depois da quarta vez em que passei na frente da loja, tentando disfarçar não sei o quê, respirei fundo e parei. Colocando o cabelo na frente do meu rosto, cobrindo-o, fiquei olhando para ele, fascinada. Era lindo, pink, com formato e tamanho agradáveis.

Minhas pernas criaram vida própria e, quando dei por mim, estava dentro da loja, olhando para uma atendente de mais ou menos 25 anos, esperando eu dizer o que desejava. Sem dizer nada, toda constrangida, apenas apontei para a vitrine. Ela ergueu a sobrancelha e, confesso, aquilo me frustrou. Era óbvio que aquele jogo de mímica não estava funcionando.

— Quanto custa? — perguntei curta e grossa.

Confesso que não me lembro do preço, só que achei caro. Mas, graças às minhas economias, guardadas durante os anos em que trabalhei para a D. Agnello, bem como o dinheiro que ela me deu, mesmo tendo sempre dado metade do que eu ganhava para os meus pais, pude me dar ao luxo de comprar "aquela coisa" que tanto me atraía.

A vendedora percebeu que o meu problema não seria pagar o produto, mas, sim, ter coragem de comprá-lo. Então, começou a mostrar outros vibradores de cores e espécies variadas, alguns até de gosto um tanto duvidoso. Diante de um deles, quase tive um ataque de riso: era um modelo enorme, em forma de um braço, com a mão na ponta! A despeito das mais variadas opções, o que tinha despertado verdadeiro fascínio era um simples: pink, de látex, com formato e tamanho super-realistas. Ao se pressionar um botão, o bicho começava não só a vibrar, mas também a girar de um lado para o outro, com maior ou menor intensidade. As funções eram controladas por um painel que ficava na base do vibrador. Ele ainda tinha uma espécie de bichinho, que parecia um coelhinho, para massagear o clitóris. A vendedora olhou-me feliz ao ver em meus olhos o meu eleito. O que fiz, então? Ah, é claro, comprei o meu PA, meu querido pau amigo.

Foi assim que adquiri o meu mais fiel companheiro, sempre junto comigo nos momentos de solidão e o responsável por me apresentar ao meu outro amigo, o Sr. G! Tornei-me dependente deles. Se resolvesse contar a alguém como foi a primeira vez em que usei esse meu PA, acredito que me achariam bizarra, mas, independentemente disso, até hoje fico feliz ao relembrar. Foi escondida, dentro do banheiro da república, onde ele mostrou-me na prática a que veio... ai... só de lembrar, me arrepio...

Esperei todas as minha amigas saírem e me tranquei no banheiro com o vibrador. Claro que tive o cuidado de levá-lo enrolado em uma toalha, como se fosse necessário escondê-lo feito um amante secreto. Hoje reflito sobre isso, o quanto nós, mulheres, ainda temos pudores e vergonhas de admitir até mesmo a vontade e a curiosidade de fazer uso de objetos voltados para nosso prazer, como se fosse algo errado! Estamos no século XXI, somos independentes e fortes, mas carregamos conceitos arcaicos acerca da nossa sexualidade. É o cúmulo!

Enfim, para me inspirar, busquei relembrar momentos quentes que tinha vivido com alguns de meus ex-parceiros. Entretanto, não fiquei excitada nem me senti estimulada a fazer uso do "menino" que vibrava na minha mão. Ocorreu-me, então, a ideia de abrir meu notebook no quarto e assistir a algum vídeo. Deixei meu amigo em cima da toalha e saí rapidinho do banheiro. Quando voltei, tomei um baita susto ao ver meu brinquedinho vibrando no chão! Saí vasculhando o apartamento procurando por quem pudesse ter mexido nele até entender que simplesmente havia caído de cima da pia, já que ficou ligado e vibrando. Era o tal de sentimento inútil e descabido de estar fazendo algo errado...

Como um toque de varinha mágica, em um movimento de vai e vem, o brinquedinho fez com que eu passasse a ter consciência de algumas de minhas terminações nervosas, bem como encontrasse minha zona erógena. O famoso ponto G — que passei a chamar de meu melhor amigo, mesmo não me sendo sempre muito fiel, pois me deixou na mão em inúmeras ocasiões — vinha de seu descobridor, que tinha, como soube depois, um nome engraçado e pomposo, Gräfenberg! Em minhas pesquisas, fiquei sabendo que, quando estimulada, essa região proporciona sensações indescritíveis. A danadinha localiza-se em uma pequena área atrás do osso púbico, perto do canal da uretra, sendo acessível através da parede anterior da vagina. Portanto, não é à toa que é tão difícil de ser encontrada pelos homens que, parece, não têm muita paciência, pois só pensam no próprio prazer. Então, foi depois de encontrar esse meu canto do prazer que passei a estimulá-lo, e cheguei a um nível de excitação sexual tão intenso que explodi em um orgasmo homérico!

Desde então, meu melhor amigo, que hoje conheço profundamente, intriga-me sobremaneira, pois, apesar de me deixar bastante estimulada quando começo um relacionamento, na hora do "vamos ver", ele, temperamental, não coopera! Francamente, se não consigo convencê-lo a ser parceiro do amigo com benefícios da vez, não posso ser feliz ao lado dessa pessoa.

Como já disse, não sou puritana nem boba. Pratiquei a masturbação desde a adolescência, quando senti cócegas em minhas partes íntimas pela primeira vez. Além disso, muitos dos homens que conheci até se empenharam em me fazer ter um orgasmo, na perspectiva do que consideravam boas tentativas, é claro!

Porém, minha vida sexual nunca foi regada por flores. Por algum motivo, ela teve mais espinhos do que pétalas. Por exemplo, o meu ponto G que, carinhosamente chamo de Sr. G, explodia apenas em orgasmos alucinantes — e continua sendo assim até hoje — com o meu amigo PA! E olha que não foi por falta de brigar com ele, não! Foram inúmeras as vezes em que, mesmo saindo com deuses do sexo e ficar excitadíssima, louca para explodir no maior mel do prazer, ele falhava! Uma vez, estava até bem animadinha com um advogado que conheci no meu último ano de faculdade. O cara era lindo, charmoso, inteligente, cheiroso, ou seja, o homem com quem toda mulher sonha! A língua dele levava-me aos céus, mas, quando pensava que ia flutuar, eis que minha queda era livre e sem paraquedas. Claro que não deixava a peteca cair e fingia ter orgasmos, mas sabia que algo estava faltando, o que me impedia de me dedicar de corpo e alma a esse homem tão perfeito.

Por isso, eu sempre ficava frustrada ao ouvir as peripécias sexuais da Babby com o Caio, seu novo namorado. Na época, essa minha total impossibilidade de gozar me fez criar uma letra irônica e bem-humorada para aquela música do Martinho da Vila, "Mulheres". Com pequenas alterações, ela virou um hino tragicômico que ilustrava o drama da minha vida. Era assim:

> "Já tive homens de todas as cores
> De várias idades, de muitos amores
> Com um até certo tempo fiquei
> Pra outros apenas um pouco me dei
> Já tive homens do tipo atrevido
> Do tipo acanhado, do tipo vivido
> Casado carente, solteiro feliz
> Já tive canalha, até pervertido
> Homens cabeça e desequilibrados
> Homens confusos, de guerra e de paz
> Mas nenhum deles me deu tanto prazer quanto o meu
> PA me dá

Procurei em todos os homens o prazer
Mas eu não encontrei e fiquei na saudade
Sempre tudo começou bem, mas nenhum deles
Me proporcionou o tal mel do prazer
Meu ponto G é teimoso, desequilibrado
Carente atrevido, desafiador
Mas não é mentira, é uma verdade
É tudo o que um dia eu sonhei pra mim..."

O pior é que nem posso dizer que nunca atingi o orgasmo por falta de habilidade de meus parceiros nas preliminares, quando muitas vezes o sexo oral foi alucinante! Apenas não rolou, nunca aconteceu. Até hoje, quando leio em livros eróticos que as mocinhas chegam ao orgasmo com uma simples lambida, fico em dúvida se isso é, de fato, possível, ou se sou algum tipo de aberração! Como eu queria poder dizer um dia que tive um orgasmo apenas com a língua do meu parceiro. E nem se pode dizer que me reprimo, isso não é verdade! A culpa de tudo isso é do Sr. G! Ele não dá chance nenhuma para os homens, mas vira um pervertido completo para o vibrador... Ninguém merece!

Acredito que, quando nasci, em vez de açúcar, minha mãe passou pimenta em mim, mesmo os potes sendo tão diferentes tanto na cor quanto no cheiro. Ou tenho o dedo podre para homens, ou sou apimentada mesmo! Não conheci um bendito que fosse romântico, todos enxergam em mim apenas a mulher fatal. E a Babby ainda briga comigo, dizendo que não dou chance ao amor! Que raio de amor é esse em que o indivíduo nem se preocupa em me conquistar? Tudo bem, muitas vezes, banquei a difícil, mas poucos homens pensaram na conquista. O que eles queriam era chegar logo aos "finalmentes"! Aí, fico procurando um monte de explicações para justificar minha frustrada vida sexual e amorosa.

Mas, veja se não tenho razão. A Babby apresentou-me a um amigo dela, o Henrico, outro homem perfeito e educado, lindo, inteligente e blá-blá--blá... Solteiro e à procura de uma namorada que o compreendesse. Bem, primeiro conversamos por telefone e, depois, marcamos um encontro.

Resultado: cheguei em casa às 2h, muito mais cedo do que imaginava, louca para cair na cama, cansada de tanto ouvir aquele exibido falar a noite inteira do seu haras! Cheguei a ficar deprimida, pois, não satisfeito em mencionar os valores que gastava para manter o local, ainda relatou a história de uma égua que quebrou o pescoço! Fala sério! No primeiro encontro, contar que sua valiosa égua de R$ 600 mil quebrou o pescoço foi a gota d'água... Eu já estava de saco cheio, disse a ele que precisava ir embora, nem pensar em terminar a noite num motelzinho com ele... Era capaz de o cara relinchar quando chegasse ao orgasmo, ou talvez sussurrasse "pocotó, pocotó" enquanto me "cavalgava"! Só de pensar nisso, ri sozinha, depois de escovar os dentes. Meu alto grau de carência, aliado às fisgadas do meu corpo, que ansiava por atenção, gritava pelo meu amado Sr. G. Caramba, o cara tinha que estragar tudo falando que nem uma maritaca? Apesar de tudo, ele parecia tão gostoso quando ficava de boca fechada, principalmente quando tocou meu corpo, que recebeu as energias oriundas do calor de suas mãos calejadas.

— Não adianta dar essas fisgadas que nem peixe que beliscou a isca, porque eu não vou levantar para pegar o PA. Eu e ele estamos cansados, entendeu? — ralhei com ele. — Vá dormir que você ganha mais.

Inferno! Como se isso adiantasse! O danado sempre foi teimoso, me causando calafrios. Percebi uma leve contração em minha vulva e algumas sensações tornaram-se perceptíveis, como a temperatura do quarto. Virei de um lado para o outro, contei carneirinhos, mas nada aliviava aquela tensão.

— Olha, aqui, meu amigo, você terá que se contentar com uma masturbação básica mesmo — disse a ele, decidida a resolver o problema da minha excitação apenas com o toque dos meus dedos no brotinho dolorido.

Nem precisei imaginar nada muito erótico para chegar ao ponto que precisava, liberei a tensão do meu corpo em um orgasmo tímido. Embora consciente de que o que acabava de sentir tinha sido como simples fogos de artifício se comparados ao terremoto pleno de que meu corpo precisava, não dei o braço a torcer aos desejos desse meu amigo mimado. Encerrei o papo e peguei no sono.

Capítulo 3

Carlos Tavares Júnior...

Por anos, fui considerado um playboy inconsequente. Mas é compreensível: tive uma adolescência regada a festas, tudo era muito fácil graças à condição financeira abastada. Como outros na mesma situação, não sabia o que fazer da vida! Para que pensar nisso? Melhor apenas curtir os momentos.

Meus modelos eram, de um lado, uma mãe socialite, e, do outro, um pai preocupado somente com a própria imagem e os negócios... Convivia mais com os empregados da casa do que com eles. Então, para falar a verdade, tenho certeza de que essa existência fútil e irreverente poderia ter prosseguido se, aos 18 anos, uma bomba não tivesse estourado, abalando as crenças que tinha até então.

Foi em uma madrugada de terça-feira, poucos dias depois de tirar minha carteira de habilitação. Claro que eu já dirigia antes disso, pois ganhei um carro aos 15 anos. E não um carro qualquer: uma Lamborghini Gallardo. Ao voltar de uma festa, extremamente alcoolizado, a 180km por hora, alguma coisa aconteceu, parodiando a música de Caetano Veloso, quando cruzei a Ipiranga com a Avenida São João, mas, não com meu coração... Uma motocicleta atravessou o farol vermelho no mesmo instante em que eu passava. Só posso dizer que meus reflexos e possivelmente o anjo da guarda do infeliz foram eficazes e só o que pude perceber, naqueles poucos segundos, foi o carro girando e os sons da lataria raspando no asfalto. Depois disso, ouvi apenas o som, ao longe, dos médicos dizendo ao meu pai que eu precisava de uma transfusão de sangue, pois estava entre a vida e a morte. De fato, morri naquele momento. O velho Carlos deu lugar a um novo Carlos quando ouvi meu pai revelar que não poderia doar sangue, pois teve hepatite quando novo, nem minha mãe, Lucila Gonçalves Tavares, que não era minha mãe biológica, portanto, o sangue não era compatível com o meu. Esse foi o gosto mais amargo que senti em toda a minha vida!

Quis gritar para todos ouvirem, a fim de mostrar que eu estava ali e que precisava de explicações a respeito de tudo aquilo.

Mas a escuridão e um longo vazio tomaram conta de mim e, quando acordei, depois de vários dias, as primeiras palavras que disse para a mulher sentada ao lado da minha cama foram:

— Quem é você? — Eu sabia o nome, mas não quem era minha mãe verdadeira, nem por que aquela socialite havia assumido esse papel.

Depois de várias explicações nada convincentes, que apenas multiplicavam as mentiras e contradições, decidi ir embora de casa.

Atualmente, estou com 35 anos. Sou engenheiro civil, formado pela UFRJ e com pós-graduação em Seattle, com foco em MBA Empresarial, mas só exerci a profissão durante cinco anos. Com a morte do meu pai, precisei abandoná-la para assumir a presidência de uma das maiores cervejarias do país, que distribui bebidas para mais de 50 países. Em função do meu trabalho, já falo algumas línguas, mas continuo aberto a aprender ainda mais. Para mim, tempo é um grande problema, porque, em virtude dos fusos horários, muitas vezes viro noites trabalhando. Apesar disso, gosto muito do que faço, é algo que me dá prazer.

Solteiro por opção, tive alguns relacionamentos sérios, cheguei a viver com uma namorada pouco antes de assumir a empresa. Só que, por causa dos eventos patrocinados por nosso grupo, nos quais fazem questão da minha presença, acabo sempre cheio de compromissos "sociais". Para ela, esse foi o fator determinante para nossa separação, embora eu acredite que, muito provavelmente, ela daria qualquer outra desculpa, não creio que formássemos o que chamam de "par perfeito". Sempre tive uma alma dominante, totalmente possessiva e, quando entro em um relacionamento, exijo dedicação total da minha parceira.

Sem tempo para o amor, vivo somente para meu trabalho. Quanto às minhas necessidades carnais, sempre há, sem falsa modéstia, uma doce menina à minha disposição. Sim, é assim que chamo as mulheres. Gosto de fazê-la despertar ao meu lado e que se sinta segura e livre para me dizer quando e o quanto a satisfaço ao se colocar sob meu comando. Excita-me essa entrega sem reservas! Há muitos anos, quando senti o sabor adocicado de um orgasmo feminino, foi como descobrir uma nova droga que me deixasse viciado, pois necessito disso para meu prazer e o de minha menina... E também sou intenso, não aceito nada pela metade, justamente os motivos que não me permitem ter um relacionamento sério, isto é, não ter tempo para me dedicar a uma menina como julgo ser adequado.

Quanto às práticas sexuais que me satisfazem, devo esclarecer que, quando morei em Londres, conheci e participei de diversas experiências nesse departamento e, portanto, já tenho consciência do que mais me agrada nesse sentido. Por isso, tento manter relacionamentos com mulheres que vibram na mesma sintonia que eu.

Acho que ficou mais do que claro que, sim, sou um dominador. Entretanto, diferente do que se divulga nas redes sociais, a dominação não se resume a açoites torturantes, ela vai muito além disso, diz respeito à entrega de duas almas a um só objetivo. Aprendi muitas coisas na prática, como, cuidar do corpo de uma mulher, conhecê-lo e desvendar seus desejos mais secretos.

Gosto de mulheres misteriosas, elas me tocam, mexem comigo. Enquanto não consigo desvendar seus mistérios, fico preso como se estivesse em um beco sem saída. Enredo-me na experiência de descobrir tudo o que posso, como se andasse por um labirinto. Assim, até conseguir saciar meus desejos, não consigo renunciar a essa mulher, que fica cravada em minha alma. Quando roço meu corpo no dela, faço com que a sensação de minha pelve contra a dela fique fixada em sua memória.

Atualmente, minha vida de solteiro está tranquila, digamos, sem pressões. De acordo com uma grande amiga, eu enfeitiço as mulheres, pareço dispor da poção mágica necessária para que elas me aceitem e saibam que realizarei seus sonhos por uma noite. Mas, na verdade, nunca dou esperanças, nem mesmo troco números de telefones. Minha vida social é muito agitada, vou para diversos lugares do mundo, então, aproveito as oportunidades que surgem sem desperdiçar meu tempo nem iludi-las com falsas expectativas.

Ademais, nunca fui dado a romances. Priorizo a postura de vida que adotei no dia do meu acidente, quando renasci, diferente do que eu era. Não dou qualquer chance a alguém de abrir novamente as portas do meu coração. A ele, só garanto o acesso do meu trabalho, de minhas conquistas e de algumas pessoas que posso contar nos dedos de uma só mão. Pode até ser que venha adiando, por tempo indeterminado, a possibilidade de encontrar alguém para preencher o espaço que sobra, mas como convencer um homem a se abrir ao amor de outro ser humano quando não lhe foi possível conhecer o amor de seus progenitores?

Pode parecer exagero, mas, como um bom apreciador do sexo feminino, e, principalmente, consciente de minha personalidade, sei que, quando encontrar a mulher especial, que eu ame, passarei a fazer dela o meu tudo.

Não aceitarei meio-termo, porque a entrega mútua terá que ser em tempo integral. Como minha menina, de forma inocente e pura, ela descobrirá o amor junto comigo, sem interferências de nossos passados e outros amores, de modo a vivermos intensamente.

Em contrapartida, o tratamento que lhe darei será de acordo com suas necessidades e desejos, pois acredito em um esforço conjunto, em que ela mostrará o que almeja e eu a satisfarei. É por isso que digo que esse será um grande desafio, que demandará tempo e entrega, motivo pelo qual ainda não tentei encontrar a minha menina... Mesmo porque sei que ela aparecerá...

Sei que alguns homens preferem tratar suas mulheres como cadelas, assim as chamando porque elas permitem, sendo devotadas aos seus "donos": ficam felizes quando eles chegam, cercam-nos para demonstrar que sentiram falta deles, curvam-se diante das ordens que eles dão quanto ao que e como fazer. Para ser sincero, não admiro nem quero uma mulher assim. Quando digo que ainda não estou preparado para amar uma menina, não é apenas pelos motivos que aleguei, mas, principalmente, porque sei que ela ainda não passou por minha vida, se bem que... Há dois anos, uma delas representou para mim um grande desafio, mas, na ocasião, não passou disso.

Capítulo 4

Patrícia Alencar Rochetty...

Já faz muito tempo que me convenci de que vida amorosa é para os fortes. Não importa como, quando ou por que comecei a pensar assim, o fato é que um belo dia cansei de arrumar desculpas para não viver um romance e, desde então, meu foco é minha vida profissional.

Assim que me formei em Administração de Empresas, fui convidada por minha amiga Babby para trabalhar em seu escritório de contabilidade. Essa foi a maior oportunidade que tive na vida. Com o salário que recebia, mais as economias guardadas dos anos em que trabalhei para a D. Agnello, uma vez que consegui sustentar-me com os bicos que fazia enquanto cursava a faculdade, bem como com monitorias e bolsas de iniciação científica, consegui alugar um apartamento simples, apenas quarto, sala e cozinha.

O importante era ter um espaço só meu, onde, a qualquer hora do dia ou da noite, eu poderia andar pelada, chupar manga como eu gosto, dormir quando tivesse sono, usar meu PA livremente, enfim, liberdade total. Sempre fui muito pé no chão e, por isso, escolhi um local bem próximo do escritório. Com isso, economizava no transporte, visto que andaria apenas três quilômetros entre a casa e o trabalho. De quebra, poupava o dinheiro com academia graças a esses seis quilômetros de caminhada diária.

Minha satisfação foi gigante ao constatar que, após pagar todas as minhas contas, ainda restariam 30% do meu salário, quantia que passei a enviar aos meus pais para ajudá-los em suas despesas. Não podia hospedá--los na república, então, sempre ia visitá-los em todas as férias, retornando destroçada ao ver como meu irmão tornava miserável a vida deles. Por isso, passava vários dias na casa da D. Agnello. Se não fosse por ela, no tempo em que estava na faculdade, acho que até fome meus pais teriam passado. Ela foi uma fada madrinha para todos de minha casa. Vivia promovendo chás beneficentes para vender os produtos dos meus pais porque, orgulhosos como eram, não aceitavam suas doações. Foi o jeito que ela encontrou para ajudá-los sem que sentissem que estavam sendo ajudados.

Nos tempos de estudante, viajava muito com a Babby para o Nordeste. Conheci seus pais e, conforme o tempo passava, ficava mais encantada e orgulhosa da minha amiga. Embora tivesse pais milionários, nunca revelava sua riqueza para ninguém, nem se tornou esnobe por isso.

Dediquei-me por anos ao escritório, mesmo não me dando muito bem com o Thiago, sócio da Bárbara. Nunca consegui engoli-lo, nem com maionese Hellmann's! Já a Marcinha, secretária do escritório, era um doce e vivia dizendo que ele, algum dia, ainda se transformaria em um gentleman. Mas digo que só quem acredita em mudanças é dono de transportadora. Aquele lá nunca mudaria sequer uma vírgula em seu comportamento, o egoísta mesquinho!

E como eu estava certa em minhas funestas previsões! Porque não deu outra! Além de não mudar, ainda traiu a confiança da Bárbara, quase levando o escritório para o abismo financeiro. Não bastasse isso, matou a Marcinha quando ficou acuado pela polícia. Quando soube que ele também morreu em fuga, não despertou em mim qualquer sentimento que chegasse perto de compaixão, quero mais é que ele queime no fogo do inferno! O que ele fez com a Bárbara e, especialmente, com a Marcinha não tem perdão.

Com o passar do tempo, fui percebendo as facetas dos homens. Quando Caio, noivo da Babby durante cinco anos, a traiu, convenci-me de que não existem contos de fadas. Tudo bem que ela descobriu o lado bom de ser traída, porque pôde conhecer o Marco e viver com ele um grande amor. Hoje, estão casados e têm dois lindos filhos. Mas o caso deles é um daqueles que acontecem em mil. Conhecer um homem que a complete, que a ame, que faça tudo por você, já é muito difícil, imagina no meu caso... Conheci apenas um homem que me fez ver estrelas. Sim, existiu unzinho...

Profissionalmente falando, só estão acontecendo coisas boas. Com a morte do Thiago, a Bárbara convidou-me para ser sócia da N&T Assessoria Contábil. No início, não acreditei que aquilo estava mesmo acontecendo, mas, conforme os dias foram passando, fui confirmando que tudo era real. Então, abracei essa oportunidade com unhas e dentes e fechei definitivamente a porta de entrada do meu coração. Foquei na minha carreira e nos negócios, trabalhando dia e noite.

Nos últimos dois anos, minha sócia tem aparecido muito pouco no escritório. Ela optou pelo esquema de home office porque, casada e com dois filhos pequenos, é difícil para ela ficar na agora chamada N&R em tempo integral. Nos fins de semana, cuido da minha casa. Finalmente posso chamá-la de minha, porque consegui juntar uma boa grana e comprar um apartamento um pouco maior e ainda mais próximo do escritório. Fiz isso porque continuo sendo extremamente prática, já que o trânsito de São Paulo é caótico e prefiro evitá-lo para não me estressar além do necessário!

Enfim, estou realizada profissionalmente e, ao mesmo tempo, feliz com a minha família do coração, a Bárbara e o Marco, que ainda vivem a magia dos apaixonados, e meus dois pequenos, filhos deles, que amo mais que tudo nesta vida. O Gabriel é um líder nato! Que menino danado, consegue fazer prevalecer sua vontade em praticamente tudo! Já a Belinha é uma lady. Adora a minha pinta e, sempre que a pego no colo, ela põe os dedinhos gordinhos em cima dela. Já até criamos o ritual de eu fazer uma igual no seu rostinho de princesa quando nos encontramos.

Todas as sextas-feiras tiro minha máscara de chefe exigente e convido o pessoal do escritório para um happy hour. Foi uma forma diferente que encontrei para que os funcionários trabalhem em um ambiente mais harmonioso, além de um incentivo para que todos vistam a camisa da empresa. Apesar disso, nem aos mais antigos e próximos dou brecha para falar comigo a respeito de minha vida pessoal. Para mim, ela vai muito bem, obrigada!

Depois de mais um dia de trabalho, chego em casa e, logo ao abrir a correspondência que peguei na portaria, falo em voz alta:

— Virei celebridade?!

Fico pasma com a quantidade de fotos impressas nos envelopes que abro! Tento imaginar por que os *paparazzi* gostam tanto do meu carrinho popular, carambola! A legenda da primeira foto informa que ultrapassei em 11% a velocidade permitida na Marginal Tietê. Outra diz que entrei na contramão, o que foi injusto, porque a culpa foi do meu GPS. Ele é que deveria pagar essa multa! Para ajudar, estava chovendo no dia e eu, atrasada para uma consulta médica! Minha falta de sorte foi tanta que cheguei a dar de cara com um carro da CET! Abro a terceira, mas desisto de ver em qual infração fui flagrada desta vez! Juro que o próximo carro que eu comprar vai ter um sensor avisando quando estou sem cinto de segurança, pois pelos flashes, já virei recordista em não usá-lo. Jogo todas as notificações de multas na mesa da sala e resolvo pegar meu MacBook, presente de aniversário que ganhei da minha amiga e sócia.

Tenho de fazer algo para me distrair, não aguento mais essa carga pesada que se instalou nas minhas costas, já que me enterrei no trabalho desde que virei sócia da agora N&R Assessoria Contábil, em função da minha entrada na sociedade. Achei um exagero a Babby mudar o nome, mas ela bateu pé e acabei entendendo seus motivos. Afinal, qualquer coisa que trouxesse a lembrança daquele idiota do Thiago era nocivo para nossos negócios.

Deitada no sofá, olhando para a tela do computador, sinto que um filme começa a rodar na minha cabeça. As lembranças são tão reais que não consigo nem piscar para tentar arrancá-las do meu pensamento.

Estou perdida!!!

Foi assim que me senti depois daquela maldita ou bendita festa do peão, na qual pensava encontrar apenas caipiras, comedores de bichinhos da fazenda, e acabei deparando-me com um gostoso devorador de mulheres, que as fazia gozar. Muito mais forte do que minha vontade de impedi-las, as lembranças explodem descontroladamente como se, depois de tanto tempo reprimidas, viessem em uma avalanche que não se pode evitar. Assim, voltei no tempo e passei a relembrar, como se revivesse tudo.

Faço força para me livrar desta compulsão que sinto, uma espécie de estado de hipnose pelo mais lindo peão que já vi na minha vida. Mas, inexoravelmente, volto a quando tudo começou. Na entrada da arena, nos esbarramos e nossos olhos se encontraram pela primeira vez. Sem mais nem menos, senti-me atraída, como se seu corpo chamasse pelo meu.

Ele falou em meio à multidão, e não consegui ouvir nada. Fiz cara de interrogação. Ele aproximou-se e sussurrou, em meu ouvido.

— Você veio pra mim esta noite!

Se algum dia alguém me deixou muda, foi ele. Senti seu calor antes mesmo de ouvir suas palavras. Seu olhar envolvente escravizou-me naquele momento. Eu o segui, totalmente hipnotizada, e assim fiquei a noite toda, sem conseguir desviar os olhos daquele homem nem por um minuto.

Entro em modo flashback e recordo de tudo.

A Marcinha tenta me puxar para o meio da multidão, mas alguém se antecipa e me agarra para o lado oposto. Nesse momento, sinto toda sua virilidade! Seu toque é como um bálsamo.

Hello!!!

Excitação em tempo recorde... O homem tem uma pegada selvagem.

Eu me rendo e sou invadida pela fantasia feminina de ser arrebatada por um estranho, o que me excita cada vez mais. Marcinha entende minha decisão e diz que está indo para o bailão com nossos amigos. Não sei se tomei a decisão certa, mas... Na verdade, só do que tenho consciência no momento é que meus pés ficam plantados no chão como se criassem raízes, e eu, imóvel como uma árvore escorrendo seiva!

Ainda não falamos nada, apenas sentimos um ao outro. Sua mão toca levemente meus quadris e meu corpo todo estremece. Em resposta, entro em seu jogo e esfrego meu traseiro em seu membro. Se pensou que eu era uma vaquinha de presépio que veio somente para enfeitar a noite, enganou-se, caipira. Minha fenda está quente e pulsante e acredito que, nesta noite, gritarei muitas vezes: seguuuuura, peããããão!!!!

Primeiro, sou atraída pelo seu olhar, sem ao menos verificar se o peão é ou não bonito o suficiente para essa entrega toda. Viro-me para ele e, quando acho que não vou me encantar ainda mais, ele simplesmente me mostra o contrário, invadindo minha boca com fome e desejo.

Os ruídos e o anúncio do próximo evento de repente somem. Durante um breve momento, o tempo congela e apenas nós dois existimos. Ele para de me beijar, meu corpo reclama sua ausência, estou trêmula. Começo a sentir um órgão que imaginei jamais se manifestar, um órgão que sempre se manteve quietinho na presença de alguém, mas que, parece, cria vida própria, fazendo meu coração bater em um ritmo dolorido.

Fico olhando para ele, assustada por ter sido apanhada de calças curtas e, como não sou boba nem nada, abaixo o rosto, disfarçando o efeito que, para minha surpresa, o garanhão tem sobre mim! Então, cada pedacinho de homem que começo a analisar faz meu coração disparar ainda mais.

Ele tem os pés grandes e, segundo várias amigas, os pés são proporcionais ao tamanho de uma parte deveras interessante da anatomia masculina... começo a me animar. Vou subindo o olhar e noto que está com uma calça estilo boiadeiro, definindo os músculos que já imagino que ele tenha por debaixo do tecido grosso. As coxas são puras toras, sinto-me salivar por tirar a sorte grande. Atrevo-me a subir um pouquinho mais o olhar e deparo-me com uma mala para viagem de um mês a Paris no inverno rigoroso, portanto, acondicionando muitos agasalhos. Ou seja, uma mala bem grande!

Chego a ficar sedenta, com desejos pecaminosos se formando na cabeça. Esse momento de transe é interrompido no ápice da minha avaliação.

— Gosta do que vê, menina? — Fui apanhada! Como é que saio desta, agora? Ora bolas, do meu jeitinho nada delicado de ser, como sempre.

— Se não tiver enchimento, acho que serve para uma noite... — Segura, peão, achou que iria me deixar embaraçada?

— Bom, posso mostrar que não tem. Avise sua amiga que estamos indo embora! — diz, simples e objetivo.

— Como assim indo embora? Para onde e como? — O pouco de minha ainda existente lucidez exige respostas.

— Sem perguntas, confie em mim e sua curiosidade será bem satisfeita! — fala o descarado gostoso enquanto encara meu corpo.

E agora, o que eu faço: dou uma de louca pervertida e acompanho esse peão, sabe Deus pra onde, ou digo a ele que era uma brincadeirinha inocente e que pretendo ficar exatamente onde estou?

— E aí? Vou ter que laçá-la e jogá-la em meus ombros? Ou vai avisar seus amigos que está indo embora comigo? — Ele me desafia com um tom de dominação que, embora me irrite, não deixa de ser excitante.

— Calma aí, peão! Primeiro, nem sei seu nome, segundo, estou de carona. — Chuto-me mentalmente por não ter vindo de carro. Odeio depender dos outros.

— Acredite em mim, esse não é um problema. — Ele suspira baixinho no meu ouvido, fazendo-me perder os sentidos, mas uma gota de sanidade responde por mim.

— Não é para você, que está em casa. Eu moro muito longe daqui — digo.

— Então, seus problemas são: saber meu nome e arrumar uma carona para casa? — Seus olhos me encaram, fixos, quase me cegando de tanta intensidade.

Como um poodle amestrado, balanço minha cabeça, confirmando que os problemas são bem aqueles, porque juízo para analisar essa situação toda e dizer que não vou a lugar nenhum com ele não tenho mais.

Ele saca o celular do bolso, faz uma ligação, dá algumas instruções e pergunta:

— Quando precisa ir embora?

Meu coração diz nunca mais, mas minha razão toma o controle.

— Olha, você não entendeu, não sou daqui, moro em São Paulo. Estou de carona com meus amigos e acredito que, por razões óbvias, após umas três horas de festa, estarão pegando o caminho de casa. — Deixo claro que não pretendo ir embora com um desconhecido e perder minha carona.

Ele estende a mão, interrompendo-me:

— Encantado! Carlos Tavares Júnior, brasileiro, solteiro, patrocinador deste evento. Acabo de conhecer uma bela mulher e não abro mão de passar momentos prazerosos a seu lado. Quanto à sua carona de volta, você decidirá em que veículo poderá ir embora.

Acaba, não, mundão... Apenas seguirei meu coração e minha intimidade assanhada, que mandam me esbaldar com esse desconhecido chamado

Carlos. Ao menos até que a razão volte a falar... Peraí! Patrocinador? Como assim? Pelo que sei, patrocinadores têm áreas VIP para circular, que costumam ficar em um canto da arena.

— O que faz você acreditar que vou cair nessa sua história de patrocinador do evento? — pergunto, intrigada. — Por acaso acredita que isso vai me convencer a sair pela porteira deste rodeio com você?

— Olha, apenas me apresentei e disse os motivos para estar aqui. Agora chega de enrolação e diga a seus amigos que estamos partindo.

Que mandão gostoso! Ligo para a Marcinha, mas nem explico muita coisa, não quero ficar a noite inteira convencendo-a de que não sou uma louca por estar fazendo isso. Apenas digo que encontrei um amigo de anos e que iremos embora juntos. Ela está tão empolgada com o evento que nem me faz perguntas.

Ele pega minha mão e meu corpo parece tremular de alegria. Ouço o locutor:

— Seguraaaaaaa, peãooooooo!

Sinto como se estivesse se referindo a nós, só não sei quem iria montar quem com o fogo que nos consome.

Já dentro da maior caminhonete que vi na vida, meus sentidos começam a dar sinais de que alguma coisa pode sair do controle. Meus padrões do que é certo podem se voltar contra mim. Eu sei que é irracional estar acompanhando um estranho, mas, ainda assim, é o que quero agora. Amanhã é outro dia.

Ele sobe na caminhonete, eu olho para ele, que retribui o olhar e diz:

— Quem está preocupado agora sou eu. Tenho dentro do meu carro a mais bela mulher desconhecida e ainda nem sei o nome dela — fala, divertido.

Faço o mesmo que ele, talvez sendo até um pouquinho mais ousada. Escorrego pelo banco até chegar próxima a ele, dou um beijo em sua face e falo, num muxoxo.

— Prazer... sou Patrícia Alencar Rochetty! — Beijo-o na outra face. — Sou brasileira — outro beijo —, solteira e... — nada mais, porque ele, mais uma vez, puxa-me com força para seus braços, coloca-me em seu colo e invade a minha boca com uma fome imensa. A mistura de seu gosto de menta com seu cheiro amadeirado é uma combinação perfeita.

Sempre fui acusada de ser radical por achar uma babaquice o lance de encontrar o homem da sua vida, um conto de fadas que não serve para mim. Só que, olhando para este homenzarrão, lindo, simpático... as borboletas e passarinhos cantantes começam a rondar minha mente, como nesses ridículos filmes românticos!

Ele liga o carro, comigo ainda apoiada nele, e começa a dirigir. Depois de muitos minutos em uma estrada mal iluminada, onde só se veem plantações de cana-de-açúcar, ele entra por uma porteira luxuosa, encimada por um enorme brasão de uma cervejaria famosa. Junto A mais B e começo a acreditar que é verdade o que ele disse a respeito de ser o patrocinador do rodeio.

Não acredito!!! O homem mais lindo que já vi, o primeiro que fez meu coração disparar, ainda por cima, parece ser rico. Penso em me beliscar, porque acho que estou sonhando.

Ele estaciona sua imponente caminhonete e, muito apressado, salta, parecendo ter urgência de alguma coisa. Logo percebo o que é quando abre a porta do meu lado, pega-me no colo com cuidado e desce meu corpo, que vai deslizando junto ao seu. A adrenalina gerada pelo simples pensamento do que vai acontecer deixa-me com as pernas bambas. Ai... que friagem na garagem...

Tudo acontece muito rápido! Em instantes, sem ao menos reparar no local, já me encontro deitada em seus lençóis. Sinto um arrepio de satisfação. Ele sorri, capturando meus lábios. Faminto, abraça-me e sussurra meu nome várias vezes, como um mantra, enquanto suas mãos acariciam cada pedaço do meu corpo. Nervosa porque é a primeira vez que absurdamente o Sr. G dá fisgadas intensas de excitação na presença de um homem, começo a rir da situação.

— Você não está com medo de mim, está? — Ele estreita os olhos.

Nossa Senhora dos Pontos Gs Carentes, esse homem não é de Deus!!!

— Olha aqui, garanhão, só me diga o que está planejando fazer comigo! — Faço charminho. — Não aceito chicotes nem essas esquisitices que estão na moda. Esse negócio de bate que eu gamo não é comigo, não, fique o senhor sabendo!

— Meu plano é diminuir sua sede e lhe dar muito prazer em uma só noite, minha menina.

Uau! Como assim, "minha menina"?!?! Não sei se gosto desse negócio, não, mas, com o assalto dele a meu corpo, nem tenho tempo para refletir a esse respeito. Ele me puxa com força, tomando-me todinha, de uma forma linda e sexy. Passa sua mão por todo o meu rosto, coloca meu cabelo rebelde atrás da minha orelha e sussurra no meu ouvido:

— Desde que a vi chegando naquele rodeio, persegui você a noite toda, somente esperando o momento certo para tomá-la em meus braços, menina! Você não imagina como me deixou louco... Vamos fazer bem gostoso!

Se ele sussurrar isso de novo no meu ouvido com essa voz, juro que gozo antes mesmo de ele tocar em mim! Gente, o que está acontecendo?!?!? O homem nem encontrou meu amigo rebelde e o garoto já está fazendo minhas paredes internas sentirem contrações alucinadas!

Ele começa a deslizar a mão por todo meu corpo, com toques firmes. Minha calcinha fica encharcada. Não acredito que esta sou eu! Sinto-me como uma virgem inexperiente, perto dele sou tímida e inibida! Sempre fui muito atirada e nem mesmo no dia em que perdi minha virgindade fiquei tão quieta assim, pelo que disse o infeliz abusador de virgens bêbadas com quem tive o desprazer de topar.

Os beijos em meu pescoço começam lentos e, de repente, viram chupadas fortes, seguidas por mordidas e palavras sujas, soletradas em alto e bom som. Suas mãos apertam minha carne, despertando em mim uma mistura de dor e alívio. Seu beijo urgente e sôfrego causa arrepios por toda a minha pele. O toque labial vai se intensificando na medida em que as roupas vão saindo dos nossos corpos.

— Quero seu corpo todo para mim, tomar posse de ti. — Mole como gelatina, não sou capaz de contestar nada, estou totalmente entregue a ele. — Esta noite serei dono de suas vontades e desejos. Isso, minha menina, entregue-se a mim! — diz ele, enquanto solto as alças do meu sutiã, mostrando o que essa dominação está causando em meu corpo. — Linda menina, exponha seu íntimo para mim — sussurra, enquanto, de forma deliciosa, gira levemente os bicos dos meus seios entre seus dedos longos e grossos. — Seu corpo é lindo, assim como seus olhos penetrantes. E essa pinta sexy perto da boca é uma perdição! — Quem diria que minha pinta, que um dia foi motivo de chacota dos meus amiguinhos de escola, viraria uma fonte de desejos!

Ele se posiciona entre minhas pernas e toma alternadamente meus seios na boca. Sinto algo escorrer entre minhas pernas, estou mais do que pronta para recebê-lo. Mas a tortura segue, ele me lambe, desliza centímetro por centímetro, até chegar próximo ao meu centro de prazer. Estou sentindo algo inédito.

Lentamente, em um movimento delicado e sensual, suas mãos dobram minhas pernas levando-as até perto de meus seios, deixando-me totalmente exposta a ele. O calor do seu corpo próximo ao meu faz minha pele brilhar pelo suor.

Aí a brincadeira começa a ficar séria! E percebo que a noite vai ser longa e dura, muito dura! Ele ainda está de cueca, mas, pelo volume que vislumbro, sei que o tamanho é perfeito.

Ele morde os lados das minhas coxas e sussurra entre palavras, chupões e mordidas:

— Minha menina, vou lamber você como um gatinho e devorá-la como um leão, até sentir seu mel...

Então, me sobrevêm um desespero e um medo imensos de não conseguir chegar aonde ele promete. Nunca consegui, mas minha insegurança dura apenas alguns segundos, até ele dar um tapa de leve no meu brotinho! Parece perceber que algo não está bem e, nesse momento, a ardência que sinto faz com que eu volte a atenção totalmente para ele, que se posiciona bem próximo da minha vulva. Sinto o calor da sua respiração a cada vez que ele expira e a ponta de sua língua umedecendo minha pele ardida, passando-a levemente por todo o meu clitóris, aumentando a lascívia a que me entrego.

Gemidos insanos, misturados com o som de sua respiração acelerada, acompanham os movimentos de sua língua, que me invade ainda mais. Cada lambida levanta o meu ventre, que vai de encontro à sua boca. Meu corpo pede mais e, como se atendendo ao meu desejo silencioso, ele beija minha vulva, fingindo ser minha boca.

Ele continua me saboreando, parecendo degustar um delicioso sorvete de seu sabor preferido, enquanto vejo estrelas, cometas, planetas... Não há qualquer possibilidade de eu me reprimir e não me deixar levar pelas sensações avassaladoras que fazem todos os meus órgãos convulsionarem-se. Chego ao melhor orgasmo da minha vida!!!! Minha nossa, é muito tesão para uma mulher só!

Percebendo o meu contentamento, ele vem próximo ao meu rosto, sem deixar de beijar qualquer ponto no caminho. Não perco a oportunidade, já que estou aqui, tenho que dar o meu melhor.

— Agora é a minha vez de saboreá-lo um pouquinho.

— Nada disso, hoje tudo é para você, por você e apenas para seu prazer, minha menina!

Pronto! Agora, já posso morrer! Descobri o homem perfeito! O apocalipse está próximo, só pode ser!

Rapidamente, ele pega uma camisinha de algum lugar e, com maestria, muda-me de posição, promovendo-me a *cowgirl*. Estou em cima dele, sendo penetrada de forma delicada, calma e sem pressão, tudo no meu tempo. Ainda bem, pois o tamanho aqui não é nada confortável para algo mais selvagem logo de cara.

Depois de acomodá-lo, inicio um movimento lento, segurando seu peitoral firme e a barriga de gominhos, a qual, anotando mentalmente, decido morder em outra hora, e tomo as rédeas do jogo naquele rodeio. Sinto a respiração dele ofegante, querendo mais ritmo, e deixo-o conduzir quando segura meus quadris com força. Quando penso que vou desmoronar nesta posição, ele muda, deixando-me de quatro como uma boa potranca.

E é aí que começa o show. Ele abandona sua postura calma e me penetra com força, puxando meu cabelo com firmeza, mas sem dor. Eu não consigo me conter e gemo mais alto. O tesão está em seu grau máximo e, quando penso que está bom, ele ainda consegue melhorar, surpreendendo-me.

— É assim que gosta de ser invadida, minha menina? — Outra vez ele com esse lance de menina. — Temos a noite toda, prepare-se!

Entre estocadas rápidas, ele descobre meu amigo íntimo e é aí que eu tenho vontade de gritar algo, tal qual Pedro Álvares Cabral ao ver as terras do Brasil: "Sr. G, orgasmo à vistaaaa"...

— Você é muito gostosa! Se depender de mim, você não dorme!

Ele profere palavras eróticas que fazem aumentar minha excitação em uma escala geométrica. Para mim, este é o momento de palavrões, de se deixar levar, sem frescuras e medos. Nesse ritmo louco e selvagem, sinto mais um orgasmo que, no fim, transforma-se em uma louca ejaculação feminina. Estremeço e simplesmente não consigo me manter ajoelhada. Acho que estou parecendo Alice no País das Maravilhas diante do que ele foi capaz de me fazer sentir e viver, tudo fantástico demais. Alguém anotou a placa do caminhão que me deixou totalmente estraçalhada assim? Por longos minutos, sinto espasmos por todo o corpo, e arrio na cama por causa do orgasmo, até então nunca sentido com um homem. Finalmente, alguém achou o meu ponto G. Temia que eu fosse a única a conhecê-lo.

— Tudo bem?

— Bem... — respondo, ofegante. Estou sem forças até para respirar!

— Isso é bom, consegui o que queria. Vem cá!

Ele não pede, manda. Acolhe-me em seu peito duro, fazendo carinho em meu cabelo, enquanto meu coração recupera o ritmo normal.

Depois de alguns minutos, sinto-me preparada para continuar. Começo a beijá-lo com carinho, de forma delicada, e desço as mãos para reerguer o mastro da bandeira nacional. Para a minha surpresa, ele não havia esmorecido; continuava sendo um impávido colosso!

— Surpresa? — pergunta, divertido.

— Claro! Pensei que teria de animá-lo! Não que isto seja uma reclamação...

— Assistir ao seu orgasmo avassalador foi o suficiente para me deixar excitado. Seu prazer é o meu prazer, minha menina.

Ficamos sentados de frente um para o outro e reiniciamos a troca de carinho, mas, desta vez, eu guio o ato, do início ao fim, no meu ritmo, encarando-o nos olhos. E a noite prolonga-se até que caímos exaustos e acabados, em plena e mútua satisfação.

Mal pego no sono e desperto ao som que já não ouvia há anos, e, por cujo cantar, imagino que o galo seja extremamente territorialista! Como canta o infeliz! Tento abafar o estridente cocorocó e nada. Lembro-me de uma história que meu pai sempre contava a respeito dos galos e seus haréns de galinhas. Dependendo da espécie, a sociabilidade dos galos é restrita a outros machos, porém, quase chegando à idade adulta, eles isolam-se de seus irmãos e procuram a proximidade apenas das fêmeas. Nessa hora, me dou conta de que, ao meu lado, está um dos mais gostosos galos adultos que já conheci!

Numa varredura pelo seu corpo, fico impressionada com a perfeição do homem e, nesse momento, toda a sanidade que perdi ontem à noite volta como uma avalanche, trazendo-me de volta à razão. Sem pensar duas vezes, levanto-me rapidamente antes mesmo de ele se mexer na cama. Como ocorreu quando perdi minha virgindade, vou mesmo é fugir para evitar problemas futuros, só que, desta vez, não volto nem a pau, porque me lembro de tudo e do quanto foi bom. Se voltar, acho que não vou querer sair nunca mais... A história do galo não sai da minha cabeça, mas, por ter um excelente senso de oportunidade, percebo que esta é a minha deixa para ir embora. Ainda não sei como, mas, segundo o velho ditado, quem tem boca vai a Roma. No meu caso específico, farei uso da minha para voltar para casa.

Rio sozinha por causa das lembranças da noite que me assombra há dois anos. Volto ao presente e fico analisando o quanto fui ousada em minha fuga. Quando saí daquele quarto, pela primeira vez na minha vida deixando para trás o gostinho de quero mais, tinha consciência de que não só jamais nos veríamos novamente, mas também de que ele iria esquecer de mim com muita facilidade, até porque, vamos combinar, o cara é um gato, tem a pegada do Manolo, um ícone da indústria pornográfica, e, ainda por cima, é rico! Então, não devem faltar mulheres levianas como eu em sua cama.

Meu Deus do céu, como fui mesmo leviana e irresponsável! Minha vontade de sair dali foi tão grande que não conseguia pensar em outra coisa — não me perguntem o porquê, nem eu mesma entendo até hoje, já que poderia ter aproveitado mais umas horas de puro prazer com meu amigo Sr. G, o qual, por sua vez, até hoje me castiga por não ter feito exatamente isso.

Bem, até que a fuga foi excitante, claro que não como a noite que tive. O mais divertido ainda foi a cara da Babby quando contei para ela.

— Como assim você fugiu? Você acaba de me falar que estava em uma fazenda, no meio do nada! — diz ela, horrorizada.

— Fugi mesmo! Na verdade, foi uma verdadeira epopeia. — Quando me lembro de que ele disse que poderia escolher o veículo que quisesse para voltar para casa, não imaginei que trator e charrete seriam as opções possíveis...

— Patty, acho que já está mais do que na hora de esquecer o lema de viver sozinha e dar a si mesma a chance de ser feliz.

— E quem disse a você que ele será capaz de me fazer feliz só porque é lindo, sedutor, educado, tem a melhor pegada selvagem que já conheci e que sabe mexer gostoso? Amiga, conto de fadas é para as fortes.

Eu sofri naquela estrada! Gente do céu, que mulher louca eu sou! Andei de trator e charrete, disso nunca vou esquecer. Foi legal! Só me arrependo de não ter ouvido as palavras do senhor que conduzia o trator da fazenda. O cara morava lá, e a casa parece uma dessas de revistas, toda de vidro, parecendo de cristal. Quando cheguei naquela estradinha de terra, o senhor, com pena de mim, perguntou se eu tinha certeza de que encararia aquela estrada.

"Óia, moça, num sei não se a dona consegue andar nesse sarto, a estradinha é longa!", falou, coçando a careca, onde o chapéu de palha espetava.

"Moço, obrigada pela preocupação, mas, fica tranquilo, estou acostumada com isso, os saltos fazem parte da minha vida."

A estrada não tinha fim, as bolhas estavam comendo meus pés até que li, em uma placa enferrujada e suja de terra, que o acesso à rodovia ficava a dois quilômetros. Nessa hora, tive vontade de gritar e chorar, não sei se de alívio por saber que aquilo teria fim, ou de nervoso por ainda ter de andar mais um pouco.

Novamente fui salva pelo destino. Dei apenas alguns passos até ouvir o galope de um cavalo, que apareceu puxando uma charrete carregada de feno. Nunquinha que eu iria recusar a carona que me foi oferecida pelo condutor até a estrada. Bem, para ser honesta, não foi bem um convite, pois eu praticamente implorei a ele para me levar. Ele foi tão bondoso que se prontificou a me levar até a rodoviária. Agora, imagina uma louca dividindo um banco de charrete com um desconhecido, passando no meio do trânsito da cidade, sentindo-se o próprio destaque de um carro abre-alas...

Sou tirada de minhas lembranças por um toque de aviso de mensagem enviada para o meu Mac. Abro a tela e rio sozinha. É de um amigo virtual com o qual fiz amizade em um grupo de bate-papo. Sempre digo que, com a internet, nunca ficamos sozinhos. A mensagem é simples:

Boa noite!!!

Respondo no mesmo tom:

Boa noite!!!

Fecho a tela do computador, tencionando retomar minhas lembranças do passado. Excitada, fecho meus olhos e sinto como se aquelas mãos grandes estivessem deslizando pelo meu corpo. De imediato, a tentadora fisgada se faz presente e estremeço. Solto o ar preso em minhas entranhas e acordo do meu transe momentâneo.

Sai pra lá, assombração! Não vou dar sorte ao azar e fazer o Sr. G lembrar-se do que o privei, mas, infelizmente, as memórias não param.

O Sr. G é extremante ciumento e egoísta. Quando ele está de bem comigo, leva-me à loucura, fazendo-me desmanchar em um turbilhão de sensações deliciosas e prazerosas. Desde que nos conhecemos, não passamos mais de dois dias sem nos falar. Ele desperta o que eu tenho de melhor para satisfazer meu corpo. Infelizmente, ele só é meu cúmplice quando estamos a sós, com meu brinquedinho estimulando-o.

Se disser que não tenho vida sexual ativa, estarei mentindo. Ela é quase isso, pois sinto todas as emoções e sensações que um homem pode despertar em uma mulher. Acho até que sou muito fácil de se contentar nesse sentido, mas meu amigo nunca contribui para o ápice. É quando meu corpo implora por mais na presença de cada homem com quem me deito. Ele se fecha e não coopera nem que eu brigue internamente com ele. É uma espécie de protesto que ele faz.

Por esse motivo, não gosto muito de relembrar o passado, pois somente o Carlos Tavares Júnior foi capaz de estabelecer uma parceria com ele. Mesmo eu agradando-o com meu brinquedinho estimulante, na ocasião imediatamente pós-Carlos, ele não deu o ar da graça para mim durante dois longos meses! Revoltou-se contra minha atitude de fugir daquele peão delicioso. Quer dizer, quem eu achei que fosse um peão delicioso era, na verdade, o patrocinador do evento.

Em todos os sonhos que eu tive naquele período com o tal Carlos Tavares Júnior, imaginava que teria a contribuição do Sr. G, mas, o que acontecia mesmo era...

Nada!!!

Cheguei até a imaginar que eu tinha virado um iceberg, pois fiquei sem sensibilidade alguma. Nem toques estimulantes foram capazes de me fazer sentir viva. Também fiz tentativas com alguns boys magias deliciosos que encontrava, mas, apesar de serem capazes de me fazer subir pelas paredes, sentia-me como a aranhinha que caía do galho com a chuva forte. Frustração talvez seja a palavra certa para definir o que esse amigo ingrato impôs ao meu corpo na época.

Acho que esse é um dos motivos pelos quais sempre pressiono a Babby para me contar os momentos mais picantes de suas relações sexuais com o Dr. Delícia. Fico curiosa por saber se é só comigo que acontece essa ausência constante de orgasmos.

Agora que sei que eles existem e são maravilhosos, não consigo aceitar que o teimoso do Sr. G insista em mantê-los restritos a nós dois, exceção feita apenas para o Carlos Tavares Júnior. E três vezes em uma única noite!

Um dia, até fiz uma música para provocar esse meu amigo temperamental. Foi exatamente quando reencontrei o Carlos no Autódromo de Interlagos. Antes de sair de casa, tomei um banho, já de saco cheio por causa dos transtornos sexuais a que o Sr. G me submetia. Então, cantei para ele, pensando nos lindos homens que estariam circulando pelos boxes do autódromo...

> *"Quem vai querer a minha periquita, a minha periquita,*
> *a minha periquita.*
> *Quem vai querer a minha periquita, a minha periquita, a*
> *minha periquita.*
> *Uma águia passou pelo meu quintal, com vento muito*
> *forte,*
> *querendo namorar.*
> *Acho que tá querendo a minha periquita.*
> *Que há muito tempo eu estou doida para dar."*

Como ri sozinha naquele dia! Por causa do calor infernal de novembro, vesti um short jeans desfiado, uma regata pink e um belo salto negro.

Estava a verdadeira mulher preparada para a guerra dos sexos. Se Deus realizasse um dos meus sonhos mais sensuais naquele dia, seria jogada em cima do bico de um bólido ainda quente e possuída por um piloto delicioso. Uiii... Sonhar não custa nada...

De repente, duas lembranças me assaltam. A primeira, de como a Marcinha olhava com tanto amor para aquele paspalho do Thiago; a segunda, por saber que foi muito bom ser amiga dela. Depois me vem a memória do reencontro. Uma vez mais, volto ao passado, compondo toda a cena como se a estivesse vivendo novamente.

Ao entrar no carro, já senti um clima de romance no ar. Dei um sorriso safado para a Marcinha, que ficou vermelha como um tomate. Ela tinha uma capa dura, por fora, e por dentro, recheada de caroços que a vida foi lhe impondo. O Thiago, por outro lado, estava com aquela cara... de nada! Nunca consegui decifrar suas expressões. Revivo as cenas:

— Bom dia!!! — digo, sorridente, sentindo uma tensão sedutora no ar.
— Não vou atrapalhar nada, hoje, né? — provoco os dois. — Podem ficar tranquilos, pois, se tudo der certo, vou adorar ser um estepe de algum piloto, caso queiram ficar a sós... — disse, animada, sabendo da paixonite aguda da Marcinha pelo Thiago.

— Patty, cala a boca! Vejo que acordou com a corda toda hoje! — A voz da Márcia está trêmula... inocente.

— Bom dia, Patrícia! Como sempre tentando enxergar coisas onde não existem — diz o Todo-Poderoso do Thiago.

Para variar, eu sou direta e ele, grosso. Poderia ao menos ser um pouco mais gentil com a Marcinha. Imbecil...

Chegando ao estacionamento do autódromo, o Thiago apresenta as credenciais e toma um susto ao saber do valor da taxa. Fica parado, esperando alguém se voluntariar para pagar a tarifa e a tonta da Marcinha, percebendo sua indireta, tira a carteira da bolsa.

— Thiago, meu chefe amado! Você não está esperando a gente pagar o estacionamento, está? — pergunto, indignada.

— O problema é que eu só trouxe cartão, não costumo andar com dinheiro. E o que tenho comigo não é suficiente para pagar a tarifa.

Ah, tá! Conta outra... É claro que ele sabia que não poderia pagar com cartão de crédito. Ele é muito mão de vaca! Se me contassem, acho que não acreditaria. Pego minha carteira, xingando-o por dentro. O cara juntou uma fortuna nos últimos anos, mas não duvido que faça suas transas pagarem até o motel. Divido o valor do estacionamento com a Marcinha e não faço comentário algum. Pelo andar da carruagem, já estou achando que até a cerveja do avarento nós é que teremos que bancar.

O ronco dos motores nos boxes é uma verdadeira injeção de adrenalina. Puxo a Marcinha pela mão, empolgadíssima, querendo explorar tudo. O cenário é deslumbrante! Puro luxo, mulheres lindas, homens com a cara da riqueza e os mecânicos gatos transitando pelos boxes. Senhor! Apague as luzes!

O calor está de matar e as únicas bebidas disponíveis são da... Nessa hora, quase tenho um ataque de nervos, meu coração dispara alucinadamente e penso: *não é possível!* É a empresa do causador da discórdia entre mim e o Sr. G! Se a venda é exclusiva para os produtos dele, se em todos os cantos para os quais olho está o nome da empresa estampado, isso significa que ele pode estar aqui. Mas... onde, nessa imensidão de gente?

— Sr. G, prepare-se... Se eu encontrar aquele causador de intrigas hoje, vou provar a você que o motorzinho de carne e osso dele não é a última bolacha recheada do pacote.

— Deu para falar sozinha agora, Patrícia? — O Thiago me pega no flagra.

— Thiago, meu chefe querido, não costumo fazer isso, só me lembrei de um assunto pendente com um amigo e acabei pensando alto. Nada mais — disse, vermelha como pimentão.

A corrida começa e a emoção do público, vibrando e gritando, faz com que eu desvie minha atenção do meu objetivo de provar algo ao Sr. G. Confesso que ver todos os carros passando, a sei lá quanto por hora, deixa-me confusa. Começo a prestar atenção à narração do locutor, oriunda das caixas de som próximas ao grande telão.

Motivada pelo conjunto de som e imagem de todos os carros, começo a entender tudo o que estava acontecendo: quem liderava, quem estava atrás, quem ultrapassava. Logo me sinto uma expert em corridas de velocidade. Resolvo torcer para o carro que está na ponta. Porém, meu mundo entra em câmera lenta na hora em que ouço o locutor narrar um suposto acidente com um dos pilotos.

— Na décima primeira volta, o piloto Carlos Tavares Júnior gira na pista por causa de um pneu estourado e abandona a prova. Pode perder a liderança do campeonato.

Não consigo ouvir mais nenhuma informação. Aquele nome, que me assombra há mais de dois meses, reaparece, como se eu levasse um murro no estômago.

Engana-se quem acredita que isso acontece por causa de uma possível paixonite que ele tenha despertado em mim. Muito pelo contrário, é por revolta mesmo. Tenho a certeza definitiva de que ele está presente ao mesmo evento, mas que será impossível nos encontrarmos, pois ele estará na área dos boxes, de onde estou decidida a manter distância. Então, tento relaxar e assistir ao resto da corrida. Meus nervos estão à flor da pele com o acidente dele, porém, me acalmo ou ouvir o locutor confirmar que o piloto está bem.

Lembro-me de um detalhe que percebi na Marcinha. Mesmo com toda a vibração causada pelos carros na hora em que passavam por onde estávamos, ela parecia hipnotizada pelo troglodita do Thiago. Se alguém lhe perguntasse o que estava achando da corrida, ela seria capaz de dizer que torcia pelo que estava na primeira colocação... Ora, pela análise detalhada que ela estava fazendo da cara do Thiago, já devia conhecer nos mínimos detalhes o bigodinho dele.

— Marcinha, o que está achando da corrida? — pergunto, divertida.

— Ótima, estou adorando. — Hum, sei que está adorando.

— E quantos pelos têm no bigode do Thiago? — pergunto baixinho.

— Patty! Eu é que vou saber?

— Amiga, se não está tentando contar os pelos, então, acho melhor desviar seu olhar, porque, se eu perguntar a cor de apenas um carro na pista, tenho certeza de que você também não saberá responder.

— Tirou o dia para me encher? — pergunta, vermelha.

— Não, lindinha, só estou te dando um toque, porque você e a corrida estão dando a bandeirada já.

Ela emburra e eu não sinto nem um pingo de remorso. Ele não merece a paixão dela, trata-a como escrava, indiferente. Sabe da paixonite dela e, mesmo assim, age de forma seca e grossa.

Quando a corrida termina, lamento não poder realizar minha fantasia erótica criada quando tomava banho, mas, dou-me por feliz com todas as olhadas que recebo dos mecânicos quando passamos por eles. Para um mecânico bonito daqueles, eu venderia meu carro e compraria um fusca 69. *Cabeça poluída, acorda para vida!*, penso, divertida.

Na saída, acompanhando o fluxo de pessoas elegantes, bonitas e ricas, tenho a visão dos infernos à minha frente. Carlos Tavares Júnior está parado a dez passos de mim, com o macacão enrolado na cintura, o peitoral e o abdômen esculpidos por Deus nus. E adivinhem quem dá uma fisgada comunicando-me sua alegria assanhada sem ter sido sequer estimulado? Ele, o ingrato do Sr. G.

De repente, duas bolinhas azuis como o céu encontram meus olhos.

— Patrícia! — É tudo o que ele diz enquanto dois braços magrelos enroscam-se em sua cintura.

Percebo que ele tenta soltar-se da Paquita erótica que está enrabichada nele, porém, não serei eu a ficar aqui morrendo de paixonite aguda por esse exibido esculpido por Deus, pelado na parte superior, querendo mostrar-se para as diversas modelos que desfilam pelo autódromo.

Puxo a Marcinha e o Thiago pelas mãos, decidida a dar um basta naquela história toda do Sr. G. Ele que procure outro homem para virar amigo e não aquele metido que desfila com uma mulher diferente em cada evento.

Com lágrimas saudosas nos olhos, balanço a cabeça como se para dispersar as lembranças do meu reencontro com o talzinho e choro de saudades da minha amiga Marcinha, que foi morta injustamente por aquele monstro do Thiago.

— Amiga, por que você foi se apaixonar por ele? Olha o que ele fez com você! Levou-a para outro mundo e quase fez o mesmo com a Babby — falo chorosa, olhando a almofada. Mas minhas saudades são única e exclusivamente da Marcinha, é óbvio...

Capítulo 5

Patrícia Alencar Rochetty...

Raios de sol entram pelas frestas da persiana. Ainda meio dormindo, abro apenas um olho... ou tento abrir, para me certificar de que esse calor que estou sentindo esquentar a minha pele é provocado por eles. Uma das frestas permite que a luz bata bem em meu rosto.

— Raio de sol é igual a bagageiro de homem: para poder olhar de frente, só colocando óculos escuros! — esbravejo.

Não tem uma parte do meu corpo que não esteja doendo! Até o meu couro cabeludo está reclamando! Meleca, por que fui dormir com rabo de cavalo?

Aciono no celular meu hino para despertar e acordar para a vida, sempre repetindo meu mantra de uma vida financeiramente confortável, qual seja: acordar cedo, tomar banho e trabalhar. É o que faço há anos.

Sou sempre a primeira a chegar ao escritório e a última a sair. Porém, mal entro e já percebo luzes acesas. Estranho.

— Sustentabilidade! — digo alto porque, com o sol brilhando lá fora e o escritório cheio de janelas de vidro do chão ao teto, luz acesa é desnecessário. — Alguém sabe o que é isso? — falando e entrando no escritório. — Hello!!! — digo a cada porta que abro. Sinto um frio na espinha. — Sai pra lá, alma penada, não foi porque lembrei de você ontem que pode vir me fazer uma visitinha... volta lá para seu lugar no além, seu encosto de mau agouro! — Faço o sinal da cruz, como se isso fosse me proteger de tudo.

— Bom dia!

— Bom dia! — digo, com a voz trêmula, depois do susto que acabo de tomar. — Nossa, Barbarella, o que aconteceu com você para chegar tão cedo?! Tinha espinho na cama, é?

— Na verdade, embora adepta da teoria de que quem cedo madruga, fica com sono o dia todo, amiga, hoje o dia é especial porque meus dois pequenos foram oficialmente sozinhos para seu primeiro dia na escolinha — diz ela, com a voz de peninha das crianças. — Eu e o Marco fizemos uma semana de adaptação com eles e hoje a coordenadora disse que eles já podiam ficar sozinhos. Mas fiquei com o coração partido.

— Nossos pequenos vão tirar de letra, você vai ver! — comento, imaginando a cena do meu imperadorzinho colocando ordem na turma e a minha princesinha encantando os amiguinhos com sua doçura.

— Você não vai acreditar, amiga, o Biel chegou à escola já no primeiro dia dizendo a que veio e não deixou nenhuma criança se aproximar da irmã! — Entendo bem o que ela está dizendo e rimos juntas.

— E precisava acender todas as luzes com essa claridade toda?! — pergunto, divertida.

— Por favor, pessoa totalmente responsável, saia desse corpo e devolva a minha amiga Patrícia! Onde foi que você a escondeu? — diz, abraçando-me.

— Dormiu com o Bozo hoje? Porque acordou toda gozadinha. Primeiro me assustou, e agora, diz que não sou mais a mesma.

— E você acha que meu marido por acaso é homem de gozadinha? Ele é uma potência! Dali só se sai toda gozadona! — Rimos juntas. — Vem, amiga, pague-me um café!

Alternamos goladas e risadas, como nos velhos tempos. Ela conta que, agora com as crianças na escolinha, pretende que eu tire umas férias, pois estou praticamente há quase três anos trabalhando arduamente sem uma folga. Sentada em minha sala, começo a relembrar de quando começou esse meu trabalho intenso.

Desde que a Bárbara descobriu que o Thiago tinha uma empresa paralela dentro do escritório, onde fazia lavagem de dinheiro para clientes do submundo, minha vida transformou-me no que é hoje: uma labuta infinita. Claro que tive alguns benefícios maravilhosos, até celebridade virei quando tudo estourou. Aceitei investigar o Thiago para ajudar a reunir documentos que o incriminassem. Fiquei semanas com um guarda-costas... e que guarda-costas gostoso e lindo!!! U-lá-lá... quente como o inferno, uma delícia! Mil fantasias passaram pela minha cabeça, desde ser jogada na parede e chamada de lagartixa até ele mostrar ao mundo que eu era dele, agarrando-me e puxando-me pelo cabelo, igual a homens das cavernas! Mas o árabe era mais sério do que os guardas da Rainha Elizabeth!! Só meu fiel PA para aliviar os desejos despertados por minhas fantasias... E assim, retrocedo no tempo e um filme começa a rodar, novamente, em minha cabeça. Parece ter se tornado uma rotina bastante comum ultimamente...

Estes dias têm sido uma mão de obra danada. Apesar de minhas responsabilidades e meu organograma não terem mudado muito, com as notícias que explodiram anteontem na TV, meus compromissos duplicaram ao assumir a assessoria de imprensa da empresa!

Quando chegamos ao escritório de manhã, os telefones tocavam sem parar, com ligações de diversos clientes desesperados, querendo informações a respeito do que aconteceu, além da imensidão de revistas e jornais tentando obter entrevistas.

A Babby, como uma leoa, puxou toda a responsabilidade para si, ficando à frente do atendimento aos clientes, fornecendo as devidas explicações para cada um deles, principalmente pelo fato de que as manchetes de jornais traziam estampada na primeira capa a notícia:

Mulher que descobriu golpe na N&T escapa de atentado.

Autor do crime é um dos sócios, que assassinou uma funcionária antes de morrer.

Agendamos uma reunião, não só para explicar a todos os funcionários, de forma transparente, a real situação da empresa e os atos criminosos do Thiago, mas também para passar instruções precisas quanto ao procedimento a ser adotado com clientes e imprensa. A interação entre a Babby e os funcionários sempre foi fantástica, o carinho era recíproco. No que me diz respeito, desde o dia em que ela informou que eu passaria a ser sócia dela, tem acatado minhas ideias e aperfeiçoado cada uma delas quando acha necessário.

Hoje marquei uma coletiva de imprensa fora do escritório, pois, quanto mais afastados esses abutres estiverem da Babby melhor, considerando-se que ela já sofreu um bocado com toda essa história. As manchetes escandalosas a respeito do desvio de dinheiro da empresa e o assassinato da Marcinha geraram alguns efeitos negativos para nós. Como acreditamos que manter a clareza das informações fortalece nossos elos com os clientes, resolvi tomar a frente nas relações com a imprensa, decidida a garantir que nada do que ocorreu afetará os negócios. O que pretendo divulgar é a mais pura verdade.

Enquanto me encontro com eles, a Babby participa de diversas reuniões agendadas com toda a nossa carteira de clientes. Mesmo perdendo alguns deles, ela não se abate, inclusive, tendo bravamente conseguido convencer a maioria dos quais o Thiago administrava a ficar conosco. No entanto, dá graças a Deus pelas empresas que se afastam, supomos que pela natureza das atividades que praticam.

Acompanhada por uma equipe de advogados, e com alguns seguranças que o Marco achou por bem escalar para me acompanhar, chego ao saguão do Maksoud Plaza sentindo-me a própria celebridade ao ser clicada por um bando de fotógrafos.

Depois do meu pronunciamento, mesmo já tendo explicado a ausência de envolvimento dos nossos clientes nas atividades obscuras do Thiago e distribuído à imprensa os dados da empresa que represento, alguns jornalistas insistem em fazer perguntas imbecis, como sempre. Respondo apenas a uma delas, deixando as outras para os advogados esclarecerem no jargão jurídico.

— D. Patrícia, qual o montante de dinheiro desviado do escritório e quantos clientes foram lesados?

— Quanto à quantia desviada, é algo que corre em segredo de justiça, não havendo valores precisos ainda. Mas posso garantir que nenhuma empresa foi lesada — respondo, irritada. — Até porque não administramos dinheiro de nenhum cliente, cuidamos apenas dos aspectos relacionados a guias de recolhimento relativas a impostos, tributos, multas, entre outros. Nossa administração é transparente e todos os clientes do nosso escritório estão a par de tudo o que aconteceu.

Encerrada a coletiva de imprensa, convido os advogados a me acompanharem ao restaurante. Meu estômago está se retorcendo de fome, a ponto de os roncos fazerem parecer que tenho alienígenas possuindo meu corpo! Já passa das 14h e meu reloginho biológico está reclamando.

— Sinto informar, Patrícia, peço desculpas por mim e meus colegas, mas ainda temos uma audiência hoje, sendo que mal vamos conseguir fazer um lanche rápido próximo ao fórum.

O jeito é comer sozinha mesmo. É chato e meio solitário, mas fazer o quê? Acho que estou na TPM, porque essa perspectiva me parece deprimente.

Vamos lá, Patrícia, cabeça erguida, exijo, enérgica, a mim mesma.

Ouço um discreto pigarrear às minhas costas e, ao me virar, vejo meu circunspecto segurança. É impressionante como a presença silenciosa dele nunca me incomodou. Já até fiquei curiosa e tive uns pensamentos deliciosamente perversos, confesso, mas, incomodada? Nunca.

Sem parar para pensar duas vezes, enlaço o braço firme e musculoso do segurança árabe, mulçumano ou turco, vai saber... No momento, a fome e a necessidade de companhia são maiores que minha curiosidade em saber qual a origem do nome incomum: Kashim.

— Você está convocado a me acompanhar no almoço, e não adianta negar! — digo, firmemente agarrada a ele. — Minha comida pode estar envenenada e, se eu morrer, a culpa vai ser sua — completo, divertida.

Enxergo uma expressão de surpresa no homem sério de traços árabes. Dura apenas um segundo antes de ser substituída pela postura estoica de sempre.

Sentando à minha frente, com uma postura rígida, parece atento a tudo o que acontece à nossa volta. Monossilábico, responde apenas o que eu pergunto.

— Kashim, você não vai comer? Está uma delícia! — gemo para provocá-lo.

— Não.

— Você é casado? — pergunto, curiosa. Como será viver com um homem que parece nunca relaxar?

— Não.

— Você gosta do seu trabalho? — fico provocando-o, detesto ficar calada.

— Gosto.

— Nossa! Você sempre é tão comunicativo assim? — pergunto brincando.

Por uma pequena fração de segundos, penso ter visto os cantos da boca elevarem-se em um ensaio muito tímido de um sorriso. Mas é tão rápido que acho que alucinei.

Gente, o que puseram na minha comida?

— Não — responde ele, após um breve silêncio.

— Então o problema sou eu? Meu papo não é legal? — questiono, ofendida.

E, desta vez, eu vejo os lábios quase se levantarem! Eu juro!

Ele quase conseguiu me enganar, mas, quando miro os olhos escuros, reconheço um brilho de puro divertimento.

O sujeito está se divertindo às minhas custas! E sabe o quê? Adorei!

— Sua máscara caiu, senhor guarda-costas! — digo, com sorriso sedutor. — Você ama esta sua protegida aqui, confesse! — exijo, em um tom brincalhão.

Ele está quase sorrindo quando uma voz interrompe nosso momento revelador.

— Patrícia Alencar Rochetty!

Não preciso levantar meus olhos para reconhecer o dono dessa voz. Meu amigo Sr. G dá uma fisgada, mostrando que ficou alegrinho. Limito-me a dizer.

— Carlos Tavares Júnior... — falo o nome que ficou gravado na minha memória.

— Como você é rápida! Agora mesmo estava no meu quarto aqui no hotel, vendo uma entrevista sua! — fala ele, encarando-me, sem dar importância à presença do Kashim que, por não saber de quem se trata, levanta-se da mesa e o encara.

— Tudo bem, Kashim, ele é um antigo conhecido.

— Desculpe-me por atrapalhar o almoço romântico — fala ele, encarando Kashim com tanta intensidade como se estivesse em uma guerra de cuecas. Então, aproveito para me vingar por ele estar acompanhado da Paquita erótica no nosso último encontro.

— Kashim é só um amigo, né, Kashim? — Arregalo os olhos, tentando sinalizar a ele que confirme.

— Cuidado, Kashim, ela costuma fugir quando a amizade vai avançar para o próximo nível... — Desvia os olhos dele, voltando-os para mim.

— Poxa, se essa amizade era tão importante para você, poderia ter me procurado! — falo, irônica.

— Procurar como, se em nossos dois encontros mal pisquei e você tinha desaparecido! — Faz-me rir, cínico.

— Para quem se diz um importante patrocinador de eventos e proprietário de uma grande cervejaria, acho que o senhor é um pouco limitado. Já sabe meu nome e sobrenome, de maneira que deve ser fácil me achar caso queira, não é? — Tome essa, amigo do Sr. G.

— Será que você, Kashim, poderia me deixar conversar dois minutos com a Patrícia? — pergunta ele, desconfiado de que ele não seja apenas meu amigo.

— Não! — Pela primeira vez adoro a resposta monossilábica desse... árabe, ou seja lá o que ele for.

— Carlos Tavares Júnior, infelizmente, se quiser falar comigo, terá que ser na frente do meu amigo.

Falo isso da boca para fora, pois o homem está uma delícia metido em um terno de alta-costura, com cabelo desgrenhado e uma barba rala. E, confesso, a forma como encara meu corpo causa-me tantos arrepios e fisgadas que, por reflexo, a cada segundo, chego até a cruzar as pernas, repreendendo o descarado do Sr. G, que faz cócegas quando ouve a vibração das palavras ditas por ele.

— Bom, Patrícia Alencar Rochetty, aqui está meu cartão. Procure-me o quanto antes, precisamos completar nossa última conversa! — Ele deixa o cartão na mesa e vai embora sem mais nem menos.

Maldita língua deliciosamente comprida, tinha que ter tocado meu melhor amigo?! Agora, o infeliz está doido querendo despertar convulsões "vulvacônicas" em mim. Como repreensão, sinto o Sr. G dar-me fisgadas, enquanto olho ruborizada para o Kashim. Repreendo-o em voz alta, sem perceber.

— Sr. G, se você não parar até o PA estará em greve hoje!

— O que você disse? — pergunta Kashim, confuso.

De pernas cruzadas, pressionando minha vulva discretamente, armo minha cara de santinha ordinária e, suando frio, digo:

— Não foi nada! — minto. — Pensei alto ao me lembrar da greve em uma empresa que administramos.

Ele me encara fixamente por alguns segundos. E, para meu total constrangimento, parece perceber exatamente o que acontece comigo.

Cadê um buraco para enfiar a cabeça quando se precisa de um?, pergunto-me.

— Você é uma grande mulher, srta. Rochetty!

Ele me deixa estarrecida ao juntar sete palavras em uma única frase! Uau! E quando penso que já ganhei o dia, ele move os lábios novamente e mais palavras jorram.

— É generosa, excelente profissional e de uma lealdade feroz. Se um homem não a tratar como uma rainha, ele não a merecerá.

Boquiaberta, vejo-o levantar-se e, pelo intercomunicador preso à sua orelha, alertar o motorista de que estamos voltando para a N&R.

Outra vez no escritório, o infeliz do meu amigo íntimo faz-me lembrar, durante o resto da tarde, do meu encontro com o ordinário. Parece que a conversa que tive com Sr. G depois do meu último encontro com o Carlos Tavares Júnior não adiantou nada, porque o que lhe interessa é somente seu prazer, ele não dá a mínima para minha cabeça ou meu coração. Não está nem aí! Nem parece que joga no mesmo time do meu corpo.

Enquanto relato toda a coletiva para a Babby, o meu desconforto entre as pernas é tão grande que a faz perguntar, divertida, se estou bem.

— Amiga, tem certeza de que correu tudo bem? Você parece estar sofrendo de algum cacoete, mexendo o quadril toda hora na cadeira!

— Que pergunta! Claro que correu tudo bem. Acho que é uma calcinha de renda que coloquei hoje que está me dando alergia, geralmente só uso de algodão — improviso uma resposta.

Chego em casa louca por um banho gelado com a ducha higiênica para dar um choque no teimoso Sr. G. Sentindo-me vingada, lembro que o meu PA quebrou.

Tem coisas das quais a gente se livra normalmente. Assim, penso que já sou uma mulher e ficar brincando com um brinquedinho pink não é legal. Na verdade, gostaria de brincar com um feito de músculos, revestido por uma pele de verdade e veias saltando e que, no momento do meu mais puro êxtase, jorrasse fluidos.

Meu brinquedinho sexual, depois do que tive com o Carlos Tavares Júnior, proporcionou-me meu melhor orgasmo, mas, tudo tem um fim. Ele quebrou, e este foi o dele.

Ouço um toque no celular e vejo que é um número desconhecido. Com meu finado brinquedinho na mão esquerda, prestes a ser enterrado na lata de lixo, atendo com a outra mão.

— Alô!

— Patrícia Alencar Rochetty... — A voz está diferente, mas, para me chamar pelo nome completo, só pode ser ele. Aperto em minhas mãos o objeto mais macio que posso segurar naquele momento.

— Você ligou para o número errado — respondo, com um sorriso de satisfação.

— Desculpe-me, foi engano! — desligou! Nem me esperou falar que era uma brincadeirinha.

Corro até minha bolsa para pegar o número dele e, quando me preparo para retornar a ligação, ouço o telefone de casa. *Salva pelo gongo dos micos, das solteironas desesperadas por um PA de verdade*, penso comigo.

— Alô...

— Patrícia Alencar Rochetty? — Só pode ser brincadeira! Será que é um sonho em forma de pegadinha?

— Ela não está. Quem quer falar com ela? — pergunto, olhando meu PA nas mãos, fazendo micagem.

— Carlos Tavares Júnior. Gostaria de dizer a ela que encontrar seu telefone foi mais fácil do que imaginei.

Fecho os olhos, pressionando meu PA contra a testa. É ele mesmo! O que eu falo agora?

— Olha, não sei como o senhor conseguiu este número, mas ela acaba de sair com um amigo, não sei a que horas volta. Se esse é o único recado, pode deixar que já o anotei mentalmente e transmitirei a ela.

— Sim, era só isso. Mas claro que ficarei muito feliz se você for capaz de anotar... mentalmente... — frisa ele — ... o que vou dizer: diga a ela que é muito feio fugir das pessoas, que é mais fácil ela dizer ao menos se a noite que passamos foi boa ou ruim e que me encontrar no autódromo e sair correndo como louca, arrastando desvairadamente seus dois amigos, foi mais feio ainda.

Isso leva minha irritação ao nível 10.

— Escuta aqui, Carlos Tavares Júnior, eu não fujo de ninguém e, para falar a verdade, não sei o que você está fazendo ao me ligar depois de tanto tempo.

— Sua pinta irresistível — responde ele, e eu, claro, lembro-me logo da sua mensagem subliminar que, fatalmente, faz-me lembrar do seu "instrumento" grande e grosso.

— O que tem a minha pinta? — pergunto, seduzida, passando meu PA pink pelo corpo... Ai, como sou bandida!

— Ela não sai da minha cabeça. Lembro-me dela como sua marca registrada quando essa boquinha quente e linda fazia um vaivém delicioso no meu... — Eu o impeço de terminar.

Apenas o fato de ouvir sua voz faz o impossível Sr. G dar uma fisgada forte. Tenho uma amiga no Facebook que diz que calcinha molhada é sinal de corrimento, mas, no meu caso, aquela voz rouca e sensual narrando minhas habilidades orais faz com que eu sinta é outra coisa a escorrer pela *lingerie*.

— Você pensa só em sexo, Carlos Tavares Júnior? — provoco, entre risadinhas internas, olhando para meu brinquedinho e fazendo gestos, como se estivesse reproduzindo aquela sugestão erótica.

— Geralmente penso em outras coisas, mas, quando lembro dessa pinta do lado esquerdo da sua boca, nada melhor vem à minha mente. — Direto e grosso, isso sim.

— Que pena que você gosta de transar no escuro, bonitão, do contrário, teria visto outras pintas espalhadas pelo meu corpo. — Chupa essa, garanhão.

— Então, autorize minha entrada no seu prédio, porque estou bem em frente a ele, e o meu amigo quase rasgando minha calça só de ouvir sua voz.

Num ímpeto adolescente, vou até a sacada conferir, mas não vejo nada além de um Land Rover branco parado do outro lado do prédio. Discreta como um elefante, abro a persiana com tudo.

— Não acreditou em mim, Patrícia? — pergunta, irônico, piscando o farol do carro.

Se acha que sou uma estúpida e vou disfarçar, enganou-se, garanhão. Sou muito fácil quando quero. Prepare-se para fortes emoções, Sr. G, porque hoje teremos plateia de camarote assistindo nosso show. Mostraremos a esse ordinário lindo e gostoso que não se deve querer transar com uma mocinha antes de cortejá-la.

— Se quiser me ver, vai ter que se contentar em fazê-lo aí do seu carro.

— Você não faria isso... — Ouço uma risadinha duvidosa.

— Isso? — falo enquanto solto as alças finas da minha camisola e agradeço a Deus por morar no segundo andar de um prédio sem outro em frente. Apago a luz da minha microssacada, deixando aceso somente um abajur da mesinha.

— Deixe-me subir — implora ele, com voz sexy.

— Não, Carlos Tavares Júnior. Veja o que essa boquinha com uma pinta é capaz de fazer de longe. — Passo a língua pelo PA, que não funciona mais, porém, para o momento, é de grande serventia. — É assim que você se lembra da minha pinta? — Faço movimentos sexies com o aparelho na boca.

— Isso na sua mão é o que estou pensando, Patrícia? Porque, se for, serei preso caso não abra a porra desse portão automático do seu prédio.

— Não gosta de olhar, Carlos? — Deslizo o menino pink pelo meu corpo arrepiado, só imaginando-o observar tudo.

— Tenho um maior que esse aqui comigo, louco para preenchê-la todinha, sua menina safada! — sussurra ele, malicioso.

— Safada seria se fizesse isso, Carlos! — Sedutoramente, passo o PA pelos bicos dos meus seios duros, implorando por sua boca. As fisgadas do Sr. G provocam gemidinhos de desejo.

— Patrícia, esses gemidinhos podem virar gritos de prazer se abrir esse portão.

— Ahhhhhhhhhhh... Está tão gostoso, Carlos! — Nunca na minha vida foi tão excitante imaginar que meu brinquedinho tem vida própria e pode me agradar com tanta volúpia.

— Ele está vibrando por seu corpo, minha menina? — pergunta, curioso. Lá vem ele com essa história de minha menina.

— Sim, ele vibra muito! — minto, mas, na verdade, é a tremedeira de minhas mãos que deslizam pelo corpo que faz com ele pareça estar se movendo.

— Você está fodendo com minhas bolas, Patrícia! Estão doendo pra caralho!

— Huuuuuum... caralho, Carlos! Essa palavra me excita muito. O que exatamente seu caralho gostaria de fazer agora? — Deslizo lentamente minha calcinha fio dental pelas pernas, rebolando até o chão — Adoraria me ver lisinha, Carlos Tavares Júnior? — falo seu nome, gemendo.

— Patrícia Alencar Rochetty, quando eu te pegar, você nunca mais fugirá de mim... vou possuí-la com tanta força que não conseguirá mais andar.

— Promessas, Sr. Tavares... — Masturbo meu clitóris com o PA e o Sr. G começa a convulsionar com suas fisgadas, exigindo atenção. Sinto-me vingada dos dois ordinários e resolvo prolongar um pouco mais a brincadeira. — Sinto-me tão pronta e molhada para deslizar este menino dentro de mim... — disparo, divertida e excitada.

— Patrícia, preciso sentir seu mel em minha boca. Não judie de mim, deixa-me arrebentar esse seu espacinho apertado e chupar esse brotinho delicioso até você explodir de lascívia na minha boca... — fala, rouco.

Não penso, o que ele diz me incentiva a introduzir o menininho na minha vulva, sem dó. A cada palavra suja que ele sussurra, mais me penetro.

— Carlos Tavares Júnior! — grito quando explodo na maior luxúria e prazer.

— Você está gozando, minha menina exibida gostosa?

Minha respiração extasiada responde à sua pergunta.

Uma luz piscante me traz de volta. Estacionada atrás de seu carro, está uma viatura de segurança do bairro. Dou uma risadinha.

— Carlos Tavares Júnior, foi um prazer ouvir seus gemidinhos de excitação. Eu fugi e você não me procurou, agora, você é quem acaba de ser encontrado pela segurança do bairro... Passar bem! — Desligo o telefone e fecho a janela, ofegante.

Corro para o quarto e, pelas frestas da janela fechada, vejo-o fora do carro, gesticulando e falando com dois guardas-noturnos. Ele aponta o prédio. Com medo que ele me chame para provar sua história, mando uma mensagem para ele.

Pego meu celular na cozinha, com as mãos trêmulas, não sei se por causa do orgasmo alucinante ou do medo de ter que enfrentá-lo cara a cara. Procuro o número da última chamada e lá está ele, o desconhecido. Não penso duas vezes, mando a mensagem:

Amor, vou demorar para chegar, acho melhor você ir embora! Ligo para você depois. Beijos e boa noite!

Rio sozinha e acrescento:

Não esqueça de sonhar com meu show!

Sou tirada de minhas lembranças relativas ao meu êxtase pós-orgástico pelo som do telefone em minha mesa, o qual atendo ofegante.

— Alô!

— Estou atrapalhando, amiga? Parece que está vindo de uma maratona! Aconteceu alguma coisa? — Que droga, por que ela tem que me conhecer tão bem?

— Não, Bá, estava apenas saindo da sala quando o telefone tocou e tive que correr para atender — minto descaradamente.

— Patty, estou indo e acho que não volto à tarde. Quero me organizar antes de você considerar meu conselho de tirar suas férias. Vá aproveitar a vida, menina, porque ela passa e, quando você vir, já está de bengalinha correndo atrás da dentadura que caiu da sua boca... Beijos!

— Palhaça! — digo, mas já é tarde demais, ela desligou o telefone antes de minha resposta. Fico rindo sozinha e pensando que realmente umas férias seriam perfeitas.

Entre um relatório e outro, pesquiso algumas possíveis viagens e encontro um cruzeiro para solteiros. Empolgo-me lendo e logo vejo que se trata de uma opção para o público LGBT... Morro de rir, porque imagino um monte de gatos nesse navio, mas que gostam da mesma fruta que eu... Penso nas meninas de pé grande, também! Nada contra, mas não é minha praia. Pão sem salsicha não tem sabor algum para mim! Continuo a pesquisar e, de repente, aparece na minha tela um blog que não tem nada a ver com viagens, ao menos não físicas... Massagens Tântricas...

Massagem Tântrica estimulante, sensual e envolvente
— Ajuda no autoconhecimento.

Adorei!

— Desperta o amor próprio.

Já me amo, mas, não faz mal a ninguém se amar mais um pouquinho, né?

— *Equilibra o sistema hormonal.*

Ah, estou precisando de equilíbrio nessa área mesmo... e como...

— *Muda os padrões energéticos.*

Meu filho, se for para aumentar a energia, tenha certeza de que esta não me falta, mas, sim, um homem para liberar essa carga energética acumulada no meu corpo...

— *Desperta regiões sensoriais adormecidas.*

Hum... não sei se gostei disso. Se despertar algo mais, vou acabar explodindo de tanta frustração sexual! Acho melhor essas tais regiões ficarem adormecidas mesmo...

— *Auxilia na cura de disfunções sexuais.*

Putz, e que disfunção, não é, Sr. G? Penso, com raiva do meu amigo temperamental.

— *Evita a anorgasmia, ausência de orgasmo.*

Hum, agora é que me convenci de embarcar nessa mesmo. Quero saber quando, como e por que essa tal massagem tântrica pode ser tão poderosa assim, a ponto de ajudar nessa questão de ausência de orgasmo.

Hoje não é sexta-feira, por isso não tem happy hour com o pessoal do escritório. Tampouco tenho para quem ligar para ajudar nessa minha "necessidade sexual", porque, ao fazer uma rápida análise mental, descarto meus últimos ficantes. Sinto que algo começa a me incomodar... será que a D. Solidão começou a querer mexer com meus sentidos? Não é possível! Sai de mim, urubu, que este corpo não te pertence! Vai causar depressão em outro corpinho, entendeu?

Resolvo pesquisar esse termo, "tantra". Encontro explicações etimológicas. Ele é composto por duas raízes acústicas: "*Tan*", que significa expansão, e "*Tra*", libertação. Tantra, então, é o caminho da libertação através da expansão. Impulsiva e louca para descobrir se essa massagem milagrosa pode me ajudar, descubro que o tantra trabalha com os mistérios holísticos, expandindo mente, corpo e alma. Quando leio que não é para ser entendida intelectualmente, e sim experimentada, as coisas começam a me interessar. Já vivi 28 anos tentando entender racionalmente os motivos para não ter orgasmo vaginal com os homens, quem sabe não deva agora apenas "experimentar", né? Outra parte que me chama muito a atenção é que "tantra" significa viver e aproveitar a vida ao máximo, sem barreiras, com a mente livre do passado e das expectativas do futuro. Um trabalho de autodescoberta... Hello!!! Eu já me descobri, quem não me descobriu ainda, ou melhor, minha "pedra de toque", o Sr. G, foram os homens!

Continuo a ler até chegar a um ponto interessante. Para o tantra, o sexo é uma questão de saúde... Há várias explicações para justificar isso, mas, se eu ficar falando, não sairei mais daqui, porque é tudo bem profundo e muito bem desenvolvido, com seriedade e respeito. Mesmo porque, basta uma rápida pesquisa no bom e velho Google para encontrar tudo o que é pertinente. Vejo ainda uns vídeos em que a mulherada grita pra caramba com a sequência de orgasmos que tem! Uau... isso parece bom! Depois de descer a página toda, chego a um número de telefone e, em milésimos de segundos, estou aguardando na linha para ser atendida e marcar uma massagem tântrica. Simples, rápido e sem muito pensar, marquei a consulta para às 19h. Se esses R$ 450 não valerem a pena, esse mocinho tantra vai se ver comigo!

Quando chego ao endereço, questiono-me se é ali mesmo, porque imaginei ser uma clínica, sei lá, até um consultório, mas uma casa definitivamente não estava em meus pensamentos! Respiro fundo e toco a campainha. Uma senhora vestida com uma roupa indiana aparece toda sorridente. Eu me apresento só pelo primeiro nome. Ela diz que é a Henrietta e que estava esperando por mim, ao que eu pensei: "Ela está brincando comigo, né? Eu não vou gozar na frente de uma mulher, ainda mais uma que não tem nenhum atributo que me atraia! Deus, estou ficando doida, mesmo! Quando é que alguma mulher teve qualquer atributo que me atraísse?! Foco, Patrícia!".

— É a senhora que fará a massagem em mim? — perguntei, oras bolas, pois é do meu corpo que estamos falando!

— Sim, Patrícia, sou eu — responde ela, simples assim.

Desistir... não posso mais! Porém, a vontade de fugir daqui está gritando dentro de mim. Caramba, se eu tivesse seguido o conselho da Babby, anos atrás, quando contei a ela do meu probleminha e ela me aconselhou a fazer terapia, não estaria aqui, com certeza!

Entramos em uma salinha fracamente iluminada por apenas uma luz roxa, na qual ouve-se uma música indiana tocando baixinho. A mulher me manda tirar toda a roupa, deitar em uma maca e cobrir meus seios e a pelve com duas toalhas — socorro!!! Ela sai porta afora e eu, muito relutante, faço o que ela mandou. Espero deitada na tal maca, que mais parece uma cama de viúva rente ao chão, xingando-me mentalmente por estar ali.

Um sininho suave toca e fecho meus olhos, tímida, sentindo todos os meus nervos travarem. Abro levemente um olho e vejo a tal Henrietta de costas, passando algo em suas mãos. Ela me manda relaxar, ouvir a música ao fundo e apenas sentir os toques em minha pele. Penso então que, se o estupro é inevitável, não só irei relaxar, mas também, no caso específico, literalmente gozar. Daí em diante, começa a tal massagem, com ela explicando, no início, as três etapas, enquanto as aplica uma após a outra. Depois de um bom tempo de sensações prazerosas, de repente, ouço o som de um vibrador na potência máxima e, pelo milagre que a mulher está fazendo com meu corpo, não me importo com o que virá, apenas quero sentir e usufruir o momento! Na verdade, é o que meu corpo está pedindo, embora não possa negar que minha razão fica alerta e quer fugir dali. Mil coisas passam pela minha cabeça. Será que isso é sexo com uma desconhecida? Pareço-me com uma virgem despreparada por não saber como responder! Mas, devido a seu profissionalismo durante toda a massagem, me sinto segura e percebo que realmente tudo o que li faz muito sentido, a coisa é séria mesmo. Depois de mais de 30 minutos de massagem, posso dizer que realmente tive os tais orgasmos múltiplos e que eles existem mesmo! Não sei ao certo quantas vezes cheguei lá, só posso dizer que nunca me senti tão satisfeita em toda a minha vida! Hum, embora possa fazer uma concessão para quando estive com o Carlos Tavares Júnior... O fato é que parece que conheci meu corpo naqueles minutos, após tantos anos pensando que já fôssemos íntimos.

Adormeço, acordo exausta, saciada e sozinha. Parece que tudo foi um sonho, porém, meu corpo prova o quanto foi real. Levanto-me lentamente.

Nossa!!! A mulher é boa mesmo! Que massagem foi essa?! Ela tocou meu corpo como se me conhecesse, despertou-me sensações maravilhosas, fez-me sentir segura... e não foi sexo, não teve nada a ver com a coisa física em si, uma espécie de encontro com meu corpo, em que o fluxo de energia passado pelas mãos da massagista funcionou como uma cura.

Ao sair, despeço-me dela com um aperto de mão, agradecendo, porque, vamos combinar, nem mesmo tantos orgasmos múltiplos justificam que eu me despeça com beijinhos, né? Vai que ela pensa que eu gamei...

No caminho de casa, como estou sem vontade de cozinhar, dou uma passadinha no meu restaurante japonês preferido, o Sapporo, escolho uma barca com 18 sushis e sigo em frente, louca para entrar nos grupos de relacionamento do Facebook, onde fiz um monte de amigos. Rola umas paqueras, mas eu não sou doida de marcar um encontro. Aliás, hoje, depois de tanta ação, nem conseguiria...

Já a postos, banho tomado, na cama, em companhia da minha barquinha em cima da bandeja, começo a navegar e a trocar mensagens peraltas pelos grupos de relacionamento. Mas, hoje, só para variar um pouco, entrei em uma página de BDSM, cheia de gente poética. Claro que só mando o convite, porque participar dela é para gente destemida, o que, decididamente, não é meu caso.

Gente do céu! Jesus me abana!!! Onde é que fui parar? Cada coisa louca! O que é isso? Esse povo gosto disso mesmo? Bem, vamos ver o que tem de interessante. Vejo, leio e curto uma postagem com um texto lindo de um tal Dom Leon e, logo em seguida, recebo um pedido de amizade dele.

Não penso duas vezes e, animada para ser amiga do meu primeiro Dom, clico em "confirmar".

Capítulo 6

Carlos Tavares Júnior...

Depois de uma maratona de dois meses viajando por todo o mundo, visitando nossos representantes e distribuidores, pude constatar que preciso urgentemente de uma reunião com os diretores de cada filial e com todos os mestres cervejeiros. Em todo país que visitei, percebi alteração no paladar das cervejas, mas, antes de tomar qualquer atitude, preciso entender o que pode estar acontecendo. Já cogitei mil possibilidades, desde o processo de logística até armazenamento indevido. O que não pode haver, nem vou admitir que existam, são falhas! Preciso que todos os bons apreciadores de cerveja estejam satisfeitos com o nosso produto.

Venho dando o sangue para essa empresa. Ao assumi-la, larguei minha vida pessoal para me dedicar somente aos negócios da família. Renunciei aos meus sonhos e à minha carreira, deixei tudo para trás. Tive consciência de que, a partir daquele momento, tudo se resumia a fazer com que a empresa tivesse o maior êxito possível. Meio-termo ou a metade de algo nunca foi meu jeito de viver a vida. Por isso, até de meu hobby tive que desistir, depois de um festejado bicampeonato na Stock Car. Meu trabalho estava exigindo demais de mim, e eu não poderia me envolver da mesma forma nele e no campeonato, porque os treinos são uma condição *sine qua non* para qualquer piloto sair-se bem nas corridas. E a empresa necessitava de minha dedicação integral sem mais adiamentos. Precisei fazer uma opção.

Um pneu estourado, que causou sérios problemas à aerodinâmica do meu carro e me tirou da liderança do campeonato, foi a deixa perfeita para eu me retirar sem prejudicar a equipe, que não perderia os pontos e poderia arranjar um substituto para mim até o fim da temporada. Foi um dos piores dias da minha vida, não foi uma decisão fácil abrir mão de uma atividade que me dava imenso prazer. Por outro lado, a empresa dispunha de muitos funcionários e proporcionava o sustento de várias famílias, não só do Brasil, mas também em outros países. O cenário financeiro mundial pesou na minha decisão. Seria egoísmo pensar apenas em mim.

E foi nesse mesmo dia que reencontrei minha menina quimera, parada a cinco metros de mim, sem poder tocá-la. Uma única e insana noite bastou para marcar na minha memória o cheiro de uma mulher misteriosa... Desafiadora... Nunca um sobrenome foi tão importante... e tão fugaz... Só o que consigo vislumbrar é o movimento dos lábios dela, mudos, pronunciando essa vital informação. Bastaria apenas uma leve dica de lembrança e eu faria dela a melhor oportunidade para encontrar essa quimera, pois, de fato, essa mulher maravilhosa mais parece produto da minha imaginação, um sonho ou uma fantasia, foi como se tivesse simplesmente desaparecido na realidade.

Ao acordar pela manhã, ainda sentia a fragrância sedutora de sua pele, marca registrada daquela mulher sem limites. Inspirei sorvendo seu cheiro de orquídea, uma das flores mais sedutoras do mundo, quase a florescer, e, ao virar-me para seu lado, tomei um choque alucinante, ao ver que ela não estava mais lá. Acho que foi essa frustração que bloqueou seu sobrenome em minha memória! Fiz de tudo para lembrar, porque precisava encontrá-la novamente... Movi céus e terras nessa missão. Como patrocinador do rodeio, usei toda a influência para descobrir isso, mas não encontrei nada a respeito do fruto mais lindo e delicioso que já provei. Era como se ela nunca tivesse existido.

Então, quando estava indo ao pódio cumprimentar meu colega de equipe, Magno Cunha por sua vitória, ouvi o som de uma risada inesquecível, que ficou gravada no mesmo lugar em que minha memória falhou quanto ao nome de sua dona. Sua risada única, feliz, divertida, desafiadora e provocante estava tão presente que nem precisei procurar na multidão para saber que era ela. Bastou um movimento de cabeça para que nossos olhares estabelecessem contato. Uma sensação de *déjà vu* acompanhou o arrepio que senti em minha espinha — apesar de estar sem a parte de cima do macacão justamente por causa do calor absurdo, amplificado pelo desgosto de abandonar a prova —, fazendo com que cada pelo do meu corpo se eriçasse, imaginando sentir novamente o contato com sua pele... não sei se nos encaramos por segundos ou minutos, tanta era a intensidade do momento.

Aquela pinta no seu rosto, dizendo para possuí-la, me nocauteou! Ah, como eu sonhei com ela fazendo aqueles movimentos sensuais que me atormentaram por meses! Em um ímpeto de desespero, totalmente hipnotizado pelo desejo de tomá-la nos braços, dei o primeiro passo em sua direção, sem ao menos saber se iria levar um fora. Quem me tirou desse transe foi a Ana Bela, filha do meu mecânico, que veio me consolar, sabendo a dor que eu estava sentindo por ter que abrir mão do meu sonho. Quando ia dizer que estava bem e agradecer por sua solidariedade, minha menina quimera olhou-me com desprezo, com a sua beleza sedutora toda confiante e decidida, puxou pelas mãos uma amiga e um paspalho, o qual tive vontade de socar por ser atrever a tocar nela, e arrastou-os para a saída, misturando-se à multidão. Com raiva por causa de sua reação negativa, mais uma vez a vi fugir sem deixar qualquer rastro de pólvora!

Interessante eu lembrar isso justamente agora, o momento em que tive que abrir mão de duas coisas que representavam muito em minha vida, as corridas e a única mulher que fez meu mundo balançar. Embora, tempos depois, eu tenha conseguido descobrir seu sobrenome e endereço, uma vez mais as demandas da empresa obrigaram-me a abrir mão de venerar e lutar para fazer minha aquela deusa. Tão logo assisti a um show de sensualidade dessa criatura mais sexy e linda que tive o prazer de ter nos braços uma única noite, precisei embarcar para a Rússia, a fim de não perder uma oportunidade ímpar e essencial para a cervejaria, afetada por toda a crise daquele momento, e sob sérios riscos de ter drasticamente reduzido o quadro funcional.

Foi, sem sombra de dúvida, a escolha mais difícil e sofrida que tive que fazer, porque precisei sacrificar meu sonho pessoal e, quiçá, afetivo, enfrentando tempos e negociações complicadas e mais de um ano de esforço conjunto com a diretoria da empresa para não sermos afetados de maneira catastrófica. Embora tenha trabalhado muito e viajado mais ainda, a sensação de perda nunca se extinguiu do meu peito, sendo necessário um esforço hercúleo para que não me deixasse vencer. E, tal como daquela vez, volto do exterior com a sensação de vazio, sabendo que minha quimera existe e respira no mesmo mundo que eu, mas não em meus braços...

— Seu Carlos? — diz a voz melosa da minha secretária Caroline, entrando na sala e me chamando pela forma como sou tratado na empresa, com exceção dos diretores, que me chamam de Tavares. — Sei que chegou há pouco de viagem, mas o Cláudio, diretor do RH, vem há dias tentando agendar uma reunião para tratar de um assunto que diz ser urgente — completa enquanto me recupero da triste recordação do passado.

— Hoje não dá, Caroline! Como você mesma disse, acabei de chegar de viagem e tenho assuntos mais prioritários no momento. — Sempre detestei deixar assuntos pendentes, e o caso da exportação das cervejas tem de ser resolvido em caráter de urgência.

— Parece que envolve um problema com a logística da empresa... — Na hora meu sexto sentido diz que ali poderia estar a chave do problema.

— Mande-o subir agora!

Desde que construímos a nova sede, separando a fábrica do escritório, decidi ocupar o último andar, não para ficar longe de tudo e de todos, mas porque achei que, mais isolado, poderia me concentrar totalmente nos negócios.

Do instante em que Caroline saiu da minha sala até quando Cláudio entrou, munido de papéis, não consegui focar em nenhum relatório em minha mesa. Esse problema com as distribuidoras é algo que vinha me incomodando muito. Sempre gostei de estar a par do que acontece com minha empresa. Cláudio me apresentou um dossiê a respeito do diretor de logística da empresa, Luiz Fernando. Este é meu amigo desde a infância, crescemos juntos, aproveitou a fase boa da adolescência ao meu lado e foi como um irmão quando aconteceu aquele fatídico acidente em que minha vida se transformou. Em apoio e solidariedade a mim, ele responsabilizou-se pelo meu tratamento, e continuamos parceiros até quando fomos morar em Seattle, na casa de seus tios, para fazer nosso MBA. Fomos cúmplices também quando eles, que formavam um casal maravilhoso, nos apresentaram ao universo do BDSM, no qual conheci e desenvolvi a prática de ser um dominador. Tornei-me um mestre e, durante anos, treinei várias meninas e alguns amigos dominadores, mas resolvi dar um tempo quando percebi que não conseguia dedicar-me a uma submissa como desejo e como acredito que ela merece.

Apesar disso, não posso negar que minha alma dominadora romântica acompanha-me sempre. Já o Nandão, por outro lado, continuou praticando e sua dedicação hoje é digna de respeito. Eu só não imaginava que ele agora estava conhecendo suas submissas por meio de redes sociais e, para minha maior surpresa, no horário de trabalho, quando ele deveria estar centrado em todo o sistema de logística da empresa! Imaginei que esta podia ser a origem do problema que me atormenta, pois ele poderia estar sendo distraído e negligente com nosso sistema de exportação.

— Cláudio, vou ficar com este dossiê para analisá-lo mais a fundo. Reconheço que seu trabalho foi perfeito, porém, não gostei da forma como você lidou com isso. Você usou meios ilegais para obter informações, não respeitou a ética e a política da empresa. — Até a senha do Nandão no Facebook ele conseguiu descobrir. Considero isso uma intolerável invasão de privacidade.

— Tavares, não teríamos conseguido reunir tantos documentos se não fosse dessa forma! — completou Cláudio. — Algo precisa ser feito! Já imaginou se essa informação sobre um diretor da Cervejaria Germânica cai nas mãos da nossa concorrência? Isso poderia repercutir de forma bem negativa! *Que hipocrisia*, penso comigo! Ele prega tanto suas crenças conservadoras e pseudorreligiosas em nossas reuniões ao ser referir à conduta dos funcionários! Chega a ser uma baita contradição e ironia ele trabalhar em uma empresa em que o dinheiro que recebe mensalmente é proveniente do pecado do álcool!

— Guarde sua opinião para si mesmo! Esse assunto morre aqui, você usou de meios escusos e vedados pela política da empresa para obter informações. Isso não o torna um funcionário melhor do que aquele que acusa. Vou pessoalmente tomar as providências cabíveis, porém, não falarei mais desse assunto com você, ou terei que impor as consequências por desrespeitar as normas de nosso regimento interno. — Encerro o assunto e o despeço da sala.

Quando o Cláudio sai, pego a senha do tal Dom Leon, pseudônimo criado pelo fanfarrão do Nandão, acesso o Facebook e entro no perfil dele, pelo qual começo a navegar. Não é que a mulherada está encantada com as palavras desse Dom Juan de uma figa? Também, não é para menos: como estudamos juntos o BDSM, com muita responsabilidade e respeito, ponho minha mão no fogo pela competência do cara, pois ele de fato sabe do que fala.

Os horários em que ele escreveu no Facebook batem com os que constam nos relatórios, ou seja, ele fez tudo no ambiente do trabalho. Isso me deixa estressado, uma vez que, de acordo com o dossiê, ele vem agindo assim praticamente dia e noite. Dou um murro na mesa. Sou muitíssimo grato a ele por todos os anos que esteve comigo, apoiando-me incondicionalmente, mas seu vício pode estar ferrando nossos negócios!

Navego por sua página. Sinto que preciso saber mais antes de ter uma conversa séria com ele, mas, no geral, não há provas de que fique pendurado o dia todo no Facebook como aponta o dossiê. Ele entrou, sim, em alguns horários de trabalho, mas nada que tenha comprometido suas tarefas. O cara é de minha total confiança, além do que, sempre teve hora para entrar, mas nunca para sair. Viaja quando é necessário, sem se queixar, e sempre vestiu a camisa da empresa. Quanto mais vou navegando, mais percebo que tudo isso se assemelha à intriga e disputa de poder do que outra coisa. Resolvo dar o assunto por encerrado quando vejo uma postagem que desperta minha curiosidade para saber como ele fala a respeito do "estilo BDSM" de vida.

> **Dom Leon:** *Cuidado, meninas iniciantes. Antes de se entregarem a qualquer dominador, lembrem-se de que o BDSM não é um conto de fadas e de que as redes sociais tendem a mostrar um mundo de faz de conta. Na vida real, esse estilo de vida precisa de muito estudo e dedicação, muita entrega e disciplina.*

Embaixo do texto, a imagem de uma linda menina totalmente entregue ao seu dominador. Começo a olhar as pessoas que curtiram sua postagem quando, de repente, meu coração dispara e minhas mãos suam ao ver, linda como em meus sonhos, sorrindo para a câmera, com olhar desafiador e aquela pinta sexy, ela, a minha linda menina quimera.

— Então, você não gosta mesmo das coisas reais, não é? Prefere viver com a imaginação do que já vivenciou e com os assuntos do mundo virtual... — digo, feliz, mirando a tela do computador e compreendendo bem aquele velho ditado: "Há males que vêm para bem". Perfeito neste momento da minha vida.

Quando imaginei estar com um problema enorme em minhas mãos, eis que cai uma grande solução em meu colo. O meio para chegar à menina nunca saiu dos meus pensamentos desde que a conheci. Sempre disse que ela ia ser minha! E, desta vez, não haverá crise dos infernos capaz de me fazer desistir! Ela que tenha sido esperta o suficiente para não ter se comprometido seriamente com ninguém, porque eu a tirarei de quem for, se tiver que fazê-lo!

— Deixei-a fugir duas vezes, minha menina! Desisti de me impor em todas as vezes em que me ignorou: no hotel quando estava dando entrevista, no autódromo e em frente a seu prédio. Provavelmente, não estava pronto para assumir a magnitude das sensações extremas que despertou em mim naquele meu momento de grandes responsabilidades profissionais. Mas, agora, não estou nem um pouco preocupado com a explosão que poderá vir a ser desencadeada em meu ser e em minhas emoções, porque, para ter você de novo, estou disposto a pagar o preço que for! — Passo o dedo carinhosamente pela sua foto. — Desta vez, será do meu jeito e você não terá absolutamente nenhuma escapatória, porque, acredite, você será total e irrevogavelmente minha...

Capítulo 7

Patrícia Alencar Rochetty...

Pode me chamar de covarde, medrosa ou o que quer que seja, mas receber um convite de um cara que se denomina Dom Leon me causou até dor de barriga! Eu, hein? Imagina eu chorando de tristeza ao lado de um homem desse. Ele se vira para mim e fala: "Engole o choro, se não eu te bato e te dou motivo para chorar mesmo"!!!!

Fala sério... dou um murro na cara dele, para ver quem vai chorar! Esse negócio de homem bater em mulher não é para mim, não! Tudo bem que curti a postagem em tom de alerta que ele escreveu, admiro as pessoas conscientes que esclarecem quanto aos perigos do que é divulgado na internet, mas daí a ser meu amigo há muita distância.

Acabei me arrependendo de ter aceitado o convite dele por impulso. Agora estou aqui sem nem mesmo entender por que aceitei!

O dia passa como um borrão. Recebo e-mails de clientes, confirmações de pagamentos emitidas pelo banco e mensagens internas da Babby, a insistente, lembrando a cada meia hora que preciso de férias. Já sei que, enquanto isso não acontecer, minha sócia e amiga não me dará paz. Esqueço isso e tento focar no trabalho. É tanto serviço que nem me lembro de almoçar. Quando vejo já é noite e estou com minha coluna torta, de tanto tempo sentada. Não vou fazer mais nada... Meu desejo é chegar em casa e ir direto para cama, o que realmente faço, mas também resolvo alimentar meu vício na internet. Deitada, mal abro a tela do computador, já ouço um aviso de mensagem.

Dom Leon: *Boa noite, Patrícia Alencar Rochetty!!!*

O que esse homem quer comigo?! Será que ele entende uma simples curtida como um sinal de interesse? *Respondo ou não?* Fico pensando, mas meus dedinhos impulsivos são mais rápidos e decidem por mim.

Patrícia Alencar Rochetty: *Boa noite, Dom Leon.*
Como vc sabe o meu nome completo?
Visualizado às 22h32.

Putz, que pergunta idiota... Claro que ele sabe meu nome completo, está estampado no meu perfil! Quanto mais o tempo passa, mais anta de bolinha fico! Bem que os antigos dizem que, quando não se tem o que falar, melhor ficar quieto! Tento pensar em uma explicação para tamanha bobagem, mas é tarde, ele já a visualizou!

Dom Leon: *Kkkkkkkkkkk, seu nome é o de menos! Você deveria se preocupar não só com isso, mas também com sua bela foto do perfil. Você não acha que precisa se preservar neste mundo virtual?*

Mais essa, agora! Entrei no grupo por curiosidade, só para fuçar esse mundo BDSM, que virou a maior moda, e acabo encontrando um "papai" que fica me repreendendo? Bela forma de abordar alguém, Dom Leon!!!

Patrícia Alencar Rochetty: *Como assim????*
Visualizado às 22h33.

Curiosa, pergunto o que tem de mais na minha foto. *Que carrasco de mulheres esse daí*, penso comigo.

Dom Leon: *Vejo que você não conhece muito o mundo virtual... Ou é isso ou posso considerá-la uma submissa assumida, que não se importa de esconder essa condição dos amigos e familiares. Caso seja isso, confesso que fico muito feliz, se é que me entende.*

Como assim, submissa? Essa tal massagem tântrica deve ter extraído não só orgasmos de mim, mas também meus neurônios! Não estou entendendo aonde esse cidadão quer chegar com essa conversa, que já está me esgotando, mesmo assim, respondo:

Patrícia Alencar Rochetty: *Olha, me desculpa se meu Tico e Teco não estão funcionando direito, ou então, se é*

*a cor dourada do meu cabelo, mas não consigo entender
aonde vc quer chegar... O que tem minha foto?
Visualizado às 22h35.*

Nossa Senhora dos Rápidos no Gatilho!! O cara é ligeiro! Mal acabo de digitar minha resposta e ele já replica!

Dom Leon: *Patrícia, é mto perigoso expor seu perfil pessoal em uma página de BDSM, a menos que isso não lhe cause nenhum problema, tanto pessoal, quanto profissional. Digo isso porque, apesar do modismo, como você bem frisou, nossa filosofia de vida ainda é muito discriminada. Parece que ainda não me entendeu, então, aconselho-a a criar um fake. Acredite em mim, isto vai evitar muitos problemas para você.*

Um *fake* que nem ele? Tenho vontade de perguntar, mas, mal começo a digitar a pergunta e já desisto. O cara está sendo legal, alertando-me a respeito do prejuízo que isso pode causar à minha imagem e eu já estou me armando contra ele.

Patrícia Alencar Rochetty: *Sendo assim, foi bom conhecer vc, agradeço a dica e adeus, pq não imaginei q poderia ter problemas quando entrei no grupo! Mas entendo o que está dizendo. Tenho uma empresa para zelar, não posso me expor assim. Além do que, queimar meu filme com uma coisa q nem curto é mta sacanagem, né? Se fosse por causa de um sexo quente, passional e ensandecido, até poderia ser...*
Visualizado às 22h38.

Penso friamente e verifico o grupo no qual solicitei permissão para entrar. Percebo a besteira que fiz, uma vez que a maioria dos membros é mesmo fake, quase todos com fotos de atores e animes...

Dom Leon: *Espera... Não precisa ser assim. Apenas crie um fake... Não desista, pois aqui você pode fazer grandes amigos.*

Amigos? Sei... Você quer dizer sexo fácil... Pelo que li nas postagens, esses grupos são todos de pegação e... argh... dor! Não sei se consigo participar de algo assim e não dar meus pitacos que, acredito, não serão bem-vindos... Acho melhor, não... Se eu não sair, vão me expulsar sumariamente...

> **Dom Leon:** *Você que decide, mas podemos continuar sendo amigos, independentemente do grupo?*

— Claro, claro... Seu Dom Leon... finge querer me chamar para jantar, esperando que eu seja o prato principal, né?

> **Patrícia Alencar Rochetty:** *Talvez eu crie um fake, mas, mesmo q faça isso, não sei se voltarei ao grupo. Dom Leon, me desculpe se pareço desrespeitosa, porém, sou um pouquinho curiosa, além de ter uma boca mto pouco diplomática, mas td isso mais parece um verdadeiro "clube do chicotinho", onde o povo tem a filosofia do "bate que eu gamo"! Então, fico perguntando-me o que leva as pessoas a isso... Você poderia me contar o que o levou a ser um dominador? Quem sabe eu possa entender algo. Ah, e, mais uma vez, obrigada pela dica.*
> *Visualizado às 22h40.*

Claro que entrarei na página outras vezes... eu me conheço! Curiosa como sou, não há cristão que me impeça de fuçá-la novamente, rio de mim mesma. Para falar a verdade, pelo que vi, esses grupos também têm umas dicas bem interessantes e deliciosamente quentes, que valem a pena serem lidas por gente assanhadinha como eu.

> **Dom Leon:** *Isso, pequena, crie um fake... A exposição do seu perfil particular definitivamente não é legal. É preciso estar muito familiarizada com esse meio para poder avaliar se quer ou não se expor. Agora, qto à sua pergunta, primeiro, vc tem que saber que pode perguntar-me td o que quiser, bela Patrícia, terei prazer em responder. Em segundo lugar, prepare-se, porque a resposta é um pouquinho longa. Bem, costumo dizer que se nasce domi-*

nador, pois isto não é algo que se aprende com o tempo. O instinto e o desejo de fazer os outros se submeterem a você vêm da alma... Digamos que se trata de uma ânsia pelo poder, condição esta que não lhe permite ter medo dos desafios que podem surgir. Qto maior o desafio, maior o prazer da conquista. E, na verdade, isso vale para todas as esferas das vidas das pessoas que são assim como eu: pessoal, profissional e amorosa. O que me levou a ser praticante de BDSM foi o encantamento e o prazer proporcionados pelo simples fato de ter uma menina sob meu domínio. Como Dominador, meu objetivo é satisfazer e levar a menina ao prazer máximo sob meus comandos e toques... BDSM não se resume a palmadas e chicotadas, menina! Vai muito além, porque envolve carinho, cuidado, atenção, respeito, ressaltando que tudo é sempre consensual. Tornei-me um Dominador, portanto, para extrair o máximo prazer das mulheres nessa esfera da minha vida. Por isso tenho como premissa que todas merecem receber prazer sempre, em todos os momentos, por horas sem fim, até perderem os sentidos... Aprecio a beleza de uma menina exausta e feliz ao meu lado. Se uma mulher entrega-se a mim, tem minha total dedicação e ficará sob meus cuidados sempre...

Tipo um tirano e ditador, isso sim! O que adianta tratar bem a mulher depois que já lhe deu umas chicotadas?!

Patrícia Alencar Rochetty: *Então, ser dominador dá poder a vc... posso até imaginar o que vc leva na sua cintura.*
Visualizado às 22h42.

Não consigo evitar uma comparação em minha mente. Lampião levava a peixeira na cintura; esses dominadores devem levar o chicote! Só rindo mesmo! Até imagino a cena, como um diálogo entre Chapeuzinho Vermelho e o Lobo Mau: "Ei, moço, o que é essa franja na sua cintura?". E ele responde: "É o meu chicote para te bater"! Claro que não vou falar isso para o rapaz. Ele tem suas convicções e não sou eu que vou desmerecê-las, principalmente porque nem as conheço. Não sou daquele tipo que critica o que nem sabe direito o que é. Se o cara e mais um montão de gente gosta, é porque encontram algo que valha a pena nisso tudo!

> **Dom Leon:** *Não saio com chicote e algemas na cintura. Isso não é ser um dominador! Você deve procurar informações em outros livros. Já lhe disse, com outras palavras, que dominação é muito mais do que sair açoitando todos que aparecem à sua frente.*

Confesso que gosto de livros de romances, com uma pitada de macho alfa. Até por personagens dominadores como Christian Grey e Gideon Cross eu me apaixonei! Mas, claro que só no papel, né? Na vida real, admito, prefiro plumas no lugar de cintos.

> **Patrícia Alencar Rochetty:** *Talvez vc tenha razão, mas, sério, esse lance de, primeiro sentir dor para, só depois, ter prazer ainda é muito nebuloso para mim, mas talvez venha a entender com o tempo, sei lá. Mas, por que será que existem tantos grupos de BDSM nas redes sociais? Pelo que pude ver enquanto estamos conversando, tem uma infinidade deles!*

Mesmo extremamente cansada, busco esse tipo de grupo enquanto converso com ele. Nossa! Nunca imaginei que fossem tantos!

> **Dom Leon:** *Sou novo neste mundo virtual. Não costumo navegar entre páginas, mas, acho q a vantagem das redes sociais é contribuir para q a visão do que é o BDSM mude. Se vc for analisar, não muito tempo atrás, quem gostasse desse estilo de vida era considerado doente mental e agressor de mulheres. Essa disseminação dos grupos pelo espaço cibernético, aliada às literaturas a respeito do assunto, tem mudado esse pré-conceito. Então, penso que é bastante saudável. Mas, como não há mal sem bem e vice-versa, com esses grupos de BDSM também vem o perigo. Não se pode confiar em qualquer pessoa sem antes investigá-la e buscar referências a seu respeito, entende?*

Claro que entendo! Achando que sou uma completa tapada? Porque eu não sou, seu Dom Leon, dãããã...

> **Patrícia Alencar Rochetty:** *Olha, como vc já pode perceber, isso para mim é tudo muito louco! Prefiro continuar como estava antes de me aventurar nesta página! Mas adorei suas explicações!*
> *Visualizado às 22h45.*
> **Dom Leon:** *Como frisei, é você quem decide, mas, de fato, gostaria de continuar como seu amigo. O que me diz?*

Hum... sei, não... Olha aqui, seu Dom, depois de ter passado por uma sessão de massagem tântrica, começo a pensar que o importante é viver e aprender a desfrutar do prazer, que, para mim, desculpe, não pode vir aliado à dor. Como já somos diferentes quanto a esse tipo de preferência, vou pensar nessa possível amizade. E, caso eu considere uma experiência desse tipo com você, ai de ti se me proporcionar apenas um orgasmo clitoriano! Ora, se for para me dar chibatadas, que me faça, então, ter orgasmos vaginais também! Penso tudo isso brincando comigo mesma, ao mesmo tempo em que brigo com o sono. Ao fixar a tela do computador, mal sustento meus olhos abertos.

Capítulo 8

Carlos Tavares Júnior...

Dom Leon: *Você ainda está por aí ou desistiu até mesmo da minha amizade?*

O que acontece com essa mulher? Não é possível que até virtualmente ela fuja desse jeito!

Dom Leon: *Olá???*

Caramba, por que ela não responde? Bom, se ela desistiu da amizade, saberei logo. Mas, confesso, estou ansioso! Falamos tão pouco e ela mal respondeu duas ou três mensagens.

Vou até a cozinha pegar um copo d'água com o celular na mão. Verifico a hora, já são 23h30 e nada de ela responder. Então, decido deixar uma mensagem. Que coisa mais engraçada esta, estou me sentindo como um adolescente com borboletas no estômago, implorando por uma palavra escrita.

Dom Leon: *Boa noite, pequena! Bons sonhos!*

— Prepare-se, Patrícia Alencar Rochetty, porque, desta vez, não vou desistir fácil. Já olhei seu perfil e tenho mil dúvidas — falo em voz alta comigo mesmo e me ponho a divagar.

Quem são as duas crianças que estão na foto com ela? Tento encontrar alguma semelhança e nada, a não ser a pinta igual a dela no rosto da menininha, mas isso não conta, visivelmente trata-se de um desenho, um decalque. Não é nem de longe como a dela, que estampa o convite como luzes de néon: possua-me.

Ela parece tão feliz com as crianças, sem qualquer preocupação com os problemas do mundo. Em todas as fotos seu sorriso é encantador.

Que bom que meu velho amigo emprestou-me seu perfil, mas a cara do Nandão quando o chamei na minha sala hoje, no fim do dia, foi de puro susto. Mergulho na lembrança do episódio.

— E aí, Carlão?

— Ei, cara!

— Não sabia que tinha voltado de viagem! Por que não me ligou, boneca? Eu teria ido buscá-lo no aeroporto — diz, sincero, sempre disponível.

— Já provei a você quem é a boneca na nossa amizade... — Tento descontrair um pouco antes de entrar no assunto que está me incomodando.

— O que há de tão urgente para falar comigo? Será que, na volta ao mundo, encontrou algum clube dos bons e quer me contar a respeito? *Sempre um sacana*, penso comigo.

— Nandão, a viagem não correu como esperava.

— Como assim? Problemas com os distribuidores? Estive em todos eles há algum tempo e nada vi de errado — conclui.

— Está tudo errado — digo, sério. — Fiz degustação em todos os distribuidores e constatei alteração no paladar de nossas cervejas.

— Isso não é possível! Será que o armazenamento do produto está com problemas? — pergunta, preocupado.

— O armazenamento, aparentemente, está em ordem. Talvez seja algum problema de logística. — Jogo a bomba, pois não sou de rodeios.

— É impossível! Checo tudo antes de embarcar! Você sabe como sou comprometido com isso! — diz, chateado.

Isso é o que sempre imaginei, mas não quero apontar culpados antes de verificar tudo.

— Nandão, não estou dizendo que você tem culpa, nem mesmo que exista algum culpado — digo, calmo. — O que estou dizendo é que existe um problema e não vou sossegar enquanto não resolver. Já providenciei uma reunião com todos os mestres cervejeiros responsáveis e os diretores. Vamos ter que encontrar uma solução, porque o consumidor do mercado externo tem que receber o produto com a qualidade que temos aqui dentro.

— Isso é o que entendo por se ter um problema... — Ele passa as mãos pelo cabelo, como sempre faz quando algo o incomoda.

— Tenho outro assunto delicado para discutir com você. Na verdade, não gostaria de ter que falar dele, mas, como amigo, preciso alertá-lo e, como presidente da empresa, não posso deixar passar. O Cláudio me apresentou um dossiê hoje a seu respeito. — Vou direto ao ponto. — Ele descobriu seu estilo de vida nada convencional, mas não é essa a questão. — Faço uma pausa. — O que ele alegou é que você anda navegando pela internet em horário comercial... — Não concluo o pensamento.

— O que é isto? — Ele se levanta, alterado. Raramente o vejo nervoso, é um cara que vive de bem com a vida. — Alguma espécie de CPI? Qual é, cara, sou responsável o suficiente para saber o que faço, não sou nenhum moleque inconsequente!

Contorno toda a situação, explicando a ele que, em nenhum momento acreditei que estivesse deixando os negócios de lado por causa do lazer e peço discrição a respeito do assunto. Ele entende e acaba explicando tudo. Quando sinto o clima mais ameno, faço meu pedido inusitado.

— Agora, conta como surgiu essa história de Dom Leon. Fiquei surpreso quando vi o Dom Gatinho revelando-se... Dom Leon em uma rede social... Miau!!! — Brinco com a situação e ele ri junto comigo.

— Foi uma amiga do clube que insistiu para que eu participasse. Ela vem entrando em grupos de BSDM na internet e tem ficado assustada pela maneira como alguns supostos experts se aproximam das meninas iniciantes. Então, ela me pediu que eu tente orientar as meninas a respeito da verdadeira essência de nossa filosofia. E é o que tenho feito. Claro que nada muito a fundo, até porque respeito os nobres colegas que ali estão. Tem muita gente séria fazendo o mesmo papel que eu.

— Sei que ficou chateado com a invasão de privacidade, mas já expliquei que, por motivos profissionais e para não ser injusto com você, acabei navegando por seu perfil. Precisava me certificar da veracidade do dossiê apresentado. Confesso que não foi honroso da minha parte e, mais uma vez, peço desculpas, mas preciso de um grande favor... — Olho para ele, incerto do que vou pedir. — O quanto esse perfil é importante para você?

— Não sei aonde você quer chegar com essa pergunta e não serei repetitivo para dizer novamente os motivos. Meu papel ali, única e exclusivamente, é orientar. A despeito de os jogos eróticos serem válidos e necessários, um jogo de dominação e submissão não é um torneio de *spanking*. — Ele levanta a sobrancelha, taxativo. — E mesmo aquela menina que pede um tapa não está, necessariamente, sugerindo querer ser espancada! Tento frisar que se deve ter em mente que cabe ao parceiro lembrar-se de que aquilo é só um jogo sexual e que, além da cama, existem duas pessoas, seres

78

humanos que vivem uma vida normal e convivem, também, em um contexto não sexual. Dominação e submissão é um jogo muito mais psicológico do que físico. Nós sabemos que, no BDSM, cabe ao dominador muito mais cuidar e disciplinar do que simplesmente provocar dor. E, para finalizar, se isso responde a sua pergunta, não, esse perfil não é importante para a minha vida, visto que dou orientação apenas para aqueles que me procuram.

— Então, esse perfil não significa nada para você? — insisto.

— Você está me deixando curioso, cara! Qual é a relevância se esse perfil é importante ou não para mim?

— Preciso ficar com ele — digo, direto e reto.

— Como assim, ficar com ele? — pergunta, sem entender.

— Você se lembra daquela menina que conheci no rodeio de Cabreúva, há dois anos, e que sumiu depois da noite que passamos juntos?

Ele fica pensando, atento ao que digo.

— Vagamente... lembro-me de alguma coisa... Aliás, acho que me lembro nitidamente, agora, pois nunca havia visto você tão determinado a encontrar alguém antes.

— Pois bem, acabo de reencontrá-la — falo, empolgado.

— E?

— E... ela curtiu uma postagem sua, Dom Miau.

— Mas o que o faz pensar que é ela? Todas as submissas e rainhas usam pseudônimos.

— É, eu percebi isso, mas ela, por ingenuidade, ou por ser muito desafiadora, não usa. O que vi foi seu perfil pessoal.

— Isso é muito perigoso! Será que ela não tem noção do quanto pode ser negativo relacionar sua imagem a grupos como esses sem saber quem está por trás de cada perfil? — fala, preocupado. — Olha, passo esse perfil porque conheço você há anos e sei do seu senso de responsabilidade, assim como sei, também, que nunca se aproveitou do conhecimento que recebeu dos grandes membros do BDSM com a finalidade de dominar qualquer situação ou pessoa apenas para seu próprio deleite. Admiro você por se afastar do BDSM justamente por sua seriedade, já que não pode se dedicar como deve ser, optou por não praticá-lo. Só posso desejar boa sorte com a sua quimera, bonequinha...

Assim como eu, ele tem a mesma preocupação em ser sério e não vê qualquer problema em me delegar o perfil. E, claro, tão logo ele se despede, já volto a acessá-lo, escrevo uma saudação e fico logado para poder ver caso ela fique on-line.

Voltando ao presente, continuo logado, não sabendo se minha estratégia vai dar certo nem se meu tiro não vai sair pela culatra. Ela ainda não se manifestou e eu fico aqui, como um bobão, olhando para a tela do celular sem saber o que fazer, dependendo da sua iniciativa.

— Este não sou eu! Onde já se viu, com tantos problemas profissionais, ainda cedo o poder a alguém para tomar a iniciativa de uma aproximação! — esbravejo, decidido a focar na pauta da minha reunião do dia seguinte.

Como de costume, acordo praticamente em cima do computador, que está caído do lado direito da cama, com a tela aberta. Mais uma noite em que pego no sono trabalhando... Aperto qualquer tecla, apenas para ele ligar e eu me certificar da hora. Quando vejo, no canto superior direito, há mensagens no Facebook, entre elas, uma que esperei a noite toda para receber.

Patrícia Alencar Rochetty: *Bom dia, meu futuro amigo! Desculpe-me pelo sumiço, mas, não pude evitar e acabei adormecendo nos braços de Momô.*

— Só se for bom-dia para você, madame! — Meu modo possessivo toma conta de mim. Que diabos, essa menina não tem noção de nada? Como é que tem a cara de pau de saudar um amigo virtual contando que dormiu nos braços de um infeliz! E ainda mais com um apelido brega: Momô!

Dom Leon: *Bom dia para você também. Espero que esse tal de Momô tenha feito você dormir bem.*

Sem aguardar resposta, fecho a tela do notebook, desiludido. Sigo meu dia, sem querer pensar na minha insensatez ao desejar desenterrar um passado que, quase certamente, não vai me levar a nada. Mulheres daquele tipo existem aos montes e, de mais a mais, penso de forma até deveras patética, só o que me enfeitiçou nela foi mesmo aquela pinta "possua-me"...

No fundo, ouço uma vozinha crítica: "Hum, faz de conta que acredito..."

Patrícia Alencar Rochetty...

Literalmente falando, desmaiei a noite anterior! Enquanto tomo meu *shake*, olho a agenda do dia, no bloco de notas do celular. Acabo me lembrando da conversa que tive com o tal Dom. Então, bem rapidinho, para não me atrasar, entro no meu perfil e vejo que ele deixou mensagens. Sinto-me culpada por não ter me despedido e escrevo uma saudação de bom-dia, explicando que adormeci nos braços de Momô, nome carinhoso pelo qual chamo Morfeu, deus alado dos sonhos noturnos. Muito cá entre nós, eu me sinto íntima dele, porque, justamente por não ter problema algum para adormecer logo que me deito, já me sinto abraçada por esse ser mitológico, em uma entrega que, invariavelmente, perdura a noite toda.

Toda última sexta-feira do mês fazemos uma reunião geral com os funcionários, incluindo desde a copeira até o gerente. Isso tem aumentado a produtividade e o rendimento de toda a equipe, gerando satisfação de nossos clientes. Um ponto determinante é que não deixamos nada pendente e discutimos todos os problemas corriqueiros de forma amigável.

Aqui não tem rádio peão e, se existe uma questão séria, a levantamos e a discutimos civilizadamente. Decidimos optar por essa espécie de "lavagem de roupa suja" depois que alguns funcionários começaram a fazer jogo de empurra com os problemas que surgiam, o que originava uma série de picuinhas.

Participei de muitos cursos, conferências e treinamentos de RH, aprendi um pouquinho aqui, outro pouquinho ali, e decidi fazer um pouco diferente. Em princípio, todos tomaram um choque, mas, considerando os aspectos emocionais e produtivos, não acho saudável que, após uma reunião com a diretoria, alguém fique inibido ou chateado porque foi citado em uma "lavagem de roupa suja".

Então, nossa reunião consiste em premiar os funcionários que se destacaram no mês. Eles ganham um vale-compra de valor variável, dependendo da sua atuação. E é aí que entra o grande lance da brincadeira, porque aqueles que não foram contemplados ficam encarregados de, durante o mês, ajudar as copeiras a trocar todas as garrafas de chá e de café.

A copeira mais antiga, D. Laurinha, diz que não é justo, que ela nunca terá ajudantes, uma vez que todos são premiados. Assim, o pessoal anda superantenado com suas obrigações e, em consequência, temos um local de trabalho harmonioso.

Assim que a reunião termina, a Babby segue até minha sala, que fica no meio do corredor. Mesmo depois que virei sócia, quis permanecer nela, que sempre foi confortável e espaçosa. Além disso, só de pensar em ocupar a sala do antigo sócio e imaginá-lo a me observar lá do inferno causa-me calafrios... Então, convertemos o local em arquivo morto... palavra feia, mas, oportuna... Aliás, dizem as más línguas que todo mundo se benze várias vezes antes de entrar lá.

Enquanto falamos sobre o almoço de domingo na casa dela para comemorar o dia das crianças, ouvimos uma voz no corredor.

— Olá!

Olhamos ambas para a porta e a Babby sorri com simpatia e curiosidade. Eu, por outro lado, fico vermelha como um pimentão. Henrico, o grande amigo da Babby, um dos nossos maiores clientes, está parado do lado de fora, encarando-nos com um sorriso.

— Henrico! Há quanto tempo, meu amigo! — Ela se levanta para cumprimentá-lo.

— Desculpem-me pela intromissão. Estava indo à sala do Rogério e não pude deixar de dar um olá para minhas contadoras prediletas.

Uma ova que foi só para isso, penso comigo, fazendo cara de paisagem. De boca fechada, ele é lindo de morrer, com seus olhos maravilhosos e um sorriso Colgate que, por sinal, faz-me lembrar dos seus cavalos. Mas não vou ficar tão entorpecida a ponto de engolir essa!

— Como vai, rei dos cavalos? — Estendo minha mão que, automaticamente, vira o ponto do meu corpo usado por ele para me puxar e dar um beijo no rosto, ou melhor, quase que no canto da boca! Atrevido!

— Apenas um mero administrador de vários haras... Olá, pequena! — diz ele, já com a mão na minha cintura.

Ai, meu pai! Ou ele está elétrico ou meu corpo está dinamitado, se é que essa palavra existe! O toque de sua mão quente gera uma descarga elétrica em mim e detona uma série de pequenos choques e explosões. Só pode ser efeito daquele tal tantra!

A desaforada da Babby, vendo a intimidade do rapaz, decide entrar em ação.

— Você chegou em ótima hora. — Lanço a ela um olhar ultravioleta. Se ela falar alguma coisa, vou lhe quebrar seu lindo narizinho. — Estávamos agora mesmo combinando um almoço, domingo, lá em casa, né, Patty? — fala, encarando-me, retribuindo meu olhar com expressão malandra. — O que acha de vir juntar-se a nós?

Reviro os olhos e escapo depressa das mãos dele. Ela me paga! Ah, se paga!

— Amiga, ainda não confirmei! — Faço cara de inocente. — Eu disse a você que tinha um compromisso.

— Ah, Patty, mas seu compromisso é só pela manhã! Além disso, as missas costumam durar apenas uma hora. E não acredito que o padre fará um sermão muito demorado, não é?

Danada de uma figa!, penso comigo, não querendo xingar mentalmente a mãe dela que tanto amo.

— Vamos ver, amiga, porque me comprometi com os fiéis da igreja a ajudar na catequese. — Segura essa, eu também sei brincar.

Ele fica olhando para nós duas e parece entender meu recado, mas, claro, como um perfeito cavaleiro, não cai da montaria.

— Poxa, pequenas, adoraria almoçar com vocês, mas, no domingo, terei de participar de um leilão de cavalos de raça e, infelizmente, não posso faltar.

Levanto a sobrancelha e entorto a boca para minha melhor amiga, como se lhe dizendo: tomou?

— Que pena, vamos marcar para outro dia, então — diz ela sorrindo ao ver minha expressão.

Quando tenho a impressão de que ela vai aprontar mais alguma, respiro fundo e sigo para trás da minha mesa, com passos pesados, para ver se ela se contém. Conversamos algumas banalidades, nada formal, Henrico começou a falar de um empregado de um de seus haras e, quando penso que escapei, ele solta uma pergunta.

— E você, Patrícia, casou ou está comprometida? *O que interessa isso?*, penso comigo e, sem conseguir segurar minha boca, que parece ter vontade própria, solto.

— Sim! — digo.

— Não! — diz a Babby, junto comigo.

Ele olha para nós.

— Comprometida sempre com o Senhor meu Deus. — Putz, olha o absurdo que acabei de falar! Logo eu e a Babby já estamos chorando de rir. O Henrico fica totalmente desconcertado, mas não resiste e se junta a nós, rindo muito da palhaça que sou.

— Se seu compromisso é só com Deus, acho que Ele não vai se importar de você jantar comigo hoje, não é?

Mas nem que a vaca tussa! O cara só sabe falar de cavalo! Imagina se vou aguentar ouvi-lo despejar seus conhecimentos sobre cultura equina durante horas! Gente, aposto que é capaz de me dizer que comprou até o Cavalo de Troia para invadir meu coração!

— Não, obrigada! Não posso. Tenho um compromisso inadiável hoje com o pessoal do escritório. A gente marca um outro dia — respondo mais rápido desta vez do que a minha amiga da onça.

— E depois do compromisso? — Que insistente! Vejo a lambisgoia da Babby piscando para ele. — Ah, qual é? Você precisa comer. — Isso é problema meu! Qual foi a parte do meu não que ele não entendeu? — Eu quero companhia, não gosto de comer só — diz, com cara de cachorro abandonado. — Vamos, jante comigo hoje, eu pego você no local do seu compromisso.

Um cara chato é mesmo desanimador! Definitivamente! A salvadora da pátria se apresenta ao perceber que vou mandá-lo catar conchinha na praia.

— Sem querer me intrometer, mas esse compromisso com o pessoal do escritório costuma durar a noite inteira. Vocês podem sair outro dia.

— Verdade! Nunca sei que horas costumo sair desses compromissos, eles são sempre tão demorados! — ironizo.

Sem clima para o amor, ele se despede e, desta vez, nem chego perto, fico sentada e comportadinha atrás da minha mesa. Só a mãozinha, queridinho... nada de choquinhos.

— Posso tentar entender o motivo pelo qual não aceitou nem ao menos jantar com um amigo? — pergunta a sem noção.

— Tenho happy hour com o pessoal, já disse. — Eu me limito a responder.

— Ah, claro! Convenceu-me, pois, como o nome já diz, happy hour, meu bem! E, pelo que sei, geralmente a noite é uma criança para a senhora.

— Não mais. Como você é uma mulher casada há anos — enfatizo —, e não tem saído com a turma do escritório, desconhece que esses encontros não têm fim. *Só para eles*, penso comigo. — Sou a responsável pela contratação da van que nos leva para casa. Coisa que, por sinal, na sua época de solteira, não era necessária, porque não existia Lei Seca. — Essa desculpa foi esfarrapada, até eu tenho que reconhecer...

— Acorda para a vida, Alice! Você não está no País das Maravilhas! Quem você acha que engana com essa desculpa, eu ou você?

— E você virou o quê, agora, a Bruxa do 71? Ou você acha que não percebi que queria me jogar para cima dele de qualquer jeito? — respondo, com outra pergunta.

— Não... sou sua amiga há anos e, por isso, sei o quanto foge de encontros. Você formou uma muralha em volta desse coração e não permite que ninguém se aproxime dele. Quando ele a tocou, eu percebi o que aconteceu. — Faz cara de safada. — E, diga-se de passagem, você ficou bem corada... Sei observar a natureza humana, amiga. E, como boa observadora que sou, sei que ele causou algumas faíscas aí dentro.

— Só se for faíscas de nojo. O cara é um porre!

— Todos sempre têm algum problema. — Ela se levanta, sabendo que não adianta tentar argumentar, já conversamos muito sobre isto. — Agora, vou pegar meus pequenos e apertá-los muito. Espero por você domingo em casa. — Despede-se. — Ah, já ia me esquecendo... — Ela se volta e diz. — Pegue um pouco de água benta na missa e leve para nós no domingo.

Jogo uma bolinha de papel na direção dela, que fecha a porta na minha cara.

— Desaforada! — Rio.

Capítulo 9

Carlos Tavares Júnior...

Fiquei logado praticamente o dia todo em um determinado site e perdi a conta de quantas vezes abri a tela na página inicial do perfil.

Pela primeira vez, exigi que todas as reuniões convocadas em caráter de urgência fossem realizadas em minha sala, local que sempre preservei porque me transmite muita paz, aconchego e conforto. Esqueci meu notebook em casa e, por coincidência, também meu carregador de celular. Antes de confirmar as reuniões na minha sala, pedi a minha secretária que tentasse conseguir algum carregador emprestado, mas ninguém tinha um com a mesma entrada do meu.

— Só posso estar louco! — Eu me pego falando sozinho. Onde já se viu ficar conectado praticamente 24 horas, na esperança de apenas uma explicação por parte de uma mulher da qual não sei absolutamente nada, nem ao menos se é casada com um tal de Momô!

Embora passe das 18h, o céu ainda está claro. Adoro esse horário de verão, mas o calor de mais de 30 graus que faz aqui em Cabreúva não é abrandado nem mesmo pela mais leve brisa de fim de dia. Afrouxo o nó da gravata e abro o colarinho da camisa. O alívio instantâneo me permite respirar fundo, e me alegra também o fato de ser o término de mais uma jornada de trabalho atribulada. Enfim estou novamente em meu país, depois de mais de um mês viajando a negócios.

Não que a viagem não tenha sido compensadora, mas voltar a meu mundo e a meu dia a dia me faz ver o quanto senti saudades de pequenas coisas. Há meses venho tendo uma rotina estafante, não sei o que é ter uma vida social longe de compromissos agendados, e hoje, por incrível que pareça, é um dia atípico, porque estou livre! Não penso duas vezes e ligo para meu grande amigo Nandão.

— Boa noite, boneca! Tem compromisso para hoje? — digo, logo que ele atende a chamada.

— Na verdade, hoje estou louco para ter uma menina, mas, aproveitando sua ligação errada, se estiver a fim, vou adorar desvirginar sua retaguarda.

— Quem sabe depois de chupar uma bala da minha pistola bem no céu da sua boca! — provoco, rindo.

— E essa bala é de pólvora ou de goma? Porque acho que essa pistolinha aí não solta uma bala decente há muito tempo, considerando a carga horária de trabalho que o Sr. Todo-Poderoso estabeleceu para si mesmo.

— Preocupado com a minha vida sexual, boneca?

— De forma alguma. Diga aí a que devo a honra dessa ligação tão ilustre, às 18h26? E não me venha dizer que precisa de mim para um trabalho porque já estou na estrada, indo a São Paulo para uma festa, cujo convite, aliás, lhe enviei por mensagem e você nem se dignou a responder! — É disso que estou precisando, alguma coisa para limpar minha mente. Se ele já está na estrada, é porque o negócio promete.

— Em qual quilômetro você está?

— 56.

— Pare no primeiro posto. Em 20 minutos, encosto na sua traseira.

— Não duvido disso, mas, pela urgência de me encontrar, acho que certo perfil de uma menininha está mexendo com a cabeça da bonequinha...

— Deixe-me encostar na sua traseira para você ver o que é que vai mexer... — Desligo sem lhe dar chance de resposta.

A luminosidade do fim de tarde é refletida por minha Mercedes SLK 250, parada no estacionamento. Assim que entro, já conecto meu celular no carregador veicular, mais um sinal de minha obsessão por certa pessoa. Giro a chave na ignição e o ronco inconfundível da minha máquina já me traz a sensação de liberdade. A emoção de ver a capota abrir faz com que eu perceba que preciso muito de um momento de lazer.

Não foram só o design agressivo e a linha esportiva que me atraíram quando comprei esta máquina, mas também todos os itens de performance, segurança e tecnologia. Sempre gostei de velocidade e do poder de domar uma fera em minhas mãos. Sentir o ar livre contra mim é inexplicável, o horizonte adiante e o som do vento me proporcionam momentos prazerosos.

O trajeto de 30Km foi coberto sem qualquer emoção, pois cheguei em quinze minutos cravados, encostando atrás do carro do Nandão, um Camaro amarelo nada discreto.

— Onde você comprou essa bebida não tinha coisa melhor? — pergunto a ele assim que saio do carro e o vejo tomando uma Germânia.

— Até tinham, só que com álcool. Como estou dirigindo, não quis arriscar. E até que essa sua carroça anda bem... — fala ele, apontando meu carro. — Nem tive tempo de comprar mais uma lata desta aqui para você.

— Essa carroça vai colar na sua traseira daqui até São Paulo.

— Vamos ver.

Combinamos o itinerário e seguimos caminho, brincando um pouco com a velocidade, coisa de adolescente que nunca nos abandona. Por incrível que pareça, esse trajeto de boas risadas, em que cortamos alguns carros, fez com minha memória me desse uma trégua, e esqueci de conferir as mensagens no celular.

O Nandão continua morando em São Paulo. Ele prefere dirigir 90Km até Cabreúva diariamente porque gosta de agito, buzinas e poluição. A cidade pequena é muito pacata para seu estilo de vida agitado, em que sai praticamente quase todos os dias. Eu, por outro lado, prefiro a tranquilidade de voltar sempre à fazenda e renovar minhas energias, o contato com a natureza é maravilhoso e, só de pensar em enfrentar todos os dias o trânsito de São Paulo, desisto de qualquer possibilidade de abandonar o meu cantinho.

Mantenho um apartamento no Bela Cintra Flat Service, uma opção confortável e segura para quem, como eu, não dispõe de tempo para a rotina de uma casa, além de não ter que manter funcionários para cuidar do lugar. Essa praticidade de me hospedar em meu próprio apartamento como se estivesse em um hotel é perfeita para mim. Minhas roupas sempre estão em ordem e, quando há algo que não quero mais, deixo um bilhete para as camareiras e elas mesmas decidem o que fazer. Na fazenda, minha ex-babá e fiel escudeira de sempre administra tudo com eficiência irrepreensível.

Assim que chego ao apartamento, tomo uma ducha rápida, verifico minha caixa de e-mail e, como uma droga que me viciou em apenas algumas horas, abro o perfil do Dom Leon.

Nada!!!

Irritado e contrariado, pego minha chave e a carteira e sigo para o meu destino, uma festa que veio a calhar hoje. As festas do Mazur são sempre cheias de belas meninas, um verdadeiro desfile de beleza e onde acabo reencontrando vários amigos. O Nandão, por sua vez, não perde a oportunidade de querer saber o motivo da minha súbita decisão de ir para São Paulo.

— E aí, florzinha, vai contar do que está fugindo esta noite? Pelo visto, está aprendendo bem com a fugitiva... Ela já começou a influenciar suas ações de evasão, é? — provoca, curioso. — Ou será que ela fugiu de novo, e desta vez virtualmente?

Disfarço e pego duas cervejas, entregando uma a ele, sem vontade de dar mais explicações. Droga! As coisas não aconteceram conforme minhas expectativas. No meio de toda a confusão em que estou vivendo, ainda ter de lidar com a curiosidade do Nandão vai ser estressante. No mínimo, aturarei um ano de gozação.

— Só para constar, não estou fugindo de nada... E a tal fugitiva, nem falei com ela ainda... — minto. — Vai se sentir no direito de saber tudo agora, gatinho, só porque me emprestou seu perfil do Dom Miau?

— Se ainda não se esqueceu, somos grandes amigos há anos... — comenta. — Portanto, apesar de não ligar por você mentir para mim, frutinha, ainda sei quando o faz... Quanto a querer saber de tudo só porque lhe cedi o perfil, relaxa, porque não vou ficar xereta depois de velho, ok? Esse perfil já é todo seu, fique tranquilo.

— De jeito nenhum, vou devolvê-lo a você antes que possa imaginar ou miar, porque ela fará parte do meu mundo real tão rapidamente quanto eu puder fazer acontecer! — Penso que só preciso me encontrar com ela virtualmente mais algumas vezes.

Com olhos de águia, avisto uma preciosidade, com cabelo dourado e um corpo escultural, curvas no lugar certo, do jeito que me atrai... Levando-se em conta que estou em abstinência há algumas semanas, a frustração e o ciúme ao saber que minha menina dormiu nos braços de outro cara e o olhar sagaz do Nandão, não perco tempo em me lançar à conquista da linda menina e desfrutar do melhor fim de noite possível.

— Vê se aprende como se conquista uma menina, Dom Miau! — Dou uma arranhada em seu ombro, e uma miada. — Até qualquer hora...

Após um tempo de conversa e insinuações sensuais, nós dois entramos na mesma vibe e decidimos qual o melhor local para nossa conversa terminar. Sendo das mulheres o grande poder na hora da conquista, porque são elas que decidem quem querem, como querem e na hora que desejam, eu prefiro agir com atitudes, não apenas com palavras e papo-furado.

Assim, depois de algum tempo no motel, segurando firmemente no cabelo dourado preso, após já termos passado por todo o ritual de preliminares e arrancado nossas roupas, digo, entre gemidos:

— Isso, menina linda, chupe gostoso assim!

Duas esmeraldas me encaram enquanto ela toma todo o meu comprimento até a garganta. Ela lambe meu membro da base até a ponta, e que delícia de língua ágil... embora não tenha nenhuma pinta acompanhando o movimento de sua boca... Que raio de pensamento é esse? Contraio todos os meus músculos de tanta tensão diante da comparação mental e tento dispersar essas ideias.

— Vou foder essa boquinha quente e, depois, quero chupar e tomar todo o seu mel.

Pelo entusiasmo com que me suga ainda mais forte, soltando um delicioso gemido, acho que adorou a ideia. Para aumentar a provocação, acaricia com a língua cada pedacinho do meu órgão latejante... Minhas veias parecem que vão saltar e a intensidade da excitação faz-me querer premiá-la.

— Vem cá! — ordeno. — Quero te lamber toda e fazer você ter muito prazer.

Como dominador nato que sou, não consigo evitar dominar uma relação, comandando e orientando minha menina, nem que seja em uma transa baunilha. Não é porque não estamos em uma sessão de BDSM que devo permitir a uma mulher ditar as ordens! O prazer de ambos tem que ser determinado por mim, e isso é instintivo em meu comportamento, e, até hoje, nunca ouvi reclamações por parte das meninas com quem me relaciono.

Com as pernas abertas diante do meu rosto, ela fica totalmente exposta, e posso ver o brilho de seus lábios molhados, percebendo o quanto seu corpo anseia por meu toque. Mordo levemente cada um de seus lábios vaginais e ela geme de prazer... Esse é o sinal para eu ir adiante em um sexo mais selvagem, que me excita muito. Suas nádegas redondas e brancas como a neve clamam pelo contato de minha mão que, sem se fazer de rogada, acerta uma palmada certeira, deixando as marcas de meus dedos naquela pele lustrosa. Aguardo para sentir sua reação ao meu gesto; a resposta vem como um gemido alto. Ela aproxima sua vulva de meu rosto, suplicando por minha boca e gritando: "Mais"... A partir daí, é impossível para meu lado dominador não assumir o comando. Rolo-a na cama redonda e ato seus pulsos com seu próprio sutiã. Faço-a ficar de joelhos e apoiada em meu dorso. Agora é hora de minhas mãos e minha boca fazerem maravilhas para ela. Toda menina deve sempre ser cultuada e cuidada e ela vai saber que, ainda que só neste momento, ela faz de mim seu dono.

Minhas mãos deslizam por toda a extensão da sua pele, que se arrepia conforme aperto a maciez de sua carne... Sua respiração fica ofegante...

Seus olhos suplicam por mais... Sinto pulsações em meus testículos com sua submissão a meus toques e isso me deixa louco! Belisco seus seios, cujos bicos rolo em minhas mãos, e puxo-os com certa força... A sensibilidade e as sensações reveladas por seus gemidos desejosos acabam com o silêncio. Minha vontade é a de penetrá-la com força para sentir sua total rendição...

— Linda menina... — sussurro enquanto desço as mãos e deslizo meus dedos até sua cavidade lubrificada. — Tão preparada e molhada! — rosno, lambendo sua nuca com a ponta da minha língua, enquanto alterno palmadinhas e carícias em seu monte de Vênus.

Sinto sua musculatura interna contrair-se em volta de meus dedos, que a penetram com volúpia.

— Isso, menina, desfrute de meu toque... — Sua excitação exala o perfume natural do tesão e não resisto a levar meus dedos à boca para saborear seu mel. Ela levanta as mãos amarradas em uma espécie de súplica para me tocar e, instintivamente, coloco-as para baixo, acerto outra palmada no bumbum e digo: — Quieta! Apenas desfrute das sensações que causo ao seu corpo, minha menina!

De repente, ouço vários toques de notificações em meu celular, disparando sem parar, um atrás do outro... Por mais excitado e envolvido que eu esteja com a bela menina, fagulhas de curiosidade nublam o clima do momento e despertam minha razão... Por instantes, perco o foco e uso todas as minhas energias para buscar, dentro de mim, impulsos e vontade para retornar ao que estava fazendo...

Por que essa desafiadora tinha que se manifestar justo agora?

Se bem que podem ser mensagens de outras pessoas... Este pensamento, e os gemidos de protesto da linda menina que está comigo por eu ter interrompido a brincadeira, ajudam-me a retomar o ritmo anterior e a manter a atenção na mulher deliciosa que está rendida a mim.

Uma parte minha está distante, mas a vontade de deixar aquela menina satisfeita volta, mesmo que não haja mais romantismo no clima e tudo passe a ser mais mecânico. Em um movimento rápido, viro-a de frente, solto suas mãos, enlaço sua cintura com um braço e, com o outro em seu pescoço, puxo sua boca para a minha, em uma pegada forte e firme, de maneira a mostrar mais para mim mesmo que um homem, seja o que for, se leva uma mulher para a cama, tem de fazer com que ela saia completamente saciada de seus braços. Deito-a, mordiscando e beijando sua pele, aproximando minha boca de suas coxas. A visão de seus lábios vaginais molhados é perfeita para quem quer levar uma menina ao paraíso. Sua excitação é evidente. Literalmente caio de boca e, por meio de lambidas, sugadas e mordidas vigorosas, faço-a proferir uma litania de nomes santos e sagrados. Atendo seu desejo compulsivo preenchendo sua cavidade exposta com um dedo, depois dois, até chegar a três, dando estocadas fortes com eles, sem parar de saboreá-la, marcando a minha posse, até que ela grita em um orgasmo intenso.

— Bela visão, menina linda... Seus lábios carnudos e esse brotinho lindo estão me deixando...

Pim!!! Pim!!! Pim!!!

Som dos infernos, penso comigo! Olho para sua intimidade exposta e fico perdido por instantes em pensamentos, imaginando que raios de tantas são essas mensagens anunciadas pelo celular.

— Isso foi louco! — diz ela, com voz rouca e sedutora, fazendo-me mais uma vez sair do transe a que novamente me entreguei. Mais sons de notificação preenchem o quarto, e ela olha séria e profundamente para mim. — Se você tem de verificar o que é, faça! Eu entendo!

— Jamais faria essa grosseria com você, linda menina! — digo firme, tentando manter, com disciplina, minha convicção de que todo dominador tem de cuidar da menina com quem está. Ela me fita com intensidade e diz:

— Carlos, desde que começamos a conversar, percebi que seu celular parecia ser o centro de suas atenções. Apesar de concentrado em mim, você não parava de verificá-lo, mesmo sem perceber. Mesmo assim, eu arrisquei ficar com alguém tão simpático, lindo, claramente um dominador, porque nós, submissas, de um jeito ou de outro, acabamos sempre atraídas por eles! E não vou negar que o que tivemos até agora não me fez ficar nem um pouco arrependida de minha decisão. Mas sei que este mestre está focado em ser senhor de outra menina, para minha tristeza... Quer falar sobre isso?

Ela faz uma pausa, e fico olhando para seus olhos em um conflito interno imenso! Estamos tão concentrados um no outro que, quando nova avalanche de sons de notificação é ouvida, eu me assusto, dou um pulo e caio da cama! A linda e sensível menina não tem outra opção a não ser acompanhar a gargalhada alta e gostosa que solto. Para variar, é uma situação inusitada e característica à minha quimera, estando ela envolvida ou não. Até sem estar presente, se o fato tem a ver com ela, é completamente esdrúxulo. Não adianta, não posso e não consigo ignorar que estou totalmente obcecado por fazê-la minha. Enquanto isso não acontecer, este dominador de araque aqui parece que precisará permanecer em abstinência...

Porém, isso não quer dizer incapacidade de fazer feliz uma pessoa tão delicada e ternamente entregue a ele. Sem esperar mais, carrego-a em meus braços, tomo sua língua com a minha, apertando com as mãos a curvatura de sua deliciosa bunda e levo-a ao banheiro, preparo a hidromassagem e passo a cuidar de seu banho e de seu corpo, com todo a atenção que ela merece. A partir desse momento, tudo acontece naturalmente... Proporciono a ela mais dois orgasmos, com respeito e admiração ao corpo feminino, que me fascina... Meu vício delicioso...

Seus gemidos gostosos, apesar de me incendiarem, são insuficientes para que eu queira satisfazer os apelos de meu próprio corpo, em contagem regressiva para ser saciado por uma menina em específico. Seu olhar ofusca até o próprio brilho do sol sobre a imensidão do mar, mostrando-me o quanto ficou satisfeita com o que lhe propiciei. Enxugo-a, visto-a, penteio seu cabelo e, então, levo-a para sua casa. Na despedida, ela registra:

— Se a sortuda que prendeu sua atenção for pouco inteligente e não se render a você, saiba que estarei aqui pronta para ser cuidada por essas suas mãos e boca maravilhosas, meu senhor...

Capítulo 10

Patrícia Alencar Rochetty...

Este happy hour está sendo diferente...

Estamos no Bar do Portuga. Não sei por que resolvi liberar geral hoje e me rendi às bebidas servidas, o que me deixou levemente embriagada.

Acho que comecei a me sentir um tantinho alegre quando experimentei as primeiras doses do tal Limoncello, um licor de limão, delicioso e geladinho. Por incrível que pareça, ao olhar a garrafa, percebi que ingeri a bebida da mesma forma como transcorre o ano, isto é, quando a gente percebe, já está na metade...

Quem vê a quantidade de copos vazios em cima da mesa imagina que nosso nível de compulsão é como o de alcoólatras que lambem até o menu de bebidas...

— Gente!!! — Faço uma pausa, esperando a atenção de todas as descompromissadas. Isso mesmo, produção! Quando chegamos aqui éramos 12 pessoas, resumidas agora a apenas cinco mulheres: eu, a Camila, a Erika, a Denise e a Tatiana. Os casados e noivos já se foram. — Olha, definitivamente hoje o nosso amigo português caprichou no sal!

— Sal? — pergunta a Camila, estagiária do RH.

— Acho que sim, porque estou sentindo minha cabeça pesada e só pode ser por causa do sal dos petiscos... — Brinco com elas, tentando arrumar desculpas para minha tontura momentânea, como se eu tivesse beijado um cara feio na balada por falta de opção e depois justificando que estava bêbada.

— Eles capricharam é no fornecimento da bebida, isso sim!! — comenta a Erika, nossa contadora júnior.

Além de nós, só estão no bar os garçons, que já começam a limpar e arrumar as mesas. Porém, nossa animação é tão grande que os barulhos de cadeiras sendo arrastadas não atrapalham em nada. Pego meu celular para ver as horas e noto que há uma mensagem no Facebook, deixada ainda pela manhã.

> **Dom Leon:** *Bom dia para você também! Espero que esse tal de Momô tenha feito você dormir bem.*

Acho graça da frase dele e não paro de rir, chamando toda a atenção. As meninas me acompanham nas risadas, por causa de minha gargalhada louca e sem sentido para elas.

— Chefa, estou rindo porque está muito engraçado ver você gargalhar assim, mas, que tal nos contar o motivo da graça, hein? — pergunta a Tatiana, curiosa.

O efeito do álcool para destravar línguas é incrível, quando percebo, já estou contando minhas aventuras cibernéticas nas horas vagas e explicando a elas toda a situação com o Dom Leon.

— Patty, que excitante, mulher! Quero um Dom para mim também... — diz a assanhada da Denise, suspirando. — Já o imagino dizendo a você: "Vem pelada para a minha casa agora, que vou amarrá-la à minha cama e domar você".

— Ou, então — diz Camila — "Quero você toda nua quando chegar à sua casa... ajoelhada no chão, com as mãos para trás... vou foder até os seus miolos"...

Não basta ser velha e encalhada, penso comigo. É preciso ser fã de *Cinquenta tons de cinza* e imaginar todo Dom igual a um verdadeiro Grey.

As cinco loucas riem e gemem alucinadamente.

— Tem mais, meninas! Hoje de manhã vi que ele tinha deixado várias mensagens na noite anterior, então, mandei uma mensagem pedindo desculpas e explicando que tinha adormecido nos braços de Momô... — Quase não consigo falar, de tanto que estou rindo.

— Está poderosa, hein, Patty? Fala com um Dom pela internet e, ao mesmo tempo, dorme abraçada com outro!!! — grita a Tati, do outro lado da mesa.

— Até você, Tati!!! — Acho que vou rir até o ano que vem sem parar!!! Respiro fundo e tento explicar, em meio ao riso. — Momô é o Morfeu, deus do sono! Não conhece a expressão "dormir nos braços de Morfeu"? — As meninas entram em delírio e juntam-se a mim nas gargalhadas.

— Imagina a cara do tal Dom quando viu a mensagem. Deve ter pensado: "A safada é comprometida, mas fica dando mole no Facebook"...

— Ele é bonito? Conte-nos tudo, pois tomar umas chibatadas de homem feio não dá, né? Com bonito já é difícil de engolir... — A Erika é a mais animada.

— Beleza não é tudo, gente! — exclama a Denise.

— Pode não ser tudo, mas, vamos combinar, o principal é ter dinheiro e um belo e grande chicotinho... ahhhhhh, meu príncipe Grey — suspira a Camila.

— Vamos falar com ele — sugiro para as meninas.

— Uhul!

— Adorei

— U-lá-lá... Já estou sentindo calor! — Todas festejam, animadas.

— Que tal provocarmos a fera? — sugiro, empolgada e corajosa por causa da embriaguez. Todas concordam gritando e batendo palmas.

Patrícia Alencar Rochetty: *Boa noite, Dom Leon!!!*

— Vamos esperar, ele está on-line! — digo feliz, levantando o copo com o licor de limão. Venha brindar comigo, Dom gostosão.

Cinco minutos se passam e nada de resposta.

— Meninas, ele desistiu de mim! — Faço bico. — Mas, mesmo assim, como não gosto de deixar dúvidas, vou explicar para ele quem é o Momô.

A bebida faz isso com as pessoas, dá coragem quando não se tem, ousadia quando se é tímida e perda da noção de limites... Conclusão: libera geral!

Patrícia Alencar Rochetty: *Sim, como na maioria das noites, ele faz com que eu durma maravilhosamente bem... Mais relaxada, impossível!*

Repito o que escrevi em voz alta para elas saberem.

— Você vai ficar provocando o macho alfa, é? Patty, diga logo quem é o Morfeu! — repreende-me a Tati.

Pego o celular e vejo que ele não respondeu nem visualizou. Deve ter ficado chateado por eu não ter respondido logo... Acho que esses dominadores querem controle até a distância e, quando as submissas não correspondem, tentam fazer dominação "teleguiada", torturando-as psicologicamente com a indiferença.

Patrícia Alencar Rochetty: *Você não está achando que o Momô é algum namorado, né?*

Nova espera sem sucesso. Ele igualmente não responde. Começo minha explicação.

> **Patrícia Alencar Rochetty:** *Dom Leon, costumo dormir SEMPRE abraçada a Morfeu e, sem querer ofender sua masculinidade, acredito que vc também durma abraçado a ele.*

Leio novamente, tão logo envio a mensagem.

— Você é louca, amiga? E se ele não souber quem é Morfeu? — indaga a Camila.

— Aí ele tem duas opções. Uma é a de me perguntar, outra é a de pesquisar na internet. Vamos lá, meninas, se esse Dom, rei das palavras pelo que li em suas postagens, é tão sem cultura geral assim, nem o ter como amigo de Facebook eu quero! Não menosprezo ninguém por ignorar o saber mais universal, mas uma mulher tem de estabelecer alguns parâmetros condizentes com suas preferências ao se relacionar com um homem, não é?

— Patty, como diz a Babby, você está se tornando quase uma freira e seu celibato está abrindo uma porta no céu para quando você morrer! — Deixa a Babby e a Camila pensarem assim, as iludidas.

— Bem, se você pensa assim, saiba que está muito enganada... Eu só não fico gritando minhas conquistas aos quatro cantos. E também não é verdade que eu queira ir para o céu, porque é no inferno que o bafão acontece, minha linda! — respondo, mal-humorada! Que saco essa mulherada ficar se metendo em minha vida pessoal!

— Diga a ele apenas e claramente que você não namora, Patty! — fala a minha sempre defensora e amiga Tati. — Camila, ex-ficante é igual a banheiro público, meu bem! Só serve na hora que a necessidade aperta muito, o que não é o caso da Patty, que não tem problema algum para passar para o próximo da fila. E tenho certeza que, quando ela arrumar o cara certo, não irá dispensá-lo.

Por alguns instantes, mudamos de assunto, mas o fato de ele estar on-line e não me responder me intriga. O teor alcoólico em minhas entranhas continua aumentando e serve como pilha para meu atrevimento. Não é que eu esteja a fim do cara, que nem sei se existe de verdade, mas adoro um desafio! Sem poder me conter, continuo com minha peraltice de insistir até ele responder.

Patrícia Alencar Rochetty: *Dom Leon, sua recusa em falar comigo é algum tipo de castigo?*

As meninas ficam tão envolvidas em ouvir o garçom de língua presa falar que nem prestam atenção em mim, novamente grudada no celular.

Patrícia Alencar Rochetty: *Confesso, pensei que os castigos no seu estilo de vida fossem chicotadas e palmadas...*

Desaforado!, penso comigo. Se esse Dom Leon for mesmo um dominador na vida real, vai ficar uma fera com minhas provocações.

Patrícia Alencar Rochetty: *Bem, pelo jeito, seu pedido para eu continuar nossa amizade não está mais de pé, porque, apesar de estar on-line, se recusa a falar comigo. Vc não imagina o quanto estou desolada com isso... Talvez nem Momô possa me consolar! Acho que vou tomar mais uma dose.*

Por um momento, penso que o efeito do álcool está quadriplicando a minha visão. Ou, então, a concentração na minha bravata pelo celular está me confundindo... O fato é que, ao forçar minha vista, percebo que, de fato, há quatro garçons com cara de poucos amigos na frente de nossa mesa, só nos esperando pedir a conta! Justo hoje que quero aproveitar a noite! Droga, eles é que são os culpados disso tudo, já que serviram esses lubrificantes destrava-línguas a noite toda.

— Ei, garçons, vocês querem vir conversar com a gente? Aqui, ó! — A Denise aponta para nós. — Uma é mais carente que a outra... A carência aqui é tanta que nós desabafamos até com o atendente de telemarketing — fala, entre soluços fingidos.

— Vocês estão rindo da gente ou para a gente? — pergunta a Tati, rindo.

É hora de ir. As meninas estão uma pior que a outra e percebo que realmente bebemos demais. O resto de sanidade que ainda me sobra me faz pedir a conta.

O motorista da van já está na porta esperando e, desta vez, ele tem um trabalhinho extra, ajudar cinco mocinhas levemente alegres a se acomodarem nos bancos.

No caminho, o balanço é tanto que mal consigo digitar uma mensagem de despedida a esse arrogante Dom silencioso.

> **Patrícia Alencar Rochetty:** *Estou indo para casa, mais para lá do que para cá, devo confessar, sentindo-me desprezada pelo meu ex-futuro amigo.*
> *Durma bem, Dom Leon! Se não for nos braços de Morfeu, que seja com Nix, a deusa da noite.*

— Dona Patrícia! — ouço uma voz chamar ao longe. Abro os olhos, um pouco desorientada. — Chegamos.

Desde o começo da Lei Seca, o seu Zé tem bancado nosso motorista às sextas-feiras. Geralmente converso com ele por todo o trajeto, quando deixa cada uma em suas casas, eu sempre a última... Prefiro assim, uma vez que o escritório pode muito bem fazer a cortesia de se responsabilizar pelo pagamento do serviço, como um agrado aos funcionários, permitindo que possam relaxar em um momento de lazer.

— Boa noite! Até a semana que vem! — Despeço-me.

— Lar, doce abacaxi... — Ele parodia o Bob Esponja, até imitando sua risada infame.

Sonolenta, caio no sofá e, no primeiro sapato que tiro, já sinto a necessidade de um banho urgente.

— Ah, não! Somente hoje mereço pular o banho, vai... — Meu corpo se recusa a levantar do sofá. De repente, tomo o maior susto quando meu celular apita, anunciando uma mensagem do Facebook. — Escuta aqui, sei que é você, Dom Leon... Só que seu tempo para falar comigo acabou há mais de uma hora... Durma nos braços do raio da Mumu, que deve ser a vaca que estava com você até agora!

Carlos Tavares Júnior...

Já é madrugada quando finalmente volto para o meu flat. Muito impaciente, mesmo tendo ficado com uma belíssima menina a noite toda. A curiosidade que queima meu peito e invade a minha alma me incita a pegar o celular e verificar as mensagens. Isso está acabando com meu juízo. Poderia estacionar no meio-fio para fazer isso, porém, além de perigoso, pois estamos em plena madrugada de São Paulo, preciso de total atenção para compreendê-las. Em outras ocasiões, ainda estaria desfrutando da noite com a mulher que acabei de deixar em casa... Mas hoje! Algo diferente está me incomodando.

Até arrisco umas olhadelas nas mensagens, mas não gosto do que vejo.

— Que droga! — Bato no volante assim que constato que a bateria descarregou. — Hoje este celular está conspirando contra mim!

Passo pelas ruas solitárias com uma pressa e uma urgência inexplicáveis, com a sensação de algo se iniciando. A garoa fina umedece o para-brisa e isso me faz redobrar a atenção ao dirigir, principalmente nos cruzamentos. Uma única experiência do passado foi um aprendizado para a vida inteira.

Chego ao apartamento e logo agarro o carregador. Escovo os dentes e tiro a roupa antes de me debruçar no celular para conferir o que atrapalhou minha noite.

— Mas o que é isso? — Há algo me atormentando há dois dias, mas, finalmente, o mistério é desvendado pelas mensagens que leio. Rio sozinho, balançando a cabeça, sentindo um alívio tremendo... — Então, o tal do Momô é Morfeu!? — Essa mulher só me surpreende! E pensar que fiquei irritadíssimo com essa história de ela dormir nos braços de alguém!

> **Dom Leon:** *Boa noite, menina da pinta charmosa!!! Nunca, na minha vida, imaginaria que o seu Momô fosse Morfeu. Digamos que prefiro, realmente, dormir com a mãe dele, Nix... Nada contra ele, mas, mulheres fazem mais meu estilo, mesmo que do Panteão Olímpico... kkkkk... Gostei de saber que prefere dormir com deuses do que com anjos. Se cuida!*

D. Patrícia, quando disse que, desta vez, será do meu jeito, não estava brincando. Vou mostrar a você que o gelo queima tanto quanto a chama de um olhar perdido na noite escura. Continuo visualizando suas mensagens, feliz ao ver o conceito que ela tem de castigo.

> **Dom Leon:** *Menina da pinta charmosa, nem sempre uso o chicote como um castigo! E minha ausência, desta vez, tampouco foi um castigo... Você faz uma ideia errada de um relacionamento D/s.*

Gosto de saber de sua curiosidade sobre como é um bom castigo, acho que encontrei um ponto em que me apoiar para construir nossa futura amizade. Adoro uma menina rebelde. Quando minhas mãos tocarem seu corpo, ela imediatamente reconhecerá a quem pertence e quem é o único que pode satisfazê-la como deseja e necessita. Saberá que um dominador sem submissa é como um piano sem teclas, incapaz de produzir o som que trará prazer. Pensativo, vejo, incansavelmente, sua imagem límpida em minha mente, bem como as cenas de todas as vezes em que nos encontramos.

Menina charmosa, essa pinta será a minha morte, penso, olhando sua imagem na tela.

Assim que fecho as páginas, algo me incomoda. O fanfarrão do Nandão é muito inteligente, admiro sua coragem em criar esse perfil, mas o avatar que ele escolheu é bizarro! Usar a figura de um leão é o fim... Busco imagens e seleciono a de um lindo leopardo, com olhos da cor dos meus.

— Vamos começar as brincadeiras, minha menina! — Troco a imagem, na esperança de que ela perceba. Irritado comigo mesmo, levanto a sobrancelha ao chamá-la de minha menina... Como posso pensar assim? Não tenho tempo e nem quero uma menina agora. Na verdade, acho que essa nossa história mal resolvida ainda mexe comigo. Jamais gostei de deixar nada pela metade e suas fugas, tanto quanto a provocação que me fez em nosso último encontro, se assim posso chamar o que aconteceu, deixaram-me com um gostinho de quero mais. Descobrir seu nome completo naquela coletiva de imprensa foi a revelação que sempre esperei. Patrícia Alencar Rochetty... Nunca um sobrenome foi tão importante e, em questão de horas, já tinha toda a sua ficha em mãos.

Daí, começou minha frustração. Quando liguei para seu celular e ouvi sua voz, não tive dúvidas de que era ela. Mas ela recusou-se a admitir, acho que já desconfiando que falava comigo. Ainda não entendo por que ela fugiu todas as vezes em que tentei estabelecer contato. Estacionado em frente a seu prédio, foi fácil identificar o andar de seu apartamento e, pela luz acesa, saber que ela estava lá. Liguei novamente, só que em seu telefone fixo. Já tinha chegado até ali, não ia desistir na primeira tentativa. Na verdade, nem tinha nada em mente, segui um impulso, pois tudo aquilo estava me excitando muito.

Só de me lembrar dela na sacada de seu apartamento e começando aquele show erótico para mim, tão linda, livre, na penumbra, sinto meus testículos doerem. O único desejo que senti naquele momento, ao ver seus gestos sedutores, foi o de vê-la a meus pés, totalmente entregue a mim, pronta para me receber. Eu lhe daria tudo o que seu corpo desejasse e necessitasse. Eu a levaria a lugares e a faria experimentar sensações nunca imaginadas. Só pensar isso me excitava cada vez mais. Se tivesse obtido permissão para subir, a faria implorar por meu toque, trêmula e ansiosa. Mas esse momento de lascívia foi interrompido em questão de segundos. Não me conformo por ter sido fraco e não ter invadido aquele apartamento, mas o que me deixou mais irritado foi ser flagrado pela ronda do bairro! E a danada nem ao menos veio em meu socorro, limitando-se a mandar uma mensagem...

> *Amor, vou demorar para chegar, acho melhor você ir embora! Ligo para você depois. Beijos e boa noite. Não esqueça de sonhar com meu show!*

Sua mensagem foi um bom argumento para me livrar dos guardinhas do bairro e não acabar em uma delegacia, porém, também totalmente desestimulante. O que parecia ser uma noite promissora acabou se revelando um fracasso. Mas isso não foi suficiente para me fazer desistir, muito pelo contrário, fez com que eu quisesse tê-la ainda mais em meus braços. Por dias, tentei abordá-la, pensei em ir até seu trabalho e me aproximar, só que, como sempre, ela conseguiu safar-se, não me ligou nem deu justificativa pelos reais motivos para não se aproximar de mim. Deixou apenas uma aura de mistério a me instigar.

Na época, isso, aliado à situação delicada que a empresa atravessava, me desanimaram completamente. Preferi desistir, mesmo sentindo um vazio ao tomar tal decisão. Eu não podia investir em uma pessoa que estava em outra sintonia, principalmente com a vida profissional atribulada que vinha levando. Nunca fui rejeitado por nenhuma mulher e acho que isso me incomodou e me tirou do prumo. Agora, vou com calma, quero conhecê-la primeiro.

— Não sei onde estão seus pensamentos neste momento, menina. Sei que posso marcar não só seu corpo, mas também sua alma. Você até pode tentar fugir de novo, mas sua mente vai desejar estar em meus braços e em minhas mãos. Por isso, não resista novamente!

Sempre fui afobado. Paciência nunca foi uma palavra que fizesse parte do meu vocabulário no jogo da conquista. Mas, nesse caso, ela é fundamental, essa mulher me escorreu pelas mãos justamente porque não tive o cuidado de conhecê-la antes, agindo no escuro. O destino está me dando uma nova chance e farei o possível e o impossível para conquistar essa quimera.

Quero aquele olhar de quem deseja mais e a voz doce a me pedir que fique junto dela. Quero suas mãos macias a tocarem meu rosto, implorando para ser minha de novo antes da hora de partir. Quero ver seu sorriso da felicidade por estar ao meu lado. Assim deve ser minha menina, sempre pronta a me satisfazer.

> **Dom Leon:** *Ainda bem que você teve o juízo necessário para ir para casa. Parece que a mocinha abusou na dose, não é? Se vc fosse minha menina, saberia bem o que é ser castigada agora pela falta de controle...*
> *E vc nunca deverá sentir-se desprezada por este seu atual novo amigo, que lhe provará sua importância para ele no devido tempo...*
> *Boa noite, menina petulante!*

Capítulo 11

Patrícia Alencar Rochetty...

Dormindo em meu quarto, sinto a vibração de alguém se aproximar de mim, surgindo do nada, e parar ao lado da cama. O calor de seu corpo desperta contrações imediatas em meu melhor amigo, o Sr. G, que, com fisgadas, manda para minhas terminações nervosas mensagens que se propagam para todo o meu corpo, que se arrepia... Ouço uma respiração ofegante de desejo e tento falar, mas minha voz falha! Sinto-me desprotegida, a sombra não hesita e aproxima-se cada vez mais. Cinco dedos quentes deslizam por todo meu corpo nu, que logo está coberto pelo seu... Sinto um roçar em minha região pubiana, tento empurrar seu corpo para ver quem está me tomando e suas mãos ágeis ganham urgência, levando as minhas acima da cabeça, prendendo-as unidas, delicada e gentilmente, com uma fita vermelha escarlate e pondo-as atrás de seu pescoço. Seu aroma inebriante embriaga-me... Quem é você? A resposta vem de seus lábios, que sugam os meus com sofreguidão. A lascívia do momento faz com que me renda ao beijo, que reluto a corresponder no começo, mas, cedo assim que sua língua explora minha boca...

Não consigo identificar o homem que causa tremores e excitação em mim, apenas sinto sua presença deslizando sua outra mão por meus seios, fazendo com que fragmentos de luxúria e fagulhas de desejo me dominem. Sentindo estar realizando um de meus sonhos mais eróticos, me entrego. Um puxão no bico arrepiado de um de meus seios faz com que eu emita um som de dor que gera uma sensação estimulante.

— Quietinha! Era assim que me imaginava castigando-a? — Assusto-me ao perceber que estou com um total desconhecido... na verdade, nem tão desconhecido assim...

— Dom Leon! — exclamo, tentando me levantar, mas ainda com as mãos atadas, sentindo em meus pulsos a batida de sua própria excitação.

Ele desce seus lábios pelo meu corpo, na direção do púbis, mudando a nuance dos meus desejos e aumentando a intensidade da minha excitação a cada toque. Minhas mãos presas descem junto com ele; contraditoriamente, não me sinto imobilizada, mas unida a meu algoz, que bebe e suga todo o néctar de minhas dobras, proporcionando-me uma visão tão sensual e impressionante de sua cabeça ladeada por minhas mãos presas por uma fita escarlate que quase estouro em um orgasmo violento naquele instante!

Um sopro quente ao redor da minha pelve prenuncia mordidas que começam leves, mas se intensificam até que seus dentes estejam cravados em mim. O traidor do Sr. G fisga forte, como que implorando pelo toque daquele estranho. Meu clitóris inchado é mais apressado, pede atenção imediata, fazendo com que eu levante minha pelve, necessitada. De forma dominante, ele toma todo o meu corpo, explorando-o com seus toques apertados, estimulando-me cada vez mais, sem deixar nenhuma parte esquecida. Na penumbra do quarto, vejo que ainda permanece totalmente vestido com uma roupa escura, dono de minhas ações.

— Hoje, tudo é para você, gatinha... Mas, da próxima vez, você irá me servir como uma submissa, entregue somente a mim, seu dono...

Minha razão quer gritar a palavra nunca, ainda que meu corpo esteja dizendo sim, totalmente entregue a ele. Nesse exato momento, explodo em orgasmos múltiplos...

Acordo sufocada, acalorada, lambuzada... Não é possível que tudo foi um sonho! Tenho certeza que senti cada toque dele... Olho para baixo e vejo, em minhas mãos, a fita vermelha de cetim com que tinha prendido meu rabo de cavalo naquele dia. No meio das pernas, percebo-me totalmente encharcada, além de estar com aquela sensação de quando o Sr. G está satisfeito! Não acredito que tive um orgasmo dormindo!

Incrível! O homem com quem converso virtualmente mexe tanto com meus sentidos, embora eu nem saiba quem ele é de verdade! Não pode ser uma doida fingindo ser um homem? Esse pensamento me assusta! Se for assim, só se for uma doida varrida ou daquelas que gostam de pão com pão... Nada contra, mas, na minha idade, já sei que não é minha praia.

Fico olhando para o nada. Será? *D. Patrícia, você tem cada ideia*, penso comigo mesma.

Ele é homem, sim! Para falar a verdade, eu até tenho a sensação de que conheço esse Dom Leon! Meu sonho ferrou com minha estrutura psicológica! Mas isso de me chamar de gatinha... Só se for porque adoraria dar um banho de língua em um corpão gostoso daquele. Aliás, fico tentando compor cada pedaço desse corpo como um quebra-cabeça, para poder retê-lo em minha mente... Ah, quer saber? Em vez de ficar nesta masturbação mental, vou é conferir se ele respondeu minhas mensagens.

Quando tento me levantar, sinto dores por todo o corpo.

— Não acredito que dormi no sofá de novo! E, ainda por cima, babei nele! Olha o que esse Dom fez comigo! — Na verdade, sempre babo dormindo, mas é claro que hoje preciso arrumar um culpado por isso. Tateio as mãos sobre o braço do sofá e alcanço meu celular.

Ordinário! Prefere a mãe do Momô, é? Continuo lendo as mensagens, rindo sozinha; rapidamente, a brincadeira ganha certa tensão sensual, a mesma que o sonho despertou em mim, com o Sr. G começando a querer pescar tudo quanto é peixe, por causa da emoção que sente diante do que leio...

Dom Leon: *Menina da pinta charmosa...*

Continuo lendo e me encanta a frase para eu cuidar de mim mesma, mal sabe ele que já venho fazendo isso há tempos, que estou mesmo é precisando ser cuidada...

Mais uma mensagem...

Caramba, ele respondeu a respeito do castigo! Nossa Senhora da Bicicletinha, dê-me equilíbrio! Onde eu estava com a cabeça quando escrevi isso? Ainda por cima, ele disse que, desta vez, não foi um castigo... Já começo a me abanar, não entendo por que todos os assuntos abordados com esse dom pervertido ganham ares de sexo! E sexo quente! Daqueles que a "digníssima menininha lá de baixo" já bate palminhas...

Faço uma dancinha do acasalamento, levanto-me do sofá, esquecendo qualquer suposta ressaca que poderia habitar meu corpo.

Um banho rápido é tudo o que preciso... Vamos, Alice, acorda para a vida!!!

Animada e feliz, cumpro todas as minhas obrigações domésticas. Tenho uma faxineira maravilhosa, que, além de limpar toda minha casa, ainda cuida da minha roupa, mas que só vem uma vez por semana. Então, preciso me impor uma disciplina rígida para comigo mesma a esse respeito, considerando que não sou uma "mocinha organizada"... detesto tarefas domésticas e agradeço D. Agnello por me ensinar a ser pragmática nesse sentido.

Depois de tudo arrumado, decido almoçar no shopping próximo de casa. Verdade seja dita, só para não sujar a cozinha que fiquei quase a manhã toda limpando. Compro presentes para meus pequenos príncipes, com os quais vou passar o dia amanhã e matar minhas saudades. Adoro essas crianças!

O Marco vai querer me esganar por ter comprado um kit de maquiagem para a Belinha, que adora ser perua. O pai diz que a pequena é assim por influência minha. Será? Rio sozinha ao pensar nisso. Já para o Biel compro um kit de carimbos de personagens e uma linda maleta de marcenaria, mas antes tenho o cuidado de conferir se é tudo infantil mesmo, pois o meu menino das cavernas é um protótipo do Bambam dos Flintstones, isto é, "quase nada" truculento... Se fossem ferramentas de verdade, quem me mataria seria a Babby porque, com a personalidade dele, com certeza iria querer reformar toda a mobília existente na casa! Não tem como não amar essa família. Lembrar deles sempre me faz ficar feliz e sorrir.

De volta em casa e sem nada mais a fazer no sábado, sento e começo a navegar pela rede. Sem pretensão alguma de encontrar um certo alguém — que foi objeto dos meus sonhos a noite toda, cuidou do meu corpo e me fez chegar a um enlouquecedor orgasmo —, respondo várias mensagens deixadas por vários amigos. Mas não há nada dele. Isso me frustra um pouco, então, sem perceber, acabo no seu perfil.

O homem é muito sedutor mesmo, penso ao olhar a postagem que ele fez de madrugada.

> **Dom Leon:**
> *Quero você inteira ao meu lado.*
> *Pronta, no momento certo, para me satisfazer, responden-*
> *do ao meu menor comando.*
> *Venha sem reservas, minha menina, que cuidarei do seu*
> *corpo e da sua alma.*

Fala sério, produção! Esse homem não é de Deus! Minha calcinha ficou molhada por causa dessas míseras letrinhas... Só não gostei muito dessa história de "meu menor comando", mas, diante do resto, vou deixar passar por enquanto... Continuo xeretando e percebo que ele mudou a foto, estampando, agora, um leopardo de olhos azuis. Não perco tempo e aproveito a deixa.

> **Patrícia Alencar Rochetty:** *Dom Leon, boa tarde...*
> *Sem querer ser indiscreta, mas, ontem, vc alterou a foto*
> *do seu perfil para um leopardo de olhos azuis. Por acaso*
> *esse leopardo tem a cor dos seus olhos? Curiosa...*
> *Visualizado às 18h25.*

Ele está on-line!!! E se ele responder, o que eu faço? Uma mensagem chega e meu estômago dá um nó, antes mesmo de ler.

Dom Leon: *Boa tarde, Patrícia!*

Só isso? Fico frustrada momentaneamente, mas logo chega outra...

Dom Leon: *Curiosa quanto à cor dos meus olhos, menina da pinta charmosa???*

Você nem imagina o quanto minhas endorfinas estão gritando aqui, seu Dom! Penso em uma resposta rápida.

Patrícia Alencar Rochetty: *Pelo que vejo aqui, estou em desvantagem. Vc sabe como sou e eu nem imagino como vc é... Um pouco injusto, não acha?*
Visualizado às 18h29.

Deixo uma pergunta para ele, assim tenho a esperança de uma resposta.

Dom Leon: *Por isso a preveni de que participar de grupos de BDSM com seu perfil pessoal pode ser perigoso. Você nunca sabe quem está por trás de um fake.*

Ai, que raiva! Eu querendo saber como ele é e ele se esquivando de responder.

Patrícia Alencar Rochetty: *Já saí de todos os grupos, seguindo seus conselhos. Mais uma vez obrigada...*
Visualizado às 18h32.

Será que ele vai ficar lembrando dessa advertência para sempre?

Dom Leon: *Boa menina!!!*

Ele me chamou de menina de novo? Será que pensa que estou no jardim da infância?

— Vamos brincar no parquinho, então, Dom Leon! — digo, rindo. — Primeiro quero escorregar em seu corpo... se ele for malhado, é claro... Mas, se você for bem-dotado, vou mesmo é adorar subir e descer na sua gangorra...

Demoro alguns minutos para responder, imaginando-me brincar no playground do seu corpo.

> **Dom Leon:** *Patrícia????*

Calma, Dom Leon!!! Agora estou brincando no seu escorregador...

> **Patrícia Alencar Rochetty:** *Oi!!!!*
> *Visualizado às 19h05.*

Respondo logo, antes de ele desistir.

> **Dom Leon:** *Pensei que tivesse se entregado aos braços de Momô novamente.*

Poderia ser nos seus braços!, gargalho. Se for como nos meus sonhos, cairia sem pensar.

> **Patrícia Alencar Rochetty:** *Toda noite caio nos braços dele, mas... está cedo ainda. A noite é uma criança, mal escureceu e dormir neste horário é para quem se deita com as galinhas... kkkkkkkkk.*
> *Visualizado às 19h07.*

Responda, agora, Dom Leon, e confesse que adora deitar-se com as galinhas.

> **Dom Leon:** *Kkkkkkk.*

Nossa, eu jogo uma indireta e ele apenas ri? Será que essa resposta soou ciumenta?

> **Patrícia Alencar Rochetty:** *kkkkkkkkkkkkkk.*
> *Visualizado às 19h08.*

Retribuo a resposta, porque também sei jogar esse jogo, Dom Leon. Por outro lado, xingo-me mentalmente... Que bela tonta ele vai achar que sou!

> **Dom Leon:** *Como foi o passeio no shopping, hoje? Comprou muitos presentes?*

Shopping? Presentes? Opa! Isso está ficando perigoso... Será que ele é um *serial killer* e anda me seguindo? Sou tomada de pavor, minha vontade é fechar a tela do computador e verificar as fechaduras, mas minha curiosidade fala mais alto.

> **Patrícia Alencar Rochetty:** *Vc é algum vidente ou um serial killer? Essa pergunta me assustou. Como sabe o que fiz à tarde?*
> *Visualizado às 19h13.*

> **Dom Leon:** *Kkkkkkkkkk... Vidente combina mais comigo... Se eu disser que sei sua programação de amanhã, o que me diria?*

Essa não! Estou sendo seguida por um doido! Copio a conversa, colo no campo de mensagem do meu e-mail e o envio para a Babby. Se acontecer alguma coisa comigo, ele será o primeiro suspeito. Meus nervos estão à flor da pele, não há um pelo do meu corpo que não esteja arrepiado. Pavor é pouco para definir o que estou sentindo.

> **Patrícia Alencar Rochetty:** *Diria que vc é louco! Aviso que enviei um e-mail para alguém de minha confiança com esta nossa conversa. Se acontecer alguma coisa comigo, vc será o primeiro suspeito. E não pense que a polícia não o encontrará, porque tenho certeza de que o fará. Passar bem...*

Fecho o computador, desesperada.

— Escuta aqui, Sr. G, esta é a última vez que você me convence a pensar com suas terminações nervosas. A partir de hoje, faça greve, belisque-me, torture-me, o que quiser, não estou nem aí! Você e seus estímulos enviados ao meu cérebro acabam de me colocar em uma imensa enrascada.

Pego o celular, vou ligar para a Babby e explicar tudo o que aconteceu, mas vejo a mensagem do tarado na tela, antes de conseguir sair do Facebook. Preciso registrar tudo, afinal. Preciso de provas para enviar à polícia, esse maníaco pode estar fazendo a mesma coisa com outras mulheres.

> **Dom Leon:** *Calma, Patrícia, veja o que postou à tarde no seu perfil. Foi assim que me tornei um vidente. Mais uma vez lhe digo: é muito perigoso postar seus passos em páginas de relacionamento, Facebook ou redes sociais. Sem dramas, ok? Se tivesse intenção escusa ou fosse um serial killer, não falaria nada, simplesmente agiria.*

Se eu estivesse no hall de entrada do meu apartamento agora, enfiaria a cabeça no buraco do elevador e apertaria a tecla chamando-o para esmagá-la! Como fui burra!

Estou sem palavras, nem mesmo sei mais o que escrever para ele. Sua mensagem despertou em mim uma sensação de pavor e ligou meu estado de alerta! Também pudera, ele descreveu tudo o que fiz à tarde! Não sou tão ignorante em termos virtuais, sei bem que devo restringir os acessos às minhas postagens, mas, simplesmente, não impus qualquer restrição para o esperto do tal Dom Leon... Freud explica...

Carlos Tavares Júnior...

Estou achando graça de como a Patrícia está reagindo, não acredito que ela imaginou que sou um serial killer! Tudo isso seria cômico se não fosse preocupante o quanto ela expõe de sua vida no perfil. Já vi que essa língua afiada e desafiadora que ela tem vai me dar um bom trabalho.

Sinto-me um adolescente idiota, sentado na frente do computador, esperando ao menos um sinal de fumaça da parte dela, dizendo que, no mínimo, se arrependeu por ter sido tão desligada... Ao menos visualizou minha mensagem.

Minimizo a tela com sua imagem e volto a meus relatórios. Nunca paro de trabalhar. Faço questão de acompanhar tudo de perto e, desde que assumi a presidência, os números crescem o tempo todo. Sinto um orgulho imenso pelo reconhecimento de um trabalho árduo diante de uma concorrência tão desleal. Para falar a verdade, a guerra já começa na compra da matéria-prima, pois o cultivo nacional da cevada é disputado com unhas e dentes, principalmente em função da mudança climática do nosso país, o que não vem ajudando na demanda do consumo nacional. Há um ano compramos uma das maiores fazendas de cultivo de cevada, no Sul, mas ela não supre todas as nossas necessidades. Sempre mantivemos a tradição: nossa cerveja é uma combinação da fermentação do mais puro grão do malte da cevada, lúpulo e água. Já a concorrência adiciona grãos de milho acima do permitido, o que gera um valor mais acessível, mas enganando o consumidor.

Não adianta. Por mais que me esforce, não consigo me concentrar! Não sei onde estava com a cabeça quando decidi continuar em São Paulo. Se tivesse voltado à fazenda, agora estaria cavalgando ou me distraindo, uma vez que não faltam tarefas a fazer lá. Mas não... Minha tolice falou mais alto... Acho que, no fundo, tinha esperança de ter coragem de ir até ela... Segurei-me o dia todo para não bater em sua porta.

Mas o que eu falaria?

Olha, curti a página de um amigo na internet, vi sua foto e vim aqui dar uns belos tapas nessa sua bunda redonda e gostosa por ser tão ingênua...

Seu rosto delicado, com aquela pinta hipnotizadora, está diante dos meus olhos com apenas um clique do mouse, o qual movimento para atualizar a maldita página que acabei de minimizar há minutos. A palavra gargalhadas, em um sonoro plural, é pouco para definir minha reação...

— Gorila? — Ela trocou sua bela foto pela imagem de um símio com uma fita vermelha na cabeça.

Novas esperanças se abrem em minha mente. O fato de ela assumir seu deslize, mudando a foto do perfil, de maneira a mostrar que pagou um mico era a deixa de que eu precisava. Menina gorila, pegue a minha mão com força e confiança, que vou guiá-la por caminhos jamais explorados. Transformarei seus segundos em horas e ofertarei a você muito mais prazer do que um dia sequer sonhou.

Sem perder tempo, mando uma mensagem, meu único meio de contato com ela. Meus nervos estão à flor da pele, nunca foi tão difícil para mim conquistar uma mulher. Tampouco nenhuma me afetou tanto quanto ela! Isso faz com que conflitos internos, que nunca permiti viessem à tona, comecem a me preocupar.

> **Dom Leon:** *Os homens devem agradecer a evolução dos tempos e à ciência estética por seu enorme talento em desenvolver produtos de depilação e transformar homo sapiens em belas mulheres.*

*Essa foto do seu antepassado é linda, mas a evolução dos
tempos transformou-a em uma bela menina. Além disso,
essa imagem não tem a pinta mais charmosa que já vi em
uma mulher. Pode retornar à foto antiga.
Visualizado às 20h35.*

Resposta automática.

Patrícia Alencar Rochetty: *Kkkkkkkkkkkkkkkkkk...
Desculpe! Estou envergonhada até agora... Acho que
venho julgando vc mal. De qualquer maneira, a fita vermelha foi em sua homenagem, acredite!*

Ela não imagina os pensamentos que tenho sempre que vejo sua bela
imagem... Talvez a troca da foto do perfil ajude-me a ficar menos obcecado.
E isso que ela falou sobre homenagem? Se ela soubesse o que a combinação de Patrícia Alencar Rochetty e fita vermelha pode causar em minha
imaginação, aí é que me eliminaria de vez de seu Facebook!

Dom Leon: *Meu coração ficou dilacerado, mas nada que
sua eterna amizade não possa compensar. Por que a fita
vermelha é uma homenagem a mim?
Visualizado às 20h39.*

Garota esperta! Adorei sua atitude.

Patrícia Alencar Rochetty: *Eternamente é muito
tempo, não acha? Quanto à fita, creio que precisamos
ter mais intimidade para que eu revele isso... Quem sabe
um dia. Por hora, basta o que já revelei...*

Na verdade, nem eu entendi por que coloquei eternamente... como se
tudo relacionado a ela causasse uma sensação de permanência, que estranho! Acho que talvez o tempo e a distância nesse par de anos tenham sido
benéficos para nós, porque os demônios internos que vêm despertando
em mim com certeza foram responsáveis por eu não ter insistido antes.
Sempre repeli mulheres que me gerassem emoções intensas e incontroláveis, e cá estou eu com você, pequena indomável! Vou cobrar cada

segundo que sou obrigado a esperar, em forma de puro prazer, quando nos reencontrarmos.

Passamos praticamente a noite inteira conversando. O papo flui tão bem que nem sinto o tempo passar. Ela é inteligente e extremamente bem-humorada, possui uma língua afiada, sagacidade, e um dom inato de me excitar o tempo todo! Sensações contraditórias me invadem. Tenho ciúme de mim mesmo, pois ela está flertando com alguém que, em tese, não sou eu. Depois, sinto-me um ridículo adolescente por ficar tão excitado com suas provocações que preciso desabotoar a calça e deixar o rapaz livre para respirar. E, finalmente, um bastardo por estar enganando-a com esse expediente de ser outra pessoa, a fim de que conheçamos um pouco de nós. Quero essa proximidade não porque seja um daqueles românticos que manda flores e corações, mas porque ela não é uma mulher comum. Aproximar-me dela já é complicado, quanto mais conseguir decifrá-la! Todas as vezes em que tentei foram terrivelmente frustrantes, belos golpes certeiros no meu ego massageado a vida toda.

E mesmo conversando todo esse tempo, a única informação que consigo tirar dela é que está sozinha e muito satisfeita com isso, diga-se de passagem. Mesmo que estivesse interessada no amor, não teria tempo para isso, quesito no qual estamos de comum acordo.

Cada vez que vou um pouquinho mais além na sedução, ela posta emojis de risadas, o que me faz imaginar que ela deve ter corado com as mensagens subliminares, já que sempre troca sempre de assunto. Pergunta quais são minhas preferências literárias ou o estilo de música que eu gosto. Preciso mantê-la envolvida na conversa o tempo todo para que não fuja e, mesmo que seja escorregadia nas questões mais sensuais, não deixa de ser sedutora em nenhum momento.

> **Patrícia Alencar Rochetty:** *Dom Leon, nossa noite foi maravilhosa, mas... Alguém está estendendo seus braços para mim, chamando-me com insistência. Espero que, desta vez, não fique com ciúmes, ok???? Kkkkkkkkkkk.*

Se ela souber o quanto o tal do Momô me irritou! Esforcei-me ao máximo para conter meu lado possessivo, disfarçando o efeito causado por sua mensagem... Serei mais persuasivo a partir de agora. Vou fazê-la desejar que seja eu a pegá-la nos braços, não para fazê-la dormir, e sim para deixá-la muito bem acordada. E não será nada forçado ou que afete seu livre-arbítrio, apenas algo que despertarei em seu íntimo.

Dom Leon: *Bons sonhos, menina da pinta charmosa! Cuide-se!*
P.S.: Não aguento mais olhar para essa gorila charmosa. Mude a foto, por favor...
Visualizado às 2h28.

Desta vez, provoco-a.

Patrícia Alencar Rochetty: *Vou pensar... Achei-a bem charmosa... Vc, todo protetor, disse que não posso expor tanto minha intimidade, então, estou apenas seguindo seus conselhos.*

Provoque mesmo, menina da pinta, aproveite, porque, quando eu pegá-la, vou mostrar como é melhor ser obediente e de que maneira ela pode ser recompensada.

Dom Leon: *Não é para expor mesmo, mas isso não significa que precisa colocar uma gorila no seu perfil... se bem que isso é até bom, vai assustar os mocinhos mal-intencionados que poderiam pensar em te cantar.*
Durma bem e sonhe com seus desejos mais profundos. Grite se precisar! Não faça cerimônia!!!
Durma e sonhe comigo te possuindo e te fazendo a mulher mais desejada deste universo.
Visualizado às 2h32.

Patrícia Alencar Rochetty: *Posso me acostumar com isso, senhor mandão!*

Provocadora! Dou um sorriso de lado... Sei que, tanto quanto eu, ela adia a despedida. Como isso é possível? Droga-me com respostas viciosas. Adoro essa boca inteligente.

Dom Leon: *Disponha...*
Visualizado às 2h34.

Patrícia Alencar Rochetty: *Bons "sonhos proibidos".*

Basta uma chance pequena para torná-los reais.

Dom Leon: *Um sonho nunca é proibido, pequena, talvez só sua concretização.*

Menina, menina... está brincando com fogo, reflito, olhando para o nada. Seus mistérios e essa sedução estão despertando em mim um estranho poder mágico... sou capaz de enfeitiçá-la de uma forma que você não imagina! Não queira acordar minha varinha de condão, porque ela tem a habilidade de levá-la a um mundo de fantasias ainda desconhecido... Fantasias que estou alimentando na minha cabeça desde o momento que vi sua performance naquela sacada, há dois anos. Nosso momento está chegando e vou mostrar que podemos ir muito além de qualquer expectativa. Juntos não poderemos ser contidos... ou, justamente, contidos é que explodiremos juntos...

Capítulo 12

Patrícia Alencar Rochetty...

Acordo renovada, sentindo-me a última bolacha recheada do pacote, e ainda com duas camadas... E não é por ter sido muito bem cortejada por alguém, não! Estou me sentindo assim porque, pela primeira vez na vida, conversei a noite toda com um homem sem falar, explicitamente, em sexo. Tudo bem que, em várias ocasiões da conversa, me deixei levar por minha imaginação fértil e fantasiei várias posições em seus braços, mas a maior surpresa foi conhecer uma pessoa inteligente e que sabe conversar com uma mulher que, mais do que seios, traseiros e rachaduras, é um ser pensante.

Enquanto tomo banho, fico lembrando o quanto foi difícil encerrar nossa conversa. Por mim, teria passado a noite toda conversando com ele.

Como será que ele é? Sonhar não custa nada e, animada, começo a compor uma figura para ele, enquanto lavo meu cabelo... Pelo leopardo do perfil, vou colocá-lo de olhos azuis... Aí, a minha imaginação fértil e ligeira já me mostra a cena: estou na penumbra de um quarto com ele, que me encara com olhos da cor de um céu de verão em um dia sem nuvens, tal qual um gato noturno lambendo todo o meu corpo... Estremeço por dentro, no duplo sentido! Foco, Patrícia... Voltemos à silhueta do Dom Leon... Seu cabelo... Bom, prefiro-o desgrenhado. Rindo, faço um moicano em meu próprio cabelo cheio de xampu... Confesso, não é por preconceito, e sim por puro nojo que não suporto homens metrossexuais, daqueles que ficam horas na frente do espelho tentando acertar o penteado com o gel. Na hora de uma boa pegada, é preciso evitar passar as mãos ali, porque eles dão logo um berro, que vamos desmanchar o topete. E nós, mulheres, apatetadas com aquela gosma nas mãos! Nada melhor para cortar o clima. Por isso, para mim, homem tem que ser natural e ter um cabelo sedoso, daquele que permita a meus dedos deslizar pelos fios, acariciando-os em momentos de ternura, bagunçando-os de provocação, puxando-os de extrema excitação e, finalmente, até mesmo arrancando-os em momentos de raiva... Se bem que este último, para mim, é inédito!

Quanto ao corpo... digamos que é a melhor parte. Um corpo todo trabalhado em músculos, lindo de morrer e... Ah, essa não... Sr. G, seu atrevido! Foi você quem mandou essas mensagens à minha cabeça, não foi? Fique sabendo que um homem parecido com aquele deus do sexo que é o Carlos Tavares Júnior jamais ficaria conversando com uma mulher pela internet em um sábado à noite! Aliás, ele deve ser casado, pois homens ricos e importantes como ele necessitam de uma madame como esposa, a fim de produzir uma prole com matriz pura para perpetuar a espécie...

O Dom Leon está mais para um homem parecido com o Leôncio, do Pica-Pau...

Caramba, este conflito interno ainda vai me deixar louca! Meus lados emocional e racional divergem quanto à sua figura. Chega a um ponto em que não sei nem mais dizer o que penso. Aliás, não há nada a se pensar... Quero é aproveitar este momento apenas para conhecer um amigo virtual. Mas parece que um certo Sr. G não quer entender isso e, em comum acordo com minha parte safadinha, que anda bem carente, apresentam argumentos para eu fantasiar um homem lindo, querendo me convencer de que um sujeito assim pode ser mais do que um corpinho lindo e gostoso! Os dois juntos pensam que são invencíveis e fazem questão de criar expectativas de que algo bom pode vir dessa amizade.

Mas, para despeito de ambos, minha verve bem-humorada, que gosta de caçoar até mesmo de meus próprios conflitos, lembra-se do início de um texto que li em um dia em que navegava sem rumo pela internet. Ficou na minha memória porque ri demais por causa dessa questão de ser feio:

> As pessoas me chamam de feio, na verdade é uma promoção. Antes me chamavam de ET, agora tomei a forma humana. E ainda perguntam como estou casado com uma mulher linda. Simples, mulheres lindas têm mau gosto e feios têm bom gosto.
> Ser feio tem inúmeras vantagens e benefícios, pode perguntar ao Woody Allen:
> — O feio é inesquecível, você olha uma vez e o choque é tão grande que guarda para sempre.

> — *Amor à primeira vista é para os bonitos. Para os feios,*
> *é amor ao primeiro trauma.*
> — *Mais fácil se apaixonar pelo feio. Você não entende*
> *como ele nasceu assim, pede um prazo maior. O feio é*
> *um enigma, uma charada. Mulher abandona o homem*
> *quando entende rápido.* *

Gargalhei muito ao imaginar o Leôncio recitando esse texto. Então, voltei às minhas considerações anteriores.

A minha razão e a minha sanidade mental dizem que essa amizade não vai me levar a lugar algum... Apenas me fará perder tempo, conversando com um desocupado virtual. Elas também afirmam que essa ilusão de contos de fadas só alimenta pensamentos irreais de futuro.

Esses conflitos internos me fazem imaginar os dois anjinhos, um do bem, outro do mal, nos meus ombros. O primeiro, à direita, é todo coração e tem o rosto da Babby; o outro, à esquerda, o da D. Agnello, e é só razão. Fecho o registro do chuveiro decidida a dar tempo ao tempo. Por falar na Babby, saio do banho feliz porque vou passar o dia com os pequenos.

De qualquer maneira, admito que adoro um debate inteligente, em que posso manter um diálogo espirituoso e irreverente sem precisar ficar monitorando o que falo ou preservar quem sou ou minha reputação profissional. Isso é muito difícil de acontecer na vida real, pois, mesmo sem ser uma Angelina Jolie, homens olham para mim e já pensam em sexo, nada de um papinho intelectual antes...

Deixo tais elucubrações de lado. Termino de me arrumar e vou para meu dia feliz. Quando chego à casa dos Ladeia, vejo que a festa já está formada.

— Dinda, *toxe pedente* — diz minha pequena princesa Bela, toda feliz, quase arrancando de minhas mãos o pacote que lhe estendo e rasgando o papel com uma "delicadeza" sem igual, ainda no colo da mãe.

Na verdade, sou madrinha do Gabriel, mas, como ele sempre me chamou de dinda, a pequena faz o mesmo. Aliás, ela adora tudo o que ele faz e os pais vão à loucura monitorando-a para que ela não repita todas as maluquices dele...

---

* *Disponível em:* http://carpinejar.blogspot.com.br/2012/07/a-sorte-de-ser-feio.html. *Extraído em 14/12/2014.*

— E o meu reizinho não vai vir dar um abraço na dinda? Tenho um presente que você vai amar... — digo enquanto ele caminha até mim.

— Que presente lindo, princesa! — Comemora a Babby com a Belinha, que abre o estojo de maquiagem e o kit de esmalte.

— Mas será que esse presente tem prazo de validade? — pergunta o Marco, divertido. — Porque a nossa pequena só poderá usá-lo quando estiver na faculdade, não é, Gabriel? Diga a elas, filho!

— É — responde ele, entretido com a maleta de ferramentas e o estojo de carimbos.

O casal magia resolve terminar de fazer o almoço junto, no clima sempre bem *caliente* que o envolve, e fico brincando com as crianças no tapete da sala. Como de praxe, a primeira coisa que faço é desenhar minha pinta na Belinha. Delicio-me com os dois pequenos até que a Bárbara volta com a papinha deles. Enquanto sirvo o Gabriel, ela alimenta a princesinha que, como um reloginho, faz sua "papinha" na fralda...

Basta largarmos o Gabriel para trocar a Belinha por apenas dois minutos para a sala se transformar em um caos.

— Minha sereia, vem aqui na sala para ver a nova decoração! — Ouço o Marco chamar a Babby e, logo a seguir, falando sério com o Biel.

Volto e fico paralisada. O inocente presentinho que dei ao Biel causou estragos à linda decoração. Não tem um espaço no sofá de couro marfim e na mesinha de centro branca que não esteja carimbado com personagens, e mesmo o próprio Biel está completamente coberto por eles... Levo minhas mãos à boca, contendo qualquer manifestação que possa sair, porque, sinceramente, não sei se choro ou rio com a cena! Claro que a segunda opção é infinitamente maior, mas... Melhor ficar quieta.

— Biel, a tia vai ajudar você a limpar tudo isso. — Tento amenizar a situação. — Marco, onde tem álcool? Isso deve sair fácil!

O Marco e a Babby são pais excelentes, que se organizam de forma a ficar o maior tempo possível com as crianças. É impressionante e bonito ver o amor que eles dedicam aos pequenos, mas, a despeito disso, as crianças não têm colher de chá! Então, ao mesmo tempo em que chego para limpar tudo, já que fui eu quem inventei de presenteá-lo com aquele tipo de coisa, o Marco traz o Biel para perto com outro paninho, para ensiná-lo que o que ele fez foi errado. Com toda a paciência do mundo, ele pega a mãozinha do pequeno junto com a dele e começa a ajudar a remover as manchas de carimbo.

— Não é preciso, Marco, dá para remover a tinta facilmente! Faço isso tudo rapidinho! Podem ir brincar — digo, morrendo de dó ao ver o pequeno ajudando a limpar a bagunça que fez.

— Imagina, tia Patty, aqui temos uma regra, né, filhão? — Ele faz questão de incluir o Biel. — Podemos brincar, desarrumar e espalhar os brinquedos, mas, quando terminamos, juntamos tudo e organizamos. Hoje a arte não foi muito legal, então, precisamos limpar para saber que não podemos fazer de novo.

Fico emocionada ao ouvir a resposta do Marco e ver o rostinho triste do Biel ao compreender que havia feito algo errado. De queixo caído, tomo consciência de que a cumplicidade, o amor e a educação podem caminhar lado a lado e, de repente, sou assaltada por um sentimento maternal.

Nunca pensei em me casar e ter filhos, até porque nenhum homem despertou em mim o desejo de constituir família. Mas acompanhar aquele pequeno núcleo ali, formando-se de forma tão sólida, faz com que alguns tijolinhos comecem a oscilar. Isso não quer dizer que vou sair daqui, olhar para o primeiro homem que passar pela minha frente e dizer: "É esse! Vou ali colocar véu e grinalda e volto rapidinho para me casar com ele e ter uma penca de filhos"! Mas tenho que começar a refletir a respeito de libertar meu coração da prisão em que o prendi. Na verdade, nem sei em que momento da minha vida o tranquei.

Depois do almoço, o Marco vai assistir a um filme com as crianças e tirar uma soneca com elas. Eu e a Babby arrumamos a cozinha e, depois, vamos para a sala jogar conversa fora.

— Celular novo, amiga? — pergunta ela, ironicamente, e nesse momento percebo que já olhei a tela do aparelho diversas vezes, esperando alguma mensagem. — Podia jurar que é o mesmo da semana passada.

— De fato, é o mesmo. Por que pergunta? — Eu me faço de inocente.

— Porque você ficou o dia todo olhando para ele... Será que está esperando alguma mensagem? — Ela me olha, interrogativa.

— Não estou esperando mensagem alguma — minto até para mim, tentando pateticamente me convencer... — Você não perde tempo mesmo, hein? Com tanta coisa para fazer com as crianças, o almoço, a casa, sempre esse olhar vesgo a todo momento, um no peixe, outro no gato.

— Eu me preocupo com você! E faz tempo que não nos falamos.

— Nós conversamos quase todos os dias! Ou será que é uma miragem o que vejo no escritório? — brinco.

— Você sabe do que estou falando. — Claro que sei, mas não vou dizer a ela que arrumei um amigo na internet, pois o sermão será certo. — E não vou falar sobre suas férias hoje porque esse é um assunto profissional. Quero saber como anda sua vida amorosa.

— Não anda. — Levanto os ombros.

— Ah, que bom, porque acho que arrumei um belo paquera para você — diz, animada. — No fim de semana, fomos assistir uma competição de vela em Ilhabela. As crianças se esbaldaram! Mas o interessante é que um dos patrocinadores do evento é da empresa daquele seu amigo, lembra?

— Quem? — Faço-me de desentendida, ela sabe que tenho consciência de quem está falando.

— Não fica animada, pois não é dele que vou falar... Se bem que ele... — faz uma pausa. — deveria estar no evento, porque tinha bandeira do energético espalhada do estacionamento até às boias. — Ela levanta a sobrancelha sorrindo, esperando minha reação. Finjo que nem me importo, mesmo sentindo a fisgada do Sr. G e meu coração começar a bater acelerado só pela menção à empresa dele. — Bom, o paquera que quero apresentar a você se chama Luiz Fernando. Era um dos patrocinadores participantes do evento. Não falei muito sobre ele com o Marco... Você sabe como o meu Dr. Delícia é possessivo. No sábado agora, vai ser a final do campeonato e quero que vá conosco. O Marco combinou com o Luiz Fernando de velejarmos no domingo pelo litoral Norte. Vai ser muito legal, amiga! Você tem que vir.

— Não sei, Bá! — Eu me arrepio só de imaginar conhecer mais um amigo do Marco. — Esses amigos que você me apresenta nunca batem comigo... Sempre são tão caretas...

Se bem que meu nível de necessidade de ir à praia anda tão grande que até me fantasiaria de Peppa e sairia vendendo algodão doce para sentir o ar de lá! Não que eu curta ficar estendida que nem calango na areia grudenta e pegajosa, mas aquela brisa gostosa, pura e saudável, sem a poluição da capital, é coisa de outro mundo para mim.

— Patty, diz que vai, por favor! — suplica ela, as mãos postas.

— Vou pensar, mas só se me prometer que não vai forçar nenhuma barra para eu ficar sozinha com esse cara.

— Prometo! — Faz cara de inocente. Se não a conhecesse, até acreditaria... digo que confio nela, mas, na verdade, engano nós duas. — Você nem quer saber como ele é? — Balanço a cabeça em negativa. — Poxa, amiga, se não tivéssemos convivido juntas nestes últimos anos, acharia que você não gosta da fruta! Você sempre é tão desinteressada!

— Isso é porque você pinta sempre um príncipe e quando vou ver é um belo de um sapo — falo, jogando a almofada nela.

Não preciso contar que ela conseguiu me convencer de vez ao dizer como as crianças adorariam um fim de semana inteiro com a dinda. Foi um golpe baixo, mas que ela usou em nome da nobre causa de me arrumar um namorado. No caminho de volta para casa, a ficha cai e percebo o risco que correrei por ter aceitado o convite.

— Meu Deus! — exclamo, aflita. — Ele pode estar nesse evento!!! Afinal de contas, é uma final de campeonato, a imprensa, autoridades e patrocinadores estarão presentes! Não acredito! Logo agora que o Sr. G me deu trégua e quase está se rendendo a outras possibilidades, o nome dele reaparece das cinzas em minha cabeça.

Mil dúvidas pululam em minha já transtornada mente... Transei esse tempo todo com um monte de caras sem rostos, a fim de tentar encontrar ao menos um décimo do prazer que o Carlos me proporcionou em apenas uma noite!!! Mas nada!!! Por isso é que me arrepio sempre que vou conhecer algum amigo do Marco! Não é que não tenham sido quase todos lindos e atraentes, mas, na verdade, são mesmo o que se pode chamar de curva de rio, ou seja, é lá onde tudo que é porcaria jogada na correnteza fica retida. Essa expressão cabe direitinho em cada um desses caras que conheci. Quando um homem é tudo "bom demais" e permanece solteiro já com certa idade, é preciso desconfiar de que, ou algo de seu passado não é nada, digamos, honroso, ou ele é um porre em se tratando de convivência... E sempre eram esses tipos de amigos que me eram apresentados. Com alguns, nem suportei ir além de um simples jantar! Imagina ir para a cama...

Já em casa, a ansiedade e a agonia para saber se o tal Dom Leon deu notícias acabam sendo mais fortes do que minha vontade de manter as coisas em ritmo tranquilo. Pego o notebook e, logo que entro na internet, já fico profundamente irritada com dois fatos curiosos. Primeiro, ao ver uma postagem feita pelo Dom Exibido, em que há mais de 30 curtidas e várias mensagens de mulheres insinuando-se para ele.

Dom Leon:
Paciência é uma grande virtude, então, não tenho pressa para ter você, pois quando estiver sob meu domínio, não se lembrará de que existe relógio, horário ou tempo...
Existiremos apenas eu, você e todo o prazer que irei lhe proporcionar, minha menina, levando-a a se perder no

tempo e no espaço, ainda que se encontre em minhas mãos.
Uma ótima tarde!

Leio algumas respostas, surpresa com o sentimento que toma conta de mim.

Melissa Peterson: *Boa tarde, Dom Leon... Ponho-me à sua disposição, no momento em que desejar.*

Ponha-se mesmo, sua descarada! Mais baixa do que você, só a calça das vadias!

Angel Luanda: *Boa tarde Sr.!!! Loca esperano essa mão me marcar.*

Ele deveria marcar sua cara, sua infeliz! Talvez assim você aprenda a escrever direito!

Mentalmente, fico respondendo e ironizando várias mensagens...

O que é isso, Patrícia? Ciúmes??? Claro que não, respondo para mim mesma. Ah, até pode ser um pouco, sim, mas, principalmente, é desapontamento por ver tanta gente sem noção! Depois de anos de luta para combater a violência contra as mulheres, essas garotas ficam dizendo que adorariam levar tapas, ser espancadas, amarradas, amordaçadas e mais tantos "adas" mais!!!

Mas as conversas com o Dom Leon ao menos têm servido para me mostrar que, longe de ser uma aberração e coisa de gente doente, o BDSM é um estilo de vida, que envolve uma filosofia e alguns critérios, sempre visando atender às necessidades de seus praticantes, ainda que elas não estejam de acordo com os padrões vigentes. Acima de tudo, é algo consensual e praticado com respeito! Admito que, para mim, isso de apanhar e gostar é meio difícil de digerir, mas, se tem quem curte, não sou eu quem vai criticar. O problema é banalizar isso e achar que é tudo muito legal e só porque está na moda. Isso acaba dando oportunidade para muito malandro se aproveitar e praticar toda a sorte de violência contra meninas desavisadas e ingênuas! Confesso que isso me revolta, já vi muita coisa nesta minha vida...

Irritada, abro uma barra de chocolate e troco a ira pelo prazer de degustar um corpo doce. É, D. Eva, feliz era a senhora, para quem o Satanás oferecia apenas uma maçãzinha... Hoje em dia, ele traz alimentos ricos em calorias para nós, pobres mulheres iradas...

Minha irritação retorna ao ler o comentário engraçadinho que esse Dom Descarado escreveu em uma foto que postei do Biel limpando a mesinha, todo feliz, junto com o pai.

> **Dom Leon:** KKKKKKKKKKK, *exploração infantil não é muito legal, tia Patty!!!*

Desaforado e cara de pau, penso ao ler a mensagem. Meus dedinhos criam vida, incentivados pela minha ira. Abro o Messenger do Facebook, seleciono meu algoz e escrevo:

> **Patrícia Alencar Rochetty:** *Deve ser bem prazeroso para vc me repreender sempre. Acontece que não sou nenhuma de suas amiguinhas submissas, portanto, limite-se a fazer isso com quem gosta.* Visualizado 20:15

Envio a mensagem sem refletir. Que diabos, tenho que ver sexo em tudo o que esse Dom Galã faz? Ele vai achar que minha mensagem tem duplo sentido! Alguns segundos e ele escreve outra resposta.

> **Dom Leon:** *Boa noite para você também... Acredite em mim, melhor ser apenas repreensão virtual do que real, porque eu a deitaria no meu colo e daria as palmadas que está merecendo...*

Belisque-me, Sr. G! Esse mandão de meia-pataca acabou de me desafiar.

> **Patrícia Alencar Rochetty:** *Vc não seria louco de fazer isso!* Visualizado às 20h18.

Claro que ele seria capaz! Ele é um Dom, sua anta!

> **Dom Leon:** *Pode apostar que sim.*

Enquanto meu cérebro processa as informações do que acabei de ler, enviando os sinais adequados para as devidas partes do meu corpo, perco-me em devaneios de sua mão descendo até minhas nádegas, deixando o Sr. G, surpreendentemente, todo animado, respondendo com fisgadas de excitação. Já meu cérebro, rápido, reage e leva meus dedos ágeis a responderem de modo a não deixar passar tal absurdo em branco.

> **Patrícia Alencar Rochetty:** *Ainda bem que não vamos nos conhecer pessoalmente, porque, caso isso acontecesse, no primeiro tapa que vc desse no meu bumbum, duvido que conseguisse preservar suas bolas, meninão!!! E olha que seria pior do que suplício chinês... Eu não iria arrancá-las de uma vez, não... Usaria um alicatinho de unha, acredite!!! Não há sedução que me faça aceitar isso de alguém, nunca... Sem chance!!!*
> *Visualizado às 20h21.*

Só a ideia de o conhecer me apavora e, pela primeira vez desde que começamos a conversar, busco em seu perfil a cidade onde mora, porém, o resultado é infrutífero, já que a informação, compreensivelmente, não está disponível.

> **Dom Leon:** *Está me desafiando, menina do laço de fita vermelha no rosto de pelos não tão charmosos?*

Sua resposta rende boas gargalhadas! Não consigo me conter ao olhar para a minha imagem de gorila.

> **Patrícia Alencar Rochetty:** *Kkkkkkkkkk, isso foi golpe baixo.*
> *Visualizado às 20h24.*

Ela nem é tão feia assim... Fico olhando para a bichinha, pensando se mudo ou não a foto.

> **Dom Leon:** *Então, troque a imagem dessa gorila feia e coloque a sua foto. Prefiro conversar com a bela menina que sei que você é.*

Hum... Ele não pede, manda. Ainda não entendeu que podem conseguir praticamente tudo comigo, se fizerem um pedido. Mas, com ordens, só o meu lado pirracento vai se manifestar. E é por isso que decido não mudar.

— Acostume-se, Dom Mandão! Não gosto de receber ordens, menos ainda de quem desconheço até a cor dos olhos.

> **Patrícia Alencar Rochetty:** *Bem, considerando que vc, como um homem das cavernas, não sabe pedir por favor e pensa que pode mandar alguém QUE NÃO CONHE-CE fazer algo, a figura do gorila encaixa-se à situação... Então, caro troglodita, ela fica.*
> *Visualizado às 20h29.*

Ele é rápido nas respostas, parecendo até que as têm prontas nas pontas dos dedos, já que, na ponta da língua ele deve ter outras coisas, penso lascivamente. Lá vou eu de novo levando para o lado sexual...

> **Dom Leon:** *Rebelde...*

Esse Dom parece estar se tornando meu vício número um, aquele tipo de cara com quem se deseja conversar o tempo todo... Ah, como queria encontrá-lo... Mas, ao mesmo tempo, não queria... com medo que se quebre esse clima de camaradagem espirituosa e maliciosa. E, mesmo que houvesse oportunidade de nos conhecermos, não acho que este seria o momento certo. Na verdade, penso que essas conversas podem virar uma grande e carinhosa amizade porque, por mais estranho e contraditório que pareça, sinto-me protegida quando falo com ele, considerando que se trata de um dominador.

Em nossas conversas anteriores, percebi que ele é um homem de atitude. Mas seu jeito mandão me deixou com as bochechas doloridas de tanto rir pela maneira que se expressava. Ao mesmo tempo, senti como se borboletas estivessem batendo em revoada em meu estômago. Não ergui as costumeiras defesas que minha mente impõe quando um homem se aproxima demais, colocando caraminholas na minha cabeça e encontrando mil formas de mantê-lo a distância. Assim, fiquei livre para dar asas à imaginação e vê-lo olhando nos meus olhos, não apenas para meu corpo. Claro que desejo isso. E muito! Ele desperta meu lado mais perverso. Tudo aquilo que sempre abominei parece até aceitável quando conversamos...

Só de pensar em estar apertada em seus braços, ouvindo-o dizer que sou sua e o que fará comigo, me tira o fôlego! Ele é muito profundo! Embora eu saiba que tudo pode ser uma ilusão alimentada por meus próprios desejos, sinto que há algo de diferente nele, que parece ser um homem que admira um sorriso... Daqueles homens que carinhosamente ajeitam o cabelo da mulher, elogiam-na dizendo que está linda, não só por falar, mas também por reconhecer o trabalho dela de se preparar. Saio dos meus pensamentos e envio uma mensagem desafiadora, lembrando-me da sua postagem do dia.

> **Patrícia Alencar Rochetty:** *Pensei que a paciência fosse uma virtude e que vc não tivesse pressa, mas estou vendo que são apenas palavras.*
> *Visualizada às 20h33.*

Como diz o "velho deitado", Dom Leon engole um boi e engasga com um mosquito.

> **Dom Leon:** *Kkkkkkkkkkkkk... Em relação a conquistar uma menina, quando a desejo não tenho pressa mesmo, mas, se estiver se referindo à Monga, tenho pressa em ver sua pinta charmosa, sim...*

Ele me chamou de Monga, a mulher gorila? Monga é a mãe! Engraçado, há grandes coincidências entre ele o Carlos. Por exemplo, foram os únicos homens que me chamaram de menina até hoje. Outra é que ambos foram, igualmente, os únicos que cismaram com minha pinta! Acho que é por esse motivo que, sempre que falo com o Dom Leon, imagino-o como sendo o Carlos.

> **Patrícia Alencar Rochetty:** *Tenho uma proposta a lhe fazer. Transformo-me novamente na menina da pinta charmosa e vc troca esse leopardo lindo pela sua figura real.*

Fico esperando a resposta que não chega. Acho que finalmente descobri seu ponto fraco. Arrisco ser um pouco mais ousada. Cansei de ver o tempo passar e me proteger com medo de sofrer! Nunca permiti que nenhuma semente romântica germinasse no meu terreno e sei que é difícil mudar essa postura do dia para a noite quando estou sempre tão condicionada às mesmas atitudes. Claro que posso me arrepender, mas, se não tentar, nunca vou saber.

> **Patrícia Alencar Rochetty:** *Não acredito que o deixei mudo e sem resposta! Ora, vamos lá, Dom Leon! Vc pode mais do que apenas manter o silêncio! Mostre-me o quanto vc é gato...*

Capítulo 13

Carlos Tavares Júnior...

Definitivamente, fico sem chão! A postura inteligente e o raciocínio rápido dela me desequilibram. Não sei onde pisar. Como se estivesse em um campo minado. A qualquer momento, posso fazer explodir tudo o que estamos começando a construir.

A ideia de perder sua confiança justo agora que estamos nos conhecendo melhor me deixa extremamente nervoso! Tento pensar em uma resposta rápida para a proposta que ela me fez, o que me deixa agoniado. Ganhar a confiança de alguém leva tempo, mas bastam poucos segundos para que ela acabe.

Ah, minha pequena, você não me deixou em silêncio, muito pelo contrário. Queria poder lhe dizer quem sou e tudo o que tenho vontade de fazer com você, mas ainda não é o momento certo. Como postei hoje no perfil do Dom Leon, não tenho pressa. Você é uma quimera e, como tal, deve ser buscada com paciência e empenho. Sinto-me um bastardo, sim, por estar enganando-a... O que parecia uma simples brincadeira cheia de desafios no começo vem se tornando algo muito mais profundo! Mas, com exceção de minha verdadeira identidade, todo o resto que venho lhe revelando é verdadeiro. Quando nos encontrarmos e você for minha, poderá conferir que não a enganei em nada a respeito do que penso e do que desejo.

> **Dom Leon:** *Pequena, gosto do seu jeito, gosto quando me desafia, porque prefiro as meninas fortes e de língua afiada... Mas que fique bem claro para que não restem dúvidas: independentemente de minha aparência física, quando quero algo, eu consigo! Portanto, essa minha "transformação" que você quer negociar não mudaria em nada o resultado do jogo. Ou seja, o fato de você saber como sou não seria determinante em meu sucesso*

*para conquistá-la. Importa é que sou totalmente focado,
infinitamente paciente, para ter você lânguida em meus
braços. Boa noite e se cuida...
Visualizado às 20h58.*

Sei que a minha resposta não é o que ela esperava e, também o quanto fui covarde em abortar nossa conversa, mas, pelo andar da carruagem, suas intenções são óbvias... Sinto um aperto no peito ao imaginá-la fugindo ao ver uma foto minha, talvez para sempre, e esse pensamento espanta qualquer peso que eu possa vir a ter na consciência.

Patrícia Alencar Rochetty: *Entendi seu recado... Mas
não vou desistir... kkkkkk... Vc está estabelecendo o tom
de nossas futuras "negociações"... Já vi que teremos que
trabalhar na base do intercâmbio... Quando quiser informações a meu respeito, vou querer algo em troca sobre
sua aparência física, até que cheguemos enfim a uma
verdadeira foto de perfil... Boa noite!!!*

Posso não ser um animal, mas dentro de mim existe uma fera cada vez mais louca para devorá-la por completo, sem deixar escapar nem um milímetro seu... Você me provoca sem ter a menor noção de com quem está lidando. Quando enfim nos encontrarmos, minha fome já estará tão grande que farei tudo para desvendarmos juntos todos os enigmas que nos habitam. E o que sinto diante da expectativa de encontrar essa mulher é exatamente essa, uma fome visceral que me corrói as entranhas.

Dom Leon: *Minha intenção é fazê-la conhecer-me a
conta-gotas, minha pequena, na medida e no tempo certos
para que não corra o risco de ver uma foto minha e formar
uma opinião como se estivesse avaliando um livro. Você
pode querer interpretar-me pela capa, gostando dela ou
não... Não quero correr o risco de desistir de aproveitar o
conteúdo porque irá sempre ter em mente aquela imagem
da capa. Portanto, iremos, inicialmente, ao conteúdo...
Com o tempo, à capa... Agora, vá descansar que amanhã
você trabalha cedo... Cuide-se...
Visualizado às 21h18.*

A semana passa como um borrão: planejamentos de estratégias de pesquisas de mercado, pequenas viagens a distribuidores, reuniões com as equipes operacionais, entre outras atividades. Todavia, às noites, conseguimos conversar sempre, com exceção da quarta-feira, em que perdi a ponte aérea e fiquei preso por horas no Galeão devido ao mau tempo. Para ajudar, o sinal de internet estava péssimo, o que só me permitiu mandar uma mensagem de boa-noite para ela e avisar que estava incomunicável. Na verdade, nem sei o motivo de ter feito isso; não lhe devo satisfação e nunca fui de fazer isso com meninas nessa fase das negociações, mas, no fundo, admito que foi mais forte do que eu e, quando vi, já tinha feito.

Agora estou aqui como um tonto, tentando descobrir quando foi que me tornei este cara com mentalidade de adolescente deslumbrado! Minha mente fica divagando a respeito das mensagens que ela envia durante a semana e um simples boa-noite dela é suficiente para me animar! Há muito tempo que uma mulher não mexia comigo desse jeito! E já está mais do que provado que, tanto quanto na minha vida profissional, sou fascinado por um desafio também em minha vida pessoal!

A cada dia que passa, ela vai se soltando e revelando mais de sua língua afiada e desafiadora, sempre me surpreendendo. E assim consegue me desarmar completamente. Outro dia, desde que começamos a conversar, perguntei a respeito de sua vida amorosa. Quase cuspi a cerveja que estava tomando quando ela disse que fazia seus boys magias desaparecerem sempre, apenas com um plim...

Num primeiro momento, ri da maneira engraçada como colocou as coisas, mas, depois, pedi que definisse boys magias. Ela explicou que, como não queria envolvimento sério com ninguém, nem tentava iludir qualquer homem nesse sentido, procurava relacionar-se apenas com peguetes de uma noite, os quais, após o serviço feito, desapareciam da sua vida como em um passe de mágica, isto é, "plim"... Foi engraçado demais o jeito que ela expôs sua posição quanto a relacionamentos e como se livrava desses acompanhantes. Quando a ficha caiu, porém, uma súbita pitada de ciúmes tomou conta do meu humor, transformando alegria em raiva dos homens que a tiveram em seus braços! Movido por ela, que chegava a fazer meus dedos tremerem ao digitar, perguntei se ela fazia sempre isso e se foram muitos boys magias. A descarada naturalmente respondeu: "Sim e sim... tanto que dá uma lista sem fim... kkkkk... Até rimou!!!!". Inexplicavelmente, uma raiva surda me invadiu! Senti que se ela estivesse à minha frente, não teria conseguido conter-me e sem dúvida aplicaria uma punição digna de uma menina má. Resolvi me acalmar e afastei-me para esfriar a cabeça, caso contrário, teria arremessado o notebook na parede! Lista sem fim, é?

Depois, mais calmo, lembrei que tampouco fui um celibatário, nem antes de conhecê-la, nem depois, diga-se de passagem. Por outro lado, a forma engraçada como explicou que não fui o único a ser descartado, isto é, talvez o problema não tivesse sido eu. Aquela podia ser uma posição adotada para todos os... argh!... boys magias... Olha a que patética posição a que fui relegado por esta mulher! É para destroçar o ego do cidadão mais seguro... Mas isso também me trouxe alívio, pude notar que ela não é uma menina romântica que deseja fazer amor, que não é o que faço. Minha praia é apenas fazer sexo, embora seja um sexo forte, intenso, arrebatador e com toda a atenção e dedicação que uma menina merece...

Voltando ao presente, encerro mais um dia atolado de trabalho e, finalmente em casa, sento-me no sofá do escritório, o celular na mão, pensando que mensagem mandar para ela.

Caramba, o que há de errado comigo? Quando é que escrever um simples boa-noite passou a gerar a mesma adrenalina que sinto quando entro em um dos meus carros de corrida para uma competição? Olhando para o perfil dela, acabo digitando uma mensagem simples, pois igualmente simples é a resposta que procuro.

Dom Leon: *Boa noite, pequena!!!*

Passam-se alguns minutos e nada de resposta! Acho que ela ainda não chegou do trabalho... Talvez esteja no banho... De repente, só de imaginar a água escorrendo pelo seu corpo nu já faz dilatar as veias do meu pênis e exalo uma suspiro alto. Sem me dar conta, recosto-me no sofá, fecho os olhos e relembro daquele corpo divino. A cena dela no banho vem forte, misturada com o dia em que fez a exibição na varanda com o seu infame brinquedinho pink! Literalmente, uma corrente de energia me invade, a imagem entorta minha imaginação, nenhuma das minhas duas cabeças consegue se controlar! Surpreso, abro a calça, fantasiando estar no banho com ela, tirando e jogando longe aquela geringonça de suas mãos, as quais levo até meu mastro totalmente hirto, como informando que, agora, ela tem algo verdadeiro com o que brincar.

Diferente de como ajo com uma menina, em que o prazer dela vem sempre em primeiro lugar, fico sem paciência. Seguro-a fortemente pelo cabelo, faço com que ela ajoelhe-se diante de mim e me tome todo em sua boca! Ah, essa boca e essa pinta ainda vão acabar com minha sanidade! Totalmente contrário a tudo o que conheço de mim e minha postura sexual, bem como do meu treinamento de anos, começo a me masturbar violentamente, como um adolescente descontrolado e imberbe! Como tal, tenho um orgasmo tão forte que não consigo evitar que meu esperma jorre e lambuze toda a minha roupa! Fico simplesmente estupefato diante do que acaba de acontecer! Essa mulher está mexendo tanto comigo que, em alguns poucos minutos, me fez agir em desacordo com praticamente quase tudo em que acredito em matéria de sexo! Não sei se estou preparado para refletir sobre isso no momento; primeiro, preciso recuperar a sanidade que a imagem dessa mulher no banho me roubou.

Levanto-me, vou eu mesmo me lavar, claro que levando o celular junto. Vinte minutos depois, o aparelho dá sinal de vida, com o som de notificação de mensagem. Um alívio enorme domina meus sentidos quando constato que é ela.

Patrícia Alencar Rochetty: *Boa noite!!!*

Sorrio de orelha a orelha. Decididamente voltei à adolescência! Sinto que nunca mais lerei um boa-noite da mesma forma, minha quimera! Se você soubesse como estou na iminência de jogar tudo para o alto para procurá-la pessoalmente!

Dom Leon: *Como foi seu dia?*
Visualizado às 21h02.

— Cara, você já foi mais criativo ao puxar assunto — repreendo-me. Meu celular vibra em seguida.

Patrícia Alencar Rochetty: *Mais um dia ótimo de trabalho! E o seu, como foi?*

Meu dia? O que falar dele? Que foi corrido e vazio de suas mensagens? Como queria ser um de seus neurônios para poder ouvir seus pensamentos e, assim, verificar se em algum momento você pensou em mim também... Porém, opto por uma resposta um tanto vaga, não posso dizer que sou CEO de uma empresa, já que nunca tocamos nesse assunto.

Dom Leon: *Produtivo. Tenho uma equipe muito competente por trás de mim. Ela segue direitinho o que oriento. Visualizado às 21h12.*

Patrícia Alencar Rochetty: *Por que vc decidiu ser um dominador?*

O que é isso, Patrícia? Ela me pega desprevenido com a pergunta tão fora do assunto em que estávamos. Sorrio pela sua ousadia. Sua atrevida! Se você estivesse aqui, eu daria um chupão na sua boca para você aprender a não ser tão curiosa.

Dom Leon: *Eu não decidi ser, já nasci assim. Visualizado às 21h20.*

Não queira despertar meu lado dominador para saber como é, pequena, porque posso fazer você implorar por mim.

Patrícia Alencar Rochetty: *E como você descobriu o BDSM?*

Hoje, a curiosidade está à flor da pele! Mas, se pensa que não sei aonde quer chegar, está muito enganada! Só espero que esteja pronta para aguentar o que está a despertar.

Dom Leon: *É uma entrevista, pequena? Visualizado às 21h25.*

Vamos ver se tem coragem de colocar as cartas na mesa...

Patrícia Alencar Rochetty: *Incomoda vc falar sobre isso?*

Adoro o fato de ela ser direta, falar de igual para igual sem recuar ou ficar com medo. Quanto mais difícil de ser domada, mais emocionante é a conquista! Prefiro mulheres assim do que as melosas, que dizem amém a tudo o que um homem exige. Se as mulheres soubessem que a maior arma de sedução delas é a provocação, nós, homens, estaríamos perdidos! Respondo, desta vez desarmado.

Dom Leon: *Nem um pouco! Só achei engraçado porque você costuma ser mais direta quando quer saber algo. O que, especificamente, quer saber?*
Visualizado às 21h30.

Deus! O que será que essa boca inteligente vai me perguntar? Desta vez, acho que dei a ela o poder de ditar as batidas do meu coração, tamanha a ansiedade com a qual espero por sua resposta.

Patrícia Alencar Rochetty: *Digamos que direto e mandão aqui é vc, mas vamos lá, foi vc quem preferiu assim. Como é um relacionamento entre vc e uma namorada no BDSM?*

Pequena, se você soubesse como a realidade pode ser ainda melhor do que o esperado! Faz muito tempo que desisti de manter uma típica relação D/s, não por ter me desencantado desse estilo, que aprecio e respeito, mas por acreditar que ela necessita da entrega total dos envolvidos. Atualmente, não tenho tempo para isso, então, não posso e não quero ser injusto com uma menina que, de livre e espontânea vontade, vá se entregar a mim de corpo e alma. Porém, uma coisa é certa: sei muito bem o que quero em um relacionamento e nunca abro mão das minhas vontades. Mas ainda é cedo para lhe dizer isso.

Dom Leon: *Normal. Não há muita diferença para um relacionamento baunilha. E você, como são os relacionamentos com seus namorados?*
Visualizado às 21h40.

Devolvo a resposta com uma pergunta, pois um interesse mórbido aguça minha curiosidade. Apesar de sentir uma raiva surda ao pensar nos outros homens que passaram pela sua vida, no fundo, desejo ler que seus relacionamentos são mornos, sem sal e sem açúcar, motivo pelo qual permanece sozinha.

Patrícia Alencar Rochetty: *Duvido que seja normal, porque do jeito que vc sempre é tão mandão comigo, que sou apenas uma conhecida virtual, imagino como não* *deve ser com suas namoradas!!! Deve estar sempre com o chicotinho na mão, estalando-o a todo o tempo... rsrsrsrs... Bom, respondendo à sua pergunta, não tenho como lhe informar, porque nunca tive um.*

Não acredito no que acabo de ler! Uma felicidade instantânea me invade! Claro que ela não é nenhuma virgem, claro que tem um passado respeitável no campo sexual, mas saber que não existe nenhum ex-namorado bastardo que a tenha marcado e com quem eu tenha que disputar espaço em seu coração me conforta e me faz exultar!

O desejo de que ela seja minha torna-se mais aguçado e aumenta minha curiosidade. Quero lhe fazer mil perguntas, quero conhecer cada recanto de seu ser. A necessidade de tomá-la nos braços cresce em ritmo exponencial, na mesma proporção em que cresce meu receio quanto ao que tudo isso está se transformando! Logo precisarei viajar novamente para participar de inúmeros eventos, então sequer terei tempo para mim, menos ainda para cuidar de alguém! Acho que um relacionamento é uma via de mão dupla, isto é, quando alguém se entrega, deve haver uma contrapartida, em forma de carinho, cuidado, zelo e dedicação integrais.

Sem querer pensar muito, deixo meus fantasmas um pouco de lado e respondo como gostaria de ter um relacionamento.

> **Dom Leon:** *Não costumo dominar minha menina fora do quarto, pequena! No dia a dia, sou como um homem qualquer, um pouco possessivo, é certo, mas apenas porque gosto de cuidar do que é meu.*

Sua resposta chega em segundos.

> **Patrícia Alencar Rochetty:** *Peguei você, Dom Leon! Então você tem uma menina?*

Senti uma pontinha de ciúmes? Vou dar corda.

> **Dom Leon:** *O que a faz pensar isso?*

Se não fosse minha vida atribulada, diria que tenho uma menina, que é você, que tanto me tira dos eixos...

Patrícia Alencar Rochetty: *Vc acabou de dizer que não costuma dominar sua menina fora do quarto.*

O que faço com você, pequena? Entende tudo do jeito que quer! Ah, se fosse minha mesmo, eu a deixaria amarrada na minha cama por um dia inteiro, despertando desejos e explosões prazerosas em seu corpo, interrompendo meus toques quando a sentisse prestes a atingir os orgasmos mais lascivos que pudesse imaginar, apenas com a finalidade de fazê-la aprender a entender o que lhe digo.

Dom Leon: *Eu escrevi que não costumo dominar minha menina fora do quarto... Não quer dizer que esteja com uma no momento. Quando estou com uma, sou assim.*

Retorno quase automático.

Patrícia Alencar Rochetty: *Vc não está me enganando, né?*

Sua indagação me faz sorrir. A provocadora ficou enciumada de fato, e, desta vez, não deixo passar.

Dom Leon: *Ciúme? Senti um certo interesse, menina da pinta charmosa? Essa sua pergunta pode me dar esperanças.*

Adoro provocá-la! Suas respostas, geralmente, voltam rápido e me deixam animado.

Patrícia Alencar Rochetty: *Atrevido... kkkkkkkkkkkk. Só fiz esta pergunta por não achar que vc mentiria a uma amiga virtual.*

Atrevida é a senhorita, mas, já que me chamou assim, lide com esta que vou lhe mandar agora, boca inteligente.

Dom Leon: *Essa amiga pode deixar de ser virtual, o que acha?*

Desta vez, ela demora para responder, o que me faz pensar que ficou sem palavras, mesmo duvidando que um dia ela fique sem ter o que dizer. Imagino que esteja pensando em mil formas para se safar da proposta sugerida. Minha ansiedade vai crescendo na mesma velocidade com que passam os minutos até que, finalmente, ela se manifesta.

> **Patrícia Alencar Rochetty:** *Talvez! Quem sabe um dia... Ah, esqueci de contar algo que, com certeza, vai deixá-lo arrasado. Farei uma viagem e já lamento muito pelo que minha ausência vai lhe causar... rsrsrsrs... Mas não precisa chorar, volto logo! Serão apenas três dias sem contato comigo, viu? Vou amanhã e retorno domingo... kkkkkkkkkkkkkkkkk... Convencida, né?*

Lisa e escorregadia!!! Isto é o que você é, pequena! Quanto a ficar três dias sem contato, tenho bastante trabalho a fazer, o que, certamente, irá me distrair.

> **Dom Leon:** *Coração duplamente dilacerado... Aliás, isso já está virando rotina, não é? Suas respostas acabam com minhas esperanças! Ia justamente convidá-la para jantar comigo neste fim de semana.*

> **Patrícia Alencar Rochetty:** *Que bom que falei antes, isso me poupou de negar seu convite... Kkkkkkkkkkkkkk.*

> **Dom Leon:** *Posso saber o motivo pelo qual a mocinha diria não a meu convite?*

> **Patrícia Alencar Rochetty:** *Vou viajar com um casal de amigos e seus filhos. Vamos assistir à final de um campeonato de vela.*

O choque que levo é acompanhado do som carregado de uma tempestade que se aproxima: ruidosos trovões e toda a descarga elétrica dos relâmpagos que clareiam as janelas da casa penumbra. Com a claridade, visualizo a chuva cair das nuvens, molhando toda a vegetação que rodeia o local.

Quando decidi construir esta casa no mais belo vale da propriedade, quis fazê-la toda de vidro para não me privar de nenhum fenômeno como este, em que a fúria da natureza contribui para a beleza do ecossistema.

O lado negativo é que a cada tempestade acompanha-se uma queda da energia elétrica, aumentando a sensação de isolamento. Nessa hora, o gerador entra em ação, mas não restabelece o sinal de internet. Assim, fico impedido de responder à mensagem mais interessante que recebi nos últimos tempos. Ainda em choque, não acredito que vou me encontrar com minha menina quimera. Sim, porque vasculharei cada metro quadrado de Ilhabela. É muita coincidência! Como patrocinador oficial do evento, fui convidado há mais de um mês para entregar à equipe vencedora o troféu e o prêmio do campeonato.

Quando parece que a espera é um problema, eis que o tempo se encarrega de nos surpreender. Assim, o melhor momento de ser feliz cai novamente no meu colo e, se posso juntar o útil ao agradável, vou fazer dele uma oferenda de prazeres a ela. Já percebi que a menina rejeitará um homem que, no primeiro encontro, lhe jure amor eterno e lhe prometa filhos. Como também não almejo nada disso, oferecerei apenas a mim, dando prazer, atenção, carinho e um final de semana prazeroso.

Menina quimera, serei o mais verdadeiro possível com você. Então, não fuja! Não pense no futuro, sinta apenas o presente. Venha ser feliz e prometo que esse fim de semana será inesquecível, penso, enquanto vejo sua bela imagem em seu perfil.

Capítulo 14

Patrícia Alencar Rochetty...

Fico olhando a tela, contando carneirinhos e esperando algo aparecer.

Patrícia Alencar Rochetty: _Dom Leon?????_

O que aconteceu com esse homem? Será que ficou tão triste assim? Doce ilusão a minha...

— O que são três dias, caro leãozinho Dom Leon? — Caio na risada.

Patrícia Alencar Rochetty: _Será que desta vez foi vc quem caiu nos braços do Momô?_

Que estranho, nada de visualizar nem de responder! Fiquei no vácuo!

Patrícia Alencar Rochetty: _Bem, boa noite, também preciso me entregar aos cuidados do meu deus alado! Amanhã o dia será corrido e, já no fim do expediente, estarei na estrada. Um bom fim de semana e não vá dormir com muitas MUMU em minha ausência..._

Sozinha com meus pensamentos, abandonada por meu amigo virtual, suspiro fundo. Começo a arrumar minha mala e, quando termino, um frio percorre minha espinha e uma sensação de _dèjá vu_ faz meu cérebro transmitir sensações estranhas para todo o meu corpo!

— Se o que estou sentindo for por causa dos encontros que a Babby já programou para mim com aquele tipo de amigo de sempre, que ela considera serem bons partidos, mas que na verdade são desastres da natureza, juro que a mato afogada!

Outro arrepio.

Estranho! Nunca estive em Ilhabela, então, não tem como relacionar aquela sensação ao local. Estou como se canta no refrão daquela música: "Você sabe o que é caviar / Nunca vi, nem comi / Eu só ouço falar". Mesmo assim, a sensação de reviver uma história do passado está no meu subconsciente, tentando me dizer alguma coisa.

Flashes e mais flashes inexplicavelmente me trazem a impressão de que tenho um encontro marcado! Canto em voz alta inventando novas rimas, tentando espantar lembranças e caraminholas da minha cabeça.

Louca, louquinha...
Dá uma licencinha...
Sai da minha cabecinha...
Você tá doidinha
Que isso, patricinha?
Louca, louquinha...

Mesmo quase gritando, não me livro da sensação de *déjà vu*. Para tornar a situação mais tensa, o ser que até então mantinha-se quieto dá uma fisgada e mostra que está vivo. Uma espécie de flashback se forma na minha mente, como se já tivesse passado por aquilo, e a ajuda do Sr. G foi definitiva para eu identificar o que está acontecendo!

— Ah, não!!! Definitivamente!!! Sr. G, seu tarado, você quer me deixar confusa... Imagina! Em um lugar daqueles, onde estarão centenas de pessoas, eu encontrarei justamente ele, Carlos Tavares Júnior!

Pronto! Agora meu cérebro é bombardeado de memórias e o Sr. G não para com suas fisgadas provocadoras.

— Sabe o que vocês dois estão fazendo? Conseguindo com que eu reúna todas as defesas e munições que tenho para descer a serra amanhã totalmente armada. Vocês têm opiniões contrárias à minha e querem me fazer reviver algo enterrado a sete palmos! A verdade é que vocês não estão aguentando me ver tão animada com meu amigo inteligente e sábio da internet... Acho que ele é muito mais homem do que aquele gatinho mulherengo. Vejam só o pseudônimo dele, Dom Leon! Viram a diferença? Já o protegido de vocês, o gatinho, jamais será um leão como meu amigo virtual. Lembrem-se do quanto ele fugiu da raia...

Respiro fundo e forte diante da animação do meu amigo impertinente.

— Para, Sr. G! Essas fisgadas só querem medir forças comigo... Não queira agir contra a minha opinião. Nesse jogo, nós dois temos algo a perder.

Deito na cama e me questiono se é necessário agir de maneira tão radical.

Será que realmente preciso ficar repisando o que houve entre mim e ele, repetindo que sua atitude não foi legal, como um mantra que me impeça de cair em tentação? Ou será que vale a pena imaginar como poderia ter sido diferente caso eu tivesse aberto as portas do meu coração? Será que minha vaidade falou mais alto naquele tempo? Foi orgulho por ele só estar a fim de sexo ou medo de que ele não fosse mais um dos peguetes comuns e fáceis de descartar?

Bem, independentemente da minha vontade na época, a verdade é que as circunstâncias foram desfavoráveis para que eu tomasse qualquer outra atitude. Reagi como sempre, caindo fora, e ele não correu atrás como eu esperava, não sei dizer. É provável que, nesse caso, com o tal Carlos Tavares Júnior, não era para acontecer mesmo... Para ser sincera, apesar de o Sr. G não concordar, sinto-me aliviada por isso. Mesmo não tendo havido nenhum relacionamento com esse cidadão, dois anos se passaram e ele ainda consegue bagunçar meu emocional. Acredito que me safei de uma boa, pois esse cara poderia ter implodido minha muralha com apenas um golpe de sua machadada forte e bombástica...

Costumo explicar minha conduta quanto a relacionamentos com uma analogia com o urubu que, mesmo voando sobre a mais bela floresta, é capaz de encontrar animais já mortos há algum tempo. No meu caso, como optei por me bloquear emocionalmente desde sempre, busco só os defeitos no meio das qualidades possíveis dos inúmeros boys magias que passaram pela minha vida, para provar ao meu coração que o mais sensato é ele se manter trancado. Não sou mais criança para ficar me fazendo de vítima ou para dizer que não me relaciono seriamente com alguém porque nunca surgiu um homem que valesse a pena. Conheci alguns caras dignos de admiração e amor incondicional. Mas foi minha opção de vida, minha escolha, portanto, essa batata quente vou ter que engolir.

As dúvidas e as incertezas quanto ao risco de um relacionamento sério nunca me permitiram saber se quando o urubu abre o bico exala perfume ou azedume. Assim, tudo o que permiti entrar no meu coração sempre foi previamente selecionado por mim e é apenas o que permito manter dentro dele. E quer saber? Estou realmente ficando irritada com essas reflexões agora!

— Sr. G! — repreendo-o. — Para, seu fisgador de uma figa! Não sei por que está tão serelepe! Quer desarmar meu coração, é? Pois sim! Você acha mesmo que pode ganhar essa, não é, Sr. G? — digo, com raiva, contorcendo-me de tesão!

Fico estupefata por perceber como o provocador consegue desviar toda a atenção para ele, fazendo com que qualquer reflexão racional seja relegada a décimo plano! Ele irradia contrações e um intenso calor para todo o meu corpo e eu, mesmo não querendo, fico intensamente excitada.

— Então é assim? Quer fazer a paz para você acontecer? Independentemente de quem esteja com a razão, quer ter mais harmonia à sua própria volta, doa a quem doer, né, seu egoísta? — xingo enquanto começo automaticamente a me tocar. O problema é que essa glândula centralizadora de atenções me desarma completamente! Ela rouba meus pensamentos racionais e assume o controle de minhas ações. Pego o substituto do meu antigo PA, que comprei meses atrás, claro que igualzinho ao antigo, inclusive na cor.

O ambiente é mais do que apropriado: o quarto tem pouca iluminação e ouço músicas no meu iPod. Entrego-me às minhas fantasias sexuais luxuriantes. Imagino o Dom Leon amarrando minhas mãos... Esquento só de pensar nisso. Num movimento rápido, tiro meu pijama do Piu-Piu, notando que, pelo nome do personagem, ele poderia ser considerado uma mensagem subliminar. Rio sozinha ao pensar nisso. Imagino que o Dom Leon não apreciaria o pijama de jeito nenhum. Dispo-me rapidamente.

De barriga para cima, com a cabeça apoiada em meus travesseiros macios, abro ligeiramente as pernas, deixando meus joelhos um pouco dobrados e os pés apoiados na cama. Meus pensamentos são povoados pelas palavras sedutoras do Dom Leon, enquanto, ao mesmo tempo, o Sr. G contrai-se forte e intensamente, enviando fisgadas galopantes com a lembrança dos toques dos dedos e língua do Carlos Tavares Júnior. Fico ainda mais umedecida do que já estava, mesmo sem ter passado aos toques ou atritos.

Sem pudor e totalmente desinibida, desço as mãos lascivamente pelo corpo e, de olhos fechados, imagino-me sendo observada pelos dois, Dom Leon e Carlos Tavares Júnior...

— Nossa Senhora das Mulheres que Querem ser Sanduíche, esta fantasia está melhor do que eu esperava! Se só de imaginar já estou quase a atingir o pico do Everest, imagina se fosse real! Acho que sou mesmo completamente devassa!

Assim segue toda a minha inspiração. Respiro sofregamente ao me masturbar com o PA, imaginando ser beijada e acariciada por aqueles dois homens fenomenais. Meus dedos habilidosamente reproduzem os movimentos simulados, e provoco o Sr. G ao interromper o contato em minha genitália.

— Gosta de provocar, Sr. G? Veja como também sei jogar esse jogo... — digo, provocante. Porém, ele é mais forte do que meus desejos e fetiches, insistindo em tomar o controle, e é claro que consegue. Meus pensamentos viajam novamente e agora imagino meus dois homens apenas me observando.

Deslizo as pontas do indicador e do polegar, sinto meu clitóris e, passando pelos grandes lábios, acaricio-o, pressionando-o suavemente, em movimentos circulares e estimulantes. Mas a simples carícia não é suficiente. O Sr. G exige atenção e, por isso, com minha outra mão, levo o PA até ele! O danado viaja, vibra e se contrai desavergonhadamente, em sintonia com meu clitóris. A cada movimento provocado entre os lábios externos faço caras e bocas, mentalizando a deliciosa sensação de estar sendo observada pelos meus dois homens imaginários. Intensifico os movimentos ao redor da minha vulva e do meu monte de Vênus, conforme sinto as pulsações e contrações vindo fortes, pulsantes, e imprimo um ritmo alucinante de vai e vem do meu PA, gerando-me espasmos prazerosos, desde a ponta do meu dedinho do pé até os fios do meu cabelo quando explodo, dando um grito desvairado, tão forte é meu orgasmo!

Ai... Esgotada e feliz por ter este um só meu, que leva a mim e a meu melhor amigo, o Sr. G, à mais pura exaustão pós-luxúria.

— Nossa, Sr. G! Estava com saudades desta nossa sintonia e magia íntima! — digo, ofegante e exausta. — Só peço que você entenda e respeite a mulher que tem dentro de mim e não fique tentando abalar as estruturas e os alicerces dela a cada vez que ficar taradão! Somos bons juntos sem precisar mexer nisso. Boa noite, menino!!!

Capítulo 15

Patrícia Alencar Rochetty...

Dormi feito uma pedra e não sonhei, mas o frio na barriga e a sensação de descer uma montanha-russa me invadem assim que coloco o pé fora da cama. Seguindo meu ritual, ligo minha música despertadora, *"All that she wants"*, e começo a me preparar, dançando e rebolando, animada e receosa ao mesmo tempo, com essa sensação estranha. Estou pronta para mais um dia de trabalho e, também, feliz por ter dois dias com os bambinos na praia. Pela primeira vez, ficaremos juntos no litoral.

— Será que vou conseguir não morder as dobrinhas da Belinha? — pergunto a mim mesma em voz alta, imaginando-a toda suja de areia, parecendo uma coxinha empanada. — Bem, que venha esse fim de semana, e que seja bom! — digo, em dúvida.

Tomo café na mesinha da cozinha, aproveitando para ver se meu amigo fujão deixou alguma mensagem ontem, depois que eu dormi. Feliz, constato que sim. Bato palminhas e a visualizo.

> **Dom Leon:** *Menina da pinta charmosa, minha conexão com a internet é movida a manivela e, quando chove em minha região, fico incomunicável... Desculpe-me por minha ausência abrupta ontem. Ao mesmo tempo em que estou consternado pelos três dias em que ficaremos sem contato, estou feliz por saber que descansará ao lado de pessoas queridas. Cuide-se! Beijo grande.*
> *P.S.: A vida nos presenteia com coincidências que nossa razão, às vezes, não é capaz de entender. Siga sempre o que seu corpo e coração mandarem. Sinta as emoções do momento.*

— Bruxo! — grito assim que termino de ler sua observação. — Como é que ele manda uma mensagem desta sem saber o que está reservado para mim neste fim de semana? — A perspectiva mexe com meus sentidos.

Passo os olhos no mural do Facebook e vejo uma postagem de uma amiga, que me chama a atenção e vai apontando na mesma direção do "conselho" do mago Leôncio...

> **Josi Josi:** *Compromisso é permitir que o outro entre na nossa vida. É sonhar junto sem se sentir ameaçado, marcar um horário sem se sentir controlado, dividir o espaço sem se sentir invadido. Compromisso não é falta de liberdade. Compromisso é o exercício da liberdade de estar com alguém.*

— Que diabos, o Facebook virou *Minutos de sabedoria?* — Fecho a tela, sem querer ler mais nada. — Acorda, Alice, vamos trabalhar! — resmungo sozinha.

Depois de mais um dia exaustivo de trabalho... Atrapalhada como um elefante andando delicadamente de salto alto, pego minha mala, toda desengonçada por causa do seu peso e tamanho.

— Para que levar tanta coisa? — ralho comigo.

Dou uma de malabarista, segurando a mala desajeitadamente, com mais a bolsa, a chave do carro e a chave de casa. Só então percebo que meu sacrifício foi inútil e desnecessário, pois a mala tem rodinhas... Estou tão avoada que acabei esquecendo desse detalhe.

Paro no posto, abasteço o carro e peço ao frentista para me ajudar a calibrar os pneus, apenas porque não quero correr o risco de sujar as mãos de graxa, senão teria feito sozinha como sempre. Podem duvidar, mas sei até trocar pneu furado. Além disso, vesti uma saia lápis e, se me abaixar, parecerei encenar um trecho de filme pornô, cujo título seria: *Garota sexy que enche os pneus de cócoras...*

Decido ir de carro para Ilhabela por diversos motivos. Primeiro, porque gosto da minha independência; se algum lugar não me agradar, posso seguir meu rumo sem precisar de ninguém. Já passei por diversas situações em que senti na pele os efeitos de algo só por depender de carona. Segundo, como a Babby é muito mais exagerada do que eu e, apesar de o carro deles ser enorme, ela consegue entulhar até o porta-luvas de coisas que as crianças possam precisar. Terceiro, por detestar incomodar os outros que, por estarem dando carona, ficam obrigados a estabelecer alguns horários para posicionar o passageiro quanto ao itinerário. E, finalmente, porque adoro dirigir, principalmente na estrada.

O trajeto é mais rápido do que imagino, e já estou na frente do prédio da família Doriana, esperando terminarem de carregar o carro. Os dois pequenos estão dormindo nas respectivas cadeirinhas, no banco de trás. Já discuti com o casal quando informei que iria no meu próprio veículo e eles quiseram convencer-me a ir com eles, mas expliquei os motivos.

Todos a postos, sigo-os feliz e cantando, partindo de São Paulo pela Rodovia Ayrton Senna/Carvalho Pinto. Só o nome da estrada já diz onde vou parar este fim de semana... Rio sozinha, animada com meus hormônios aflorados. Descemos a Mogi-Bertioga e seguimos pela Rodovia Rio-Santos, sentido Norte. Para alguns, o horário de verão é um porre, mas, para mim, é tudo de bom! Adoro o fato de o dia escurecer mais tarde! Quando viajo após o expediente, posso ver toda a paisagem da serra... É lindo de se apreciar!

Ao longo do dia, decidi não fazer planos para o fim de semana, nem levantar todas as minhas barreiras. Portanto, estou indo de coração aberto. Não deve ter sido à toa que li aquelas mensagens de manhã, justamente quando sentia o turbilhão de sensações na barriga, que se prolongou até agora. Chego à conclusão de que deve haver um significado importante nisso tudo o que o Sr. Destino está preparando para mim.

Flash!

Opa! Isso foi um flash?

Mais um para a minha coleção!!! Adoro ser fotografada, mas não assim, quando a ocasião não é propícia. Só porque me perdi nesses pensamentos doidos e, ao tentar alcançar o carro do Marco, excedi o limite de velocidade bem onde tinha um maldito radar! Por outro lado, pode ser também mais uma dica do Sr. Destino, desta vez para me mostrar que ele prefere cautela à empolgação.

Resolvo me comportar como uma motorista prudente pelo resto da viagem, respeitando todos os códigos de trânsito e velocidade. Vou admirando a paisagem de todas as praias por onde passamos, desde Caraguatatuba até São Sebastião, onde vamos pegar a balsa que dá acesso à maior ilha marítima do Brasil.

Sempre soube que Ilhabela é um dos maiores redutos de velejadores do país e que seus campeonatos de vela ocorrem em julho. Porém, pelo que a Babby me contou, neste ano o período foi adiado por causa da Copa do Mundo. Só por isso que estou aqui agora, louca para assistir a uma das principais competições do iatismo brasileiro, com barcos de todas as classes disputando as regatas no Canal de São Sebastião, que separa as duas cidades. Fico admirada ao saber que a região comporta um gigantesco porto petrolífero, o que leio em um folheto que um rapaz me entrega na extensa fila dos que aguardam para entrar na balsa que dá acesso à ilha.

Com os carros parados, a Babby vem até minha janela perguntar se está tudo bem.

— Amiga, que bom que correu tudo bem durante a viagem. Sei que você deve estar exausta. — Ela faz uma pausa e, ao ver seus olhos brilhando, já sei que vem algum pedido. — Olha, durante a viagem, o amigo do Marco ligou. Ele está nos esperando para um jantar na casa de um amigo dele. Mas, se você estiver muito cansada, entenderei e farei companhia, ok? *Bandida*, penso comigo, ela quer mais é que eu aceite!

— Barbarella, preciso do dobro de quilômetros que rodamos para começar a pensar em ficar cansada! Vamos logo a esse tal jantar.

— Esta é a minha amiga! — Ela vibra com a minha resposta. — Esse jantar vai ser muito legal, vai ver! — Sei bem o que ela quer que eu veja... — Tenho certeza de que, desta vez, não me dirá que o amigo do Marco tem qualquer defeito. Prepare o coração, porque ele vai acelerar.

— Sua santa casamenteira, presta atenção! Sou como a mulher do Saci: se levar um pé na bunda, quem cai é ele! Então, que venha mais um candidato para tentar desencalhar esta jubarte aqui — disparo, gargalhando com ela.

Os carros começam a se movimentar na fila e, assim que a balsa chega, ela volta para o seu, que está à frente do meu. Surpreendentemente, meu celular apita, informando a chegada de uma mensagem. Olho para a tela e vejo um recadinho do meu amigo. Aproveito a nova parada e leio.

> **Dom Leon:** *Pequena, que seu fim de semana seja cheio de grandes emoções! Não encare a espera como um problema, o tempo não para enquanto você decide o melhor momento de ser feliz. Se for para esperar a hora certa chegar, que seja vivendo intensamente. Cuide-se!*

Respondo, para variar sem pensar.

> **Patrícia Alencar Rochetty:** *Meu querido amigo, acabei de chegar e estou aguardando a balsa para poder passar*

ao outro lado. Vou tentar seguir seus conselhos, mas percebi, nas entrelinhas, que vc está me entregando de bandeja para qualquer galã que cruze meu caminho... Kkkkkkk... Isso é que é desprezar elegantemente uma mulher, hein?
Visualizado às 20h22.

Sou ousada mesmo! Também, quem manda ficar enviando mensagens para eu transar com o primeiro cara que me excitar?

Dom Leon: *Sempre provocadora! Quando me conhecer, vou mostrar o quanto adoro educar uma língua desafiadora. Aprecie com moderação e preste atenção no trânsito! Pelo que escreveu, está na fila, então, comporte-se como uma motorista prudente.*

Mandão. Vou mostrar para você o que minha língua pode fazer.

Patrícia Alencar Rochetty: *Promessas!? Bem, na verdade, vou seguir seu conselho e mostrar ao primeiro que me aparecer pela frente o que minha língua é capaz de fazer. Quem não presta assistência, abre concorrência...*

Os carros começam a andar novamente e não consigo ler sua mensagem. Subo na balsa com toda a emoção do mundo. O tempo de travessia é de 15 minutos. Desligo o carro e leio sua mensagem, que diz:

Dom Leon: *Veremos como as promessas serão pagas no seu devido momento. E não entreguei você de mão beijada para ninguém, apenas lhe aconselhei a viver o momento intensamente. Agora, preste atenção no trânsito! Não vou mais responder suas mensagens. Cuide-se!*

— Intrigante, isto sim é o que o senhor é!! — Também não vou responder.
Desço do carro para dar uma cheirada nas crianças, que ficam animadas com minha aparição surpresa. Estendem os bracinhos, querendo que eu os pegue no colo. Olho para os pais pedindo autorização, que me negam no mesmo momento.

— A dinda vai entrar um pouquinho com vocês no carro — digo, assim que abro a porta. — O que vamos fazer neste fim de semana? — Eles ficam olhando para mim, claramente esperando que eu fale algo. — Vamos fazer coxinhas de bebês e de tia Patty na areia.

— *Telo choxinha...* — pede a pequena.

— A tia Patty vai encontrar uma bem gostosa amanhã para você, Bela, nem que ande a ilha toda para encontrar, né, tia Patty? — A Babby me adverte.

— Vou, sim, mamãe — xingo-me mentalmente por ser tão desligada.

— E você, Biel, o que vai pedir para a tia Patty encontrar na ilha, amanhã? — pergunta o pai, divertido, querendo me torturar.

— Vou com ela comprar a coxinha. — Esse menino é um lorde! Além de falar direitinho para seus quase três aninhos, ainda por cima é gentil. Aperto-o instantaneamente.

— Amiga, tem certeza de que não prefere ir para o hotel? — Conheço essa cara e sei qual é a resposta que ela merece, mas não vou começar a estragar o fim de semana.

— Por mim, sem problemas! Tirando a roupa que estou trajando, que não acho apropriada para um encontro com seus amigos numa ilha, de resto está tudo bem para mim. Só penso nas crianças! Será que elas não estão cansadas? — Jogo a bomba nas suas mãos, louca para ela repensar. No fundo, acho que estou com receio de ir a esse encontro.

— Elas estão bem, e não estamos planejando ficar muito nesse jantar de boas-vindas. Aliás, Marco, que gentileza do Luiz Fernando nos convidar. Ainda por cima, disse que preparou um menu especial para as crianças!

Senhor dos Homens Prevenidos! O cara cuidou de tudo! Sr. G, amigo, quem vai lhe dar fisgadas agora sou eu! Acorda para a vida, menino! Se rolar uma química, vamos arrebentar a boca do balão ainda nesta madrugada!, penso comigo, animada com o tal Luiz Fernando.

— Verdade, ele foi bem legal! Até tentei dar uma desculpa, mas o cara foi impecável. Bom, meninas, a festa vai começar! A balsa já está chegando.

Dou uma cheirada nas crianças ao descer do carro, mas o circo de choradeira se arma. Os pais tentam acalmá-las, dizendo que já vamos estar todos juntos, mas as crianças querem que eu fique no carro delas. Animada com a possibilidade de dirigir a nova Land Rover do Marco, dou a minha sugestão.

— Vamos lá, Marco, libera a chave do carro e deixe-me levá-lo com as crianças. Você leva o meu carro e eu dirijo o seu...

Mesmo a contragosto, vejo, pelo retrovisor, que ele cede diante do olhar da sua sereia.

— Dinda, o carro é todo seu, mas fique sabendo que a senhorita vai me seguir.

Jogo a chave do meu carro para ele, toda animada.

Sento-me diante do volante e sigo o fluxo dos veículos quando a balsa aporta, no trecho central da Barra Velha, depois seguindo o Dr. Delícia pela única avenida que corta a ilha, de norte a sul. Vamos animadas, cantando músicas infantis. Fico atenta às paisagens e ao comércio local, até que chegamos a uma mansão, onde vários carros já estão estacionados.

Acho graça em ver o Marco estacionar meu carro popular ao lado de BMWs, Porsches, Camaros, Ferraris e outras potências automobilísticas que estão ali. Automaticamente, disparo a ensinar uma música para as crianças cantarem...

— Vamos lá, meninos, aprendam uma música que a tia Patty vai ensinar e que vamos cantar quando pararmos ao lado do papai: "Estacionei o calhambeque, bip, bip... quero buzinar meu calhambeque... bi, bi...".

Eu e a Babby disparamos a gargalhar quando eles repetem o refrão, cantando bi, bi, bi...

Estaciono o carro e meus sentidos começam a disparar um alarme que nunca mais eu tinha ouvido. O cúmulo do luxo é a definição adequada para aquela mansão com vista para o mar. Esse tipo de coisa nunca me fascinou, sempre fui simples e prefiro tudo assim. E, enquanto admiro a imponência do local, o que eu mais temo acontece, antes mesmo de eu cogitar a ideia de inventar uma desculpa e fugir dali.

Uma voz de trovão vem ao nosso encontro, saudando-nos, enquanto tiramos as crianças das cadeirinhas.

— Que bom que chegaram, estávamos ansiosos por vocês.

Um arrepio percorre minha espinha, minhas pernas fraquejam, as mãos ficam trêmulas. O ser dormente dentro de mim dá uma fisgada de satisfação. Meus sentidos sinalizam que devo virar para ver o dono dessa voz que marcou a minha vida. Não consigo me mexer, e o Gabriel, com sua alegre pressa de sair da cadeira, desperta-me do transe que tomou conta do meu corpo neste momento.

Crio forças e o seguro no colo. Meus olhos ainda não querem se desviar dele. Pelos movimentos de todos à minha volta, percebo que são dois homens cumprimentando e se apresentando.

— Marco, deixa eu apresentar nosso anfitrião — diz uma voz rouca masculina.

— Prazer e bem-vindos — ouço a voz dizer, de maneira simpática. — Sou Carlos Tavares Júnior e fiquei feliz quando o Nandão disse que um grande amigo estaria nos prestigiando hoje, com sua família.

Aperto o Gabriel em meu colo assim que ouço aquele nome. O que há de errado comigo? Normalmente sou segura de mim! Sons ecoam por segundos ou minutos, nem percebo o tempo correr, até que ouço a porta do carro ser fechada e uma voz, como uma brisa, sussurrar próximo ao meu ouvido.

— Bem-vinda, Patrícia Alencar Rochetty...

Assim como da primeira vez em que o vi, estou enraizada no chão, feito uma árvore decorativa em um cenário.

Tão louco quanto real, não consigo piscar nem me impedir de reagir com bestialidade sexual.

— Sinto muito prazer em revê-la.

— Hum... Com prazer é mais caro!

Mas que fora! Fica todo mundo olhando para minha cara! A Babby vai me matar! Também, não é de se admirar que responda tão prontamente! Duvido que haja uma mulher na face da Terra que não fique com a língua destrambelhada diante de tanta beleza! Seu cabelo desarrumado suscita memórias adormecidas em minha cabeça... Ora, minha vida sexual não mudou depois dele, mas o momento mais intenso e quente que tive foi vivido com ele! Momento este que fiz de tudo para esquecer, mas que volta agora como um foguete. Seu sorriso, com os dentes mais brancos que já vi, está estampado em seu rosto receptivo, dando-me boas-vindas, fazendo-o parecer um anjo com auréola, mas ao qual minha razão manda ter cuidado, pois o diabo também veste Prada.

Assim como nos meus sonhos, ele tem as sobrancelhas curvadas, mostrando que sua mão estendida espera apenas que eu a toque. Meus olhos estão hipnotizados pelo brilho de aço do azul dos seus olhos, que me fitam, endiabrados, do mesmo modo que um espelho reflete luz e magia. Os músculos das maçãs de seu rosto estão tremendo, assim como a minha mão ao tocar a sua, forte e grande. Seu aperto não é impessoal, mas íntimo e acolhedor, a ponto de eu sentir minha calcinha se umedecer... E cada vez mais o cretino do Sr. G pulsa atrevidamente com a aspereza do toque daquelas mãos, mostrando-me que meu corpo está totalmente em sintonia com o dele.

153

Um ar de satisfação e cinismo cobre suas feições quando replica:

— Mesmo? Quanto mais caro? Pois estou disposto a pagar o que for necessário...

Ele se vira para o Gabriel em meu colo e muda de assunto:

— Belo garoto! — Passa a mão no cabelo do bambino.

— Esse é nosso príncipe — fala a Babby ao homem que está dizendo aos meus sentidos que ele paga o que, como e quando quiser sem nem mesmo pedir licença.

Ele não mudou muito desde a última vez que o vi. Está apenas um pouco mais másculo e viril, talvez mais maduro. Meus anjos internos gritam aos céus enquanto minhas safadinhas internas debandam para o inferno.

Sua boca carnuda, que diz à Babby e ao Marco que mandou preparar um lanche especial para as crianças, é um banquete sensual, além do sorriso perverso que consigo vislumbrar e que, prontamente, me faz fantasiar com ele a me pedir um sexo quente e sem regras.

Ele está tão próximo de mim que, apesar de eu fingir brincar com o Gabriel, não consigo deixar de sentir a fragrância que seu corpo exala, gritando masculinidade e testosterona. Disfarço minha comoção, tentando não demonstrar simpatia alguma ao que sei que ele está tentando fazer, que é me deixar completamente chocada com as reações que me golpeiam, sem compaixão, como se o tempo tivesse parado e sua vingança por nosso último encontro fosse esta punição que meu corpo está a me aplicar.

Claro que o Sr. G, empolgado e ordinário, dá o ar de sua graça e não consigo disfarçar para mim mesma o quanto senti falta do calor desse homem. Assustada com meus pensamentos delirantes, afasto-me um pouco, soltando o ar que está preso em meus pulmões há não sei quanto tempo. Entrego o Gabriel para o Marco, alegando que o menino cresceu e está um pouco pesado, e tento recuperar a sanidade.

Carlos Tavares Júnior...

No instante em que descobri que estaríamos no mesmo evento, tentei dar sentido a todas as emoções tumultuadas. Queria fazer daquele encontro o mais especial possível. Não medi esforços, e deixei todos à minha volta em polvorosa com os diversos afazeres que passei a cada um. Já estava acertado que eu me hospedaria no DPNY Beach Hotel & Spa, reservado pela empresa, mas a oportunidade de desfrutar de momentos ao seu lado alterou todos os planos.

Quando liguei para o Nandão e expliquei que desceria a serra na sexta-feira e não no sábado, expus os motivos e, comparando os fatos e coincidências, concluímos que estávamos falando das mesmas pessoas. Daí em diante, realizar o desejo de tê-la ao meu lado o fim de semana inteiro virou questão de honra e, detalhista como sou, comecei a mover todas as peças da engrenagem para conseguir isso.

— Boneca, definitivamente você me deve seu loló! — disse ele.

Fiquei possesso quando o Nandão me contou que a esposa do seu amigo Marco disse que levaria a sócia para o passeio com eles. A irritação que sinto ao imaginá-los velejando juntos faz meu sangue ferver. Mas adorei ela ter me contado o que faria no fim de semana, caso contrário, aquele Dom Miau de araque é que teria a chance de se apoderar do que era meu. Pensar nisso fez meu sangue ferver.

— Se você ousasse tocar no que é meu, quem ficaria sem nenhuma prega no loló seria você, Dom Miau! — ralho.

— Vamos lá, boneca, essa gatinha manhosa está cruzando meu destino a todo o momento! Quem está querendo algo com que o destino quer me presentear é você — zomba o infeliz.

Sem muita paciência para brincadeiras que, certamente, teria que aguentar, pedi a ele mais um grande favor: que me ajudasse a convencer todos a passarem o fim de semana na mesma casa. Eu ainda não sabia como fazer isso, mas era a única maneira de tê-la próxima a mim pelo máximo de tempo possível.

No decorrer do dia, fui passando a ele as coordenadas de como deveria proceder com seus amigos. Minha secretária conseguiu alugar uma bela casa de frente para o mar, com oito suítes e, pelas fotos que ela enviou para meu e-mail, não tive dúvidas: bati o martelo, principalmente porque, nos fundos da casa, havia um anexo com uma suíte master. Além disso, contava com serviço de hotelaria completo, desde camareira até cozinheiro. Teria que pagar um preço alto, o Nandão soube cobrar direitinho seus favores, pedindo-me que, naquela noite, organizasse uma festa para receber alguns amigos. Eu não contava com essa, mas, diante dos fatos, não recusei, mesmo porque isto faria com que meu plano parecesse mais real.

Por diversas vezes, questionei-me se deveria ser tão feroz quanto tenho sido em minha decisão de tê-la próxima a mim, mas, agora, vendo-a diante dos meus olhos, deixo de ter qualquer dúvida e sei que agi certo. Respiro fundo, capturando sua essência doce de baunilha misturada com seu ardido e exótico cheiro de mulher. Percebo a contradição de seu corpo. Ela olha para mim como se dissesse: "Toque-me, mas não me deseje eternamente; possua-me por este pouco tempo, mas libere-me para ser feliz"... Meus testículos doem e minha vontade é de puxá-la para meus braços e dizer a ela que será completamente minha!

Nunca esperei ficar tão atraído assim por uma mulher! Não sou hipócrita, sempre soube das minhas habilidades com o sexo feminino, mas, no que diz respeito ao meu fascínio por elas, posso afirmar que nunca foi de tamanha intensidade, como um desejo tão poderoso que chega a me causar dor!

Sua pinta dizendo "possua-me" é quase o estopim para a perda da minha sanidade e, se eu não exercer um férreo e poderoso controle, acabarei tomando-a escandalosamente na frente de qualquer pessoa que estiver por perto. Respondi à sua ousadia de instantes fixando-a nos olhos marcantes, mostrando que entendi o verdadeiro significado da frase "com prazer é mais caro". Isso pareceu deixá-la surpresa e assustada... mas essa minha menina e fera indomável equilibra-se, rapidamente, como a provocadora de sempre que é.

Por todos os santos!!! Estou ferrado!

— Vamos entrar. Acredito que as crianças estão loucas para correr neste gramado lindo... — Ouço a voz e sinto o Nandão tocar-me no ombro, percebendo a bandeira que estou dando e vindo em meu socorro.

— Vamos! — concordo, entorpecido e impressionado com minha aparente perda de domínio das habilidades de anfitrião.

Caminhamos em direção à pequena rampa de acesso à casa. Tenho o delicioso pressentimento de que este evento promete muito mais vitórias do que um campeão pode imaginar. Procuro-a com os olhos e percebo que ela ainda está parada ao lado do carro, um pouco alterada, falando com sua amiga, que está com a linda menina nos braços. Minha vontade é descer a pequena rampa e puxá-la, porém, mais uma vez, sou pego de surpresa em uma conversa.

— Bela casa, Carlos! — exclama o Marco.

— Bem confortável — digo, mas, dentro de mim, sinto o contrário, sem saber o que está acontecendo com minha quimera, que ainda não deu nenhum passo na direção da rampa.

Envolvo-me em um bate-papo com o Nandão e o Marco, tentando tirar o foco da minha atenção sobre elas, pois meus sentidos insistem em ser curiosos.

Depois de intermináveis minutos, elas se juntam a nós e eu mantenho meu olhar no dela, tentando descobrir algum sinal do que pode estar acontecendo.

— Marco, a Patrícia está cansada! Nosso dia não foi fácil, então, decidimos levar as crianças para o hotel e tomar um banho. Podemos voltar mais tarde — diz a esposa do Marco.

— De jeito nenhum, vocês são meus convidados! — falo, apavorado com a ideia de o meu plano ter dado errado. — Reservamos uma suíte para vocês e outra para sua amiga. Fiquem... faço questão! — Minha voz sai rouca, como uma súplica, ao mesmo tempo em que olho com intensidade para ela.

Ela solta sua respiração de uma maneira que mais me parece uma bufada de contrariedade, bem desconcertante. Suas bochechas estão vermelhas e seus olhos brilham, enquanto ela se vira para a amiga, esperando uma resposta negativa.

— Obrigada pela gentileza, Carlos, mas, acho melhor a gente descansar um pouco no hotel, você tem amigos espalhados pela casa. Não queremos dar trabalho.

— Não é trabalho! Além disso, o que faço com o lanche especial que pedi para prepararem para as crianças? Elas estão brincando animadas! — Jogo baixo em um momento de desespero.

— Babby, podem ficar. Vou até o hotel e volto mais tarde — diz, derrotada. — As crianças já estão brincando animadas — repete, encarando-me, enquanto faço uma nota mental para comprar um presente para os pequenos por inocentemente me ajudarem.

— Imagina! No hotel tem parquinho também. Eu fico brincando com eles enquanto você toma um banho. Amor, pode ficar, voltamos logo. *Esposa perfeita*, penso comigo, mas, por outro lado, uma amiga bem chatinha.

— O problema é o banho? Está decidido, vamos buscar sua mala, Patrícia! — enfatizo seu nome, sem lhe dar chance de responder e puxando-a pela mão, em um gesto de proposital tomada de controle da situação.

Ela não faz questão de se controlar e mostra sua irritação ao fuzilar a amiga com os olhos, que a encara divertida. Se pensou que fugiria de novo, enganou-se, minha quimera.

— Pode largar minha mão!

— Não. Fugitivas têm que ser algemadas! Contente-se por serem as minhas mãos que a estão prendendo — respondo, divertido, gostando de puxá-la em direção aos carros.

— Do que me chamou?

— De fugitiva! Tem medo de mim, Patrícia Alencar Rochetty? Porque parece que minha presença mexe com você e, por isso, acaba fugindo sempre que me vê.

— Não sei do que está falando. Será que "não" é uma palavra difícil de ser compreendida e aceita por você?

Paro ao lado do seu carro, esperando que ela pegue sua mala para, então, mostrar o quanto suas negativas me provocam e me instigam.

— Aceito muito bem que as fugitivas também possam negar quando não querem algo. Mas, no que diz respeito a você, todas as vezes que a encontrei, fiquei com a firme convicção de que você sempre me disse sim, apenas preferindo fugir, com medo, em vez de me dar a chance de aproveitar o que seu corpo estava desejando e me oferecendo.

— Seus joguinhos não me interessam, Carlos Tavares Júnior! — Sua voz sai entrecortada.

— Carlos... Repete meu nome, minha menina! — Puxo seu corpo para mim.

— Não.

— Por quê?

— Você gosta de jogar, né, seu patrocinador? Jogos não me interessam. — Aquela voz rouca vai acabar transformando meus testículos em pedras. — Você está acostumado a vencer sempre e eu não sou uma perdedora! Então, solte-me se não quiser perder esse jogo caindo no chão, contorcendo-se de dor.

A satisfação de saber o quanto mexo com ela me impede de perceber o que ela cantarola em minha direção. Sua sagacidade sutil me estimula.

— Pequena, desta vez, você está presa — brinco.

— Virou o Homem-Aranha? — pergunta, sussurrando. — Não estou sentindo suas teias em volta do meu corpo.

— Não mesmo? Tem certeza? Porque você está mais enrolada do que pode imaginar. Agora, pegue a sua mala, senão sou capaz de lhe dar o banho que você tanto quer, mas com a minha língua que, juro, passará por cada pedacinho do seu corpo.

— Promessas! Quem muito anuncia, pouco faz! — ela debocha. — E você acha mesmo que me conhece? Se isso fosse verdade, no mínimo saberia qual é meu carro, sem que eu precisasse levá-lo até ele...

— O assunto não diz respeito ao seu carro, menina da pinta... — paro de falar. Se chamá-la de charmosa, ela é bem capaz de descobrir minha identidade virtual.

— Da pinta...? — questiona.

— Possua-me! — Encaro-a, curioso, vendo que arregala os olhos, surpresa.

— Verdade?! Foi com ela que você resolveu fantasiar para distrair minha mente enquanto me trazia até o carro? E, como errou feio qual era o meu veículo, quer disfarçar sua gafe? Rápido você, hein?

— Olha, resolvi dedicar meu tempo a você neste fim de semana e é assim que você retribui? — Logo que falo este desatino, me preparo para sua resposta furiosa.

— Desculpe-me, mas está vendo alguma mendiga aqui? Não aceito esmola, meu querido! Pão velho só é bom para farinha de rosca, que também não pode ser reutilizada... Se acha que vou ficar aqui perdendo meu tempo, está muito enganado!

Esse seu ataque de rebeldia faz meus testículos doerem de desejo.

Impressionado, não tiro os olhos dela! Rindo, admiro sua língua inteligente. Apenas para mostrar a ela que, desta vez, não adianta fugir, solto seus braços e levanto minhas mãos em sinal de rendição, sem deixar transparecer que, na verdade, estou mesmo é louco para que ela se renda a mim.

— Engano seu, minha cara... Pão velho também faz um pudim que fica durinho e saboroso... — brinco para aliviar os ânimos e me afastar dela um pouco, meu pênis chega a babar na cueca, doendo ao contato com o zíper, duro só por sentir a essência de desejo que exala da sua pele. Mais um segundo segurando-a e sou capaz de puxá-la para meus braços, cravar minha boca em seu pescoço lindo, cujas veias saltam lascivamente.

— Você pode me responder uma coisa? *Até duas*, penso. — Por que está fazendo tanta questão que eu fique aqui? Vi que tem muitas mulheres espalhadas pela sua bela casa. Volte para sua festinha particular. Só preciso de um bom banho e tirar esta roupa de trabalho, com a qual estou vestida desde cedo.

— Por que não faria questão de que você ficasse? — devolvo a pergunta como resposta.

Atento para os movimentos de seus ombros, que parecem carregar o peso da tensão sensual no ar... Ela os levanta, cheia de dúvidas, mostrando-se incapaz de responder à pergunta.

— Fique... — peço, humildemente.

— Só se me prometer que ficará longe de mim! *Isso é o que veremos*, penso. — A propósito, vivo fazendo regime e pudim de pão é carboidrato, portanto, está cortado da minha dieta.

Dou um aceno afirmativo em resposta, porque, se ela pensa que falarei um A prometendo que ficarei afastado, definitivamente não sabe que honro o que prometo! E, quanto aos meus planos em relação a ela, não há qualquer possibilidade de eu passar este fim de semana mantendo as mãos guardadas nos bolsos!

— Isso é um sim?

Patrícia Alencar Rochetty...

Olhando para ele, procuro todos os possíveis motivos para frustrar o Sr. G ordinário, que só falta falar, tão descompensado está ao mandar sinais para meu corpo, que já não me obedece mais... Só domino minha língua, e olhe lá! Parece que até ela quer ter contato com a gostosa boca dele.

A distância entre nós é desfavorável Só sou capaz de perceber sua masculinidade gritante, seu queixo quadrado — não como o do Bob Esponja, mas como um traço marcante desse deus da beleza —, o maxilar sedutor, os ombros largos e os braços... Senhor, que braços fortes com veias saltadas são esses?!?! Nem chacoalhando discretamente minha cabeça consigo desviar minha atenção para outros pontos! E a altura dele! Faço um esforço hercúleo para disfarçar meu descontrole diante dele, a ponto de meus dentes doerem de tanto que os estou rangendo. Calculo a proporção e distância entre os olhos, altura da testa, simetria entre os dois lados do rosto e até mesmo procuro por manchas de pele, como se isso fosse mostrar algo negativo a indicar maus genes.

Entretanto, nada do que observo serve como motivo para desabonar sua beleza! Só tenho consciência de que preciso dar uma resposta para ele e ainda não sei o que dizer... Fico ou não fico?

— Fico! — respondo assim que verifico o volume da sua genitália marcada pelo jeans justo.

Acreditem, segundo pesquisas que li, até mesmo as freiras fazem isso, isto é, olham para a genitália masculina da mesma forma que faz uma mulher despudorada como eu. Percebo que minha decisão não demorou mais que um segundo depois que notei o volume, sendo que o Sr. G acabou respondendo rapidinho por mim.

Ao ouvir minha resposta, ele sorri com aqueles lindos dentes brancos, o que me faz imaginar que estou parecendo Pomarola, considerando a forma como meu rosto enrubesceu e esquentou. Será um sinal de que nesta festa, cheia de lindas modelos, não há para ele mulher melhor do que eu?

Acho que esse foi o meu primeiro sinal verde desde que fugi dele da primeira vez, depois de lhe sinalizar apenas com o vermelho de "pare" e ficar seduzida pelo amarelo de "atenção" quando seu corpo me fez ponderar que apenas mais uma noite poderia ser divertida! O receio que ainda sinto é de que ele pense que isso significa que podemos conhecer melhor um ao outro...

E, definitivamente, esta não é minha praia! A maioria dos homens não sabe diferenciar um sorriso verdadeiro de um falso, quanto mais um sorriso com boas ou más intenções! Apenas um homem em 30 sabe ler os sinais femininos, seria justamente ele? Porque, embora eu queira que ele saiba ler que entre nós dois só houve e só pode haver sexo, não quero que perceba que meu maior medo é ele saber que foi o único que me fez sentir diferente...

Capítulo 16

Carlos Tavares Júnior...

Assim que ela se curva para tirar a mala do bagageiro, recebo de brinde a visão do seu traseiro na saia justa, empinado e perfeitamente redondo! Sinto a luxúria e o tesão varrerem meu corpo assim que o tecido sobe conforme seu corpo inclina e revelando uma parte da sua coxa dourada. Nocauteado e fascinado pela bela imagem à frente, acordo do transe causado por minhas fantasias mais devassas quando ela fecha violentamente o bagageiro, deixando claro que percebeu estar sendo observada por mim.

Olhando em seus olhos provocadores, fico intrigado com o fato de essa mulher tornar-se um desafio tão grande, principalmente por sua alternância de temperatura: pega fogo quando é devidamente estimulada, para, em segundos, virar gelo ao se perceber desejada!

— Não me apresente a ninguém, nem queira me mostrar as instalações. Apenas me diga onde fica o banheiro, quero tomar um banho decente.

Psiu! Quietinha, pequena, é o que tenho vontade de dizer porque suas palavras me fazem imaginá-la nua, com seu corpo molhado debaixo do chuveiro... A culpa é toda dela por despertar minha libido ao respirar descompassadamente enquanto fala e tenta estabelecer regras para sua permanência. Minha vontade é dizer: "Como quero senti-la com minha boca! Quero ler seu corpo com minhas mãos e saborear com minha língua cada pedaço do seu corpo". Mas me restrinjo a:

— Você é quem manda! — digo baixo, deslizando minhas mãos em seus braços e tomando a mala das suas mãos.

Patrícia Alencar Rochetty...

Calafrios me percorrem o corpo enquanto ele desliza suas mãos por meus braços. Tenho certeza de que a maresia da ilha mexeu com meu estado emocional, só que resolvo não ficar com peso na consciência pelo que estou sentindo. Afinal, se for para sentir algum peso, que seja do corpo desse exibido gostoso em cima de mim...

Suspiro e disperso rapidinho essa fantasia louca da minha cabeça, apesar de minha calcinha molhada mostrar os efeitos desses pensamentos libidinosos. Não há como disfarçar essa manifestação incontrolável do meu corpo, pois, a cada passo que dou, o tecido úmido é um lembrete gritante do meu estado de excitação.

Enquanto caminhamos em direção à enorme casa, vou observando e desejando seu delicioso corpo. U-lá-lá!, como dizem as pessoas que veem algo muito bom, admirável e, muitas vezes, apetitoso. É muita areia para meu caminhãozinho para uma viagem só... Mas nada impede que eu faça quantas viagens forem necessárias...

Entramos na imensa casa de veraneio, que é elegante, refinada e muito bem decorada. Espaçosa, tem sua mobília sofisticada, toda em madeira de lei. A estrutura do forro é toda em lambri aparente. Mas reparo que não há fotos penduradas em nenhum lugar. A área social é aberta e integrada ao deque, que dispõe de uma bela churrasqueira, em volta da qual há algumas pessoas... Deduzo que deve ser ali onde tudo acontece, a atmosfera é tranquila. Mas também acho tudo muito feminino e mil dúvidas vêm à minha mente. Será que a casa é da família dele? Será que, entre todas as pessoas ali presentes, há algum parente dele? Sei lá, uma prima, irmã ou até mesmo uma namorada? Porque só tem mulher na festa! E uma mais linda que a outra, diga-se de passagem! Não que eu deseje mal a qualquer uma delas, mas, sim, apenas que virem seres vegetativos, pois ser escandalosamente linda deveria ser até pecado! Rio por dentro com tais pensamentos.

Mas não nego que essas daí me aborrecem, pois, pela magreza que estampam, devem ser daquelas que só comem alface e outros tipos de folhas, isto é, não se alimentam, apenas vão pastar, só comendo mato para manter aqueles corpos... Bem, devem fazer uma concessão apenas a uma boa linguiça... Hum, pensar nessa palavra me faz relembrar a protuberância na calça desse patrocinadorzinho enquanto estávamos lá fora entre os carros. Se tivesse seguido os impulsos ditados pelos meus hormônios e pelo Sr. G, acho que o teria agarrado sem pensar no depois.

E a cara da Babby quando me vê passar acompanhada por ele? Não quero nem lembrar! Seu sorriso cínico e seu aceno positivo expressam que eu deveria reconhecer que ela estava com a razão quando me falou, enquanto ainda estávamos lá fora, que euzinha fiquei de quatro quando vi o Carlos! Até parece! Quase disse a ela que isso é coisa do Sr. G. Não falei, mas deu vontade!

Minhas pernas tremem a cada passo que dou ao longo do corredor comprido e cheio de portas. Foco, Patrícia! Lembre-se de que ele não é para você, o cara é...

— Este é seu quarto.

— Vou usá-lo somente para um banho rápido! Logo o desocupo — friso bem isso. — Este quarto é seu pelo tempo de sua estadia em Ilhabela.

— Ah, não é mesmo! Já tenho uma reserva no hotel e, assim que terminar esse jantar que meus amigos vieram prestigiar, irei embora. — Meu coração bate forte quando as palavras saltam da minha boca.

— Vocês são meus convidados, não só para o jantar, mas também para permanecerem como meus hóspedes! E não aceito um não como resposta. Quanto à reserva do hotel, eu resolvo.

— *Hello*!!! Você não resolve nada, ok? E quer saber, nem a porcaria do banho eu quero mais! Vá dar ordens para suas amigas lá fora! — Só não o mando para o inferno porque lá ele estaria entre amigos. — Eu decido por mim.

Só me falta essa agora! Ficar igual a umas amigas cafonas da minha infância que, além de irem de penetras nas festas, ainda pediam um pedaço de bolo para levarem para a "avó doente"! Ele só pode estar variado da cabeça ao pensar que aceito um acordo deste. Dormir aqui? Valei-me... Nem pensar!

— Vejo que não é afeita a seguir regras, né? Tampouco é educada o suficiente para aceitar um convite. Então, vou mostrar como faço para resolver isso.

Seu olhar cai para minha boca com a fúria de um predador faminto, o que me surpreende! Não tenho tempo de raciocinar sobre suas palavras porque um único puxão possessivo une meu corpo ao dele. Sua língua arrasta-se sobre meus lábios, que cooperam lascivamente com essa exploração, até invadir minha boca. Sem demora, começo a receber comandos automáticos do Sr. G! Se já estava molhada, agora fico encharcada! Até meus mamilos traiçoeiros endurecem dolorosamente! Não há uma fenda da minha boca que sua língua lisa não explore com maestria, provando sua excelência de beijador profissional!

A fim de provocá-lo um pouco e precisando respirar, puxo minha cabeça, mas ele é rápido e faminto ao segurá-la com força e sofreguidão. Não consigo reprimir um gemido fugidio de prazer, que escapa entre nossas bocas, quando ele desliza a outra mão habilmente em meu corpo, em um ataque selvagem. Inconsciente dos meus desejos, para recuperar minha sanidade, tento imobilizar sua mão com a minha e impedi-lo de continuar a assaltar meu corpo. Sem querer, nessa disputa manual, esbarro na sua deliciosa protuberância... O que o faz instantaneamente liberar um gemido, cujo som ecoa em meus ouvidos como uma avalanche de tesão. Senhor dos Anéis Largos!!! Meu corpo clama por ele. Minhas pernas trêmulas não resistem e sou amparada por seus músculos, que pressionam meu corpo contra a porta do quarto que, de repente, é aberta. Quando me dou conta, já estou lá dentro. Ele toma cada som que emito como se eu estivesse a implorar por toques mais ousados. Porém, limita-se àquele beijo longo, profundo e forte, nada além disso, mesmo que meu corpo esteja implorando por mais. Como uma punição, ele ignora minha súplica.

Ele morde meu lábio inferior, junto com uma chupada delirante, e finalmente, se separa de mim. Que atropelamento viril foi esse? Alguém anotou a placa? Prestando atenção em mim, por estar tão próximo, ele observa o meu peito subir e descer. Coça o queixo com olhar de satisfação e, suspirando, diz:

— No banheiro tem todos os produtos de higiene de que vai precisar. Bom banho, Patrícia!

— Tá... — emito o único som que meu cérebro me permite, embora minha mente vasculhe uma resposta que dê menos bandeira quanto à intensidade do desejo que ele despertou em meus sentidos.

Ele sai do quarto, sem olhar para trás, e logo o constrangimento por ter sido vencida por um beijo toma conta de mim. Beijo esse que enviou à minha cabeça o sinal máximo de tesão! Juntando a isso o fato de que ultimamente estou sentindo muito mais minhas carências, pois estou sozinha há um bom tempo, decido que... Esta noite vai ser uma criança, mas, que fique bem claro... Esta noite! Somente ela...

Rio sozinha e abro o zíper da mala. Basta um beijo para me convencer! Mas, afinal, que beijo foi este?

Sr. G, não pedi sua opinião... Aliás, pare de enviar essas ondas de desejos insanos! Vou ficar aqui porque eu quero e não porque você está animado, então, não me provoque! Meu celular vibra com um toque e, ansiosa, pego-o para ver o que tem na tela. Surpresa!

> **Dom Leon:** *Menina da pinta charmosa, espero que tenha chegado bem e se instalado de maneira segura! Bom divertimento! Viva a vida intensamente! Entregue-se aos seus desejos.*

Desejos, Dom Leon? Se você soubesse como eles estão aflorados...

> **Patrícia Alencar Rochetty:** *Cheguei bem. Ainda não me decidi onde vou me instalar. Estudando as opções... Visualizado às 20h25.*

Um beijo pode ter me convencido a tomar uma ducha gelada, mas será preciso mais artimanhas para me convencer a dormir aqui, sabendo que ele está tão próximo de mim.

> **Dom Leon:** *Ainda não decidiu onde se instalar? Então gosta de aventuras, pequena? Viajou sem estar com reserva ou hospedagem definida?*

> *Carlos Tavares Júnior...*

Vamos brincar um pouco, minha quimera! Ver seus olhos queimando freneticamente de desejo e excitação me fez querer mais. Sei que estou sendo um bastardo manipulador, usando todas as armas que tenho para tentar convencê-la a passar à noite aqui, mas é o que tenho e vou usar tudo até esgotar minhas chances.

Meu celular mostra que ela respondeu a minha pergunta.

> **Patrícia Alencar Rochetty:** *Claro que reservei hotel, mas sinto como se tivesse acabado de assistir àquele filme em que o local reservado pelos amigos para jantar acabou todo bagunçado: A volta dos mortos-vivos. Conhece?*

Morto? Essa provocadora pensa mesmo que algo meu possa estar morto? Meu pênis está mais vivo do que nunca!

> **Dom Leon:** *Pequena, não entendo muito de morto, porque sempre estou muito vivo e pronto... Mas conte-me a respeito deste filme. Será que encontrou alguma paixão do passado? Visualizado às 20h32.*

Patrícia Alencar Rochetty: *Nada disso! Já disse que nunca me apaixonei... Nenhum homem foi capaz de realizar a façanha de me fazer ficar apaixonada. De qualquer maneira, vc é muito esperto. Não passa de um conquistadorzinho barato que se tem em alta conta.*

Vou invadir aquele quarto agora e mostrar a ela o que é barato... No fim, acabo rindo sozinho de sua audácia.

Dom Leon: *Na verdade, pela sua ênfase, mais parece que você nunca conseguiu enterrar esse morto a que se refere... E, falando nisso, aproveite sua noite para permitir enterrar o que realmente interessa...*
Visualizado às 20h35.

Engula essa do conquistador barato.

Patrícia Alencar Rochetty: *Jogando-me novamente nos braços de outro, Dom Leon? Snif, snif. Pensei que os dominadores fossem mais radicais para não compartilhar suas meninas e amigas.*
Visualizado às 20h37.

Disso você não tenha dúvida, minha pequena! Não compartilho o que é meu, porém, neste caso, estou dividindo comigo mesmo...

Dom Leon: *Aproveite seus dias, pois eles estão contados... Quando eu tomar posse de seu corpo e reivindicá-la como minha, então saberá quem é o conquistadorzinho barato. As anotações em meu caderninho mental só aumentam e, para cada uma delas, estou planejando a respectiva punição que irei aplicar quando encontrá-la. Também não faltarão umas belas palmadas em seu lindo bumbum...*
Visualizado às 20h38.

Por um momento meu sangue ferve ao imaginar isso. Entretanto, passado esse lapso puramente carnal, caio em mim ao perceber que, apesar de eu ter acabado de seduzi-la com um beijo profundo, segundos depois ela está na internet, insinuando-se para um homem que nem conhece! Deixando o celular de lado, percebo que preciso de uma cerveja para acalmar os ânimos. Acho que o feitiço virou contra o feiticeiro... Fiquei tão focado em fazê-la decidir-se a ficar esta noite que não percebi que ela estava interessada em outro também... Está certo que esse outro sou eu mesmo, mas ela não sabe disso, então, sinto-me traído e desprezado como se não fosse eu. Nossa, que loucura!

Sinto meu celular vibrar no bolso, mas ignoro e continuo caminhando entre os convidados do Nandão. Claro que conheço a maioria, muitos sendo organizadores do evento. Alguns são atletas com suas famílias, e também há muitas meninas que já passaram por meus braços. Mas hoje, estou determinado a interagir com outra pessoa...

Tomo uma cerveja encantado com as crianças brincando e perdido em meus pensamentos, que são bruscamente interrompidos.

— Ela pode ser dura na queda às vezes... Mas é uma mulher que vale a pena.

Linda como uma deusa, sua amiga fala comigo. As mulheres têm um jeito peculiar de transmitir mensagens! Ao dizer isso, a esposa do juiz revela que a desafiadora, provocadora e petulante da sua amiga Patrícia com certeza já lhe confidenciou algo a meu respeito. Se é isso, a mensagem é recebida por mim de bom grado.

— Uma bela menina. — Eu me limito a responder, com um sorriso no rosto.

— O Luiz Fernando nos contou do seu convite. — Fico atento, olhando para ela, esperando seu veredicto quanto a eles passarem o fim de semana ali. — Por nós, será ótimo ficar, só que precisamos apenas esperar a Patrícia sair do banho para ver se ela concorda. Vou dizer a ela que as crianças adoraram a casa para ajudar a convencê-la. — Ela dá uma piscada cúmplice para mim.

O Nandão e o Marco se aproximam de nós e a forma possessiva com que este envolve a esposa em um abraço de urso deixa bem claro o quanto ela pertence a ele.

— Animados para a programação do fim de semana? — indago, tentando iniciar uma conversa diferente.

— Vamos adorar velejar e os pequenos vão se divertir. O Nandão estava mencionando o quanto sua empresa apoia o esporte.

Engatamos em um animado bate-papo. O Marco é um cara espontâneo. A conversa rendeu até um encontro de motos para o mês seguinte.

Já ao lado da churrasqueira, observo-os dando de comer às crianças e passo a analisar como minha vida é vazia em matéria de família. O Nandão vai dar atenção aos outros convidados e aproveito para mandar uma mensagem à minha quimera, que está demorando uma eternidade para ficar pronta! Mas, antes disso, leio a resposta que tinha evitado ler antes.

> **Patrícia Alencar Rochetty:** *Não garanta fazer algo difícil de conseguir. Por ser uma mulher independente, chega a ser contraditório agir como uma submissa e aceitar seus castigos. Já li muito sobre isso e serei sincera, esse negócio de ficar quietinha enquanto se leva chicotadas não faz e nunca fará parte de mim! Veja bem, só estou enfatizando isso porque, se o conhecer um dia, posso garantir que não será minha bela buzanfa que ficará na ponta do seu chicote, acredite!*

Rio alto com a visão deturpada que ela tem a respeito do que é ser um dominador! Não sou sádico nem gosto de uma menina sem vontade própria, mas isso ela saberá com o tempo.

> **Dom Leon:** *Charmosa a forma como se refere ao seu traseiro... Já tinha ouvido bunda, glúteos, nádegas, bumbum, mas buzanfa foi a primeira vez... kkkkkkkkkkkkkkkk... Sempre associarei a palavra a você quando ouvi-la a partir de agora.*
> *Mudando de assunto, você já jantou? Ah, e desculpe-me pela demora em responder, estava encerrando um assunto com uns amigos.*
> **Patrícia Alencar Rochetty:** *Não! Na verdade, estou apavorada!*

Preocupado, mando logo outra mensagem.

> **Dom Leon:** *O que aconteceu?*
> **Patrícia Alencar Rochetty:** *Estou mandando mensagens para minha amiga e seu marido, mas eles não respondem! Preciso deles, pois aconteceu um probleminha... Estou trancada no banheiro... rsrsrs... A maçaneta*

da porta não funciona e eu já gritei, esperneei e nada de alguém aparecer...

Hum!!! Belo castigo.

Dom Leon: *Talvez a força do meu pensamento tenha enviado vibrações tão poderosas que travaram a porta como punição, uma vez que assim ficará longe do amigo morto-vivo.*

Tento distraí-la enquanto, disfarçadamente, vou caminhando em direção à casa.

Patrícia Alencar Rochetty: *Engraçadinho!!! Estou aqui há quase uma hora, minha bateria está no fim e não sei até quando vou ter voz para continuar gritando!*

Aperto o passo para chegar o mais rápido possível ao quarto onde ela está. Se ela tem de gritar, que seja o meu nome enquanto estiver em meus braços. Continuo provocando-a, a fim de distraí-la do medo.

Dom Leon: *Cadê o príncipe encantado que não vai salvá-la com o cavalo alado?*
Patrícia Alencar Rochetty: *Primeiro, ele não é um príncipe! Definitivamente! Está mais é para alma penada. O infeliz assombrou um amigo meu no passado e hoje me pôs nessa loucura claustrofóbica!!!*

Chego ao quarto e o som que ouço é apenas o de sua respiração forte e ofegante.

— ALGUÉM PODE ME OUVIR? ESTOU TRANCADA AQUI NESTE BANHEIRO!!!

Vejo sua roupa em cima da cama: uma saia jeans desfiada e uma regata estampada. A ideia de que ela está nua ou apenas enrolada na toalha me excita e imagens surgem na minha mente.

— Patrícia? — pergunto, fingindo ignorar o que está acontecendo.

— Estou trancada. Você pode me tirar daqui? Ah, mas, antes de qualquer coisa, preciso deixar claro que, se você tiver culpa por eu estar aqui, corto suas bolas. — Não duvido e, pelo tom da sua voz, preciso pensar rápido.

Forço a porta, desejoso e sedento, louco para ver a nuance de sua pele, e nada.

— A porta não abre, vou ver se tenho alguma ferramenta no carro.

— Não! — grita ela. — Apenas chame a Bárbara e o Marcos.

— Pare de ser temperamental! Eles estão dando de comer às crianças. Eu resolvo isto.

De jeito nenhum! Não vou chamar ninguém para atrapalhar minha chance de ser o herói da noite. Por outro lado, preciso evitar que fiquem preocupados com ela. Penso em avisá-los que eu e ela resolvemos conversar um pouco e que logo nos juntaremos a eles... Não, não é uma boa ideia, porque isso mostraria que menti quando vissem as mensagens que ela mandou para eles.

Resolvo perguntar a ela o que realmente aconteceu: se a fechadura travou, se a maçaneta caiu ou se emperrou. Ela diz que é a chave que não roda, então, peço para ela tentar tirar a chave e passá-la por debaixo da porta para mim.

Enquanto isso, inicio uma conversa, como se fôssemos grandes amigos.

— Confesse, Patrícia, estava esperando eu vir salvar você...

Nunca imaginei começar nosso fim de semana desta maneira! Está certo que a imaginei nua, mas em minha cama, não trancada atrás de uma porta!

— Ah, mas é claro, Sr. Pretensioso. Estou aqui trancada há quase uma hora, excitadíssima, sonhando com um príncipe encantado que arrombe a porta e, claro, você era a imagem perfeita dele.

Um sorriso de satisfação se desenha na minha boca ao perceber, por sua irreverente reposta, que ela parece estar mais calma.

— Não precisava ter feito tudo isso, pequena! Bastava pedir para eu ficar com você no banho, porque eu adoraria deslizar minhas mãos pelo seu corpo ensaboado.

Meu sangue ferve nas veias, ao imaginar a cena.

— Não duvido disso, mas sabe como é... Nós, pequenas, temos imaginação fértil, então, adoramos inventar maneiras para atrair nossos príncipes encantados. Mas não gostamos quando eles aparecem e mostram que são, na verdade, sapos asquerosos...

Ela tem todos os atributos de uma menina completa: linda, sedutora, charmosa e com uma língua afiada, movida por uma mente rápida e inteligente.

— Isso já aconteceu muitas vezes? Se sim, vem escolhendo mal seus príncipes, pequena! Saiba que hoje vou mostrar a você como é delicioso ser salva por um de verdade.

Patrícia Alencar Rochetty...

Minha pele arrepia com suas promessas e meus seios doem por trás do sutiã branco. O desejo de deixar a toalha cair quando ele abrir a porta e me oferecer a ele é gigante, mas são apenas os impulsos combinados dos meus hormônios com o Sr. G que me dão ideias doidas. Meu lado racional, por sua vez, está dizendo para fugir dele assim que a porta se abrir.

— Claro que isso já aconteceu muitas vezes! Na semana passada, mesmo, foi em um restaurante. Contei com a possibilidade de que o garçom mais lindo do local iria me tirar de lá! Sabe, tenho esse fetiche, planejar situações em que o homem objeto dos meus desejos apareça para me salvar.

— Então quer dizer que eu sou objeto de seus desejos, Patrícia? E o que eles fazem depois que salvam a mocinha trancada no banheiro?

Um líquido viscoso quente, misturado à pulsação deliciosa de minha intimidade, desliza por entre as pernas. Ele só pode estar louco se acha que vou dizer tudo o que gostaria que ele fizesse comigo em tal situação! Além disso, nem mortinha vou admitir que sim, ele é totalmente "O" objeto de meus desejos!

A verdade é que estou louca para me sentar na pia, afastar minhas coxas e dar vazão ao imenso tesão que estou sentido! O grau de excitação a que cheguei é absurdo! Também sou tomada de horror e surpresa pela maneira como respondo a ele. Não nego que tal reação com certeza indica que minhas armaduras estão sendo ineficazes para bloquear a entrada dele. E, sim, isto me faz feliz! Mas esse joguinho dele eu também sei jogar! Se pensa que vou facilitar, ainda não conhece Patrícia Alencar Rochetty.

— Não sei se você está ciente, mas, hoje, o príncipe aparentemente designado para mim seria o seu amigo Luiz Fernando e não você... Mas vou responder mesmo assim. Eu digo obrigada, com toda a graça, e eles seguem seu rumo. Não sei se seria o caso do seu amigo que, cá entre nós, está mais para príncipe do que para sapo. — Graças a Deus consigo ser enfática nas palavras, sem deixar que ele perceba o quanto estou excitada com essa brincadeira. Desde menina aprendi a controlar minha respiração para acalmar os nervos em situações tensas, desde quando me chamavam de gordinha até em reuniões de negócios, quando um cliente me irrita.

— Brincadeira sem graça! Primeiro porque, comigo aqui, não existe a menor possibilidade de que outro príncipe se aproxime de você. Segundo porque, nas minhas brincadeiras, eu sempre mudo o jogo e inverto os papéis, passando a ser aquele que dita as regras. Sob meu comando, uma menina pode realmente conhecer um mundo encantado de prazer e plenitude carnal. — As palavras saem roucas e sugestivas, como promessas eróticas. — E deixo claro que vou lhe provar tudo isso antes de este fim de semana acabar. Mas, para tanto, preciso que você consiga me passar a chave da porta.

Desta vez, mesmo bastante habituada ao longo dos anos, não tenho tanta força para responder com a voz tão nítida quanto antes e o som sai ofegante da minha garganta.

— Você aposta alto e se tem em alta conta, porém, na verdade, pode me surpreender com minha convicção em manter minhas regras... — Percebo que ainda nem tentei tirar a chave da porta. Acho que é porque estou gostando desta brincadeirinha.

— Talvez. Em uma coisa você tem razão, tenho plena confiança no meu desempenho, mas, ao contrário do que possa pensar, não imponho minhas regras a nenhuma menina, apenas sou bem convincente em fazê-las mudarem de ideia. Prefiro que seja tudo consensual. Acredito sempre no prazer para os envolvidos. Portanto, seja quais forem suas regras, eu as respeitarei assim que abrir a porta. Mas reservo-me o direito de não desistir de tentar ser eu a ditá-las, usando de prazerosa e sensual persuasão.

Ai! Agora que encharquei de vez mesmo! Lembrei de minha amiga Valeria que, quando quer dizer que ficou molhada de tesão, diz que fez *ploft*. Porque eu estou mil vezes *ploft*... *Putz, garanhão, pode chamar-me de pequena, transportar-me para seu mundo encantado e fazer-me gigante,* penso comigo! Sem perceber, apenas sussurro:

— Combinado... — Claro que em um tom inaudível para ele.

— Mas, antes de fazer nossa brincadeira durar a noite toda, passe-me a chave. Ainda temos de dar atenção aos seus sobrinhos pequenos, que já devem estar sentindo sua falta.

Chuto-me mentalmente, agora me sentindo literalmente pequena por ter me esquecido disso tudo por causa dessa névoa de erotismo. Sem chance de eu não atender a esse pedido razoável dele depois de agir como uma vadia louca, arranco a chave com toda a força e passo-a por baixo da porta.

Em segundos, ele abre a porta. Estremeço ao ver seus olhos de águia escaneando meu corpo enrolado na toalha. Com apenas um passo, ele me envolve em seus braços.

— Alguma vez um príncipe lhe disse que é a menina mais deliciosa de todos os reinos? — As palavras que ele sussurra em meus ouvidos são substituídas pelos lábios, que deslizam até chegarem à minha boca.

Recebo o beijo mais cheio de promessas e fome de toda a minha vida. Bem, minha resposta não é nem um pouco menos intensa, devo admitir. Nós praticamente nos sugamos com nossas bocas, como se quiséssemos extrair e dar todo o prazer do mundo um ao outro. Após o que, para mim, parecem horas, ele sussurra:

— Deliciosa brincadeira espera por nós dois. Estou aguardando ansioso por sua decisão para poder começar.

Suas mãos bobas tateiam todo o meu corpo e eu dou um meio sorriso, ainda incerta. Tirando forças não sei de onde para escapar do clima quente e insano, endireito meus ombros moles e, delicadamente, tiro suas mãos que agarram minha toalha, dizendo:

— Espere-me com seus convidados, preciso terminar de me vestir.

Carlos Tavares Júnior...

Ela vai ser minha!

Eu até poderia ter seguido com nosso jogo de prazer, absorto naquele seu perfume que está agora impregnado em minha pele. Mas sua clara postura de desejo não foi mais forte que a doce fragilidade que ostentou por ter se sentido desamparada e desprotegida enquanto ficou presa. E foi justamente isso que me deu forças para recuperar minha lucidez antes de fazer o que meu pênis mandava, isto é, treparmos duro e forte, fazê-la gritar até estourar seus miolos. Eu teria sido um bastardo e desalmado ao me aproveitar de sua vulnerabilidade. Eu a quero muito em meus braços e entregue a mim, mas, do jeito que tem de ser... No momento certo... Ela já fugiu várias vezes e, se tivesse acontecido algo a mais, agora ela repetiria a dose e fugiria novamente.

Isso vai ser mais complicado do que pensei, mesmo que eu adore um desafio e ela seja tudo o que sempre quis para mim... Opa, como assim? Que história é essa? Acho que minha frustração sexual está atrapalhando minha mente na hora de ordenar meus pensamentos...

Retorno à festa, satisfeito por ter ao menos uma esperança de continuar nossa brincadeira mais tarde, no quarto do anexo dos fundos, que já está devidamente preparado para recebê-la.

Percebo exatamente quando ela chega. Claro que me ignora e vai em direção aos seus amigos. Fico entretido entre um assunto e outro com alguns convidados, mas sem deixar de segui-la o tempo todo, analisando seu comportamento. Incomoda-me o fato de o Nandão mostrar-se bastante simpático com ela. Ele faz questão de me provocar, testando meus limites. Minha concentração não se desvia dela um só minuto, atentando para cada nuance de seu comportamento, sua linguagem corporal, palavras, gestos infantis quando brinca com as crianças, com as quais se mostra muito à vontade. Nossos olhos encontram-se o tempo todo e consigo ver a janela de sua alma desejosa, o que mantém meus batimentos cardíacos fortes e rápidos em meu peito, assim como as veias saltadas em meu pescoço. Tal reação me faz ter certeza de que ela pode ser um inimigo respeitável, com o qual não posso ficar desprevenido, porque, uma vez que se cai dentro do buraco negro da paixão, é inevitável deixar de agir com a razão.

Chacoalho a cabeça tentando dispersar esses pensamentos relacionados à atração sentimental; meu lance, como sempre, é físico. Já tive sentimentos relacionados ao amor, mesmo que tenha sido de um filho pelos pais, e a experiência não foi nada boa.

Provocante, ela me desafia a cada minuto, empinando seu lindo traseiro redondo quando apanha algo no chão e olha para mim, como se a dizer: "Isso pode ser seu, mas ainda não neste momento...". Ou quando lambe os dedos enquanto come um pedaço de carne, encara-me, como se a demonstrar: "Posso fazer o mesmo por você, mas vai ter que implorar". Não precisa emitir qualquer palavra, apenas seu olhar conversa com o meu, em um inebriante diálogo corporal. Ela tem consciência de sua sensualidade e não é hipócrita quanto a isso, usa-a descaradamente para me manter preso a ela. E tem absoluto sucesso.

Cativante, ela solta seu cabelo, olha para mim como se estivesse vendo o fundo da minha alma com seus olhos de brilho dourado em volta da sua íris, escancara um sorriso ordinário enquanto amarra o elástico em um rabo de cavalo e insinua: "Estou pronta para que você puxe meu cabelo até me fazer gozar".

Não me lembro de nenhuma outra mulher me provocar tanto, lançando-me em um verdadeiro duelo entre a razão e o coração. Ela não abandona seu jogo em momento algum, nem quando me vê conversando com algumas amigas no decorrer da festa. Isto a motiva a me desafiar ainda mais, a ponto de até tentar limpar as mãos no ombro do Nandão. Se é uma estratégia sua para me deixar com ciúmes, funcionou, fico louco com isso! Não quero que ela toque em mais nenhum outro homem.

Essa mulher tem o poder de destruir meus nervos, bagunçar meus sentidos, até de me tornar um necessitado indigente de sua atenção. Ao mesmo tempo, percebo a fúria e o rubor que tomam conta de suas bochechas quando uma amiga colorida de alguns anos me abraça, um pouco mais atrevida, e sussurra em meu ouvido:

— Carlos, estou sem teto e adoraria abrigar-me em seus lençóis esta noite.

— Uma pena — respondo. — Mas eles já estão ocupados envolvendo uma amiga. Vou considerar seu pedido para outra ocasião.

Despacho a menina, sem ao menos ter certeza se Patrícia vai aceitar ou não passar a noite comigo e, de repente, fico enfurecido ao ter consciência disso! O que é isso, Carlos? Quando foi que rejeitou uma bela menina? Nunca!!! Depois de grandes festas, minhas noites sempre acabaram em uma boêmia prazerosa de sons e gemidos emitidos pelas minhas meninas. Sempre persegui isso, como o sonhador que procura o pote no fim do arco-íris. E agora estou aqui apenas querendo ter a oportunidade de novamente chegar perto dela e levá-la junto comigo. A única vez que não fui até o fim com uma menina está diretamente ligada a essa coisa gostosa que é a Patrícia, algumas noites atrás... Bandida!

É notório seu desconforto ao me ver conversando com a Luiza, mal sabendo que dispensei uma grande transa por ela. Mas o desastre eminente começa a ganhar contornos fortes quando o momento em que o DJ contratado para animar a festa puxa uma sessão de músicas românticas. O primeiro indício é quando percebo, de longe, que o Marco e a Bárbara pegam as crianças no colo e caminham em minha direção depois de falar com o Nandão e com ela, deixando-os sozinhos. Para o casal, ele é o verdadeiro candidato a "príncipe encantado".

— Carlos, estamos contentes com o convite para nos hospedarmos aqui. A festa está bem animada e decidimos ficar. Só vamos colocar as crianças para dormir, elas estão exaustas. Também quero aproveitar e agradecer a gentileza de contratar uma babá para elas — diz o Marco, mas, no fundo, percebo sua desconfiança pela minha gentileza excessiva.

— Não foi gentileza! O Nandão contou-me a respeito da grande amizade que tem por você e só quis proporcionar um ambiente agradável a todos. Quanto aos cuidados e preocupações, agradeça à minha secretária, que foi quem verdadeiramente cuidou de tudo para que meus hóspedes pudessem ficar à vontade. Estou feliz por aceitarem o convite.

— Na verdade, ainda não decidimos se vamos passar a noite aqui. O que o Marcos quis dizer é que vamos ficar um pouco mais e aproveitar esta festa deliciosa. Vamos colocar as crianças para dormir e logo voltamos. — A Bárbara olha na direção da minha quimera e mostra-me o que eu definitivamente não queria ver. — Acho que a noite será divertida, a Patrícia é muito animada para festas — comenta, brincalhona, e eu nem sei o que responder, pois meus instintos dominadores surtam ao ver a mão do Nandão na cintura dela, conduzindo-a ao som da música.

Sempre tive um relacionamento de camaradagem com o Nandão, somos amigos desde que me conheço por gente, mas não hesitarei em enfiar um murro na cara dele caso mova aquela mão grande um só milímetro. Minha atenção está toda nela e, quando nossos olhos se encontram, ele pisca para mim, provocando-me zombeteiro. A melodia explode, e o fanfarrão debruça-a para trás, para que nossos olhos possam se encontrar também. Ela continua a provocação, encarando-me direto e balançando seu quadril que quase roça no do Nandão. Ao se endireitar, abraça-o pelo pescoço e começa a dançar de uma forma tão insinuante que tira até um santo dos eixos. Ele me fita novamente, como se mandasse uma mensagem. Conheço esse jogo, ele quer desfrutar dela junto comigo, mas, se tem algo que nunca fiz, mesmo ele insistindo no decorrer dos anos, é compartilhar o que é meu. E, no que diz respeito à Patrícia, não há qualquer remota possibilidade de isso acontecer. Ela é irrevogavelmente só minha, o que ficará bastante claro para qualquer um que ouse se aproximar dela. Sou tomado por uma fúria tão grande que nada nem ninguém pode aplacar nem me trazer à razão enquanto não fizer isso.

Caminho em direção a eles e imperiosamente arranco-a dos braços dele, sem dar chance para que o Nandão faça qualquer reivindicação ou fale qualquer coisa. Ele percebe que estou no limite, entende e respeita minha postura e afasta-se. Nesse momento, começa a música "Up where we belong", do Joe Cocker, e trago-a, de maneira firme e dura, mais para junto de mim, não deixando nenhum espaço entre nossos corpos.

— Você não po...

Posso, quero e vou! Por isso, interrompo-a e tomo-a com beijos alucinantes, sentindo sua boca saborosa, que é exatamente como me lembro em meus sonhos. Seu sabor alia-se à sua excitação que se revela por seus pelos arrepiados sob minhas mãos e mostra que está tomada por desejos que abalam o corpo junto ao meu.

Minha ousadia não me causa nenhum arrependimento, principalmente porque a sinto clamar por mais atrevimento. Mesmo ainda tentando resistir, ela me deixa confuso pela forma como me responde. Aliás, acho que até ela mesma está confusa, como se sua reação a estivesse surpreendendo tanto quanto a mim. A música continua e nossos corpos se buscam, dançam e estimulam-se, nossos corações pulsam na mesma sintonia. Sinto isso nitidamente quando enlaço seu pescoço com uma das minhas mãos. Com uma expressão de desprotegida, a atrevida permite que minha outra mão deslize por seu corpo.

— Hoje você pertence a mim! — Consigo rosnar as palavras, depois de engolir em seco todas as suas provocações desta noite.

— Não!!!

— Sim!!! — Sinto exalar de meus poros o angustiante desejo de domínio, o que é algo inusitado em mim, porque sempre julguei isso algo pré-histórico.

— Não fui, não sou e não serei seu brinquedinho de uma noite! Você manda nos seus funcionários, não em mim!

Percebo em seus olhos, em cada palavra que profere, seus medos e receios mais secretos. Esse seu jeito arredio é maravilhoso e encantador. É inesgotável sua persistência em me dizer não quando quer, na verdade, dizer sim.

Patrícia Alencar Rochetty...

Imagina se vou deixar o Carlos acreditar que pode mandar em mim! Nem mortinha!! Quem tem o controle aqui sou eu. Ou não? Tanto quanto as nuvens que desfilam engatinhando sobre o céu, sem pernas e sem base, estou tentando engatinhar, querendo dar os primeiros passos sem usar o andador que me está sendo oferecido. Este homem tem tudo que abomino em um ser humano: é mandão, autoritário e só sabe ditar as regras e comandar todas as minhas terminações nervosas. Santo dos Hormônios Desmiolados, socorra-me!

Essa batalha entre meu corpo e meus medos está me deixando totalmente confusa e sem saber o que fazer! Não serei hipócrita de fingir que não estou louca para me jogar nessa transa desvairada e quente com o

Carlos, mas este homem está atropelando qualquer coisa que fique entre nós. Oscilo entre o ódio e o desejo em questão de segundos! Após sua atitude pré-histórica, em que só faltou ele urrar bem alto, bater no peito e gritar "Uga-Uga", fiquei desnorteada, sem ter a menor ideia de como agir diante de sua postura possessiva e autoritária! Minha raiva é tanta que até parece que vou perder o fôlego! Abro os olhos e percebo que continuo respirando, que o mundo não parou e que, inclusive, as mãos mágicas dele serpenteiam pelo meu corpo com maestria, feito notas musicais:

> **Dó** (*é o que meus sentidos têm por minhas tentativas de resistir a ele*)
> **Ré** (*é o que minhas muralhas dizem para o meu corpo dar, isto é, recuar e fugir*)
> **Mi** (*engana que eu gosto, nem morta vou conseguir escapar dessas mãos*)
> **Fá** (*ça, então, com que eu flutue*)
> **Sol** (*é quão quente será nosso sexo*)
> **Lá** (*na cama dele*)
> **Si** (*nto que estou completamente perdida*)

Que bagunça! Não preciso dessas notas, ele sabe os ritmos de que meu corpo gosta. Sabe me fazer produzir os sons de desejo e da satisfação sexual e ouvir a sintonia dos anjos, o que ficou mais do que provado na noite que passamos juntos.

Nem sei quantas músicas dançamos, nem se executamos algum passo de dança, porque o que nos move é o balanço incansável de nossos corpos que se exploram. Se alguém estiver prestando atenção a nós, certamente dirá que estamos dando um show pornográfico, mas não estou nem aí... Aliás, nem aqui. Estou em órbita, juntamente com o Sr. G, louca para reencontrar a pistola das galáxias.

— Por que fugiu de mim?

Lá vem ele com esse assunto de fuga! Será que não percebe que eu estava voando com o vento e caminhando entre as nuvens? Tem que me puxar pela cordinha? Viu só, Sr. G, ele puxa a cordinha igual a mim com a do absorvente interno. A diferença é que eu faço isso para a higiene e ele para mostrar que eu e você somos uns bobos que se rendem a ele.

— Por que acha que fugi? Pelo que me consta, eu não morava lá e uma hora eu teria de ir embora! E, vamos combinar, o galo da sua casa é muito chato! Ele praticamente me expulsou com seu cocoricó. Cheguei até a pensar que é um trato de vocês dois para fazerem suas transas caírem fora logo...

— Bem, para provar que não, assim que eu descobrir qual deles foi o culpado, farei com que vire canja. — Ele brinca com o assunto, ou melhor, eu quero acreditar que isso só pode ser uma brincadeira.

— Você não faria isso...

— Faria, sim, se foi esse infeliz que a levou para longe de mim! Mas não precisa chorar por ele por enquanto, não vou conseguir identificar o culpado.

— Coitadinho!

— Coitadinho de mim, que fiquei dias procurando por você!

Hã? Ele me procurou? Conta outra! Não vou ficar remoendo isto agora! Só o que me interessa é provar a esse ordinário do Sr. G que a cisma dele com o cara é pura ilusão.

— E agora que me encontrou? — A insinuação na pergunta não passa despercebida por ele, que responde colando o corpo mais ao meu, fazendo com que meus seios quase furem o tecido de minha camiseta.

Com voz rouca e dura, ele diz:

— Agora que a encontrei, vou descobrir cada pinta escondida no seu corpo. — Ele endossa provocante as palavras soprando no meu ouvido e deslizando as mãos dos meus ombros até a base de minha coluna. — Quero inventar mil maneiras de fazê-la gritar meu nome em êxtase. E quando acordar, quero tê-la em meus braços, sem fugas. E vou começar a fazer tudo isso por nós dois hoje à noite! Não adianta, Patrícia, você não tem como escapar!

— Seguro de si você, hein? — sussurro, queimando de desejo. Não consigo desviar meu olhar de sua boca. Percebo que minha respiração seguinte sai com muito esforço, obstruída pelo desejo e pela força que estou fazendo para emitir uma recusa. Se eu seguir por esse caminho com ele, posso cair novamente. Tento cravar as unhas nas palmas de minhas mãos para resgatar alguma sanidade, recorrendo às barreiras que construí durante todos estes anos.

Ele percebe que me contraio um pouco. Franze a testa e desliza um dedo por minha face direita em direção a meu olho, obviamente para fazer um carinho. Hipnotizada pelo predador que ele é, levo alguns segundos para perceber suas verdadeiras intenções e reagir.

— Por que cismou comigo? Você teve tanto tempo para me encontrar e não o fez. Não precisa me fazer carinho agora, sua única intenção é me levar para a cama!

Meu lado sentimental precisa saber o porquê, mesmo consciente de que, nesta situação, não existe um culpado.

Seu dedo tira algo próximo do meu olho.

— Sinto muito, não foi um carinho, embora eu tenha vontade de lhe fazer isso por todo o seu corpo. Só fui tirar um cílio que estava caído na sua face.

Minha presunção me fez ser humilhada! Abaixo a cabeça para esconder o vermelho pomarola que, com certeza, invadiu meu rosto. Nem preciso levantar os olhos para saber que a diversão está estampada em seu sorriso de lado. Como se ele se importasse. Mas ele não se manifesta, nem fala nada. Tudo é assim, uma confusão de emoção e drama, eu sempre com o maior medo de ser apenas seu brinquedinho da noite amanhã... Ora, amanhã não vou ter coragem de olhar para o Marco e a Bárbara depois deste show de sedução que estamos dando. Meus olhos vagam febrilmente pelo lugar e noto que somos o centro das atenções de uma plateia bem curiosa.

— Estamos sendo observados — falo, tentando desviar a atenção da bola fora que dei.

— Eu gosto de ser observado. Em todos os aspectos. Principalmente quando tenho em meus braços a mulher mais linda da ilha, com a pinta mais charmosa do mundo.

Bufo com sua ousadia! Agora virei um troféu?

— Foi por isso que me tirou dos braços do seu amigo? Para mostrar a todos o que pode fazer com uma mulher? Esperava mais de você, mas vejo que todas as suas estradas levam somente ao sexo.

Pela sua carranca, isso o afetou. Ele levanta uma das sobrancelhas, em um gesto claro, muito sensual, e surpreende-me.

— Em primeiro lugar, não tirei você dos braços dele, eu a tomei, porque você é minha! Em segundo lugar, qual é o problema em querer fazer sexo com você, uma menina linda, inteligente, gostosa e que me deixa louco de tesão?

Não acredito nisso! Ser direto o excita? Então, vamos ver até onde... Lentamente me aproximo e paro a centímetros de sua boca. Sinto-o prender a respiração e, a seguir, expira o ar preso e de cheiro mentolado, cheio de desejo e pecado. Minha língua desliza para fora, lambendo o seu lábio inferior. Ele deixa escapar um pequeno gemido. Esfrego disfarçadamente minha pelve na sua evidente excitação... Minha mão repousa sobre os músculos das suas costas, arranhando-os sedutoramente. Aperto-os, dizendo:

— Não há nada de errado com o sexo, principalmente quando os dois querem o mesmo, mas hoje não estou a fim. Então, todo seu esforço foi em vão.

— Não é o que seu corpo diz. — Sua voz sai frustrada.

— Acontece que sou madura o suficiente para não ser escrava dos desejos do meu corpo e que minha mente é quem comanda minhas vontades.

Afasto-me dele na esperança de ter lhe passado um belo corretivo. Pretensioso de uma figa! Volto o olhar para a protuberância da sua calça. É bem divertido ver sua cara de cachorro abandonado, que me deixa mais motivada a desafiá-lo, não porque provocar um homem e afastar-me no mesmo instante seja algo que eu ache legal de fazer, mas por causa da atitude troglodita dele, sinto-me compelida a fazer isso e muito poderosa ao perceber o quanto o afeto.

— Nada de sexo hoje, garanhão!

— Posso saber por quê?

Agora quer saber por quê? Primeiro me pega, me joga na parede, me chama de lagartixa ao me mostrar a noite inteira que não passo de mais um corpinho sob seu olhar de Don Juan! Depois, apenas me diz que só quer sexo, e ainda quer saber por quê? Com sarcasmo, sorrio para ele.

— Um pênis ereto não é suficiente para me convencer. Qualquer um é capaz de ficar assim. Você precisa fazer melhor do que isso, Carlos Tavares Júnior.

Agora quem bufa é ele.

— Precisamos de mais, então?

Pela sua expressão predatória, acho que cutuquei a onça com vara curta! O brilho de seus olhos revela que ele interpretou minha negativa como se fosse um sim desafiador. Dou um passo para trás, afastando-me da zona de perigo, mas já é tarde. Meu pequeno passo de formiguinha não é páreo para sua agilidade de Papa-Léguas.

A fome com que me toma nos braços, aliada ao beijo mais avassalador que já experimentei, quebra todas as minhas defesas e subtrai todas as minhas munições de forma implacável... Inegavelmente, ele conseguiu me convencer...

— Vem comigo?

— Preciso falar com meus amigos. — Uma pequena ruga marca sua testa e tenho a sensação desconfortável de que ele está pronto para derrubar todas as minhas objeções.

— Não precisa, eles já viram o suficiente para saber que estará ocupada esta noite.

— Não funciono assim! — Um brilho de dúvida ensombrece seus olhos.

— Então funciona como? Estou louco para ver... — Qualquer palavra emitida por ele remete a sexo! Esse homem não é de Deus!

— Não quis dizer o que sua cabeça maliciosa está imaginando — ralho de maneira a me impor. — Eu vou falar com a Bárbara.

— Estarei junto! — Ele faz uma pausa para que eu absorva suas ordens. — Nem mesmo uma bomba atômica irá separar nossas mãos.

Bomba? Eu tenho é fogos de artifícios que o Sr. G explode a cada segundo em que ouve a voz do Carlos. Não preciso dizer muito à Bárbara sobre minha decisão de dar um passeio com ele. A promessa de não separarmos as mãos foi cumprida, mesmo quando ele conversa com o Nandão e com o Marco enquanto falo com a Bárbara por segundos. Esta, por códigos, aprova e apoia minha decisão, uma vez que as palavras não poderiam ser ditas explicitamente em virtude da proximidade dele.

— Vamos? — Despedimo-nos dos nossos amigos e concordo com apenas um aceno de cabeça. Será que esta sou eu? Que poder este homem tem sobre mim?

Rajadas de calor envolvem todas as partes do meu corpo conforme ele me toca na cintura, conduzindo-me.

— Posso saber para onde vamos?

— Vamos ficar aqui mesmo.

— Aqui?

— Aqui, em um cantinho muito especial. — Contorço-me a essa menção.

Capítulo 17

Carlos Tavares Júnior...

Esta mulher está me deixando de quatro! Além disso, ela é um poço de contradições.

Desconfortavelmente dura, minha ereção tortura-me necessitando de liberdade, louca para ser abrigada no íntimo da minha menina. Caminho a passos largos, com medo de que ela proteste novamente e faça mais alguma objeção ao que tenho planejado para a noite. O vento com o cheiro dela me pega de surpresa, inundando minhas narinas, arrasando de uma só vez tanto meu cérebro quanto meu pênis, de forma intensa.

Abro a porta da suíte que reservei para nós, e a vejo levar as mãos à boca, evidenciando sua surpresa. Antes que ela proteste ou pergunte se preparei tudo isto esperando pegar qualquer mulher, vou logo dizendo.

— Cada detalhe foi planejado e montado pensando em você.

Não pretendo explicar isso, mas sim, mostrar a ela que fugir de mim novamente não será uma opção. E agora, olhando tudo arrumado, fico incerto quanto ao que isso tudo possa parecer... Velas acesas ornamentam toda a suíte, a *playlist* que escolhi a dedo espalha o som pelo quarto. E, como não poderia esperar por ela na porta de casa com um buquê de flores, resolvi espalhar pétalas de rosas vermelhas pelo quarto. Também há algumas no balde de gelo que nos espera na cama com um frisante.

— Como? Não precisa me enganar, já estou aqui. E aceito qualquer mentira que está prestes a inventar para mim.

— Não há mentiras, Patrícia, apenas uma surpresa preparada especialmente para você.

— Mas é claro! Você é tão poderoso que, em segundos, conseguiu montar todo esse cenário para me encantar.

— Segundos, não, demorei um dia! Admito que tive ajuda, mas isso não vem ao caso.

— Ah... não vem ao caso! — ironiza. — As velas parecem ter sido acesas agora, o balde de gelo ainda verte gotas. O que significa tudo isto?

Por que tudo para ela tem sempre que ter uma explicação? Ela mesma não me explica nada dos seus mistérios e segredos! Não direi agora que tive uma forcinha do Dom Leon. Isso só a deixaria possessa a ponto de, no mínimo, jogar o balde de gelo em minha cabeça.

Seu rosto reflete a incerteza quanto a tudo e um leve arrependimento por estar duvidando de mim. Ao mesmo tempo, percebo uma alucinante sensualidade despontar por causa da satisfação ao ver que tudo foi preparado para ela. Porém, sua reação fria de irritação é como uma navalha que prova a sagacidade dessa menina.

— Posso garantir que em um bate-papo com o Nandão, desconfiei que as informações que me deu bateram com o que eu sabia a seu respeito. Então, minha doce menina quimera, resolvi apostar no meu palpite e antecipar-me, preparando um reencontro em grande estilo.

— Agora virei uma aberração também? Quimera?

Chega! Esta discussão não vai levar a nada! Eu reverencio uma boa provocadora, mas, no momento, isso não me é favorável. A ideia de ela ter argumentos para rebater minhas justificativas do inexplicável, causando grandes danos ao que estamos vivendo, deu-me forças para encerrar o assunto de outra maneira. Por sinal, bem mais agradável.

Caminho até a cama para apanhar o balde de gelo como se a sua reação desconfiada não estivesse me afetando.

— Não a vejo como uma aberração! Para mim, a palavra significa sonho! Você é um sonho que eu tinha que tornar realidade, minha menina! Confesso que meus planos para esta noite têm muito mais a ver com você gritando meu nome e pedindo por mais enquanto trepamos gostoso do que com qualquer desconfiança sua! — Ela balança a cabeça e eu a estudo. Amo a ligeira vulnerabilidade que minhas palavras sujas fazem surgir em sua expressão.

Abro o espumante, entrego uma taça a ela e vejo que a imagem de rainha do gelo derrete. Anseio enlaçá-la com meus braços, segurar seu cabelo macio e puxá-lo até sua rendição completa, deleitando-me com seus lábios... Mas, para isto, tenho que recomeçar! Meus anos como dominador ensinaram-me que uma linda menina precisa entrar no clima e, sinceramente, ele se perdeu por um breve momento.

Ela levanta o ombro enquanto estendo a taça para um brinde e vislumbro, através do decote de sua camiseta, a cor do seu sutiã, vermelho como fogo. Se eu já estava duro, agora estou explodindo. As roupas íntimas da mulher são extremamente sexy! Apenas essa visão breve me enlouquece e me dá a certeza de que preciso desnudá-la o quanto antes. Eu já vi esta linda pequena nua e sei o quanto é sedutora. Também me lembro do quão lisinho era seu monte de Vênus. Como estará agora?

— Olá? Terra para Carlos! Terra chamando! — Ela desperta minha atenção enquanto eu devaneio. — Nós vamos brindar a quê?

— A nós!!! — Nossas taças se chocam e suas unhas vermelho rubi tocam involuntariamente meus dedos enquanto nos encaramos. Sim, no que diz respeito a ela, definitivamente sou um completo caso perdido. — Seus olhos são lindos. — Levo minhas mãos ao seu cabelo e, pelo leve inclinar de seu pescoço, entendo perfeitamente que o afago dos meus dedos em seus fios sedosos foi bem-aceito. Feito uma gatinha manhosa e carente, ela inclina a cabeça e eu roço o dorso da minha mão em sua bochecha. — Lisa e sedosa como nos meus pensamentos. Se eu corresse meus lábios pelos seus seios agora, sentiria o sabor da maresia misturado ao doce do frisante. — O pulsar das veias de seu pescoço me motiva a ir além.

Chego mais próximo, com a taça em meus lábios, meus olhos fixos nos dela. A lascívia que estou sentindo ao tê-la totalmente entregue a meus comandos me alucina! Ela imaginou que eu desistiria por causa de todas as suas objeções, mas, agora, meu objetivo é fazê-la suficientemente louca e desejosa para perder alguns de seus preciosos controles. Minha energia sexual ferve. Pequena, vamos ver como minha condição de dominador consegue capturar a submissão da sua alma.

— Cuidado! Posso ser como um porco-espinho. Se continuar a alisar minha pele, pode levar várias espetadas. — Ela ainda está afiada.

— Prefiro uma leoa, adoro garras cravadas nas minhas costas.

— Vou me lembrar disso para uso futuro. No que você estava pensando antes de brindar comigo?

— Nos seus seios — respondo, sincero. — Na renda vermelha que vi que está vestindo. Também estava lembrando o quanto eles são altos, firmes e têm bicos deliciosos de sugar. Aposto que, enquanto digo isto tudo, eles estão duros e doloridos, sentindo o tecido, implorando pelo meu toque. — Ela arregala os olhos e eu aproveito para observar a dilatação de sua íris, mandando mensagens a outras partes do corpo, que também anseiam por se dilatarem todas.

Minha língua, desta vez, devolve a cortesia com a qual ela me brindou lá fora, lambendo seu lábio inferior. Mergulho um dedo no resto do frisante gelado do meu copo e passo-o por seus lábios. Seu corpo está imóvel. Ouço apenas sua respiração acelerada e vejo seu peito subir e descer, descompensado! Sopro em seu ouvido palavras de desejo.

— Eu me lembro de como eles incharam e se comprimiram entre meus dentes. Estou louco para mordê-los novamente até o limite da sua dor, transformando-a em prazer. Minhas bolas chegam a doer só de imaginar isso.

— Acho que você vai precisar mais do que apenas palavras, garanhão!

Ignoro a provocação, controlo minha respiração e inclino-me mais próximo de seu corpo. Minha boca úmida tem fome do seu sabor e parece que todo o sangue do meu corpo converge para meu pênis.

— Um homem que deseja uma bela mulher como você começa sempre pelas preliminares verbais... As palavras são fundamentais para eu mostrar o quanto é gostosa, querida e desejada, embora seja o meu corpo quem vá lhe provar isso e muito mais, pequena! — Meus dedos envolvem delicadamente sua mão, levando-a a acariciar o tecido que cobre o meu ser pulsante. — E esta parte específica, que clama por você com desespero, a levará a transpor seus limites costumeiros.

Um gemido rouco, que aguça ainda mais minha libido, escapa de seus lábios e o vermelho tinge suas bochechas. Sentindo-a enfeitiçada por alguns segundos, enfio meu polegar entre seus lábios, que o sugam vorazmente, com sua língua molhada também o acarinhando acaloradamente.

— É por estes lábios quentes e molhados que quero deslizar meus dedos até chegar à sua abertura lisa. Quero brincar com seu brotinho e fazê-la convulsionar de prazer com isso e com tudo o mais que lhe farei a noite toda.

Sua respiração ofegante aumenta e ela, em um arroubo de tesão, crava seus dentes em meu dedo, fazendo com que a excitação exploda dentro de mim. Minha vontade é enterrar-me naquela mulher apetitosa e quente, sem mais delongas. Respiro fundo com muita dificuldade, a fim de recuperar meu controle e desacelerar minha libido.

Sempre soube que se deve oferecer prazer em todos os momentos de uma transa. Um homem que se digne precisa honrar cada gesto de sua menina, seu olhar, seu toque, e reverenciar cada centímetro do seu corpo. Ela faz com que eu tenha a certeza de que sexo com ela pode ser elevado a uma nova e alucinante dimensão.

— A noite toda é muito...

— Vem aqui, menina gostosa, e beija a minha boca. Quero sentir seu gosto e devorá-la até que não possamos nem nos lembrar de quem somos!

— Não dou espaço para suas objeções e ataco sua boca que parece suplicar por mim.

O prazer e a sensualidade que ela transmite em seu olhar, mesmo ainda tentando fechar-se para mim, motiva-me a querer expurgar esse receio dela, o qual não entendo por que existe! Ao mesmo tempo em que luta contra o desejo, implora com os olhos para que ele seja satisfeito. Minhas mãos perversamente descem dançando pelas curvas do seu corpo. Sua carne é macia e seu corpo me provoca com o movimento de sua pelve contra minha ereção. A seguir, afasta-se, como se a me dizer que não está ainda convencida a se entregar a mim.

Ah, pequena menina, se você soubesse o quanto desperta minha fúria com isso, quase liberando meus desejos de puni-la! Seus mamilos parecem querer perfurar os tecidos que os recobrem, duros como espadas prontas para perpassarem meu peito de tanto tesão quando força o contato contra meu corpo.

Sem qualquer aviso e sem conseguir esperar mais, puxo com fúria surpreendente sua regata pela cabeça, afasto o bojo rendado de um de seus seios, tomando o bico em minha boca com desejo latente. Ela se remexe, extasiada e também assustada, pois nem consigo disfarçar o quanto estou fora de mim, mal contendo meus instintos! Estou alucinado por ela.

— Porra! Você é ainda mais deliciosa do que eu lembrava — desabafo, os dentes cravados em seu bico dolorido e já abocanhando o outro.

— Hum... Se vai por aí, posso dizer que porra é algo que espero extrair de você, garanhão! — repete ela, desdenhando do meu linguajar, como sempre, com um toque de humor. Afinco mais ainda os dentes em sua carne macia, abusando da minha língua, que roça seu bico.

— Ah... Garanhão, que delícia...

É um sinal de que ela tolera prazer com leves toques de dor? O dominador que existe dentro de mim festeja com essa resposta do seu corpo. Minha cabeça formiga com os pensamentos de ela supostamente entregar-se completamente a mim. Já estou ligado a ela nos 220v, mas, se responder com obediência ao meu primeiro pedido, sou capaz de virar a cabeça e entrar em curto-circuito! Aperto seu seio entre os dedos, testando seus limites de desejo, e ela responde prontamente com gemidos e audácia.

— Hummm!!! Ainda bem que tenho seios fartos e bem providos. Com esse seu toque delirante, se eles fossem de silicone, teriam estourado em suas mãos... — sussurra, rouca.

Não há como não sorrir com essa menina!

— Eles são os mais deliciosos que já senti.

Ela não é a amante medrosa que imaginei; surpreende-me como uma devassa cheia de mistérios. Apalpo seu monte inchado. A *lingerie* que usa é tão pequena que consigo, apenas com um dedo, tocá-la e sentir escorrer o suco da sua excitação...

O calor do seu corpo me queima. Totalmente desperta e entregue, geme de forma a atiçar minha sede pelo seu corpo. Preciso que ela se dispa para mim. Afasto-me dela e vejo que está arrepiada, os olhos fechados, apenas sentindo meus toques. Com essa visão maravilhosa, minha boca saliva e tenho que apelar para todos os deuses para não perder o parco controle que me resta. Meu pênis lateja a cada pensamento que tenho. Como animais acasalando, nossos feromônios reconhecem-se e interagem loucamente.

— Preciso do seu show ao vivo e em cores, assim como você fez na sacada do seu prédio. Mas, desta vez, quem dita as regras sou eu.

— Então é isso, Carlos? Preparou este cenário todo apenas para ter um show particular? É com isto que vem fantasiando? Porque, se é, tudo bem, mas vai ser do meu jeito. E já que me deixou com os seios expostos e carentes, igualmente o deixarei bem dolorido na parte que mais preza. — Sei bem qual é sua intenção: provocar-me até as raias da loucura. Apesar disso, vejo timidez em seu olhar.

— Vou adorar ficar dolorido... Só que a dor que vou sentir, pequena, é de me enterrar duro e forte dentro de você. — O desconforto traz a consciência de que qualquer sofrimento por ela vale a pena. Uma voz ecoa em minha mente, chamando-me de louco, pois nunca tive qualquer tendência masoquista, mas empurro o pensamento para longe.

Eu me dispo enquanto ela me encara, sacudindo meu pênis, como a saudá-la de um camarote, aguardando o início do show. Deixo-a pensar que está no comando, porque isso pode desfazer suas defesas mentais contra mim.

— Isso é ridículo, sabia? De mais a mais, estas músicas estão mais para um filme pornô de quinta categoria do que para um *strip-tease* de classe.

Ela fica linda quando se sente contrariada! Seus olhos castanhos miram no fundo dos meus, parecendo suplicar pela minha desistência. O momento é tão profundo que, se não tomo uma decisão rápida, sou capaz de ceder. Sem romper nosso contato visual, troco a música; escolho "Circus". Caso ela entenda a letra, saberá que minha escolha foi para lhe dar ainda mais falsa ilusão de que ela realmente está no controle...

— Isso não vale! — ralha, confirmando entender o que a música diz.

— Estou esperando! — Baixo minha mão e começo a me masturbar para motivá-la. — Um... dois... — conto, ameaçador.

Seu olhar parece querer me engolir com luxúria, observando, enquanto maliciosamente movimento meu membro duro. Sua expressão facial é tomada pelo desejo mais cru e, preguiçosamente, um leve sorriso tímido toma conta daquela boca pecaminosa, mostrando que aprecia meus gestos. Seus olhos encontram os meus quando ela se rende aos meus desejos.

— Não acredito que concordarei com isto.

— Três... quatro...

Sua capitulação quase me faz explodir ao ver, durante a troca de energia pulsante entre nossos olhares, seus quadris começarem a se mexer, no ritmo da música, deixando-me louco de vontade de me enterrar profundamente nela. O seu queixo erguido e sua expressão determinada não demonstram qualquer incômodo com a situação e isso desperta mais ainda meu lado dominador; ela nunca deixa de ser desafiante.

Luta contra o constrangimento, faz caras e bocas que despertam emoções e prometem conquistas. Sem meio-termo e consciente do que está causando aos meus sentidos, rebola de forma encantadora. Sinto-me em desvantagem ao ver o efeito avassalador que causa em mim com seu balançar confiante de si, dominante e imponente. Ela vem em minha direção e meu corpo estremece, reconhecendo-a implacável e fatal quando passa a língua entre os lábios e desce a mão pelo corpo. Nunca me senti tão perdido em meu descontrole em toda a minha vida!

Patrícia Alencar Rochetty...

Lentamente caminho em sua direção... Vê-lo tocar-se encarando meu corpo como um predador me passa confiança, mesmo sentindo minha pele arrepiada de desejo por aquele homem, assolada por rajadas de calor que chegam a afetar o Sr. G, que pulsa até mais acelerado do que as batidas do meu coração.

Já que estou com meus seios expostos e duros como pedra, começo a me despir para ele, com quem, surpreendentemente, perco qualquer inibição.

— Não, linda menina! Deixe seus seios como estão, tire apenas o short.

Nossa Senhora das Pessoas que de Repente se Descobrem Submissas, será que arrumei um dominador virtual e outro real? Que mandão de uma figa! Claro que o simples fato de ouvir sua voz rouca dando-me ordens me deixa de pernas bambas, o que me causa estranheza... Graças a Deus estou me movendo no ritmo da música, assim ele não percebe o quanto sua voz está me afetando, mesmo em seu tom autoritário. E eu que pensei que neste meu corpinho não havia um só osso submisso!

Como isso pode acontecer? Embora o show seja meu, quem está dirigindo o espetáculo é ele! Nem me dou conta de que já desabotoei meu short. Lentamente desço o zíper, esperando que ele peça mais... minhas entranhas gritam com a luxúria do momento e sinto-me dolorida entre as coxas. Além do short, dispo também minha timidez, torno-me mais ousada, retirando meu pudor junto com a peça de roupa.

— Linda!!! — diz ele, com voz rouca, lambendo os lábios. Tenho vontade de atacá-lo, mas me contenho e me limito a continuar o show, no ritmo da música... É estranho estar tão excitada, quase chegando ao clímax, sem ele sequer me tocar! — Enfie esse pequeno pedaço de pano sedutor que é sua calcinha nos lábios para me mostrar o quanto estão inchados. — Não existe mais reservas e faço o que ele manda, pois suas ordens demolem minhas barreiras. — Você consegue imaginar, Patrícia, o que faz comigo? — sussurra ele.

Você é quem não sabe o que faz comigo, garanhão! Estou aqui, seminua, meus seios quase arrebentando o sutiã e com a calcinha rachando meus lábios vaginais, pronta para servi-lo. Seus olhos claros como o céu percorrem cada curva do meu corpo e irradiam uma luz que parece banhar-me inteira. Meu tesão só aumenta.

— Hoje você não tem seu brinquedinho, mas sim, seus dedos finos e macios... deslize-os por seu corpo... Quero vê-la sentir, em cada centímetro que tocar, o desejo de minhas mãos quentes.

Suas ordens são como uma fagulha que causa a combustão. Meu corpo reage, convulsionando. Jogo-me e entrego-me, cada vez mais excitada com a imagem dele sentado na poltrona ao lado da cama, suas mãos a deslizarem lentas e constantes, em um sobe e desce, em seu pênis duro e grosso. Toco meus seios e as curvas do meu corpo.

— Raspe a renda em seus bicos duros e gostosos, sinta a aspereza do tecido como se fosse minha barba roçando neles. Deixe-os sensíveis... Isso ajudará quando a ponta da minha língua tocá-los com o desejo voraz que você me faz sentir, minha menina.

Ouvi-lo me chamar de minha menina me faz lembrar do parque de diversões que fantasiei ser o seu corpo. De repente, a menina travessa incorpora em mim, fazendo com que eu me entregue mais ainda aos seus comandos. Os arrepios que percorrem meu corpo mostram que estou à sua mercê e, a despeito de minha razão mandar mensagens quanto à minha submissão a ele, o barulho estridente da bateria da escola de samba do Sr. G está tão alto que desprezo totalmente minha sanidade. Se o Carlos proferir qualquer comentário ultrajante, acho que nem assim vou ouvir a razão, ao contrário, parece que vou até mesmo ficar totalmente satisfeita! Que loucura!

Danço, deslizo minhas mãos pelo meu corpo e vou além, enfiando uma delas entre a renda e a minha vulva. Toco-me pensando nas mãos dele. Vejo a sede em seus olhos.

— Você é maravilhosa, está me deixando maluco! Seus seios duros mostram o quanto está excitada! Tire esse pequeno pano que cobre a sua abertura deliciosa e mostre-a para mim. Quero ver seus lábios pingando.

Essas palavras não são de Deus! Meu coração parece que vai sair pela boca só de ouvi-las. Um líquido quente e viscoso escorre de dentro de mim enquanto tiro minha calcinha. Levo meus dedos aos meus grandes lábios inchados para sentir um prazer delicioso que nunca antes havia experimentado!

— Pare! — comanda ele, com voz estrangulada e arquejante. — Não limpe seu prazer, ele pertence à minha boca! Preciso matar minha sede de você! Venha até mim, Patrícia! Você me deve isto há dois anos, pequena provocadora! Algumas vezes, é preciso perder para poder encontrar o que realmente valerá a pena. Perca seu controle, entregue-o a mim e achará prazeres inimagináveis...

Perder meu controle coisa nenhuma, penso comigo. Porém, se ele está querendo beber meu líquido e ainda por cima me levar aos céus, não vou protestar. Penso na música "Lapada na rachada" quando caminho em sua direção, divertida, e dou um sorriso que parece misterioso para quem o vê. Paro a poucos centímetros de onde está sentado; sem esperar, ele me puxa com força, deixando minha pelve na frente de seu rosto. Urgente e necessitado!

— Vou beber seu suco doce, minha gostosa! Lembre-se, esta noite quero sua rendição total, minha menina provocadora. — seu hálito quente sopra próximo do meu ventre e minhas pernas fraquejam assim que a maior língua que já vi na minha vida toca meu clitóris dolorido. — Deliciosa! — sussurra, assim que um gemido estridente sai da minha boca.

Sua voz sensual muda para uma voz autoritária de repente.

— Está vendo esta camisinha, Patrícia? Vou vesti-la e, então, precisarei que sua abertura molhada e apertada tome-o agora! Depois, vou cuidar de você a noite toda como você merece. Só não posso mais esperar para me enterrar em você! Vire-se!!! — mandão gostoso! Surpreendentemente, adoro não precisar dizer o que fazer. — Sente no meu colo e sugue meu pênis lentamente com sua abertura, de maneira a sentir cada pedaço dele penetrando você.

Sua autoridade e sua boca suja são tão excitantes que obedeço sem pestanejar.

— Olha como é delicioso comer essa aberturinha molhada... Isso, pequena! Enfiarei tudo até o fim, dilatando-a para engolir cada pedacinho meu...

Quero gritar, uivar, qualquer som ao ver aquele pênis grosso enterrado em mim, estocando-me sem parar. O único auxílio que dou é rebolar em seu colo, porque ele já assumiu o ritmo alucinante da paixão.

Ele se empurra contra a parede do Sr. G e, como dois bons amigos, saúdam um ao outro. Sem piedade, ele não faz uma pausa, aumentando seu ritmo cada vez mais. Ondas de prazer dominam meu corpo e os sussurros que emito misturam-se aos meus gemidos mais primitivos de luxúria. Não existe uma só glândula do meu corpo que não grite de prazer. Eu estremeço, arrepio-me, contorço-me. Convulsões explosivas são detonadas inesperadamente por suas estocadas torturantes.

— Carlos!!! — chamo o seu nome, entregue e saciada.

— Isso, provocadora, comprime meu pênis, convulsiona nele, mostra a ele o lugar a que ele pertence. Alargar essa abertura me leva à loucura... Ah...

Ele grita quando se libera. E, por incrível que pareça, por mais que me surpreenda, suas palavras chulas me causam muito mais espasmos. Ele levanta, ainda dentro de mim, e delicadamente deita-me na cama em frente da poltrona.

— Eu me alimentei de você, de seu suco. Agora, minha boca vai matar minha sede de você.

Carlos Tavares Júnior...

Sentir suas paredes internas me apertarem e todo seu gozo escorrer em mim é a experiência mais deliciosa do mundo. Trata-se de um dos orgasmos mais fortes que já tive, mas ainda não é suficiente: feito um nômade no deserto, necessito matar a sede do meu prazer. Enfio a boca entre suas pernas e meus olhos visualizam os globos cheios da sua bunda linda. A lascívia faz coçar minha mão que, sem eu poder controlar, dá um tapa delicioso em sua carne, conferindo a ela um contorno pálido de rosa. Assim que dou o segundo tapa, percebo que ela está gritando e tentando escapar.

— Ei, garanhão! Adoro seu jeito ensandecido de transar e me chupar, mas esses tapas ardem e estão prestes a quebrar o clima.

— Ardem, mas, se você se livrar de seus conceitos estabelecidos, poderá se dar a chance de saber se gosta. Sinto que isso pode vir a acontecer pela forma como seu corpo responde — sussurro de modo a persuadi-la, sem deixar de beber toda sua essência, limpando-a com a língua.

Não quero deixá-la racionalizar, preciso que ela abra uma brecha e sinta o quanto é possível ter prazer assim. Mas resolvo não lhe bater mais para não assustá-la de vez, não posso correr esse risco ainda.

— Alguma vez você já foi invadida por uma língua, menina safada, enquanto levava tapas nesta bunda gostosa? — pergunto, visando balançar seus alicerces e para lhe dar algo em que pensar depois.

Puxo-a pelo rabo de cavalo e ouço seu protesto, bem como seus sussurros de excitação.

— Adoro o jeito que você abraça todo o meu comprimento. É muito gostoso me enterrar em você.

— Carlos!!! — grita meu nome, como um canto que enfeitiça.

Vislumbro o balde de gelo caído na cama, junto com o frisante, e o lençol todo molhado. Viro-a delicadamente, pego um cubo de gelo e coloco-o entre meus lábios, passando-os em cada um dos bicos dos seios enrugados. O choque térmico é delirante e a faz se contorcer. A fim de aguçar ainda mais seus sentidos, solto o cubo entre seus seios, que derrete ao deslizar por seu corpo. A musculatura da sua barriga contrai-se no ritmo de seus sussurros e gemidos, que evidenciam sua excitação.

É tão sublime a maneira como ela responde a mim! Chupo cada gota derretida em seu corpo. Pego outro gelo e, com movimentos circulares, pressiono-o em seus lábios carnudos.

— Meu pênis já sente falta de ser engolido por essa menina esfomeada.

— Use-me e abuse, garanhão, mas nem sonhe em ultrapassar meus limites. Não sou e nem serei adepta do clube do chicotinho! Simplesmente há situações inaceitáveis para mim e espero que você respeite isso! — Ela morde os lábios e sinto uma certa vulnerabilidade que, confesso, me emociona muito. Sou arrancado de tal estado por ela, que continua de uma maneira tão sugestiva que me surpreende. — Tenho também outros lábios sôfregos, que estão igualmente loucos para engoli-lo...

— Temos um fim de semana inteiro para saciar a sua sede. Agora, apenas me deixe matar a saudade deste corpo maravilhoso.

É incrível a forma como reage a cada pequeno estímulo que dou a seu corpo. Igualmente, inigualáveis são os sons que ela emite quando pego o gelo que está anestesiando seu brotinho e desço uma palmada em seu púbis. Ela contesta com um urro e tenta se soltar, mas sou mais rápido e pressiono minha boca quente de desejo, sugando-a e presenteando-nos com esse gesto. O pulsar da sua vulva clama por meus dedos; sem ser egoísta, uso-os para tocar no interior de suas paredes. Ela se contorce ainda mais até virar o corpo, com volúpia, prendendo meus dedos entre suas pernas e liberando uma torrente de prazer. Grita o meu nome. Enlouqueço e anseio estar dentro dela. Com avidez, ordeno, rouco:

— Empine o traseiro e mostre-se para mim, preciso me enterrar em você agora! — Ela obedece e rebola. Penetro-a até o fim, ela estremece e se contrai, quase me fazendo convulsionar, tão malditamente deliciosa e apertada que é.

Ainda de quatro, enquanto tomo-a com força, ela olha de lado, encontra meus olhos e mostra-me a fome de seu desejo latente. A compreensão brilha em minhas entranhas ao perceber exatamente do que ela precisa. Atrás dela, de joelhos, apoio uma das mãos em seu traseiro redondo, levo a outra até o bico de seu seio e, entre os dedos, pressiono-o como uma pinça.

Seu orifício exposto parece convidar-me a explorá-lo. Umedeço um dedo com saliva e, levemente, passo-o no local, massageando-o como se a pedir permissão para ali o penetrar. Percebo que ela fica tensa... Preciso saber quais são seus limites.

— Hum... Aqui está minha perdição.

— Carlos... não! — grita, mesmo excitada, e eu acelero meus movimentos, limitando-me a massagear seu orifício com meu dedo.

— Você gosta, não é?

— Nããão... Por favor... isso... Não posso... — Embora ela esteja extremamente excitada, sinto que ainda não é a hora.

— Shhh. — Tento tranquilizá-la. — Penetrá-la aqui pode ser delicioso, mas hoje vamos nos limitar a brincadeiras. Quando você estiver preparada, gritará e implorará para tomá-la aqui. — Pressiono levemente o dedo no seu orifício, que se contrai ao toque. — Vai ser muito gostoso, pequena!

Com a voz rouca e ofegante, ela diz, com dificuldade:

— Implorar? Nem amarrada!!! — protesta.

Veremos, minha pequena! Já percebi que com você tudo tem que ser sem promessas.

Outro suspiro escapa de seus lábios conforme umedeço seu ânus, a fim de brincar um pouco mais pela superfície dele. As contrações de suas paredes internas intensificam-se, no ritmo do meu pênis, que se enrijece, duro e latejante de tesão. O inchaço chega ao maior nível possível. Estou no meu limite!

— Diga, pequena, que ficarei enterrado em você por todo este fim de semana!

Ela apenas confirma com a cabeça, mas eu quero e preciso ouvir suas palavras. Tiro a mão do seu seio e levo-a ao seu brotinho inchado. Seu corpo treme instintivamente e, como nossa conexão é perfeita, ela responde-me aumentando o ritmo do vai e vem, esticando meu pênis. Percebo que está quase gozando, então, em um último esforço para me conter, desacelero.

— Ainda não a ouvi dizer onde ficarei enterrado todo este fim de semana.

— Em miiiiiiiiiiiim! — geme, rouca.

Enterro-me nela, quase sem me segurar mais.

— Em você, exatamente onde? — ordeno.

— Onde quiser, mas não para! Preciso de mais! Juro que neste fim de semana pertencerei a você, só a você!

A forma como aceita meu domínio me surpreende, enquanto ela impulsiona sua pelve e engole todo meu comprimento. Nunca desejei perpetuar-me dentro de uma mulher como agora! Tudo muda dentro de mim e tomo posse do seu corpo com um sentimento diferente. Minha imagem a preenchê-la é belíssima e excitante! Sua musculatura interna me acomoda e comprime; em troca, dou palmadinhas carinhosas, observando sua aceitação.

Ela me olha de lado, observando cada movimento meu. Acomoda meu pênis, massageando-o com um rebolar todo próprio, provocante e intenso. Sinto meu membro pulsar como nunca e, inexoravelmente descontrolado, desço sobre seu corpo, mordo pedacinhos de sua pele, enquanto a penetro com movimentos cada vez mais rápidos e duros, movendo a outra mão em sua intimidade quente.

— Goza, pequena! Vem comigo!

Imediatamente nossos corpos convulsionam em um orgasmo demasiado forte e longo, parecendo interminável.

Deito ao seu lado e puxo-a de encontro ao meu corpo. Tenho apenas o trabalho de retirar a camisinha. Surpreendentemente, permaneço duro como pedra, tal é o grau de excitação a que essa menina me leva.

— Calma lá, garanhão! Você praticamente acabou comigo, preciso recuperar o fôlego! Aonde pensa que vai com tudo isso? — fala ela, com voz cansada e surpresa ao mesmo tempo.

— Vou apenas abraçá-la e beijá-la bem gostoso, e dizer que você é o mais belo diamante a lapidar que já conheci!

No momento, existe apenas a atração de dois corpos sensuais, que despertam o desejo além do que os olhos capturam. Nosso beijo é tranquilo e sereno. A calmaria estabelecida poderia até nos fazer voar com o vento e caminhar sobre as nuvens! Não existe o passado, com seus traumas e desencontros, nem o futuro, cheio de incertezas. Quero apenas curtir e sentir nossos corpos juntos. O toque carinhoso de suas mãos macias em minha pele me dá a certeza de que o presente é o acorde perfeito.

Assim ficamos nem sei por quanto tempo; a intensidade da sensação não pode ser medida pelo compasso do relógio. Preciso cuidar da minha menina, fazer com que ela relaxe e consiga repousar. Então, desvencilho-me carinhosamente de seus braços, levanto-me e pego-a no colo, levando-a em direção ao banheiro. Sento-a no balcão da pia, regulo as duchas e a temperatura, volto a pegá-la de frente, enganchando suas pernas em meus quadris, e coloco-a no boxe.

Tomar banho com ela foi a coisa mais engraçada que já fiz. Logo desce do meu colo e começa a fazer gracinhas, espirrando água para todo lado. Tudo de forma leve, simples, deixando-me despreocupado com os problemas do mundo. Irradia uma liberdade intensa, sem cobranças, sem querer pensar no amanhã, apenas querendo viver o presente.

Quando terminamos, até o simples enxugar de corpos é inebriante e sedutor.

— Agora, fala a verdade, como sabia que eu estaria aqui? — Fico olhando para ela disposto a contar a verdade, pois, tendo crescido em meio a mentiras, prometi a mim mesmo agir de forma diferente. — Eu sei que você conversou com seu amigo Luiz Fernando! E, por falar nisso, você é o maior fura-olho, hein? Meus amigos queriam apresentá-lo a mim!

Um misto de possessão e frustração instantâneas me invade. A primeira por não aceitar de forma alguma que ela pudesse ter contato com o Nandão ou qualquer outro. A segunda, por ainda não poder contar a verdade. Se faço isso, ela tirará conclusões precipitadas, confundindo tudo e achando que a enganei em todos os sentidos. Só de imaginar que ela pode me riscar de sua vida faz com que meu peito se aperte, com uma estranha emoção a invadi-lo!

Entrelaço nossas mãos e tento fugir da pergunta direta, sem ter que contar mais mentiras.

— Conto como descobri que era você se me contar por que sempre foge de mim.

Ela me olha séria e resolve descontrair a tensão que se instalou no ambiente ao contornar meu umbigo com os dedos e me fazer cócegas.

— Por que o Sr. Garanhão acredita que o mundo gira em torno dele? O mundo gira em torno do Sol, sabia? E você não é tão quente quanto ele...

— Você está dizendo que sou morno, é? — Derrubo-a na cama e subo nela, retribuindo as cócegas.

— Melhor do que um cubo de gelo... — fala, entre risadas.

— Então, você fugiu porque sou um cara morno, é?

— Para, Carlos! Não adianta, nem sob tortura direi algo... — diz, entre gargalhadas.

— Tortura, é? Deixa eu pegar meu chicote para você ver... — Provoco.

— Faça isso e fique aleijado... — ameaça, rindo. *Isso é o que vamos ver*, penso, já fantasiando a esse respeito.

Ela ri mais alto quando pego seu pé e mordo seu calcanhar. Vê-la tão exposta e nua faz meu corpo arder de desejo... Paro, emudeço e deslizo minhas mãos por suas pernas. Ela também se cala e nossos olhos se encontram, transmitindo um misto de sentimentos confusos, mostrando que existe algo diferente, mais íntimo, sem barreiras e sem reservas. Percebo-a totalmente arrepiada e desço os lábios pela extensão de sua perna. Ao chegar à coxa, chupo com vontade o lado interno de uma e, depois, de outra. Esfrego meu queixo em sua pele sensível e já sinto o aroma de sua excitação. Sua vulva pulsa e implora por mais e ela se solta toda na cama, em sinal de rendição. Lambo sofregamente as primeiras gotas de excitação que ela libera.

— Esse doce mel tornou-se meu vício.

— Ahhhhhhhhh!!! — Ela suspira e arqueja a cada lambida. Penetro-a firme com minha língua assim que ela puxa meu cabelo e me indica o local exato onde devo tocá-la.

Assim a faço minha a noite toda, ambos ardendo de prazer. Nossos orgasmos são alucinantes e intensos. Cansados, adormecemos de frente um para o outro, como se a sentir tudo o que esta noite desperta, sem dizer uma só palavra.

Capítulo 18

Patrícia Alencar Rochetty...

Acordo com um peso em cima das minhas pernas e, pelo leve roçar contra uma delas, posso apostar que é uma perna masculina. Aos poucos consciente, percebo um braço enlaçado na minha cintura e sinto uma respiração quente em meu pescoço. Respiro fundo e abro um olho, tentando decifrar em segundos o que está acontecendo. O segundo olho se abre às pressas ao sentir um toque pontudo e duro contra o meu quadril... Nossa Senhora das Mulheres com a Perseguida Assada e a Bexiga Cheia, preciso ir urgentemente ao banheiro! Mas como é que vou sair da cama sem acordar o garanhão colado em mim?

Tento escapar fazendo contorcionismo, mas ele se aconchega mais! Se eu fosse romântica, acreditaria que esse ato involuntário significa posse e uma forma de proteção. Mas deve mesmo é ser frio, porque o ar-condicionado está no máximo! E como estou pegando fogo, imagino que ele queira uma superfície quente para se aquecer.

Também, depois da noite magnífica que tivemos! Sinceramente, eu esperava que seria apenas mais uma transa com um deus da sedução, que não só me faria ver estrelas, mas também me levaria ao paraíso. Mas ele se superou... Não sei por que, ao pensar nisso, lembro de algumas músicas da Blitz, bem representativas do que sinto, como uma em que se diz:

> *"Estou a dois passos do paraíso*
> *E meu amor vou te buscar*
> *Estou a dois passos do paraíso*
> *E nunca mais vou te deixar*
> *Estou a dois passos do paraíso*
> *Não sei por que eu fui dizer bye bye..."*

Estou perdida! Como dizer *bye bye* depois disso? Não só estive no paraíso, mas também fiquei acompanhada de um ser encantado, sem o qual eu... Bem, temo que vou me sentir como no trecho de uma outra música da Blitz:

> *"Perdi meu amor*
> *No paraíso*
> *Dou tudo que eu tenho*
> *Por um aviso*
> *Ou seja sob sol*
> *Ou debaixo de chuva*
> *A minha alma geme por você*
> *Geme geme, uh! uh!*
> *Por você*
> *Geme geme, ah!*
> *Por você..."*

Mas o que significa tudo isso? Estou ficando louca? Tudo bem que aconteceu algo além de apenas sexo entre nós. E é certo que ele é um tantinho mandão! Só que, surpreendentemente, nesse contexto sexual, eu adorei! Percebi que, conforme fomos nos conhecendo e explorando, com gestos cheios de intimidade, permiti que ele derrubasse alguns tijolinhos de minha barreira. Ele parecia querer me deixar confortável, livre de amarras, mas, contraditoriamente, também presa e vibrando na sintonia de seus movimentos. Seu olhar sugeria me dizer o tempo todo que eu estava segura ao seu lado e que, além de todo o erotismo envolvido, havia uma conexão especial entre duas pessoas. E fiquei feliz por ele ter conseguido mostrar ao Sr. G que podia haver mais alguém responsável por meus maravilhosos orgasmos. Quero ver meu amiguinho temperamental bancar o soberano sobre mim depois dessa!

Também fiquei pensando no que me disse quando fomos dormir: ele sussurrou ter fantasiado muito comigo nos últimos dois anos. Senti meu coração acelerar de uma forma indefinida. Claro que foi uma tremenda massagem no ego, mas a ternura e o gosto de "quero mais" que brotaram em mim me deram vontade de pular dali e fugir, foi extremamente difícil resistir a isso! Volto meu olhar para ele e sinto ter de escapar, embora tema tomar tal decisão e arrepender-me mais tarde.

O sono dele é sereno e sua expressão não esconde a saciedade e a felicidade... Sua aparência é pura poesia, mesclada com uma sensualidade crua e pulsante. O aperto que sinto no peito se confunde com o da minha bexiga querendo desaguar. Apoio-me na cama para me levantar e reconheço que, por trás do rosto lindo, do corpo escultural, da riqueza, da inteligência e da cobiça que ele com certeza desperta, esconde-se um homem sensível que pode balançar minhas estruturas e me dar uma dor de cotovelo das grandes. Por outro lado, é também um macho voraz, que sacia meus desejos carnais e selvagens. O que faço?

Droga! Toda vez que penso em manter um relacionamento mais longo, sinto um medo quase irracional me invadir. Se alguém ler a biografia que nunca escreverei, dirá que sou louca, mas, na verdade, sou é muito covarde. Sinto uma espécie de síndrome do pânico, cujo gatilho é a simples ideia de uma relação duradoura. Sei lá por que eu sou assim... Debato-me entre o desejo de me jogar com tudo nessa aventura e a compulsão de me afastar o máximo possível deste homem que, com certeza, já me prendeu em sua teia de sedução e carinho.

Assumo que ele está me fazendo superar esse medo, nem que, para isso, precise ressuscitar Freud, Jung e todos esses psicanalistas doidões famosos para resolver meu problema. Claro que já não sou mais tão idiota a ponto de não admitir que sei, sim, que o verdadeiro entrave não é especificamente o Sr. G. Sei que ele não faz amizade com ninguém por algum motivo mais obscuro e escondido nos recantos de minha alma. Ter sofrido *bullying* na infância e na adolescência, ser influenciada negativamente no início da minha vida adulta pelas ideias da D. Agnello e desvirginada por um imbecil com excesso de tequila contribuíram muito para agravar meu quadro de fobia emocional, o qual só muita terapia ou um homem muito bom, compreensivo e paciente poderão ajudar a solucionar. Só não sei se terei forças, nem se é aquele homem ali ao meu lado que vai empreender essa luta comigo.

Uma voz abafada sussurra dentro de mim que, talvez, haja uma possibilidade. Depois, a voz grita que é, sim, aquele peão gostoso e sarado!

Quando penso no suor que vi recobrir seu corpo, fazendo-o brilhar como seus olhos de luz, fico com meus hormônios à flor da pele. Respiro fundo e, enquanto me recupero, lembro-me de um poema erótico que li certa vez:

> *Hoje sou eu que vou brincar com você.*
> *"Beijar, sugar, lamber.*
> *Massagear, apertar, morder.*

Beber da essência que emana de você.
Te fazer delirar, enlouquecer..."
(Gil Assunção)

Quando a balança começa a pender para eu desfrutar desse Deus das Calcinhas Sempre Molhadas e conferir se ele pode me ajudar a entender e combater esse meu bloqueio emocional, meu instinto de preservação me manda correr antes de eu poder averiguar qualquer possibilidade nesse sentido. Levanto em um reflexo, mas ele me agarra fortemente.

— Cansou de ficar olhando para mim, linda menina? Estava me sentindo tão acarinhado pelo seu olhar... — que raio de homem! Como ele sabia que eu estava olhando para ele enquanto dormia?

— Ah, então já estava acordado, garanhão? — digo, tentando dissimular meus pensamentos.

— Digamos que liguei meu radar contra fuga de meninas da pinta... — Ele se interrompe, como se estivesse falando algo proibido.

— Agora sou a menina só da pinta, é? Você já foi mais criativo comigo! — Desvio o olhar do dele enquanto falo. Se ele sentir meu hálito, em vez de me chamar de menina da pinta, vai dizer menina do bafo.

— Por que você está virando o rosto? Olhe para mim! — Minha barriga aperta de luxúria e não tenho escolha a não ser fazer o que ele diz. — Você é linda também quando acorda! Meu pênis despertou antes de mim e, com certeza, cheio de desejos que vão além das minhas ideias...

— Porque estou com bafinho — respondo, sincera.

— Vem aqui, deixa eu sentir esse bafinho. Tudo o que vem de você vale a pena para mim.

Sem me dar tempo de respirar ou fugir, ele joga seu corpo sobre o meu, impondo seu domínio, abrindo minhas pernas para acolhê-lo. Seu olhar penetrante e envolvente me conquista como um encantador de serpentes. Só me resta seguir seu ritmo e suas vontades.

O humor ilumina seus olhos quando seu membro encosta em meu íntimo.

— Malditamente molhada e quente, pronta para me abrigar. — Duro como uma rocha, ele provoca meus lábios vaginais. — Um dia, vou mergulhar sem barreiras nessa abertura apertadinha. Quero sentir cada fluido do seu prazer envolvê-lo sem camisinha.

A sinceridade e a fome reveladas por suas palavras me hipnotizam. O homem já acorda preparado para a guerra e, com certeza, meu canhão está prontinho para explodir tão logo ele acenda seu pavio.

Sua ereção pressiona meu clitóris em um movimento de vaivém, masturbando-me em ritmo frenético... Penso em dizer a ele que esqueça a responsabilidade e me tome duro e fundo, porém, minha razão me aquieta. Mais vale a prevenção do que um barrigão ou uma bela DST. Sempre experimentei movimentos duros e crus durante o sexo, mas, a provocação sensual e erótica que ele impõe ao meu corpo é exclusiva.

Ele não me dá tempo de analisar minhas sensações. Em um movimento rápido, inclina-se, desliza por cima de mim e, como um ninja, agarra uma camisinha no criado-mudo ao lado da cama. Meu corpo quente como um vulcão sente o frescor dos lençóis de cetim.

— Estou louco para beijá-la. O que você está fazendo comigo, pequena? Minha língua e meu pênis precisam de você agora! — Libertino, ele mantém o rosto impassível enquanto cobre sua extensa ereção com uma camisinha.

— Garanhão, não quero ser chata, mas preciso ir ao banheiro.

— Calma, linda menina! Primeiro, preciso aliviar a dureza dos seus seios, que estão rijos como pedra, sentir suas paredes internas me apertarem e sugarem e saudar sua boca com um belo beijo de bom-dia — ao ouvir tudo isso, sinto um barulho estranho sair da minha garganta enquanto seu corpo cobre novamente o meu.

Sem qualquer carícia ou ao menos um beijinho, ele volta a abrir as minhas coxas e leva seu membro adiante, ditando o ritmo de uma penetração lenta. Impossível não cumprir suas ordens silenciosas.

— Huuuummmm!!! Adoro o beijo dos seus grandes lábios, molhadinhos e quentes. Agora minha língua tem um recado para sua boca.

Sinto-me atraída e totalmente tomada por ele. Ele rege tudo em mim, desarma-me e preenche-me... Ele desce a boca lentamente até a minha. Tento virar o rosto, mas sua língua é mais rápida e lambe meus lábios. Sua boca tem o melhor sabor matinal que uma pessoa pode ter, porque nem levo em consideração cheiro, vontade de ir ao banheiro, desejo de fugir... Esqueço tudo... Só existe espaço para ele, que me preenche, me contagia e em segundos me leva ao limite.

A cada estocada funda, sinto uma leve dor prazerosa, uma sensação diferente, a soma da minha bexiga cheia com o tesão que ele desperta em mim leva-me à loucura... Nosso beijo torna-se sôfrego, urgente, meu corpo preenche todos os espaços vazios quando toca o dele.

— Não vou tocar no seu clitóris agora, pequena. A pele dele é muito fininha e, depois do que fizemos à noite, deve estar sensível e dolorido.

Vou preservá-lo para mais tarde. Apenas me sinta entrar fundo e acelerado, agarre-me e aperte-me... e venha comigo.

Ele é urgente, seus movimentos acelerados e circulares fazem com que eu puxe os lençóis com força.

— Isso, pequena, mexe comigo!!! Respire fundo e sinta como eu escorrego gostoso dentro de você.

Subitamente, suspiramos juntos, nós três, eu ele e o Sr. G. Nossos sentidos aguçados e nossas emoções fluem e revelam as energias que estão sendo geradas pelos sentimentos... Mais tarde, tenho que ajoelhar e agradecer a Deus, Alá, Buda e quaisquer outras divindades existentes pela sorte terrena de encontrar um homem tão preocupado com o gozo alheio. Ele volta a me encarar, toca meus seios duros, aperta um dos bicos e morde-o, sensualmente. Minhas bochechas esquentam, um arrepio delirante percorre meu corpo e a adrenalina parece que vai sair pela boca. Tenho vontade de gritar ao sentir meu orgasmo chegando, junto com as contrações e as fisgadas que meu amigo Sr. G manifesta, em uma euforia inebriante.

Seus olhos brilham como fogo.

— Apenas sinta, querida, como nossos corpos se aceitam! Como pertencem um ao outro.

— Caaarlosss!!! — emito um grito de prazer no auge da minha explosão. Percebo em seu rosto que ele vibra, sorri e geme. Mais algumas estocadas e ele chega ao clímax, olhando-me lindo e satisfeito.

Ele se esparrama sobre mim e, curioso, percebo que, para ele, o sexo é mais do que o ato em si. Todas as vezes que transamos, ele dá sequência às carícias, como se quisesse me agradecer involuntariamente por algo que nem sei ao menos o que é! Durante o ato sexual, ele é diferente: bruto, mandão, severo e exigente, mas, depois, se transforma, fica cuidadoso e gentil, como se a cuidar de mim sempre que estamos juntos.

— Pronta para ser a primeira-dama do evento?

Minha ficha demora a cair. Como assim, primeira-dama? É alguma charadinha com o jogo de tabuleiro? Como está comigo e não com outra, neste momento eu sou a dama da vez?

— Desculpe, não entendi!

Ele ri.

— Não entendeu ou não quer entender?

— Por que você acha que eu tenho que entender tudo o que você diz? Você é muito presunçoso, sabia? — ralho, divertida, levantando rápido da cama, louca de vontade de ir ao banheiro... minha bexiga parece que vai explodir.

— Sabe que com essa cara bravinha você me excita ainda mais? Posso largar tudo o que tenho para fazer hoje e ficar com você o resto do dia aqui neste quarto até fazê-la ser bem mais educada.

— Você pode fazer o que quiser, mas, primeiro, preciso ir ao banheiro... Já me distraiu uma vez e, em uma segunda, posso ser capaz de dar um vexame! — Termino de falar ao mesmo tempo em que fecho a porta do banheiro, sem entender o que ele rosna entredentes.

Que bonitinho, ele pensou em tudo! Ali há duas escovas de dentes, xampu, condicionador, secador, dois roupões... Para falar a verdade, bonitinho e intrigante, porque ele tem tudo isto arrumado e ainda espera que eu acredite que foi tudo preparado para mim! Aproveito para tomar um banho. Ao terminar, enquanto me enxugo, ouço meu celular, que deixei carregando, apitar com um sinal de mensagem. Meu coração acelera, minhas mãos gelam e fico rezando para ele não ser enxerido e pegar o aparelho. Enrolo-me na toalha e saio do banheiro antes de lhe dar tempo para fazer isso.

— Seu celular apitou várias vezes — diz ele.

— Há muito tempo? — pergunto, curiosa.

— Não sei... Estou respondendo algumas mensagens do pessoal do apoio do evento, e nem percebi quando apitou. Será que é alguma coisa urgente?

— Depois eu vejo. — Disfarço minha angústia.

Ele levanta da cama, dá um beijinho carinhoso em meus lábios e entra no banheiro. Avanço no celular nem bem ele fecha a porta. Acho estranho este ato de isolamento depois de tanta intimidade que partilhamos, mas, considerando que eu fiz o mesmo, ele deve estar precisando de privacidade para atender suas necessidades também.

Aperto a tecla para desbloquear e lá estão cinco mensagens do Dom Leon, sendo que duas foram enviadas pouco antes de o Carlos chegar ao quarto e me tirar do banheiro na noite passada. Fico insegura se devo abrir ou não. Não porque acredito que isto pode ser uma traição, até porque, vamos combinar, aqui o negócio é só sexo. Não temos nada, e nem amantes somos.

Qual o problema em ler a mensagem de um amigo?

Dom Leon: *Patrícia? Alguém chegou para ajudá-la a sair do banheiro? Por favor, responda quando puder!!!*

Vixe, até me esqueci de avisar o coitado que estava tudo bem! De qualquer maneira, a mensagem seguinte me tranquiliza.

Dom Leon: *Bem, como não respondeu, presumo que correu tudo bem, caso contrário, teria enviado mais mensagens. Como disse, espero que abra sua mente e aproveite a vida, no mundo dos vivos ou dos mortos, sem reflexões profundas. Boa noite e não perca a oportunidade de usufruir de momentos que possam fazê-la feliz!*

Lá vem ele com essa história de novo! Bem, acho que segui o conselho com louvor, não é? Começo a ler as mensagens de hoje.

Dom Leon: *Bom dia!!! Menina da pinta charmosa, espero que sua noite tenha sido prazerosa.*

Ai, Dom Leon, você nem imagina como!

Dom Leon: *Será que você sumiu por causa de algum susto que seu príncipe mal-assombrado lhe deu? Estou preocupado! Mande notícias logo!*

Preocupado, é? Fique sabendo que esse príncipe mal-assombrado revelou-se um encanto! Claro que só para as mocinhas que acreditam neles, né? Eu prefiro acreditar que foi apenas uma noite quente de sexo.

Dom Leon: *Conte-me quais são os planos para hoje... Estou aqui sozinho, pensando em uma linda menina. Ajude-me a rechear minhas fantasias. Não me diga que usará um biquíni fio-dental...*

Ouço o chuveiro abrir e respondo, rapidinho.

Patrícia Alencar Rochetty: *Bom dia!!! Digamos que a noite foi satisfatória. O gentil príncipe zumbi conseguiu abrir a porta e me tirar daquela situação claustrofóbica. Hoje, passarei o dia com meus pequenos príncipes. Nestes, sim, eu confio. Vamos brincar na areia e nos esbaldar feito crianças. Ainda não sei o que farei à noite. Talvez eu vá embora no fim da tarde. Não estou mais certa se o passeio de escuna amanhã será uma boa opção para mim.*

Às vezes, os piratas fazem verdadeiras pilhagens, rouban-
do os corações de inocentes donzelas... Definitivamente,
prefiro não estar lá para ver. Não posso falar muito agora,
ok? Se eu parar de responder, sabe o porquê!

Enquanto espero a mensagem do meu amigo virtual, abro minha mala, que foi levada para lá por alguém. Mas não questiono nada para evitar perder tempo. Pego um biquíni e um vestido confortável, passo protetor solar pelo corpo e cada pedaço em que deslizo minhas mãos faz com que eu sinta como se a noite anterior tivesse sido ao mesmo tempo um frenesi de prazer e um bálsamo que acalma e satisfaz. Uma parte de mim insiste em continuar sussurrando: "Patrícia, corre enquanto é tempo! Um fim de semana inteiro ao lado desse homem pode deixá-la de quatro". A outra parte diz: "Fica, sua boba! Que mal podem causar a você 48 horas de prazer e ainda ter a possibilidade de ficar de quatro, literalmente falando, em uma das vezes em que vier a transar com o garanhão?" Novamente ouço "Lapada na rachada" na minha mente. Sei que ela é diferente do que costumo ouvir e continua a não fazer meu gênero, mas é tão divertida que me faz até dançar sozinha.

Carlos Tavares Júnior...

Começar o dia brincando com minha quimera é muito agradável! Nenhum momento é rotineiro, já que ela consegue me surpreender o tempo todo com diversas atitudes. É diferente, desligada, desapegada, uma menina adorável de se conviver. Sua boca inteligente e seu humor contagiante me transformam em uma espécie de Peter Pan. Se o Nandão ouvisse meus pensamentos, certamente diria que estou virando o verdadeiro Dom Miau. Quando peguei meu celular para ver as mensagens do pessoal do apoio ao evento, não resisti em mandar algumas para ela. Estou no banho, apressado, louco para ler sua resposta. A curiosidade me corrói e sou invadido por desejos contraditórios. Ao mesmo tempo que não quero que ela veja as mensagens porque está ainda presa às sensações da nossa noite, desejo que responda para que eu possa saber o que ela achou de tudo! Devo estar ficando louco, sofrendo de dupla personalidade... Deixo o chuveiro aberto, para que ela não perceba nada, e apenas enxugo minhas mãos para pegar o celular.

Satisfatória? Que golpe no meu ego!

Continuo lendo...

Que bom que pensa em se esbaldar na areia com as crianças, isto me deixa mais à vontade. Certamente, terei que dar atenção ao bando de marmanjos, políticos, organizadores do circuito e atletas do evento. Se ela fosse comigo e alguém resolvesse cobiçá-la, não sei o que o homem das cavernas que habita em mim poderia fazer... Por mais surpreendente que seja para mim, já sinto ciúmes dela! Se estou assim, cuspindo fogo por ela ter respondido a uma mensagem minha, imagine como reagirei se ela retribuir alguma cantada!

Mas... O quê? Ela pensa em ir embora hoje? Tentando fugir de novo, minha quimera? Desta vez estou em vantagem por saber de suas intenções. Você vai ficar nem que eu tenha que amarrá-la. Daqui da ilha você não sai depois de amanhã...

Tenho que responder sua mensagem e finalizar a conversa, mas os sentimentos conflitantes que regem meus pensamentos fazem com que eu fique olhando para a tela, sem saber o que escrever. Arrisco uma resposta...

> **Dom Leon:** *Boa diversão... Adoraria estar na areia para encher seu baldinho!*

Apago a mensagem, de tão sem sentido que é. De onde surgiu isso? Ralho comigo. E você, cabeça de baixo, dá para descansar um pouquinho? Acabo de ler uma resposta decepcionante e já está você tremulando a bandeira de novo!

> **Dom Leon:** *Tenho a impressão de que a noite passada não foi como você esperava. Se quer fugir ou teme tanto um certo pirata, venha para os braços do seu salvador aqui. Mas meu conselho continua sendo: relaxa e goza. Bom dia, preciosa!*

Esta resposta é satisfatória. Aperto enviar e fecho o registro do chuveiro.

Enquanto passo a toalha em meu corpo, ouço suas risadinhas. Parece que ela gostou do que leu.

> **Patrícia Alencar Rochetty:** *Agora, fiquei perdidinha... Não sei para qual lado correr, se para o pirata ou para*

*um salvador cujo nome desconheço!!! Se eu perguntasse
a um grande amigo que tenho, o Sr. G, talvez ele dissesse
para eu correr para os braços dos dois... kkkkk... Sabe,
esse meu amigo é muito promíscuo! Tenho até medo de
pedir a opinião dele, às vezes. Quanto a estar dizendo
que pode ser medo, nisso vc tem razão, esse tal pirata tem
uma tripulação muito persuasiva, que se dedica a devastar
quaisquer mares por onde passa. Ai, Dom Leon, como
eu gostaria de ser menos complicada! Mas, para mim,
os termos "relacionamento" e "mais de uma noite" são
assustadores quando combinados em uma mesma frase.
Agora, não posso falar mais mesmo. Depois te chamo.
Beijos molhados para vc, Dom Gatinho...*

Meu coração dispara! Em outras circunstâncias, decerto estaria indiferente a uma resposta, mas não hoje... não com essa menina!

Sr. G? Amigo? Só se for gay, pois eu não acredito em amizade entre homem e mulher quando o assunto é sexo. Ainda mais quando o cara é promíscuo. Se ele pode dar a ideia para ela entregar-se a dois homens, imagino o que já não deve ter sugerido! Deus, não quero nem pensar, já senti as garras do ciúme apertarem...

Continuo a ler para não enveredar por esse caminho e fico animado com a vulnerabilidade que ela manifesta ao assumir o fato de que posso afetá-la. Meu lado dominador vem à tona com tudo. Abro a porta, pronto para surpreendê-la. Ela merece uma resposta pessoalmente.

— Preparada, bela Patrícia? Vamos ter um dia cheio e longo e acabo de decidir que nossa noite será de grandes surpresas.

Começo a falar com uma certa dose de arrogância, e quase engasgo nas últimas palavras ao vê-la com uma perna sobre a cama, passando protetor solar. Está linda, com um biquíni floral que divide suas belas nádegas em duas. Simplesmente é a visão dos céus!

Ela observa cada movimento que faço em sua direção. Fico consciente dos seus desejos lascivos, que se tornam perceptíveis ao descer a perna para o chão, pois se contorce disfarçadamente. Ela está corada e seu peito se move ofegante. Olha-me com desafio enquanto aperta o creme em suas mãos, disparando contra mim choques e pulsações de tesão. Ela passa as mãos meladas de creme em seu colo e seios.

— Você planeja surpresas, Carlos Tavares Júnior? — pergunta, desejosa.

— Sim, muitas. Mas, por enquanto, apenas quero ajudá-la a passar o protetor pelo seu corpo delicioso. — Estendo a mão e pego o frasco que ela segura de forma trêmula.

— Se este é seu desejo, garanhão, deslize o creme pelo meu corpo, que sou toda sua — diz, como se fosse a coisa mais simples do mundo. Mas, na verdade, a frase é excitante, ela sempre confere duplo sentido a todas as palavras que saem de sua boca carnuda.

Encho minhas mãos de protetor e aplico-o desde seu pescoço até os ombros. O jogo de sedução começa. Quero deixá-la desperta e desejosa.

— Adoro deslizar meus dedos em seu corpo. É tão macio! — assopro em seu ouvido, roçando minha ereção em seu corpo para ela saber o quanto me afeta.

— E eu adoro ter você deslizando seus dedos em mim. Uma boa parceria, não acha, garanhão?

— Tenha certeza de que é uma deliciosa parceria, Patrícia — friso seu nome sorrindo, já percebi o quanto isso mexe com ela.

Ela está arrepiada! Brinco com os dedos, levando-os até a borda do seu biquíni. As veias do seu pescoço estão saltadas. Às vezes é bom ser rápido, porém, hoje é dia de tudo ser em câmera lenta, de maneira a apreciarmos cada momento.

— Suas habilidades mostram que você tem muitos anos de experiência. — Sinto uma curiosidade mesclada a uma postura possessiva, com uma pontinha de ciúmes. Fico consternado com o rumo de meus pensamentos e mudo meu humor repentinamente, indignado por minha cabeça ficar imaginando e fantasiando coisas que não existem.

— Tenho muitas outras habilidades que pretendo mostrar a você.

— Confiante e pretensioso sempre! É nisso que dá ter muitas mulheres interessadas em você? Porque pude ter uma amostra ontem à noite — Nossa! Será que ela não confia nem um pouco em mim? Será que ela me acha assim tão volúvel?

— Você não tem um bom conceito sobre mim, né? — falo, revelando uma certa mágoa em minha voz. — Patrícia, dê-me apenas um fim de semana, entregue-se a mim, sem medos ou amarras, confie em mim... Fique comigo... — peço, fervorosamente, sabendo que, assim como o creme, ela pode deslizar entre os dedos sem eu poder evitar. Nunca implorei para uma mulher ficar comigo, e nem quero avaliar o ponto a que estou chegando por essa moleca escorregadia. Puxo-a contra meu corpo, em um abraço terno. — Agora abra as pernas para eu passar este creme sortudo nas suas coxas. E não ouse fazer movimentos sensuais para me provocar, porque não hesitarei em deixá-la com o traseiro vermelho. — Viro-a novamente e não facilito. — E sabe, Patrícia, estou com tanta vontade de deixar minha marca nas suas nádegas, minha menina — falo, enquanto deslizo meus dedos por elas. — Sou capaz de criar motivos para você me desobedecer e me dar justificativas para marcá-las.

— Querendo me seduzir para ficar com você e, ao mesmo tempo, aproveitar para dar alguns tapas no meu bumbum, garanhão? Bem, adianto que darei trabalho se fizer isso comigo.

Beijo-a com ternura nas costas, virando-a para ficar de frente para mim. Tão saborosa, delicada e, ao mesmo tempo, voraz! Sinto-a apertar com as mãos meus músculos dos ombros quando me agacho para passar o creme por suas pernas, sem que ela dê indícios se é um aperto de defesa ou de ataque... Seu ligeiro suspiro faz com que a dúvida acabe e eu perceba exatamente o que ela necessita. Levanto-me bruscamente, frustrado por ela se comportar. Beijo-a, com mais urgência e agressividade. Em cada toque, sinto um gosto de quero mais, muito além do que já desejei sentir por alguém antes.

Patrícia Alencar Rochetty...

Inspiro fundo assim que ele solta meus braços e separa nossos lábios, deixando o sabor da sua língua mentolada em minha boca... O que foi isto? Alguém anotou a placa do caminhão de bebidas afrodisíacas apaixonantes que me atropelou?

Nunca na minha vida, repito, conheci um parceiro de sexo que pense apenas no bem-estar do outro! Ele é intrigante, envolvente, parece que nasceu apenas para servir e nunca ser servido. Como um homem tão poderoso pode ser assim? Como administra tão bem sua postura autoritária, na cama, com sua doçura de outros momentos?

Olho para as costas do homem que me deu orgasmos a noite toda, que me tirou o ar, que me levou ao limite da entrega e fico sem saber o que fazer. Ele simplesmente acaba de me pedir, como um menino abandonado, um pouquinho de meu tempo e confiança. Não sou nenhuma psicóloga para avaliar se ele, no fundo, tem medo de uma rejeição por acreditar que eu irei correr e fugir. Parece perceber que continuo cogitando não aceitar o que propõe. Ele faz com que me sinta tão desejada, a prioridade de seus desejos, me dá segurança. Isso me motiva a ter coragem e a não recusar seu pedido.

Surpreendendo a mim mesma, aproximo-me dele, enlaço sua cintura com meus braços e o premio com breves beijinhos nas costas. Sinto-o estremecer e isso me comove. Pronto, estou virando uma manteiga derretida nas mãos quentes desse meu pequeno grande homem gostoso.

— Eu fico, garanhão! Mas tem uma condição...

— Sem condições, Patrícia! Pedi para você ficar e curtir um fim de semana ao meu lado, mas não como uma imposição. Exijo apenas sua entrega e confiança incondicionais.

Ai, que homem difícil! Será que fiz uma escolha ruim?

— Não quer nem ouvir minha condição? — Resolvo descontrair o ambiente com uma mescla de humildade e safadeza. Faço biquinho e digo. — Poxa, eu ia apenas perguntar se você me permite deleitar-se com seu membro lindo e vistoso, senti-lo com meu paladar até me fartar e proporcionar a você um tiquinho do prazer que já me deu. — Ele se vira, me encara, divertido e tenso ao mesmo tempo. Não esmoreço e provoco. — E aí, aceita?

Ele acena com a cabeça, quase sem acreditar que eu vá ficar! Que dupla formamos! Ambos inseguros quanto à minha permanência, entretanto, por motivos completamente diferentes: ele porque não acredita que eu não vá fugir desta vez; eu, morrendo de medo de me arrepender e não ouvir a voz que me manda correr.

— Você é uma caixinha de Pandora, sabia? Vai acabar me matando com as surpresas que tira de seu interior.

— E você é *expert* em frisar que eu devo ser muito má ao me comparar com essas divindades ambíguas... Primeiro com Quimera, que já tem dupla interpretação, agora, com Pandora, que espalhou toda a sorte de coisas ruins pelo mundo, tendo deixado a esperança guardada...

Será que esperança é só o que pode fazer com que nossa relação sobreviva a este fim de semana? Deixando de lado essas considerações, entrego-me a mais alguns instantes em seus braços, até que a fome aperta e continuamos a nos aprontar.

Capítulo 19

Patrícia Alencar Rochetty...

Conversamos e brincamos de uma forma descontraída — o que, admito, nunca fiz com nenhum peguete antes —, enquanto nos dirigimos ao local em que o café da manhã está sendo servido! E que café! Digno de hotel cinco estrelas! Os olhares do casal Doriana para mim são cheios de curiosidade. Como estou de bom humor e traquinas, acaricio as mãos do garanhão que está ao meu lado para provocar os dois. Quando percebo que estão prestando atenção, dou uma piscada para atiçar ainda mais a curiosidade deles.

O Marco gesticula jogar uma vara de pesca, como se tivesse fisgado um peixão. Vejo que o Carlos está entretido, olhando para uma pessoa que se aproxima, e aproveito para retribuir a brincadeira, passando a mão na barriga, como se a dizer que me fartei do peixão... A Babby dá um tapa no braço dele e nós três, divertidos com a brincadeira de mímicas, rimos disfarçadamente.

Então, constato que a pessoa que se aproxima é o Nandão. Chega até nós todo simpático e imponente. Vou confessar, o cara transpira sensualidade e, se não fosse meu garanhão, neste fim de semana me jogaria fácil nos grandes braços desse homenzarrão. Bem, não vou negar que também um pensamento safadinho se insinua em minha cabeça, ao me imaginar papando os dois... Pai do céu! De onde veio isso? Nem sei se o Carlos curte esse tipo de coisa. Xô, tentação!

— Bom dia! Preparados para torcer pelo melhor no campeonato de velas?

— Bom dia!!!

Respondemos juntos. O engraçado é que, ao ver o Nandão rir, o Carlos, em um gesto que me parece possessivo, segura minha mão.

— E aí? Detesto interromper esse romance Sissy, mas temos um compromisso para agora, às 10h, na abertura da final do campeonato, e estamos, no mínimo, cinco minutos atrasados.

Não entendo o que ele quer dizer com romance Sissy e a resposta do Carlos me surpreende.

— Vejo que a frutinha, por estar desejando as pessoas alheias, pensa que vai projetar seus desejos mais perversos em nós. Sinto decepcioná-lo, mas não é nosso caso, amigão! Sem preconceitos, viu, Nandão? Vou admirar ainda mais você se assumir quem quer ser perante a sociedade, de boa. Tenho certeza de que a minha Patrícia não o olharia diferente. Mesmo um homem tão vistoso pode adorar a inversão de papéis.

Pelo que o Carlos fala, deduzo que esse tal romance Sissy tem a ver com a pessoa assumir seu lado sexual, eu acho... Bem, para disfarçar, rio, feliz. Vou aguardar um momento para descobrir a respeito de tudo o que está se falando de forma divertida.

— Sem preconceito algum de minha parte. — Levanto meus braços, em sinal de rendição, rindo, sem sentido. — Também acho que não é nosso caso, mas, se você curte, entregue-se. — Entro na brincadeira.

O Carlos tenta, mais uma vez, me convencer a acompanhá-lo à cerimônia de abertura, mas aceita minha negativa, mesmo contrariado. Prometi ao Marco e à Babby que ficaria com as crianças enquanto eles assistem ao evento. Além de manter minha palavra, não vou deixar de me divertir com meus príncipes! Também notei, e não gostei, que o Carlos me chamou de "minha" Patrícia... Ora, se ele pensa que duas noites de sexo, mesmo que da melhor qualidade, fazem de mim sua menina, pequena ou coisa que o valha, como se eu fosse mais uma de suas posses, minha recusa é uma das formas pelas quais mostrarei que absolutamente ninguém me domina ou resolve nada por mim. Posso até ter me deixado levar na hora em que... o pau comeu, mas, isso foi entre quatro paredes e só ali. Fora do quarto, esse espaçoso tem de entender que não aceito receber ordens ou ser tratada como propriedade.

— Escute o que vou dizer a você, mocinha! Concordo que é justo você ficar com os pequenos se é isso o que deseja, mas, se, de longe, eu avistar qualquer pirralho com mais de 18 anos a seu lado, vou castigá-la a noite toda, mantendo-a amarrada ao pé da cama.

Sou tomada de sentimentos contraditórios que não consigo entender. Ao mesmo tempo em que meu lado independente grita contra qualquer sentimento de possessividade que ele possa ter em relação a mim, o lado sexual da mulher que sou excita-se com sua voz rouca, cheia de promessas. Para sair deste caos mental que me invade, recorro a meu velho bom humor.

— Vejo que você tem a mim em alta conta e sinto-me honrada por acreditar que sou atraente a ponto de um garotão sarado de 18 aninhos querer brincar com a tia Patty aqui...

— Você foi avisada! E esse tal rapaz, depois, teria de visitar seu dentista para fazer implante. — Ele pisca, brincalhão.

O que aconteceu com este homem hoje? Será que acordou com vontade de surpreender a todos? Eu também me sinto assim, ao deixar essa coisa toda, seja o que for, continuar!

Balanço a cabeça para afastar tais pensamentos e vou ao encontro de meus amigos.

— Oi, de novo, família Doriana!

— Olá! Ainda bem que faz parte desta família, né, amiga? Assim, tenho a liberdade de dizer que, pelo sorrisão estampado nessa sua cara safada, devemos concluir que na noite passada lambuzou-se da nata da margarina. E que não era Doriana...

— E aí, Patty! Babby, que indiscrição! — O Marco a repreende, mas ela não deixa passar barato.

— A indiscrição é minha, né, bonitão? Fui eu que joguei uma vara imaginária no meio da mesa do café da manhã, sugerindo que ela fisgou um peixão?

Todo galã, ele joga seu charme para ela.

— Tinha que ser uma vara mesmo, pois ele é apenas um peixe... Já eu, que sou mais sortudo, joguei uma rede e conheci a mais linda sereia de todos os mares. — Ele a puxa para seus braços e ambos se entregam a um beijo apaixonado. É claro que eu brinco.

— Ok, vou mudar o slogan do casal. Agora vou chamá-los de "kinojo".

Rimos e ouvimos os passinhos ligeiros das crianças chegando. Quando me veem, os pequenos correm para meus braços.

— Patty, não precisa ficar com eles. Pode se juntar ao seu peixão. Já combinamos com a babá que o Carlos gentilmente colocou à nossa disposição de ela ficar conosco durante o evento.

— Desfaça o que combinou então, porque não abro mão de passar o dia com os pequenos.

Seguro as mãozinhas gordinhas dos dois e vou andando, sem olhar para trás. Será que a Babby acha que uma noite de mil e uma maravilhas é capaz de mudar quem eu sou ou no que acredito? Não mesmo! Não entendo o motivo pelo qual as pessoas acham que estar junto de alguém significa anular-se... As pessoas têm de ser completas sozinhas! Quem fica junto de outra pessoa vem apenas somar, não completar o que está vazio! Acreditar nisso é jogar uma imensa responsabilidade nas costas do outro, deixando de ir atrás da própria felicidade, querendo que alguém o faça em seu lugar.

Saímos todos e, como a casa é muito próxima da baía, andamos e brincamos de corrida com as crianças. Assim que chegamos ao cenário deslumbrante, meus braços se arrepiam com a magnitude do evento. Por toda a orla da praia há bandeiras sinalizadoras com a logomarca da Germânica. Mais de cem barcos já estão posicionados para o início do Sailing Week.

Um detalhe interessante é que, para todos os lados que olho, vejo somente mulheres lindas desfilando, umas com alguns velhos caquéticos e outras com verdadeiros deuses. Fico imaginado o Sr. Garanhão rodeado por um par delas e logo meus pensamentos trazem uma pontinha de insegurança... Levo um susto ao ouvir o som que sai dos alto-falantes e presto muita atenção ao que está sendo falado.

"Bem-vindos, *Bienvenidos*, Welcome ao Yacht Club de Ilhabela! O YCI cumprimenta todos os esportistas, convidados, patrocinadores e apoiadores do mais tradicional evento de vela da América Latina, em sua 40ª edição: o Ilhabela Sailing Week! Este ano estamos novamente ao lado do Grupo Germânica, empresa tradicionalmente ligada nosso evento maior, assim como passamos a contar com mais um importante parceiro..."

Enquanto o vejo lindo no palco, vestido com uma bermuda cargo branca e uma camisa polo azul-turquesa, levo outro susto ao sentir uma cotovelada na costela.

— Uau!!! Como se sente a primeira-dama do evento? — Olho para a Babby. O Carlos insinuou, pela manhã o que eu achava de ficar com ele durante a cerimônia de abertura e eu não entendi na hora! Xingo-me mentalmente. Por que tenho que ser tão tartaruga em vez de ser o Mestre Splinter!

— Engraçadinha! — respondo, tentando ganhar tempo e desconversar por causa da cara de interrogação que ela faz ao me ver espantada quando mencionou a expressão primeira-dama. — Ele disse isto esta manhã.

— Certamente você deu uma resposta nada agradável ao convite.

— Pensei ser uma brincadeira com o jogo de damas e não liguei os fatos.

— Peixão encantador! — Ela pisca. — Claro que tenho meu tubarão, mas não posso deixar de dizer que o cara é sedutor até o fio de cabelo! — continua. — Jogue-se, menina! Vocês dois juntos formam um lindo casal explosivo.

— Casal? Passo a noite com um mero amigo com benefícios e você já quer me levar para o altar? Ele é um eterno garanhão, Barbarella, e, como eu, vive tendo relacionamentos casuais. O cara curte a vida como um marinheiro, tem uma mulher em cada porto.

— Não vi isto, amiga! Ele parecia bem animado com sua chegada, ontem. — Sem se cansar, ela ainda acrescenta. — E você parecia estar gostando de todo o charme que ele jogava para você... sem falar na sua expressão de felizes para sempre com que você apareceu no café da manhã.

— Vamos, meninos, brincar um pouquinho, que a mãe de vocês tirou o dia para me alugar e não vai deixar a tia Patty curtir vocês.

Escolho um cantinho com guarda-sol e começo a brincar com as crianças. Fazemos um castelo de areia e percebo que, de fato, a pequena princesa parece a coxinha que citei na viagem: em cada dobrinha, um quilo de areia! Já o pequeno Gabriel é, como sempre, meticuloso e todo certinho, pegando a areia com a pazinha e colocando no baldinho, ditando regras para a irmãzinha de como tudo tem que ser.

Enquanto eles estão distraídos com a brincadeira, resolvo mandar uma mensagem ao meu amigo Dom. Sei que ele vai me achar maluca, mas meus pensamentos e minhas incertezas estão destruindo minhas defesas. Se resolvo falar com a Babby que quero ficar porque prometi ao Carlos que passarei o fim de semana com ele, ela vai começar aquele discurso para me jogar de cabeça, blá-blá-blá... Mas meus medos vão além, porque, na verdade, para mim, uma noite apenas já foi como me jogar de cabeça. O problema maior é que não consigo parar de pensar no Carlos um só segundo. O que faço? Tenho estado só a vida toda, nunca me permiti viver de lembranças, sonhos ou planos. Nisso se resume minha felicidade. Posso dizer que estou muito bem, obrigada, a qualquer hora do dia. Porém, a mera possibilidade de ele fazer parte de minha vida por um tempo me assusta. Um dia, ele dirá adeus e eu ficarei só novamente. Tomo coragem.

> **Patrícia Alencar Rochetty:** *Olá, preciso de um colo, amigo.*
> **Dom Leon:** *Meu colo é todo seu, pequena, sente-se e rebole à vontade...*
> *Mas, brincadeiras e desejos à parte, diga-me o que aconteceu?*

Safado! Rio da brincadeira. Não o conheço, porém, sinto-me sempre à vontade para dizer a ele tudo o que penso e sinto.

> **Patrícia Alencar Rochetty:** *O problema não é o que aconteceu, mas o que pode acontecer.*
> **Dom Leon:** *Bom... Caso se sente em meu colo, podem acontecer coisas bem prazerosas. Posso levá-la a ver estrelas e estalar minhas mãos na sua carne macia. Mas, se não é disto que está com medo, seja clara, não aprendi a decifrar nas entrelinhas. Só posso ajudá-la se for bem explícita.*

Antes meu medo fosse só o de me sentar no seu colo e galopar. Mas ele vem do meu coração, dos meus sentimentos.

> **Patrícia Alencar Rochetty:** *Estou com medo por ter feito uma promessa a uma pessoa que não sei se serei capaz de cumprir.*
> **Dom Leon:** *O que você prometeu? E para quem?*

Por que ele tem de ser tão direto sempre?

> **Patrícia Alencar Rochetty:** *Prometi que passaria o fim de semana com um cara e estou com medo de fazer isso e levá-lo a pensar que a coisa é mais do que uma transa sem sentido... O pior é que ainda diremos adeus um ao outro. Tenho medo do que vou sentir quando essa hora chegar. Acho que, pela primeira vez na vida, vou deixar de cumprir uma promessa e desaparecer rapidinho...*

Não acredito que fui capaz de admitir para alguém meus medos e receios, pois não faço isso nem para mim mesma!

> **Dom Leon:** *Por que você acredita que ele pode significar mais do que uma transa?*
> **Patrícia Alencar Rochetty:** *Porque isso já está acontecendo...*

Ele não responde. E, por mais adoráveis que sejam as crianças, o prazer que sempre sinto em estar com elas não impede que minha cabeça dê mil voltas. Por que será que, de fato, sou tão armada contra tudo que envolva sentimentos entre mim e um homem? Por que será que deixei uma glândula assumir o controle da minha vida por tanto tempo?

— Dinda! Você bateu e quebrou a ponta do castelo!

Perdida, procurando encontrar respostas e intrigada por não me permitir ser feliz, ouço, de longe, uma voz sensual dizer.

— O tio Carlos ajuda você a consertar o desastre que a tia Patty causou. Onde será que os pensamentos dela estão? Vamos descobrir, Gabriel?

Olho de lado e vejo-o ajoelhando-se a meu lado.

— Deveria ser proibido ser tão linda, sabia? — sussurra ele baixinho, olhando-me intensamente com seus olhos que combinam com o azul do céu, estudando minha expressão.

Disfarço um suspiro causado pelo arrepio que ele sempre me faz sentir, balanço a cabeça, volto ao planeta Terra e peço desculpas ao meu príncipe.

— Desculpa a tia, Gabriel, vamos refazer a ponta do castelo.

Cúmplices e conscientes de nossos desejos, juntamo-nos às crianças em uma brincadeira inocente. Logo chega uma mensagem no rádio que o grupo de apoio entregou ao Carlos, informando que é a hora da premiação. Antes de se afastar, ele segura minha mão, bem firme, e diz:

— Volto logo. Quero lhe mostrar um lugar especial.

Ele segura meu rosto entre as mãos e me beija como se eu fosse um cristal delicado. Logo eu, tão truculenta! Depois, olha-me como se estivesse incerto quanto a me deixar e vai até o palco.

Não sei o que está acontecendo aqui. Ele não acompanhou a competição, nem mesmo voltou para o grupo do evento, preferiu ficar comigo e as crianças como se isso fosse algo óbvio e natural e aquele pequeno espaço, debaixo do guarda-sol, o melhor lugar onde ele ficou nos últimos anos de sua vida! Ele brincou, riu, colocou a mão na areia com o Gabriel, sem frescura. Aliás, observei que eles são parecidos, ambos autoritários e zelosos.

Durante todo o tempo em que esteve conosco, tive a impressão de que queria me dizer algo. Na primeira vez em que tentou, respirou fundo e, olhando nos meus olhos, começou a falar:

— Patrícia, às vezes, conhecemos pessoas e para nos aproximar delas precisamos usar estratégias para que elas não nos afastem...

Ele não pôde continuar porque o Marco e a Babby chegaram naquele momento trazendo água de coco para todos nós.

Na segunda vez em que começou a falar, fiquei intrigada.

— Pequenos momentos podem se transformar em grandes. Precisamos viver o hoje e não ficar pensando se o amanhã será um dia com novas conquistas e glórias. Temos que viver um dia de cada vez...

— Tio Caios, o Biel *pegô* a *paizinha*! — As crianças ficaram tão encantadas com ele que deixaram a dinda de lado, literalmente falando.

Se eu tinha alguma dúvida em ficar, seu aconchego e carinho com as crianças acabam me libertando da agonia da incerteza. Não que minha decisão signifique que eu iluda a mim mesma, tornando-me, só por isso, a ex-encalhada profissional ou faça de mim aquela que resolveu ser feliz ao lado de um gato, quando sempre priorizou a vida profissional. Nem, tampouco, me torna uma Bela Adormecida, que dormiu a vida toda e, então, acorda ao lado do príncipe encantado! Porque, sendo sincera comigo mesma, essa história de príncipe encantado é para as mulheres fortes, que não têm medo de se jogar e apostar em um relacionamento, sendo felizes enquanto durar, mesmo sabendo que correm o risco de amar demais e, depois, ficarem sem seus amados. Admiro esse tipo de mulher, mas, na verdade, não tenho nem um décimo da coragem delas, assumo totalmente minha covardia.

Nem sei quanto tempo fico matutando isso até que meu celular apita e vejo que o Dom Leon, depois de um século, respondeu a minha última mensagem.

> **Dom Leon:** *Pequena, não tenha medo! Entenda, o casal perfeito não é aquele que aparece nos filmes e livros, com mocinhas que se encaixam perfeitamente aos mocinhos... Talvez a pessoa que lhe causa tanto medo também tenha seus fantasmas... Olhe nos olhos dela e veja o que consegue ler. Nem sempre temos a palavra certa no momento certo, mas é possível oferecer um abraço silencioso quando menos se espera. Uma lágrima temerosa e fugidia jamais salgará o sabor do fogo e da paixão. Não se limite a apenas ouvir a música da sua vida, dance-a no ritmo que o destino está orquestrando.*
>
> *Fui profundo, confesse... Não, melhor não confessar nada, venha sentar-se no meu colo para sentir o couro do meu cinto em seu corpo. Beijo.*

Reflito a respeito de suas palavras... Às vezes penso que esse Dom Leon é um bruxo! Respondo animada.

Patrícia Alencar Rochetty: *Não acho que me quer mesmo em seu colo, pois vive me jogando no colo do outro! A propósito, Dom Leon, hoje fiquei curiosa com uma expressão e, apesar de a terem explicado para mim superficialmente, não consegui captar o verdadeiro significado. Pode me explicar o que é um casal Sissy?*

Dom Leon: *Kkkkkkkkkkkkkkkkkkkkk... Quem te falou isto? Não vai me dizer que o fantasma da ópera que você tanto teme é uma Sissy?*

Patrícia Alencar Rochetty: *Nada disto... ou melhor... Acho que não por causa da resposta que ele deu ao amigo que brincou com ele a esse respeito. Pelo que entendi, tem algo a ver com um homem assumir-se... e, bem, sabemos que quando alguém diz isso, geralmente significa que deve assumir sua homossexualidade, não é? Mas o que isso teria a ver com um casal? Ambos teriam que se assumir? Saberia me dizer?*

Dom Leon: *Kkkkkkkkkkkkkkk... Patrícia, você é um sopro de alegria na vida de uma pessoa. Uma Sissy é um homem que aprecia vestir-se de mulher, inclusive realizando afazeres domésticos, como lavar roupas, fazer comida, limpar a casa do dono, sempre usando roupas ou uniformes femininos.*

A Sissy é um serviçal altamente dedicado à dona e o fato de trajar roupas femininas não quer dizer que seja homossexual, apenas que tem prazer em se vestir dessa forma e, digamos, representar um papel. Mesmo sendo um homem, sente-se bem com roupas femininas, o que não interfere nos demais setores de sua vida. Sobretudo porque muitos não têm a coragem de revelar tal comportamento. Mas existem mais casos do que você pode imaginar. Sem preconceitos, pequena, penso que, apesar de não fazer meu gênero, cada um no seu quadrado.

Rio alto e as crianças e o casal Doriana que se aproximam ficam olhando para mim sem entender. Mas é inevitável imaginar o Carlos todo-poderoso e mandão, de avental, varrendo a casa e eu dando ordens: "Querido, estende toda a roupa e tira o pó da casa, isto está parecendo um chiqueiro!"

Mas minha euforia acaba quando lembro que o Nandão falou em casal Sissy. Será que acha que eu gosto de me vestir de homem e ser o macho da casa? Penso nisso e não rio mais. Na verdade, fico intrigada, já que ele não me conhece e foi brincando desse jeito. Estranho...

Carlos Tavares Júnior...

Os maiores nomes da vela nacional prestigiam o Ilhabela Sailing Week. É um torneio de grande porte, que permite o máximo de visibilidade, tanto de seus competidores quanto dos anunciantes. Não compareci nas primeiras semanas porque estava no exterior, e agora, vendo a organização do evento e o empenho dos departamentos competentes da minha companhia, fico orgulhoso por eles trabalharem nos mínimos detalhes da divulgação e fixação da marca.

As velas no mar são pura poesia. Os velejadores trabalham em equipe em busca do mesmo resultado, filosofia esta que sempre procurei incutir nos funcionários da minha empresa. E hoje, a mais bela vela ofuscou a visão de todas as que estavam no mar, com sua simplicidade e carisma, e só ela teve minha atenção. Quando me mandou a mensagem dizendo que eu estava em seus pensamentos tanto quanto ela está no meu, larguei tudo, de maneira inconsequente. Eu precisava sentir seu cheiro, seu calor, ver seu sorriso desafiador e ouvir sua boca inteligente e espontânea. Durante anos, após o dia em que descobri a mentira que foi a minha vida, passei a detectar, como uma espécie de radar, as pessoas falsas que se aproximavam de mim, e com ela tudo é diferente! Ela transpira sinceridade no olhar, não é superficial e, mesmo se protegendo com unhas e dentes, consegue ser transparente.

Participo da entrega da premiação, cumprimento a todos e distancio-me assim que a boa educação me permite. Parece que ela tem um ímã que atrai meu corpo, que necessita estar colado ao dela.

O Marco e sua esposa são unânimes e contundentes quando ligo para eles, minutos antes de voltar para a Patrícia, ao se manifestarem contra meus planos com relação a ela. O Marco alega que ela é muito patricinha, literalmente falando, para aceitar fazer parte do que planejei, mas, por minha vez, garanto a ele que a levarei em meus ombros, se necessário, para mostrar a ela a Praia do Bonete, a mais linda da ilha. Argumento com ele que ela pode ser teimosa o quanto for, mas, eu sou determinado ao extremo.

Quando soube que eles irão velejar amanhã cedo e atracarão justamente nessa praia, nossos planos se encaixaram perfeitamente. Quero só ver a cara dela quando descobrir que minha maior qualidade é ver a beleza nas coisas mais simples da vida. Só espero que não se oponha a dormir no casebre que consegui alugar, mesmo porque providenciei que uma equipe fosse até lá e arrumasse tudo com antecedência.

Bonete é um pequeno pedaço do céu... Quando vim a Ilhabela pela primeira vez, foi um dos primeiros lugares que conheci e que superou todas as expectativas que tinha à época. Existem apenas duas maneiras de se chegar lá, a pé ou de barco. Claro que escolhi a alternativa da caminhada, na qual levaremos de três a quatro horas para chegar até o casebre, dependendo do preparo físico de minha menina.

Foi até engraçado quando eu e o Nandão passamos rapidamente, de manhã, em uma lojinha do comércio local e escolhemos um biquíni perfeito para o que eu tinha em mente. Na verdade, minha ideia era mantê-la nua o máximo de tempo possível, mas desisti quando ele observou que ela poderia se sentir constrangida. Então, parei na primeira loja que vi, porque ninguém além de mim vai ver minha pequena nua. Ao descer do carro, logo agradeci aos céus por encontrar, ao lado da lojinha de *lingerie*, outra com alguns brinquedinhos interessantes. Com a mochila pronta no carro, o próximo passo é domar a fera e fazê-la embarcar na aventura.

Sentados no restaurante próximo da praia, vejo-a dividindo tarefas com a Bárbara, alimentando a encantadora Isabella, enquanto a mãe se ocupa do pequeno e sábio Gabriel. Se um dia eu tiver um filho, ficarei feliz se for esperto como o menino. Fiquei impressionado ao perceber como conversa olhando nos olhos, de igual para igual, mas com muito respeito.

— Tio Caios — a pequena princesa delata minha presença.

Aproximo-me da mesa, cumprimento todos e olho diretamente para os olhos da mulher mais charmosa do restaurante.

— Almoça com a gente? — pergunta o Marcos.

— Hoje não, Marco! Amanhã, quando levar vocês para conhecerem um lugar bem especial, almoçamos todos juntos.

Volto minha atenção para ela e pergunto:

— Pronta?

— Para?

— Nosso passeio.

— Não me lembro de ter aceitado! — Nada me desconcerta mais do que sua boca desafiadora e provocante.

— Menos mal. Pode não se lembrar de ter aceitado, mas sua resposta indica se lembrar de ter sido convidada para um passeio. Portanto, seja educada e venha comigo. Vamos nos divertir.

Todos riem da audácia da minha resposta. Logo a Bárbara fala.

— Vai conhecer a ilha, amiga! As crianças vão descansar agora. Tanto as pequenas quanto as grandes, né, amor? — Gosto da minha cúmplice.

— Preciso passar em sua casa antes. Quero tomar uma ducha, estou com areia até nos ouvidos... *Tentador*, penso comigo, mas, infelizmente não podemos perder um minuto a mais, tendo em vista que já passa das 14h e ainda temos uma bela caminhada pela frente. Não quero chegar tarde ao local.

— Não precisa, vamos conhecer outra praia, um lugar lindo que, tenho certeza, você irá gostar.

— Estou toda picada, isto sim... Nunca vi tanto borrachudo sugar o sangue de um corpo só.

— Será que terei que duelar com os borrachudos? — pergunto, divertido.

— Seremos dois, Carlos! — O Marcos é um cara social, vamos nos dar bem, com certeza. Ele continua. — Estou aqui, só olhando minha sereia se coçando o tempo todo.

Ela levanta, decidida.

— Está bem, então vamos antes que os espadachins comecem a exterminar a população sugadora da ilha.

Caminhamos juntos, lado a lado, mudos. Prefiro assim, não quero ter de mentir para ela ou até mesmo omitir qualquer coisa a respeito de nossa aventura. Por onde ela passa, todos olham, e ela consegue distribuir sorrisos sem distinção. Essa simpatia toda me tira do eixo. Sinto-me extremamente possessivo e territorial e nem sei explicar o porquê!

Chegando perto do meu carro, pressiono um botão no chaveiro e a capota automática começa a abrir. Ela arregala os olhos e se vira para mim.

— Surpresa?

— Se a intenção era impressionar, não serei hipócrita e dizer que não conseguiu.

— Então, vamos ver o quanto posso impressioná-la hoje. E não falo especificamente de coisas materiais...

No trajeto pela estradinha vicinal, o vento bate em seu cabelo, realçando sua alegria, principalmente quando se levanta no banco com as mãos abertas, saudando o ar que bate no seu corpo. É neste momento que tenho a certeza de que tomei a decisão certa quando quis refugiar-me com ela, por horas, em um local em que ambos pudéssemos nos conhecer melhor, sem interrupções de qualquer natureza. Conversamos sobre a beleza da ilha, o carinho dela para com as crianças, mas nada muito sério, apenas de maneira superficial. Mas percebo que, toda vez que o assunto atinge algum ponto delicado ou muito pessoal, ela desvia a conversa e aborda outro tema. Estaciono o carro próximo à vegetação que dá acesso à trilha. Um guri vem em nossa direção e oferece repelente caseiro.

— Por 15 reais, vocês têm o melhor repelente para enfrentar os maiores borrachudos da trilha, moço.

Conhecedor da eficácia do repelente natural, dou 50 reais ao garoto e peço dois frascos.

— Ele disse trilha? — pergunta ela, baixinho.

— Sim! — respondo, mais baixo ainda.

Patrícia Alencar Rochetty...

Ele pega os frascos do garoto e estende um para mim.

— Vai precisar disto.

— Tem tantos borrachudos assim? — pergunto, já toda empolgada para entrar no matinho com meu garanhão.

— Precaução.

Sedutor, pisca pra mim, abre o frasco e derrama o repelente nas mãos, esfregando-o nos braços. Só de ver as veias que abraçam seus músculos, sinto comichões na barriga. Acompanho o brilho de seu relógio de pulso quando move o braço para esfregar o líquido. Vejo que ele excede e se encharca com o produto e não me contenho, como sempre.

— Não é um exagero? Caminhar em uma pequena trilha não pode dar tempo para tantas picadas assim!

— Uma bela trilha, senhora. Se vão para a praia mais linda da ilha, vocês têm dez quilômetros pela frente.

— Molequinho linguarudo! — solta o Carlos, sem querer.

Embora criada na roça, há muitos anos moro em uma metrópole asfaltada, com construções gigantescas e toda a comodidade da locomoção motorizada. Tudo bem que caminhar em uma pequena trilha é muito prazeroso, ainda mais quando posso ter a sensação de estar perdida no meio do mato com um homem tão gostoso como este. Mas, vamos combinar, dez quilômetros de trilha, cobertos com meus próprios pezinhos, me faz pensar que ele deve estar louco. Não vou mesmo!

— Nem a pau vou caminhar essa distância toda! — afirmo, convicta.

— Senhora, se desistir, vai perder uma visão do paraíso. Uma moça tão linda deveria misturar-se à beleza do lugar e agradecer a Deus por este lindo presente.

— Quanto você pagou para ele? — pergunto, divertida.

— Ainda não negociamos, mas, se você realmente for comigo, o troco é todinho dele. — Dá um tapa na aba do boné do garoto. — Moleque esperto!

— Audacioso — retruco, piscando para ele, tão pequeno que aparenta ter, no máximo, 10 anos. Fico com dó por ele ter de trabalhar debaixo do sol escaldante, sem nem uma pequena sombra para se refugiar.

— Moço!!! — Ouço-o chamar o Carlos. — Por mais 20 reais, posso servir de guia.

— Não será necessário! Eu conheço o caminho do paraíso. — Ele sorri de lado para o garoto que, safado, levanta o polegar, em sinal de positivo. — Estou com uma bússola no meu pulso. — Olho para o braço dele e minhas pernas fraquejam. — Caso desviemos da trilha, o que pode acontecer se aparecer algo emocionante que eu queira mostrar para minha linda companheira de trilha, né, garoto?

Emocionante? A palavra é excitante, Carlos Travador de Pernas! Só de pensar nessa aventura no matinho já sinto a coceirinha do prazer me atingir e a meu amigo Sr. G que, desde que percebeu as amplas possibilidades sexuais do percurso, não deu mais trégua.

Convencida por um pirralho e pela emoção que deve ser andar no meio do mato com o bonitão, vejo-o chegar perto de mim e tirar um par de tênis de uma grande mochila que eu ainda não tinha notado.

— Mais uma coisa de que vai precisar... Calce! *Mandão de uma figa! Calço se eu quiser*, penso comigo, mas me seguro antes de falar. — Há trechos de pedra, vai precisar estar com os pés protegidos. — Abobada, olho para minha rasteirinha e fico pensando: *como ele sabe meu número? Opa, espere aí, este tênis é meu!*

— A que horas pegou meu tênis? — interrogo, intrigada. — Pelo que sei, não saiu do meu lado esta manhã e também não tirei o tênis do carro ontem à noite! E a chave está... — Paro de falar ao perceber que a amiga traidora sabia deste passeio e não me contou! Ela estava com a chave do meu carro e, se ele está com meus tênis, das duas uma: ou ela mesmo pegou nas fugidinhas com o Marco ou deu a chave para ele. Mas, não... Ele não sabia que eu tinha trazido um tênis! Só quem sabe que eu tenho um par no carro é minha amiga bandida, já que treinamos juntas na academia todas as terças e quintas-feiras. — Por acaso estão montando um complô e agindo nas minhas costas?

— Apenas amigos legais contribuindo para um passeio. — Ele ri, zombando de mim.

Calço o tênis, pensativa. O que mais me aguarda? Este homem é tão esperto que, enquanto estou indo com a farinha, ele já vem de volta com o pão e, ainda por cima, já com requeijão na superfície.

A trilha é bem marcada e larga na maioria dos trechos. Meus pensamentos viajam em meio à vegetação. O cheiro de mato e o calor escaldante começam a fazer com que eu sinta um certo mal-estar, não relacionado ao corpo; é uma espécie de agonia, como se eu estivesse sendo transportada a um passado que não vivi!! Respiro fundo e tento fixar a atenção no presente, aliás, como o Dom Leon aconselhou. Fixo o olhar na beleza do meu Tarzan, em meio à vegetação, o que faz aflorar meus sentidos, que esquentam cada vez mais meu corpo! Já não me importa mais onde tudo começou e se, em algum momento, eu vou acordar do sonho que estou vivendo. Embora pareça bem real, a cada vez que ele para e pergunta como estou, se estou cansada, se está tudo bem...

O que estou vivendo com ele tem sido uma experiência fabulosa, e eu vou usufruir intensamente do que a vida está me proporcionando. Sim, vou dançar ao som da música que o destino está orquestrando para esta moça sortuda que eu sou! Vou viver cada minuto pensando somente no hoje, vou seguir os conselhos do querido Leôncio. Mesmo que não seja eterno, como dizia o bom e velho Vinicius de Moraes, que seja infinito enquanto dure! Se bem que, no caso, eu diria, que seja infinito enquanto duro. Rio sozinha e fico aliviada por ele não perceber, eu ficaria sem graça de lhe contar...

Fico muito mais leve ao resolver não abrir mão de estar com alguém que toca meu corpo só com o olhar, que me leva a extremos que eu nem sabia ser capaz de ir.

— Outro atrativo dessa caminhada é poder ver você rebolando pela trilha de maneira tão charmosa. — Ele rompe o silêncio.

Olho para ele e vejo que está parado, com o corpo suado e a camiseta colada em seus músculos. Interrompo a caminhada e fico perdida, louca para sentir seu cheiro, seu sabor. Ele me atrai de um jeito instintivo. Só de me olhar, já detona qualquer barreira que eu tenha construído. Não precisa dizer nada para me excitar, só por existir ele já arma e desarma todos os meus sentidos.

— Eu, Jane, não rebola de propósito, Tarzan — brinco.

Ele ri e entra na brincadeira.

— Eu, Tarzan, doido para Jane ficar pendurada no meu cipó.

A mais inocente brincadeira é capaz de me atiçar e assanhar.

— Jane adora se pendurar em um cipó.

Ele dá um passo em minha direção.

— Jane, você ouviu barulho atrás daquele arbusto? — Tolinho, eu também sei brincar disso e, percebendo sua intenção, pego-o desprevenido.

— Jane com sede, precisa beber e saborear cipó de Tarzan agora. — Seguro seu membro duro, puxando-o, em meio aos arbustos. — Jane precisa tanto disso quanto do ar que respira.

— Ele é todo seu, Jane.

Uma bomba de desejo me atinge, com efeitos avassaladores e incontroláveis. Fico trêmula com tanta excitação e uma espécie de desespero pelo corpo dele me invade, como um viciado que precisa de sua droga para poder ficar bem! Passo a língua em meus lábios secos e olho diretamente para seu pacote duro e evidente. A aproximação de nossos corpos é inevitável e acontece sem que percebamos. Ele me puxa com tanta força que chego a pedir licença à Mãe Natureza pelos galhos quebrados na tentativa de conter o desespero que sentimos um pelo corpo do outro! Ele me segura nos braços de uma maneira até agressiva, quase machucando minhas costas quando me encosta no tronco de uma árvore. Então, olha e fala, arquejando:

— Você é a mais linda provocadora que conheci em toda a minha vida.

E saqueia a minha boca. O desejo pulsa em meu sangue, meus nervos perdem os sentidos e o Sr. G, guloso, manda fisgadas até que eu esteja totalmente entregue a seus braços. Aperto minhas coxas e o microvestido de praia que estou usando sobe um pouco, facilitando o roçar de sua ereção contra a lycra do biquíni que cobre meus lábios vaginais, já muito desejosos.

— Linda menina, ainda temos chão pela frente, então, vou penetrá-la duro, fundo e rápido para que aprenda a nunca mais me provocar tanto. Apenas a natureza será capaz de ouvir e testemunhar cada som de nosso prazer — fala, olhando em meus olhos e abrindo, um por um, cada botão do vestido que uso.

Seu foco em meu corpo ao percorrê-lo com seus olhos e sua boca úmida me deixam perdida, desorientada, porque faz com que eu me lembre de todos os lugares que ele já tocou, lambeu e mordeu e as dezenas de maneiras que me fez explodir de prazer. Minhas segundas intenções em querer surpreendê-lo e dar prazer dissipam-se assim que ele abre o velcro da bermuda e tira o membro duro e pronto. Definitivamente embriagada de desejo, vejo-o puxar do bolso de trás da bermuda um pacotinho e, pela urgência ao rasgar o envelope, tenho a certeza de que vai ser a rapidinha mais excitante da minha vida.

— Abaixe seu biquíni e vire-se para puxar meu cipó para o interior de sua caverna — fala, rouco, enquanto eu, rapidamente, faço o que ele diz. Ele me vira e apoio minhas mãos no tronco. — Apenas sinta, Patrícia, e perceba a perfeição do encaixe, cada pedaço meu dentro de você. — Sinto a descarga de adrenalina quando ele me penetra. — Esta linda imagem ficará na minha memória para sempre — diz, levantando meu vestido até meu dorso, passando os dedos por toda a minha espinha. — Tão linda, perfeita, com curvas redondas... e esta marca de biquíni, que não estava aqui ontem, me deixa louco.

— Hummmmmm. — Solto um suspiro. — No meu tempo, os filmes do Tarzan eram mais inocentes. Geralmente ele se pendurava no cipó em vez de enfiá-lo na Jane.

Olho, ofegante, enquanto falo, e vejo sua camisa suspendida em seu corpo, mostrando seu abdômen e bíceps bem marcados. Suas mãos agora estão em meus quadris, seu olhar poderoso encontra o meu. Ele penetra-me fundo e fala contra meu pescoço:

— No meu filme, o Tarzan adora ter o cipó totalmente enterrado na Jane.

Sua voz deliciosa ecoa e funciona como uma espécie de detonador, porque fico louca para tê-lo inteirinho e pleno dentro de mim. Ele move-se vigorosamente e, a cada estocada, afunda mais, de forma delirante! Grito, quase totalmente fora de mim, e, a fim de lhe dar o mesmo prazer, rebolo para provocá-lo. Assim que faço isso, sinto sua mão bater, com força, em um dos lados de meu bumbum. Embora não possa dizer que tenha gostado nem que não tenha, estou tão excitada que só consigo dar vazão a um pensamento engraçado que me vem à cabeça:

— Mais uma cena inédita do filme, porque, na minha época, o Tarzan defendia a Jane em vez de agredi-la.

— Isto é porque, na sua época, a Jane era obediente, o que não é o caso da minha Jane provocadora.

Meus desejos chegam ao ponto mais alto da montanha-russa em que estão assim que ele fala e intensifica a rotação deliciosa que só ele tem.

Um gemido animal rasga minha garganta, ele agarra minhas mãos e leva-as para trás.

— Isso, pequena, acorda a natureza, mistura o som do seu prazer ao canto dos pássaros. Mostra a todas as fêmeas desta reserva que seu macho leva você à loucura.

Suas palavras tiram de vez o resto de sanidade que ainda vinha mantendo. Pareço flutuar, transformando-me em uma criatura com necessidades selvagens. Neste momento, não me importo nem com a palmada, nem por ter sido chamada de fêmea, como se fosse um animal qualquer. Quero mesmo é gritar o quão delicioso é o prazer que vem chegando e o quanto estou entregue a ele, de corpo, mente e alma.

Sem piedade, ele afunda em mim até o talo e meu canal parece que vai entrar em erupção. Mas, quando ele sente que estou chegando ao orgasmo, desacelera.

Sem raciocinar, eu imploro, imediata e fervorosamente.

— Por favor, Tarzan, não pare!

Ele continua lento, me torturando. Viro-me e o vejo com um sorriso de êxtase nos lábios.

— Diga para mim o que precisa, linda menina.

— Preciso de você, fundo e forte!

Mal termino de falar e ele me preenche, enterrando-se como pedi. Ao mesmo tempo, leva sua mão ao meu clitóris e o aperta com maestria. Meu orgasmo vem bruto, forte e avassalador. Eu grito de alívio e prazer ao chegar ao clímax.

Carlos Tavares Júnior...

Observando as várias placas sinalizadoras que indicam a direção da Praia do Bonete e as cachoeiras, constato que é praticamente impossível errar o caminho ou perder a trilha correta.

Para falar a verdade, só o que se perde aqui é minha cabeça. Essa deliciosa provocadora está dissolvendo meus miolos. Ainda sinto seu cheiro nas minhas entranhas, misturado ao perfume da folhagem. Tento respirar fundo e curtir cada momento seu lado, mas é impossível, porque, sem conseguir fartar-me dela, não consigo tirar sua imagem de costas para mim, com aquele traseiro gostoso empinado, oferecendo-se, com as pernas abertas, recebendo-me e dando-me boas-vindas. Meus testículos doem sem parar com fome dela.

Mal acabei de possuí-la e não consigo pensar em fazer outra coisa, como se ela fosse uma droga viciante da qual preciso cada vez mais para poder sobreviver! Ela é parceira, forte e, quando baixa a guarda, mostra-se uma bela companhia, engraçada, amistosa e sem frescuras. Parece que foi criada junto à natureza, em meio a índios, de tão à vontade que se sente. Nem mesmo os borrachudos a intimidam e, longe de ter medo, aprecia e aponta as aranhas na copa das árvores.

— Veja como a natureza é mágica! As aranhinhas tecem suas teias, usadas como armadilha para capturar os pequenos animais, na maioria insetos, de que se alimentam. É lindo ver como cada espécie de aranha tem um padrão de teia típico, pelo qual se pode muitas vezes classificá-la. Sou fascinada por isso. Adoro assistir o Animal Planet para saber mais a respeito dessas criaturas que vivem nas matas.

— É uma pena o homem estar acabando tão rapidamente com toda a fauna e flora — comento, maravilhado com sua perspicácia em explicar um fato simples.

— Verdade! E o pior é que somos responsáveis, mesmo que inconscientes, tanto quanto qualquer um que desmata ou se apropria indevidamente de reservas. Somos coniventes quando adquirimos produtos que acreditamos serem essenciais para nossa sobrevivência, mas que causam danos ao meio ambiente.

Como posso me concentrar nas suas palavras quando estou sofrendo por querer abraçá-la, beijá-la e dizer que estou encantado não só com seu corpo e sua performance sexual, mas também com sua sabedoria e inteligência? Sua espontaneidade me assombra!

Reflito a respeito de sua mensagem, enviada mais cedo, e de suas atitudes contraditórias. Ao mesmo tempo em que me diz não, ela é receptiva e diz sim. Talvez esteja na hora de ir a fundo e conhecê-la um pouco mais, mesmo que continue a se esquivar. Esta possibilidade vai além do que eu tenho planejado para este momento da minha vida, mas, também, o que mais quero? Minha carreira profissional está consolidada, minha empresa conta com profissionais capacitados, a ponto de me permitir administrar tudo muito bem sem necessitar anular minha vida pessoal nem diminuir a qualidade da minha performance na condução dos meus negócios. Meu lado dominador dá um alerta de que, com relação a ela, tudo se trata muito mais do que um simples querer, porque sinto uma necessidade incontrolável de me dedicar a esta linda menina.

O brilho dos seus olhos e suas atitudes molecas, inclusive aparecendo até mesmo no simples ato de colocar uma flor atrás da orelha, provam-me o quanto esta aventura de dedicação a ela pode ser prazerosa e apaixonante.

Percebo nitidamente que ela tem medo de algo e que, talvez, nenhum homem tenha sido capaz de conquistá-la ou, então, até mesmo possa ter se machucado por algum bastardo. Isto gela meu sangue! Não aceito que uma menina, contraditoriamente tão madura e inocente ao mesmo tempo, possa ter sido magoada.

Incapaz de conter meus sentimentos, aceito-os e percebo que quero mover suas defesas. Então, farei de tudo para reconstruir sua confiança novamente, de maneira a acreditar que pode ser feliz junto a mim.

Ao chegarmos a uma subida íngreme, considerada difícil de transpor, pego em suas mãos para impulsioná-la. Ao que ela, sem nem mesmo perceber, reage agressivamente.

— Você não está achando que esta pequena subida vai me deixar com a língua de fora, está?

— Por que você é tão arredia? Nem ao menos considera que meu gesto é apenas uma demonstração de carinho, a fim de lhe poupar um enorme esforço! — disparo, mesmo sabendo o quanto ela não gosta de se sentir exposta e vulnerável. E, por sua expressão, acho que minhas palavras a deixaram mais sensível do que meu gesto poderia alcançar. Estranhamente, meu coração aperta por ver que ela parece sofrer.

Quando chegamos à travessia do Rio Areado, ela rompe o silêncio.

— Carlos!

— Oi...

— Você é um cara legal e peço desculpas por minha atitude mais cedo. Antes de vir para São Paulo, vivi anos no sul, e a cidade onde eu morava tinha cachoeiras lindas. Por isso estou acostumada com penhascos íngremes.

Sua confissão e pedido de desculpas me deixam feliz. Ela permitiu uma pequena abertura em sua barreira ao expor sua intimidade.

Ótimo, um peso a menos em minhas costas. Agora, resta o da minha mochila, porque parece que eu quis colocar tudo o que fosse possível dentro dela. Deveria ter trazido só o essencial. Esses pequenos brinquedinhos leves fazem um volume danado!

Ouço o som da primeira queda d'água, na qual paramos para nos refrescar. A água é cristalina e renova nossas energias.

— Que delícia! — digo, assim que me refresco. Porém, sei que esta minha reverência não é para o precioso líquido, mas, sim, para a beleza natural e deslumbrante da minha pequena em meio ao cenário maravilhoso.

— Está gelada?

— Sim. Mas, como eu sei que gata tem medo de água, vou protegê-la e, de quebra, esquentá-la com muito prazer.

— Garanhão, nem que você não me esquentasse eu recusaria uma beleza desta. Já esqueceu o que acabei de dizer a respeito de amar quedas d'água?

Há uma ponte na primeira cachoeira que atravessamos. Curtimos a água, brincamos sem problemas, porém, na segunda, atravessamos com água até os joelhos. A terceira ponte é feita de pedras grandes, pelas quais passamos com um pé na frente do outro, tão estreita que é. Neste momento, ela rompe minhas últimas resistências quanto a querer um relacionamento duradouro: estendo a mão e ela aceita minha ajuda para atravessar aquele trecho.

Com o coração pulsando forte e intensamente, reflito que o paraíso para mim é manter esta menina ao meu lado, uma verdadeira aventura e um desafio que não posso permitir-me não vencer. Apesar do pouco tempo com ela, sinto que já se tornou uma parte indispensável do meu ser.

Ao atingirmos o ponto mais alto da nossa subida, temos uma vista geral da Praia do Bonete, de tirar o fôlego.

— Isto é o paraíso! — Ela abre os braços. — Olha, tem um pequeno vilarejo em meio a esta maravilha.

Abraço-a, feliz por ter gostado da surpresa. Não consigo evitar pensar que, apesar de ela ter uma amizade sólida e duradoura com a Bárbara, não lhe revelou esse seu lado, deixando-a pensar que é completamente urbana e dependente dos confortos da vida moderna, sem sequer cogitar uma aventura desta! Ao mesmo tempo em que fico triste por minha menina achar que tem de se resguardar até mesmo das pessoas que ama e confia, fico feliz ao constatar que suas barreiras não servem apenas para mim, mas para qualquer pessoa que queira conhecê-la melhor. Com uma sensação de pesar por ela, digo:

— É uma pequena comunidade de pescadores, com pouco mais de 300 habitantes, e uma das mais antigas da ilha. Eles vivem do turismo e da pesca, mantendo um estilo de vida muito simples. Até recentemente sequer dispunham de energia elétrica. Uma pessoa doou um gerador para eles. Então, em determinadas horas do dia, o equipamento leva água até eles diretamente das cachoeiras. Há algumas pousadas ali, que conheço e gosto muito. Poderemos nos hospedar em alguma delas, qualquer dia. Mas não hoje...

— Não acredito que viemos até aqui e não vamos poder mergulhar na praia! — Ela ainda não se deu ou não quer se dar conta do que eu disse.

— Claro que vamos! Você percebe que já são 18h45? Estamos caminhando há mais de quatro horas!

Ela põe a mão na boca, admirada.

— Não me diga que vamos voltar por essa trilha... à noite!

— Claro que não... Nunca pretendi isso.

— E posso saber o que pretende, já que sou parte fundamental desse plano mirabolante, do qual, tenho certeza, o casal Doriana não só está a par, mas também colaborou para tornar possível?

— Passaremos a noite aqui e, antes que responda se quer ficar, tenho algo a dizer. Quero jogar limpo. *Sou um dominador e estou louco para que você seja minha submissa*, penso comigo, mas ainda é muito cedo para revelar isso. — O Marco e a Bárbara duvidaram que você sobreviveria à trilha. — Rio da confissão mais amena que faço. — Amanhã pela manhã, eles estarão aqui na praia para passarem o dia conosco. A diferença é que eles virão de barco.

Patrícia Alencar Rochetty...

Ele fala como se eu tivesse outra opção... Porque eu não tenho pique para encarar mais dez quilômetros de trilha, mesmo diante do desejo avassalador de abraçar novamente um tronco de árvore, para que ele abrigue seu cipó em minha caverna. A partir deste dia, Nossa Senhora das Lembranças que me proteja e não me faça parecer uma cadelinha no cio no meio da rua, impeça-me de encostar nos troncos das árvores da cidade, delirando ao me lembrar de nossa transa rápida, porém, malditamente gostosa. Imagine só se faço isso no meio de uma avenida qualquer de São Paulo: serei recolhida imediatamente para um hospício!

E não volto sozinha nem que a vaca tussa! Não que eu tenha medo do bicho-papão, porque este, com certeza, estará aqui, chupando o dedo com a minha partida... nem do saci, porque se vier com gracinha, passo uma rasteira tão rápida nele que não sobrará nem cachimbo para contar história... A verdade é que andar em uma trilha escura sozinha não é atraente nem para a mais corajosa das mulheres. Acho que nem para muitos marmanjos...

E, no fundo, ficar com ele, perdida no meio do nada, vai ser uma hecatombe para minha "perseguida" assanhada! E, vamos combinar, esta opção não é nada ruim...

— Tenho opção? — Faço charme.

Ele apenas levanta os ombros.

— Sempre há uma opção, mas eu me sentiria honrado e feliz se você escolhesse ficar comigo.

— Você sabe que joga sujo e me deixa sempre em desvantagem, né?

Imagina se vou admitir tão facilmente o quanto me afetou com suas palavras e que estou louca para passar as próximas horas sempre prontinha para recebê-lo. Vai ter que suar a camisa, garanhão! Mas não vou ficar questionando minha atitude, tenho que tentar manter minha pose de durona, não posso capitular só porque esse sedutor cada vez mais está detonando minhas defesas.

— Não sabia que proporcionar uma experiência boa a uma linda menina era considerado um jogo sujo. Você tem péssima imagem de mim, pequena! — Ele aperta os braços em volta da minha cintura, depositando um beijo casto no meu cabelo, com um carinho que enterneceria até a velha e boa durona D. Agnello.

Ver o pôr do sol do alto do morro que dá acesso à praia abraçada a ele é a sensação mais romântica que já me permiti em toda a minha vida! Sinto-me vivendo um daqueles segundos de eternidade, que ficará para sempre em meu coração, o qual está assustado com tudo isso. Já está acostumado com a superficialidade segura dos meus afetos passageiros.

De repente, cai minha ficha de que ele planejou algo para me surpreender e agradar. Não consigo entender o porquê de tudo isto, mas quem sou eu para reclamar, não é mesmo? Se o ícone da gostosura quer me presentear com algo bom, que venham todas as surpresas. A paisagem, que parece ser pintada em uma tela, deslumbra meus olhos, que contemplam no horizonte a imensidão do mar, onde há barcos dispersos. O encontro das águas do rio com o mar me faz pensar que este momento é bem assim: o rio representando minha razão, e o mar, minha emoção... Um momento ímpar e emocionante para mim. O cheiro e a umidade do ar depositam faíscas granuladas de sal em minha pele, já banhada pela mistura da maresia com o aconchego do seu toque carinhoso no meu corpo. Os raios do sol vespertino dão-me a certeza, ao olhar para muito além dele, de que todo o meu passado vem desafiar meu presente, fazendo minha alma clarear enquanto o dia escurece.

Sensível às minhas incertezas, vira-me de frente para ele e olha no fundo dos meus olhos. Perco a noção do tempo ao fitar sua íris.

— Quantas vezes você passou na fila que atribui a beleza a um ser humano? — Tento descontrair, buscando não revelar o quanto estou afetada por ele.

— Aposto que bem menos do que você, pequena provocadora! — Ele toca minha pinta e desce o dedo pela minha face. Vai me beijar, sinto seus lábios próximos aos meus. — Linda, nas próximas horas seremos apenas nós dois! Confie em mim, vou mostrar a beleza do desejo deslizando por todo seu corpo.

Por que ele não torna as coisas mais fáceis? Tem que me beijar assim, depois de falar baixo e ofegante, fazendo meus hormônios tontos circularem por todo o meu corpo, em zigue-zague?

Ainda com as pernas bambas e um pouco desorientada, apenas me deixo levar pela descida do morro que dá acesso à linda Praia do Bonete.

Ele fala, empolgado. Percebo sua felicidade por estar aqui e, mais ainda — *nada pretensiosa*, eu penso —, por ser ao meu lado.

— Amo este lugar! Além de ser uma praia isolada, já foi esconderijo de piratas famosos, que frequentavam a ilha séculos atrás. Hoje serve de morada para algumas famílias caiçaras. Tudo é muito simples, mas, para mim, é o paraíso. E, como já disse, apesar de existirem pousadas deliciosas, nós ficaremos em um cantinho só nosso. Acho que vai gostar, Patrícia.

— Bem, até mesmo eu tenho que ser honesta e dizer que já estou amando!!!

— Está com fome ou podemos dar um mergulho, antes de seguirmos nosso destino? — Bonitão, nem sei mais qual tipo de fome estou sentindo, pois cada minuto ao seu lado me deixa mais faminta...

— Acho que um pouquinho...

— Conheço um...

Não o espero terminar de falar; arranco os tênis e, trapaceando, divirto-me com toda a situação ao gritar para ele, já correndo.

— Quem chegar por último no mar, paga o jantar.

Corro ao encontro do mar, olhando para trás, divertida ao ver sua cara espantada, enquanto vou arrancando meu vestido, em uma fuga bem das safadas... Claro que dando minhas sempre nada discretas gargalhadas.

A orla não é grande, mas as ondas são imensas! Vejo vários surfistas no mar. A água cristalina refresca o calor do meu corpo e, quando mergulho, sinto a delícia da liberdade momentânea, até que sou surpreendida pelo mais lindo tubarão tentando me abocanhar.

— Você é uma bela de uma trapaceira! Sua sorte é que o mar não está muito revolto, porque aqui as ondas costumam ser enormes. É por isso que há tantos surfistas. Você tem que ser mais cuidadosa, minha pequena espevitada.

— Aprendo rápido, garanhão! — Ele me segura, divertido, enquanto a água salgada escorre pelo seu corpo. — Só o que fez, até agora, foi trapacear. Pensa que não percebi, é? Além disso, vi que as ondas não estavam altas. Não sou tão destemida a ponto de ser inconsequente!

— Vamos ver esta noite o que essa pequena trapaça vai causar a você. Estou pensando em puni-la de uma forma muito má.

— Vai me punir? De que forma tão má? — Fico excitada em segundos.

— O suficiente para que você implore que eu a deixe gozar. *Boca suja gostosa*, penso comigo, sentindo as palpitações do Sr. G, que parece aplaudir cada palavra proferida por ele.

— Vamos fazer uma aposta? — proponho, entre uma onda e outra que quebram sobre nós.

— Hum! Uma aposta sem trapaças?

— Isto! — Sacudo a cabeça, sapeca com os pensamentos que tenho.

— O que vamos apostar?

— O primeiro que passar a arrebentação estará no controle dos nossos orgasmos esta noite.

— Fechado. — Ele mergulha, dizendo alto. — Esta você já perdeu, menina desafiadora.

Quase morro de tanto gargalhar. Quem foi que disse que eu quero ganhar? Adoro quando os homens acham que eles estão no controle.

Vou atrás dele, lenta e despretensiosamente, sem interesse nenhum em ganhar. A cada braçada, mergulho nas ondas, orgulhosa de como estou me saindo na competição, que irei ganhar de qualquer jeito. Só que, no caso, o prêmio é uma taça recheada de muitos orgasmos deliciosos.

Quando passo a arrebentação, um surfista aparece a meu lado diz, em alto e bom som:

— Perdida no mar, sereia?

Quase respondo instintivamente que sereia é a minha amiga Babby. Aliás, vamos combinar, só ela para gostar desse apelido... Antes de falar qualquer coisa, sou impedida por uma voz forte e dura.

— Amigão, vai pegar sua onda, porque esta bela menina aqui já tem prancha em que se apoiar. Divirta-se!

Ele mergulha até chegar a mim, que dou gritinhos de alegria.

— Cadê? — Empalmo seu membro. — Nossa, isto não é uma prancha, é um *longboard*!

— Um *longboard* que vai fundo, esta noite, quando deslizar nas profundezas de sua estreita gruta subterrânea... — Ele solta uma risada suave e descontraída. Sua expressão arrebatadora me leva a nocaute.

— Promessas? — Encaro-o, atrevida.

— Desejos! — responde ele.

Como dois ímãs que se atraem, nossos lábios se aproximam, criando uma espécie de campo magnético natural, com direito a mãozinha daqui, beijinho dali e quase uma transa na água deliciosa... Nem sei como conseguimos nos segurar!

Voltamos para a orla e recolho meu vestido e os tênis, enquanto ele apanha a camiseta e a mochila. O mais engraçado é constatar que ele foi rápido o suficiente para juntar tudo antes de me alcançar na água! De jeito nenhum vou ganhar dele no quesito preparo físico.

— Já se imaginou no Éden, Patrícia? Longe de tudo e todos, longe das reuniões de planejamento estratégico, do rodízio de carros, da academia, da loucura do dia a dia?

Ele faz a pergunta assim que começamos a caminhar pelo simples e charmoso vilarejo. Tudo nele exala sensualidade! Não consigo desviar o olhar de suas pernas, observando cada passo que dá. Sinto um ardor na pele, o coração disparar e o Sr. G comemorar o fato de que, em poucos minutos, ele e o garanhão vão se encontrar novamente. O provocador irresistível consegue me deixar mais molhada ainda com essas mensagens subliminares do Éden, fazendo com eu que já me imagine pelada ao seu lado, com ele igualmente nu.

— Não me diga que teremos que andar apenas com uma folha escondendo as genitálias? — Sorrimos juntos. — É lindo aqui! — exclamo.

— É tão bom estar em um lugar como este, onde não se vê a imponência dos arranha-céus, nem as cinematográficas casas de veraneio. — Fico encantada em perceber como ele lida bem com a humildade das casas simples por quais passamos. — Aqui, a energia vem de geradores e todos os habitantes conhecem uns aos outros. Estes pequenos detalhes mostram o quanto nossa qualidade de vida é ruim.

Conforme o conheço, tenho mais a certeza de que ele não é o playboy metido que sempre pensei que fosse. Muito pelo contrário, é um homem sensível e um ser humano humilde. Uma vez mais, minha razão grita para eu correr enquanto é tempo, mas o grito é sufocado pela emoção traidora: solto um suspiro de admiração, misturado com um desejo insano de continuar a ouvir a voz desse conquistador.

— Cansada, pequena?

Ele pega minha mão, a fim de me auxiliar a subir a rampa. Um leve brilho de suor cobre sua testa morena.

— Você é um *gentleman*! — Agradeço a gentileza.

Ele aproxima mais o corpo do meu, perto o suficiente para olhar fixamente em meus olhos. É o homem mais lindo que já conheci!

Ele segura um pequeno mapa toscamente rascunhado. Assim, paramos em frente a uma casinha branca, de janelas e portas azuis, iguais aos pilares de madeira, pintados na mesma cor. Há uma varanda cheia de vasos e plantas.

— Chegamos! — Ele põe a mão dentro de um vaso de samambaia pendurado ao lado da porta e pega a chave da casa. Pequenos flashes de angústia vêm à minha mente! Ouço um choro, um grito e um frio na espinha me paralisa. — A casa é simples, mas, daqui, temos uma vista linda! E tudo é muito organizado e limpo. Se o lugar não a agradar, podemos procurar um quarto em alguma pousada.

— Está tudo bem! — falo, devagar, com os olhos esbugalhados, sem saber controlar minha reação e entender o que se passa comigo! A casa é muito charmosa, claro que vai me agradar. Acho que é a fome chegando. E sei que posso ser uma péssima companhia quando estou com fome.

Ele abre a porta e faz um gesto, convidando-me para entrar, parecendo perceber que algo estranho está acontecendo. Trinco meus dentes, em um sinal de recusa a me permitir lembrar do que quer que seja do passado, o qual não vou deixar que venha à tona após ter ficado esquecido e enterrado durante tantos anos. Minhas pernas fraquejam a cada passo que dou, como se eu estivesse caminhando para o sacrifício. Não entendo, pois tudo é muito simples e colorido, totalmente diferente da lembrança de uma outra casa em que tudo é branco e que sempre aparece em minha mente.

— Patrícia! — chama meu nome, firme e forte, olhando-me fixamente, com uma expressão preocupada. — Não precisamos ficar aqui, minha pequena. — Sério, aproxima-se tanto que chego a sentir seu joelho quente tocar a minha perna. — Essa sua expressão apavorada, a palidez que tomou conta de seu rosto e esses seus maravilhosos olhos tão arregalados estão me assustando, você parece estar sofrendo por algo. Fale comigo, minha menininha. Prometo fazer tudo o que estiver ao meu alcance para espantar seus medos.

Sua voz macia e carinhosa, o afago que faz em meu rosto e sua comovente preocupação fazem com que eu consiga sair do transe involuntário a que me entreguei e acariciam meu coração amedrontado. Olho perdida para ele e falo:

— Adorei a casa, fique tranquilo! Sinceramente, não poderia falar a respeito de algo que nem eu sei o que é! Não entendo o que me causou esta reação, mas não deve ser o lugar. Talvez apenas a fome que estou sentindo tenha confundido minhas ideias.

Tento convencê-lo tanto quanto a mim mesma, porque não quero qualquer outra resposta para esta sensação horrível, nem vou permitir que absolutamente nada atrapalhe o que quero viver com ele agora.

— Pensei que, por ser uma casa simples, poderíamos conhecer mais um ao outro, falar coisas banais, fazer orgias a dois... — Ele ri, o dedo no meu queixo erguendo minha cabeça de modo a encontrar meu olhar. — Aqui, Patrícia, não há a ostentação de restaurantes chiques, então, prepare-se, porque será minha serva e terá que fritar um ovo, sem quebrar a gema... — Caímos na risada juntos. Ele se lembra de quando contei que simplesmente nunca consegui fritar um ovo sem espatifá-lo todo. Como ele consegue, de firme e forte, tornar-se doce e brincalhão em segundos?

— Ovo, é? Você está brincando comigo, eu adoro ovo, principalmente quando servido com uma linguiça no meio de dois deles...

— Então, teremos ovos no jantar, ovos a noite toda e ovos no café da manhã! Sinta como já estão prontinhos para lhe serem servidos. — Ele me aperta em seus braços.

— Posso fazer ovos mexidos deliciosos — falo, divertida. — Sei de uma receita antiga cujo preparo é bastante minucioso, pois envolve não só o uso das mãos, mas também da boca e da língua, que fornecem a irrigação adequada ao preparo.

— Para falar a verdade, minha linda, descobri essa sua especialidade culinária desde a primeira vez em que a vi. Ele solta meu queixo, desliza as mãos pelo meu corpo e, relutante, solta-me e afasta-se. — Vá tomar um banho, enquanto preparo o jantar. Depois, se quiser falar a respeito do que está causando esta ruguinha que estou vendo aqui na sua testa, estarei pronto, além de me sentir lisonjeado com a confiança depositada.

— Além de lindo, ainda sabe cozinhar? Pena que é um ogro para elogiar uma mulher! Além de me chamar de velha ao dizer que tenho rugas, chamou-me de fedida ao me mandar tomar banho! — brinco, fingindo estar ofendida. Como é que ele sabe que algo me incomodou? Ele dá um beijo casto em meus lábios e, de novo, se afasta.

— Vamos ver o que vai falar depois da omelete que farei para você. Meus dotes culinários podem ser capazes de hipnotizar uma menina. — Sua expressão é zombeteira e seus olhos sensuais seguem meus movimentos, com fome, quando me dirijo ao banheiro. Estou completamente per-di-da...

Capítulo 20

Carlos Tavares Júnior...

Eu poderia banhá-la, fazer tudo de mais perverso que desejo, mas — com ela, sempre tem um "mas" — prefiro respeitar seu tempo. Não sei o que aconteceu quando chegamos aqui! Ela parecia animada e encantada com a vila dos pescadores e, quando paramos na frente da casa, sua fisionomia mudou. Tive vontade de dar meia-volta e procurar a mais bela suíte de todo o continente. Em princípio, pensei que tivesse se sentido ofendida por eu não a levar a um lugar à sua altura ou até mesmo achado a casa muito simples, porém, seus olhos escureceram e ela mergulhou em um mundo particular. Como se simplesmente se refugiasse em um local que nem mesmo ela podia identificar.

Eu poderia ter dito para irmos embora, mas como posso tentar conhecer uma pessoa se a cada sinal de contrariedade dela eu faço de tudo para que as coisas não a aborreçam, em vez de ajudá-la a enfrentar o que a perturba? Se ela tem algum trauma, cabe a mim tentar fazê-la se abrir e permitir que eu a ajude. Sei que isto pode demorar dias, meses ou até mesmo anos, mas não me importo. Quero cuidar dela. Essa menina desperta em mim um lado protetor que eu nem mesmo sabia existir.

Depois do fatídico acidente, eu passei a ter mais consciência quanto ao bem-estar das pessoas; antes, nem pensava nisso. Não que fosse egoísta, mas não havia sido educado para pensar nos outros. Só me interessava aproveitar a vida e me preparar para assumir uma posição na empresa da família. Então, passei a ser mais responsável e preocupado com todos os meus funcionários e amigos. Entretanto, no que diz respeito à minha família, a situação foi diferente. Aqueles que conheci como sendo meus avós já tinham falecido, tios nunca tive porque meus pais eram filhos únicos e, quanto à minha mãe, é um caso à parte, uma vez que deixamos de ser próximos no dia em que ela mostrou que a pose materna que ostentava era apenas um faz de conta perante a sociedade, nos moldes do que era aceitável para os padrões de seu círculo social. Ela sempre teve suas prioridades... E amor mesmo, esse sentimento que todos dizem ser maravilhoso, creio que ela só sentiu por si própria e por meu pai. A única constante em termos afetivos que tive durante a vida toda foi minha babá, que hoje é a governanta da minha fazenda.

Com minha quimera, tudo é diferente. Ela é, simultaneamente, agressiva como uma leoa e manhosa como uma gatinha dengosa, pedindo colo. Parece viver em um conflito interno. Conheço-a tão pouco, mas a sensação é a de que já faz muito tempo. Sinto uma necessidade compulsiva de levá-la a uma entrega muito além das barreiras e bloqueios comuns, na mesma intensidade que eu mesmo preciso me entregar.

Deixei de viver relacionamentos D/s por acreditar que minhas limitações não permitiam mais uma relação dessa natureza como realmente tem que ser. Apesar disso, com essa minha menina sinto que preciso doar-me, entregar-me, fazer com que tenha confiança em mim e mostrar a ela que vale a pena dedicar-se a mim. Tudo é muito precoce e não sou de fazer comparações entre as incontáveis mulheres que já conheci, nem entre aquelas cujo relacionamento durou mais, porém, reconheço um sentimento novo, um querer mais. Não tenho vontade e nem vou chegar impondo meu desejo de conduzi-la, pois sei que ela não está preparada para transpor seus limites e, neste caso, o melhor é fazermos isso juntos. Como dizia um grande mentor que tive: "Um rei é preparado por seu servo, como parceiros, de forma justa, coerente e com visões conjuntas".

Olho para o lanche que estou preparando para nós e, por um breve momento, desisto de analisar meus impulsos sentimentais.

Fausto, um dos meus funcionários que veio trabalhar no apoio ao evento, fez o favor de contratar duas moradoras da vila para ajudar na arrumação da casa. Tudo foi providenciado a toque de caixa, porque, na verdade, eu tinha outros planos para ela neste fim de semana. Mas a mensagem que ela enviou ao Dom Leon dizendo que iria fugir de mim novamente fez com que, no afã de mantê-la junto a mim, eu me lembrasse de Bonete, um lugar lindo onde eu poderia tê-la em meus braços sem medo de que ela fugisse. Ilhabela é um de meus lugares preferidos, portanto, o que escolhi como refúgio. Para chegar até aqui já percorri diversas trilhas, já vim de barco e, embora não possa dizer que conheço este pedacinho do Éden como a palma da minha mão, por ser curioso e apreciador de novas descobertas, encontrei muitos cantinhos charmosos. E, definitivamente, toda a simplicidade desta casa conquistou-me desde a primeira vez em que me hospedei aqui em Bonete.

— Carlos!!! — grita ela.

— Ficou presa novamente no banheiro, bela menina?

— Quase.

Paro diante da porta aberta do banheiro e fico de boca aberta com a visão dos céus: ela está nua.

— Uau!!! Que bela recepção!

— Devo dizer que você já foi anfitrião melhor! Ei, pode fechar a boca! Já me viu nua antes, então, pare de me olhar como se estivesse vendo um fantasma.

— Uma fantasminha não muito camarada — brinco. — Não gosta de me ver admirando seu corpo gostoso?

Adoro ver o quanto apenas uma frase a deixa vulnerável, em contraste com seu ar desafiante.

— Para falar a verdade, prefiro que você me toque em vez de só ficar olhando, mas, considerando que apenas tomei um banho tcheco, acho melhor nem chegar perto.

— O que aconteceu? Não tem água?

— Água tem, o que não tem é sabonete! Um sequestro tem de ser executado direito, bonitão!

Lembro que o Fausto disse ter deixado os produtos de higiene em uma sacolinha atrás da porta do banheiro, no qual há apenas um lavabo, um chuveiro e uma pia. Resolvo brincar com ela e fazê-la engolir a língua grande que tem.

— Quer dizer que você está salgadinha? Sempre gostei de combinações de salgado e doce. — Fecho a porta, sério. Vejo a sacola lacrada no canto da parede. Desabotoo a bermuda e desço o zíper.

Sua respiração acelera, o que percebo pelo movimento de seu peito, que desce e sobe.

— Acho que sou um bom anfitrião, tanto que ali — aponto para a sacola — há vários produtos de higiene. Porém, como foi uma menina muito mal-educada, me acusando antes de perguntar, terá de ser punida.

Sua face fica vermelha. Ela cruza os braços por cima dos seios.

— Obrigada por me informar. Agora, pode deixar que sou grandinha o suficiente para me lavar. Se você entrar neste chuveiro, sabe o que vai acontecer e isso vai me matar de inanição, porque estou faminta.

243

— Descruze os braços, linda menina! — repreendo-a. — Não precisa esconder que a fome do seu corpo é maior que seu apetite. Os bicos dos seus seios arrepiados contam uma história de desejos. Aposto que está úmida e salgada o suficiente para eu chupá-la e descobrir o melhor sabor que já provei.

Vejo seus dedos moverem-se nervosamente; meu pênis engrossa e pulsa dentro da roupa que o cobre. Pego a sacola e caminho até ela, com desejo latente. Passo meus dedos por seus seios.

— Tão malditamente deliciosos. — Ela fecha os olhos e suspira. Aproveito a entrega e desço os dedos por sua barriga lisa, chegando ao seu núcleo molhado. Afundo meu dedo, que desliza livremente, tão úmida que está.

— Hum!!! Garanhão... — Seu gemido me torna sedento, mas, desta vez, não vou ceder ao feitiço do seu canto! Tiro o dedo de dentro dela e o levo à boca.

— Saborosa como imaginava. O lanche está pronto, menina da pinta charmosa! Tome seu banho... Vou esperá-la na cozinha.

Saio do banheiro mais que depressa. Acho que dei o maior fora de todos os tempos! Espero que ela não associe o que falei de sua pinta com a maneira como o Dom Leon a chama.

— Volte aqui, libertino de uma figa!!! — Ouço-a reclamar, com voz baixa.

Recuo um passo.

— A paciência é uma virtude, pequena! A propósito, sei o quanto está excitada, mas, como me disse que a fome pode deixá-la muito mal-humorada, vou atender primeiro a esse seu apetite. O outro só será saciado sob uma condição... — Encaro-a, sério. — Não toque no seu corpo enquanto toma banho, também fico mal-humorado quando sei que os prazeres que me pertencem são saciados de outra maneira.

Meu sorriso de satisfação ecoa pelo estreito corredor quando a ouço me xingar de atrevido e pretensioso.

Ela sai do banho enrolada na toalha, reclamando aos quatro cantos que não levei suas roupas de propósito. Mal sabe ela que trouxe, sim, um minúsculo biquíni, o qual ela só vai usar amanhã.

Entro no banheiro e vejo que pendurou seu biquíni no varão da cortina do boxe e deixou o vestido pendurado atrás da porta.

Então é assim? Saiu de toalha só para me provocar? Ela é um pequeno diamante, e nunca antes lapidar uma pedra preciosa foi tão motivador.

Tomo um banho rápido, pois cada minuto longe do seu corpo é tempo perdido, que não quero nem vou me dar ao luxo de desperdiçar.

Abro a porta do banheiro, enrolo uma toalha na cintura e a encontro sentada, tentando conseguir algum sinal, nem que seja de fumaça, de celular. Agradeço a Deus por estar reclusa aqui, tendo somente a mim.

Penso em várias coisas, inclusive em meus problemas, a fim de parecer o menos ansioso possível, porque, com ela, meu autocontrole nunca foi muito eficiente.

— Pronta para jantar ou prefere ir direto para a sobremesa? — Estendo a mão, parado no batente da porta da sala.

Ela dá uma gargalhada.

— Isto é um encontro, bonitão? Pelo cheiro que estou sentindo, acho que cumpriu a promessa de uma deliciosa omelete, porém, se acha que pode ir direto à sobremesa com a fome que estou, posso querer fatiar certa linguiça para comer.

— Espero que este seja um encontro muito bom. Quanto à linguiça fatiada, pode vir acompanhada de uma receita nova de sobremesa.

Ela se levanta, arrumando a toalha frouxa que encobre seu corpo, mas, quando chega perto de mim, eu a solto ao mesmo tempo em que a minha.

— Não teremos barreiras nos separando esta noite. Estaremos de cara limpa, de braços abertos e sendo apenas nós dois. Será tudo sobre nós.

— Eu imaginei, quando falou do Éden, que fosse apenas para mostrar que estaríamos no Paraíso! Mas, garanhão, se for para ficarmos nus como a Adão e Eva, lembre-se de que até mesmo eles usavam folhas em suas genitálias.

— Menina petulante, se quer fazer um paralelo com a história de Adão e Eva, deixo claro que só nos será adequada no que se refere ao pecado, o qual cometeremos esta noite. Mas, agora, vamos, preciso alimentá-la... Iniciemos pelo pecado da gula.

Levo-a a meu lado pelo pequeno corredor até a cozinha, tendo meus braços apoiados em seus ombros. Seus pés descalços expõem as unhas pintadas, que realçam o contraste com a pele azeitonada.

— Você está linda! — elogio, para dispersar o evidente constrangimento que percebo em seus olhos baixos ao caminhar a meu lado.

— Que bom que gostou do meu vestido transparente. Foi confeccionado pelas mãos da natureza. Você também não está nada mal, só que, da próxima vez, diga ao seu estilista para aumentar o número de seu manequim. Imagino que, quando ele tirou suas medidas, sua ereção não estava evidente. Duvido que ele deixaria seu membro escapar da calça transparente de maneira tão vigorosa.

— Obrigado. — Rio, divertido. — Vou substituir meu alfaiate por uma estilista gostosa como você, da próxima vez em que for tirar minhas medidas. — Seria perfeito se ela fosse minha eterna estilista.

Uma toalha branca cobre a mesa onde dispus os talheres simples que encontrei nas gavetas do armário antigo, ao lado dos pratos com os cantos lascados e dos copos americanos. No centro dela, improvisei um candelabro descolado, feito com a long neck que tomei enquanto fazia nosso jantar e uma vela visivelmente já muito gasta.

— Que incrível! Você arrumou tudo! — diz ela, sentando-se na cadeira, sem esnobar a simplicidade do que improvisei.

Nosso jantar é adorável. Ela diz, brincando, que a levei do luxo ao lixo, por causa do contraste entre as duas casas em que a acolhi, da diferença das refeições e até dos banheiros. Claro que ela falou do jeito divertido e irreverente característicos do modo Patrícia Alencar Rochetty de ser.

— Aqui só tem cerveja? Você tem intenções de me embebedar, garanhão? Porque esta é a terceira vez que você enche meu copo com essa tal de Germânica.

— Uma boa bebida, não acha? Conheço o dono da empresa e sei que ele prima muito pela qualidade do produto.

— Controlador este seu conhecido, não?

— Muito...

— Vai me contar, afinal, como consegue tudo tão rápido? Não sou boba e nem acredito em gênio da lâmpada. Se tudo o que planejou para este fim de semana era para acontecer com outra pessoa, eu só vou dizer que ela é a sortuda mais azarada de que já ouvi falar, sem me sentir a segunda opção. Mas, se disser que foi tudo planejado para me receber, o mínimo que vou dizer é que não acredito. Portanto, se não quer mesmo nenhuma barreira entre nós, precisamos de sinceridade aqui.

Dom Leon é um canalha, penso comigo. Ajuda e atrapalha ao mesmo tempo. Como vou sair desta agora sem parecer um bastardo por omitir o detalhe de como planejei tudo?

— Para conseguir tudo isto, precisei parar a produção de uma empresa inteira e pôr todos os funcionários trabalhando, no intuito de você aceitar ficar um pouquinho a meu lado. Tive ainda que invadir o sistema operacional da Nasa! — Sorrio, debochado. — E o pior, até mesmo vendi um rim no mercado negro, fazendo um médico sair de dentro do centro cirúrgico para extraí-lo...

— Ok, então, me conta a história da carochinha! — diz ela, rindo. — Se um dia sua empresa começar a ir mal, pode virar um contador de histórias.

— Não acredita que vendi um rim? Pois deveria... Foi mais fácil conseguir tudo isto do que descobrir seu nome completo, há dois anos. Você não imagina a quantidade de pauzinhos que eu precisei mexer só para conseguir os nove números que separavam o meu alô de sua voz. E o que recebi? Uma linda menina que fugiu todas as vezes em que a procurei! No dia em que descobri seu endereço, criei mil expectativas de um encontro e fui todo cheirosinho visitá-la... — brinco com a situação. — Tudo bem que não me recebeu, mas adorei o show que assisti! — Mordo o lábio. — Mas, como sempre, foi frustrante, porque não me permitiu chegar perto de você... — Mudo o foco da conversa.

Ela não responde. Da mesma forma como nos sentimos à vontade em falar do presente, existe uma barreira em falar do passado e do futuro. Ela não pergunta nada sobre quem sou, o que gosto e nem mesmo sobre minha vida. Em todas as nossas conversas, fica bem claro que, para ela, somente o presente importa.

— Você sempre morou em São Paulo? — faço uma pergunta banal.

— Imagina, fui criada em Ajuricaba, lá onde o mundo acaba! — Esta resposta é a única, no meio de tantas outras que ela não evita responder, mudando de assunto.

— Deve ser um lugar encantador, porque, mesmo onde o mundo acaba, nasceu a mais linda flor que conheci. Com alguns espinhos, é claro... — acrescento, enquanto mordo um pedaço da omelete.

— Você sempre é romântico e direto ou só hoje para fazer bonitinho?

— O romantismo a incomoda? Já conheci mulheres que, na hora do sexo, têm medo de se sujar! Nunca devem ter ouvido o slogan do comercial de Omo: "Se sujar faz bem"! Conheci outras que detestam desmanchar o penteado ou até mesmo molhar o cabelo para não estragar a chapinha, mas, que não gostam de ser elogiadas, é a primeira vez.

— O romantismo não me incomoda nem um pouco. Para mim, principalmente quando há sentimentos envolvidos, é lindo de se ver! Mas não é nosso caso. Então, não precisa me elogiar tanto.

— O que faço com essa língua afiada?

— Poderia sugerir várias alternativas.

— Diga uma delas! Vou adorar saber o que essa língua lisa e macia é capaz de fazer.

— Tudo tem um caráter erótico para você, né, garanhão?

— Resposta errada. Estou aqui, duro, só de imaginar o que você vai dizer.

Ela fica linda quando é pega de surpresa. Uma onda de luxúria envolve nossos olhares.

Não sei exatamente como agir com ela. Por ora, só desejo mostrar um pouco do que sou e tudo o que me faz bem. Mostrar um pouco o lado D/s, mas sem assustar. Pensando nisso, amarrei faixas de seda na cabeceira da cama, para atar seus pulsos, mas não da forma convencional.

— Satisfeita? — pergunto assim que terminamos de comer.

— Satisfeitíssima.

Levanto-me e começo a tirar as coisas da mesa. Ela me acompanha e juntos organizamos tudo. De vez em quando, esbarramos um no outro de propósito. As mãos encontram-se algumas vezes, quando, então, faço questão de mostrar a ela o quanto me afeta em todas as vezes em que encara a minha ereção evidente. Não consigo mais conter meus instintos, despertados por sua proximidade, e puxo-a para meus braços.

— Quero que você confie em mim hoje, deixando suas reservas um pouco de lado e sendo minha por esta noite.

— Sua?

— Sim, Patrícia! Minha... somente minha.

— Fale mais com essa voz rouca sedutora, está quase me convencendo.

Aperto-a mais junto ao meu corpo, beijo sua testa e disparo:

— Adoro seu cheiro. — Beijo na face. — Adoro seu sabor... Tem certeza de que ainda não está convencida?

— Tenho, principalmente porque, em função desse seu pedido, lembro--me de que uma grande amiga costumava me dizer que eu jamais deveria ser de alguém, nem mesmo por apenas uma noite.

Acho graça por sua voz sussurrada contradizer suas palavras.

Mordo o lóbulo da sua orelha, falando baixinho:

— E é isso que você quer agora? Que sua amiga tenha razão e comande os desejos do seu corpo?

Nossos olhos se encontram! Percebo-a sem fôlego e levo minha boca até a dela, envolvendo sua nuca com a minha mão. Minha língua dança no seu lábio inferior.

— Não. Só no que consigo pensar agora é em me entregar completa--mente e ser sua por apenas esta noite, sem que haja amanhã. — Mais uma vez ela insiste em posicionar nosso relacionamento somente no presente.

— Prometo que será tudo para você. Sinta o quanto a desejo. — Esfrego minha ereção nua e latejante em sua pelve. — Venha, linda menina!

Antes mesmo de entrarmos no quarto, sinto vontade de prender seus lindos pulsos na cama, mas sei que ela não permitiria... Ao menos, não ainda.

Então, beijo-a sofregamente até chegarmos ao quarto. Nossas línguas dançam na mesma sintonia. Nossas peles se unem e o desejo latente queima todo o sangue que atravessa minhas veias. De costas para a cama, deslizo minhas mãos pelo seu corpo, aproximando meu peito até tocar seus seios. Nada é o bastante quando se trata dela. Minha gana é tão intensa que pareço querer absorvê-la para dentro de mim! Seguro seu queixo com força, olho-a intensamente, como se a mostrar que não pode fugir de mim e que, embora ainda não saiba, ela é minha e não vou abrir mão dela enquanto sentirmos esta atração sem limites. Beijo seu pescoço, mordo seu ombro e tenho vontade de explorar cada pedaço do seu corpo.

— Minha menina, vamos fazer uma brincadeira e testar seus limites — digo, deitando-a na cama de ferro e cobrindo seu corpo com o meu. — Vamos descobrir até que ponto você consegue se controlar diante de mim. — Puxo as fitas de seda na cabeceira. — Não vou amarrar os seus pulsos, porém, deve prometer que vai segurar as fitas, as quais só poderá soltar quando não aguentar mais conter seu prazer. Se soltar as fitas por qualquer outro motivo, acaba a brincadeira.

Ela mostra ter entendido e concorda com a cabeça.

— Garanhão, só de não querer me amarrar me sinto segura diante desta brincadeira safadinha. Tenho que ser honesta em dizer que ficar contida, seja pelo que for, desperta uma reação ruim em mim e não penso que seria fácil vencer isso...

A despeito dessas suas palavras, tenho muitas esperanças de atingir meu objetivo que é, além de mantê-la presa por vontade própria, o de fazer com que, aos poucos e com paciência, ela goste de tudo, apreciando o que faremos com desejo e prazer. Sua aceitação ao que proponho motiva-me a depositar leves beijos por todo seu pescoço, percorrendo cada centímetro de sua pele macia e perfumada. Manter o autocontrole diante dela é cada vez mais complicado, em função do desejo que sinto não só por ela, mas também por querer amarrá-la para valer e devorá-la sem dó. Essa compulsão grita dentro de mim, mas sei que, se fizer isso antes de ela sentir o quanto a experiência pode ser prazerosa, colocarei tudo a perder e ela sairá correndo porta afora, chamando-me de sádico, o que não sou. Ser um dominador não é sinônimo de ser sádico, embora muitos dominadores o sejam.

— Patrícia, feche os olhos e ouça a música que irá tocar. Ela é o primeiro passo para você conhecer um pouco de mim. Apenas ouça, pequena! Volto em um minuto. — Seleciono "*Viveme With*", do Alejandro Sanz, na minha playlist do celular, e saio do quarto.

Vou até a cozinha, abro o congelador da antiga geladeira e pego cubos de gelos. Sei que já despertei seus sentidos com o contraste entre o frio e o calor sobre seu corpo na noite passada, mas, desta vez, tem um novo sentido... Trata-se de superação. Não quero ser opressivo, impondo algo. Quero que se entregue de corpo e alma ao mundo que aprecio, de maneira consensual. É um risco que corro, claro que ela pode vir a não gostar, e não sei se abrirei mão dela neste caso. Ficar sem essa mulher enquanto este desejo incomensurável existe não é uma opção! Na verdade, tenho muitas dúvidas se serei capaz disso, porque, não posso negar, ela foi a única mulher que conseguiu me fazer atingir esse nível de prazer sem qualquer prática D/s envolvida.

Minha ideia básica é estimular suas terminações nervosas com o gelo. Há muitos pontos corporais sensíveis a temperaturas mais baixas, por isso gosto de usar gelo durante o ato sexual. A musculatura e a pele, em determinadas regiões, também ficam mais rígidas, o que proporciona mais prazer. Fecho o congelador com esta ideia em mente. Viro-me para voltar ao quarto, mas a porta do refrigerador abre sozinha. Fecho-a, e ela abre, de novo, como uma criança teimosa e birrenta. Abro a porta de vez, para conferir qual é o problema e as latas de cerveja que vejo lá dentro dão-me uma excelente ideia.

Vamos ter uma excelente cerveja na bundinha, minha pequena, penso comigo, divertido. Este é o nome que se dá à mistura da bebida com sal e limão. O nome pode variar, dependendo da região do país.

Volto ao quarto, torcendo para que ela tenha permanecido de olhos fechados. De fato, ela canta a música baixinho, repetindo o refrão, esparramada na cama, segurando as fitas e fazendo uma espécie de dança com os braços.

> "*Viveme sin miedo ahora*
> *Que sea una vida o sea una hora*
> *(...)*
> *Deja la apariencia y toma el sentido*

Y siente lo que llevo dentro.

Viva-me sem medo agora
Que seja uma vida, ou seja uma hora
(...)
Esqueça a aparência para lá e preste atenção em
sentir
Tudo o que levo por."

— Usted es la más bella vista del cielo — digo as palavras, baixinho, debruçando-me sobre ela e depositando um beijo carinhoso em suas mãos que seguram as faixas presas à cabeceira da cama.

— Usted es el más provocador de todos los tiempos — rebate, com uma voz rouca e baixa que me enlouquece. Uma vez mais, tenho que fazer uma força hercúlea para manter o autocontrole e não desistir das minhas intenções, simplesmente tomando-a, com todo o tesão que estou sentindo, sem lembrar que existe amanhã... Respiro fundo e digo:

— Então, acha-me o maior provocador de todos os tempos? Isto é um elogio, hermosa? Nuestro juego comenzará ahora...

— Veja bem o que vai fazer, garanhão! Você não tem a mínima ideia da enorme concessão que lhe faço, permitindo isso... Se me conhecesse, teria uma vaga noção da gigantesca briga interna entre minha razão e minha emoção. Por favor, não faça nada violento ou que me cause dor, pois não sei se aguentaria...

Ela é tão vulnerável ao falar que, na hora, sinto meu coração apertado, causando-me uma sensação estranha e despertando-me uma vontade imensa de apenas protegê-la de tudo... Uma vez mais, recorro a meu autocontrole, que vem sendo constantemente desafiado por essa minha deliciosa e fascinante quimera, e silencio-a colocando um dedo em seus lábios, que a danada, na hora, lambe e tenta levar para o interior de sua boca aveludada... Pai, dai-me força para resistir à bomba de prazer que é esta menina!

— Shhh!!! Confie em mim e vamos viver o momento... — minha voz sai meio estrangulada e ofegante, o que não me é muito comum em uma situação dessas.

Uma doce expectativa me invade ao tentar mostrá-la como tudo pode ser puro e real. Ser o primeiro e único a fazer isso para ela deixa-me radiante e endureço cada vez mais. Meu pênis chega a latejar quando a vejo segurando as fitas com firmeza, bem receptiva a conhecer algo novo.

Novamente sinto aquele desejo de absorvê-la para dentro de mim, de onde ela nunca mais possa escapar! Bem diferente das situações comuns, em que predominam meus instintos de caçador e dominador.

— Feche os olhos, pequena! — deslizo os dedos por suas pálpebras, levando a escuridão a suas pupilas dilatadas de desejo. — Você usará uma venda invisível. Apenas sentirá o desejo quando sentir meu toque.

Sua respiração acelera, seu peito sobe e desce, demonstrando o quanto está ansiosa. Pego uma fatia do limão, passo-a sobre o sal e abro a lata de cerveja. Ele se assusta ao ouvir o som do lacre se rompendo.

— Pode me dizer que barulho foi esse? Por mais erótico que possa ser tudo isto, um pacote de camisinha não faria este som.

— O barulho do pacote da camisinha seria muito mais ensurdecedor pelo meu desespero e pressa. Repito, apenas confie em mim. E, se quer continuar a brincadeira, fale apenas quando for gritar de prazer meu nome ou para dizer que não quer mais. Fique quietinha e não me interrompa novamente, senão, serei obrigado a lhe amordaçar de verdade.

— Só seu nome é que posso gritar de prazer? Não posso nem dar uns gemidos desvairados e chamar por Deus? — provoca, sorrindo com aquela boca doce e tentadora.

Prefiro não responder e parto para a ação. Com uma das mãos, passo o limão com sal em seus lábios, com a outra tomo um gole da cerveja. A seguir, beijo-a, faminto. Ela lambe meus lábios e sussurra entre os dentes, sedenta. Deslizo a lata gelada por seu pescoço e rodeio o fundo em seus bicos duros. Derramo um pouco da cerveja gelada entre seus seios, escorrendo até a barriga. Completamente excitada, arrepiada, ela arqueia o corpo ao encontro da minha língua, que suga cada gota que escorre.

Não contenho o sorriso ao perceber que, apesar de tudo, ela não solta as fitas e continua segurando-as como se realmente estivesse amarrada.

Cada respiração ofegante, cada gemido seu, me deixa com mais vontade de satisfazê-la. Custo a acreditar que, finalmente, ela permite que eu mostre um pouco do meu mundo pessoal para ela. Devo ser honesto quanto ao fato de nunca ter alimentado a ambição de fazer dela uma submissa, não só porque sei que, dificilmente, ela permitiria isso, mas também porque o que desejo dela, de fato, é que seja a mulher que entenda e corresponda a meus desejos. Na verdade, reconheço que pela primeira vez em toda a minha vida estou disposto a fazer concessões para ter uma mulher em meus braços. E o mais interessante é que não me sinto nem um pouco frustrado ou menos satisfeito, sexualmente dizendo, por fazer isso... não com ela!

Meu coquetel está delicioso! Deslizo o limão com sal por sua pele lisa que, com o contato áspero, toma um rastro avermelhado. Alivio cada mancha com o líquido borbulhante gelado, chupando tudo intensa e vorazmente, a ponto de meus lábios estalarem em sua pele, marcando-a. Chego a suas pernas e ela respira ainda mais forte quando abro lentamente suas coxas com meu corpo, repetindo o gesto, esfregando, aliviando e chupando, aproximando-me de sua virilha. Ela geme impaciente e se contorce, sussurrando bem baixinho.

— Por favor, Carlos!

Ah, por essa eu não esperava! Ela suplicar por mim sem eu pedir! Vejo que seus olhos continuam fechados e, diante da necessidade incontrolável de ver o que eles expressam, ordeno, com voz autoritária, sem nem mesmo perceber:

— Abra os olhos, agora, Patrícia, e diga o que precisa!

Surpreendentemente, ela faz o que eu mando. E vai além, ainda que haja uma ponta de sarcasmo na voz.

— Por favor, meu amo e senhor dos meus desejos, toque-me e permita-me sentir sua língua a me explorar...

Nunca, em todos os meus anos de dominação, tais palavras foram tão doces como agora e despertaram um fogo tão grande em mim, que foi queimando desde a ponta do meu pé, passando por todo o meu corpo e chegando até meu último fio de cabelo! Esta mulher ainda vai ser a minha completa perdição!

Respondo ao seu pedido e lambo o fluxo de seu néctar, que sai profusamente de sua vulva. Tomo seu mel, faminto, que é meu por direito! A forma como me presenteia com seu sabor me deixa ainda mais ligado a ela.

Sempre soube que representamos um verdadeiro perigo um ao outro e, mesmo assim, mantive a firme determinação de fazer dela a minha menina, mas ainda não tenho certeza quanto ao tempo que ela está disposta a permanecer ao meu lado e até onde seus limites podem ser estendidos.

Sem falsa modéstia, sei que nunca uma menina deixou meus braços insatisfeita, e, a ela, quero proporcionar muito mais do que isso. Quero lhe dar um pouco do paraíso e que esta sensação a acompanhe para muito além de nosso contato sexual, fazendo com que fique em permanente estado de graça.

Ela não consegue se conter quando chupo seu brotinho inchado, sugando meus dedos para dentro dela com seus lábios carnudos, enquanto tocam cada glândula que envolve suas paredes internas... Ela vira seda em minhas mãos e eu, sem cerimônia, aposso-me de toda a sua região deliciosamente pecaminosa e farto-me, sem noção de tempo e espaço, na exploração e posse de todo o seu território delicioso. Lambo, chupo, sopro, provoco e invado-a até que minha boca e língua sentem, degustam e agradecem pelo gozo com que ela me brinda. Seu delicioso sabor ficará para sempre gravado em minha memória. Fico muito satisfeito ao perceber que, apesar de seu inegável e incontrolável desejo, revelado por seus gemidos e gritos de prazer, ela não solta as fitas em momento algum.

Seus olhos brilham e ela parece perdida em si mesma.

— Tudo bem, minha pequena menina? — pergunto, sussurrando, ainda inebriado por seu gosto em minha língua.

Ela apenas acena com a cabeça, afirmativa, com as bochechas vermelhas de exaustão. Beijo-a nos lábios. Surpreendentemente, ela continua faminta e parece querer me devorar, como se estivesse com o mesmo estranho desejo que tenho de sugá-la para dentro de mim!

Pego seu queixo, com a mão trêmula, encarando seus olhos.

— O que deseja, linda menina?

Ofegante, intensa e arquejante, ela solta o que, devo reconhecer, acaba com qualquer resquício de autocontrole que eu ainda mantenha.

— Quero ser sua menina, pequena, quimera ou o que quer que você deseje... Por favor... Faça-me sua... Preciso tanto de você e quero sentir que me deseja tanto quanto eu o desejo.

E desaba como se isso tivesse exaurido todas as suas forças e ela estivesse rendendo-se a meu poder. Sem qualquer preocupação com meu descontrole ou em mascarar minhas emoções, só consigo dizer, com muita dificuldade:

— Vou me enterrar em você com tanta intensidade que você mal se lembrará do seu próprio nome. Não existirá nem tempo nem espaço para nós, apenas um e outro, unidos e envolvidos completamente...

Não consigo nem preciso dizer mais nada. Mal me lembro de vestir uma camisinha, pois vibro de tanto tesão! Tomo seu corpo com desejo e enfio fundo. Estimulo seu clitóris com leves beliscões torcidos e esfrego-o em movimentos circulares, enquanto começo a entrar e sair dela, lentamente acelerando a cada segundo e atingindo um ritmo alucinante, até que ela goza novamente e implora para que eu me perca dentro dela. Pedido este, na verdade, desnecessário, porque o ritmo dos meus movimentos e a sensação de seu corpo no meu fazem a cama de armação de ferro ranger, até que gememos juntos, em uma deliciosa sinfonia de prazer.

A sensação de ter minha menina perdida e entregue a mim ou, na verdade, especificamente esta menina, desperta desejos que não imaginava poder sentir por alguém, um dia.

— Vem comigo, pequena, goza em mim, que te rasgo toda! — Ao ouvir minha voz, seu corpo se arqueia, entregando-se a mim, acomodando cada vez mais meu membro dentro dele, como se ali fosse seu lugar por excelência, exclusivo para mim. — Explode agora, minha quimera! — Ao som desse último comando, ela goza de novo junto comigo.

Aperto-a em meus braços e estudo seu rosto. Ambos estamos trêmulos e desfalecidos. O suor prende fios de cabelo em sua testa, sua respiração está ofegante e suas mãos continuam acima da cabeça, segurando as fitas. Enlaço meus dedos nos seus, massageando as juntas vermelhas.

— Já pode soltar as fitas, pequena! — Abaixo seus braços, esfregando minhas mãos por toda a extensão deles, aliviando seus músculos doloridos. — Nesta brincadeira, considere-se vitoriosa! Você foi a mais linda ganhadora, parecendo que nasceu presa às fitas... — Ela foi perfeita, como ninguém que vi antes!

Meu pênis vibra com esse pensamento e tenho consciência de que nunca conseguirei me fartar dela! O que está acontecendo comigo? Sempre estive no controle e, por mais doce que fosse o pedido de uma linda menina, ele nunca me fugiu...

Da primeira vez em que a toquei, o descontrole me dominou e, mesmo me esforçando para ser neutro, bastou seu olhar para me provar que não era imune aos seus encantos. Meus instintos dizem que ela tem, sim, uma alma submissa, mas eternamente restrita a quatro paredes. A forma como se entregou durante o clímax, com doces gritos, chupando meus lábios e implorando por mais, e a confiança e coragem ao segurar as fitas bravamente são dignas de uma guerreira submissa. A submissão está além da entrega, ela emerge da alma, com controle. Mesmo que o dominador conduza a parceira ao prazer, a bravura dela é que determinará o momento certo de explodir. Ilude-se o homem que acredita estar no controle.

Controle que já não possuo mais, mesmo, se é que ele existiu com relação a ela, que conseguiu ofuscar qualquer mulher que já tenha passado por minha vida ou que venha um dia a passar ainda.

— Não acredito ter sido vencedora deste jogo, mas posso garantir a você, garanhão, que os prêmios que ganhei foram os mais prazerosos que já tive em toda a minha vida! E, para falar a verdade, não estou nem um pouco preocupada em vencer ou perder qualquer jogo entre nós dois, isso não tem qualquer importância para mim. Penso que quando duas pessoas chegam ao ponto a que chegamos, têm que ser bastante honestas para viver o que sentem no momento, sem considerar quaisquer pensamentos que não estejam voltados ao prazer e aos desejos.

Sua confissão me tira completamente do eixo! Eu esperaria um suspiro, uma resposta afiada ou até mesmo provocadora, mas não palavras tão honestas, pronunciadas com tamanha intensidade e carinho. Ela me surpreende, e meus instintos levam-me a abraçá-la com mais força e beijar sua testa com uma ternura que, acho, nunca experimentei em toda a minha vida. Sem que possa controlar, sinto-me inseguro, por conta do medo do que possa acontecer ou, na verdade, não acontecer entre nós, por causa dessa maldita mania dela de querer fugir e de se negar a qualquer ideia de um relacionamento mais duradouro.

Vem à minha memória um show do Elton John que assisti em Londres, quando ele cantou uma música cujo sentido, à época, não consegui captar bem. A melodia soa em minha cabeça, enquanto a aconchego em meus braços e aproveito este momento em que ainda posso tê-la junto a mim sem que haja amanhã.

Patrícia Alencar Rochetty...

Obviamente já experimentei sexo oral antes, com diversos parceiros, simulando muitos orgasmos. Foi um dos motivos pelos quais eu fugia dos relacionamentos: o medo que descobrissem minha total inabilidade em me entregar, em me permitir sentir qualquer coisa mais intensa. Hoje sei que sou sadia, normal e capaz de sentir prazer, graças ao homem delicioso que é o Carlos. Diante dessa descoberta, arrependo-me de cada orgasmo que fingi ter. Eu deveria ter ficado muda e mostrado a todos os idiotas egoístas com quem já transei que o problema não era meu, mas sim deles, que não tinham um décimo da competência do meu garanhão.

A partir de hoje adotarei uma postura diante de qualquer relacionamento que eu venha a ter: quando conhecer um homem que não me leve ao pico do Everest, vou reagir de maneira verdadeira, sem fingir. Também vou dizer a ele: "Você não é capaz de tirar de uma mulher nem apenas um suspiro de prazer. Vá aprender nos livros, filmes ou pela internet como se leva uma mulher ao clímax".

Entendo que, em se tratando de atingir o orgasmo, existe uma diferença gritante entre homens e mulheres, sendo que somos nós que sempre estamos em desvantagem. Porém, comigo isso muda a partir de agora, pois serei definitivamente egoísta e não permitirei prazer somente a eles.

Não que haja um culpado por essa anorgasmia; o que existe é descuido com o prazer de outrem, pois ambos devem esforçar-se para haver um ajuste entre o que agrada um e o outro. O duro que até hoje eu culpava apenas o meu amigo Sr. G por não chegar lá, como se houvesse algo de errado comigo! Mas as coisas mudaram... Nunca mais ficarei a ver navios novamente. Abrir mão do prazer em uma relação, além de frustrante, é sinal de que as peças não se encaixam. E percebo que não é porque o Carlos é um deus da gostosura que me leva ao clímax, mas sim, porque vejo em seus olhos o quão preocupado ele é com o bem-estar de sua parceira.

Neste momento, não posso nem dizer que estou de queixo caído com o que aconteceu, porque o Carlos levanta meu queixo com seus dedos longos e habilidosos e mostra o quanto me deseja. Também não posso dizer que sou intocável, pois ele conseguiu atingir minha alma com carinho, deixando-me totalmente à mercê dele e educando meus sentidos de forma a esperar o melhor momento para ser completamente sua. Se esta foi uma mera amostra do que ele pode fazer, invoco todas as Nossas Senhoras das Mulheres Sortudas de Uma Figa para me ajudarem com o que virá.

— Oi! Você está tão quieta. — Sua voz rouca é absurdamente sexy! Pisco para ele, sorrindo.

— Estou me restabelecendo, bonitão! Pensa que é fácil subir aos céus e, depois de ter uma visão do paraíso, voltar à Terra tão rápido? — falo logo, brincando, para que ele não perceba o turbilhão em que estão minha mente e meus sentimentos. Também estou abismada ao sentir sua ereção encostada em meu corpo. O homem se recupera rápido!

— Patrícia, estou muito feliz por ter confiado em mim. — Ele corre os dedos por minha pele arrepiada.

— Foi incrível! Também estou feliz por ter confiado em você. — Ele não tem a menor noção da veracidade disso, a ponto de meus lábios vaginais e o Sr. G ficarem em festa, chegando até a bater palminhas...

— Vamos tomar um banho e tirar o cheiro da cevada e das flores de lúpulo de nossos corpos.

Para mim uma cerveja nunca mais será a mesma, ainda mais uma Germânica, cujo cheiro em minha pele ficará impregnado em minhas lembranças para o resto da vida.

Ele beija minha testa e levanta-se, caminhando nu para o corredor que dá acesso ao banheiro. Sinto cócegas em todos os meu nervos, uma preguiça gostosa pós-orgasmo. Enrolo um pouquinho na cama e ele logo aparece na porta do quarto.

— O chuveiro está esperando por nós. Vem, linda menina! — O divertimento aparece em seus lábios ao me ver rolar de um lado para o outro na cama. Seu pênis permanece ereto.

Levanto-me em um piscar de olhos, divertida, tentando não cair novamente em tentação.

— Sempre pronto, garanhão?

Ele se aproxima, para diante de mim, como que aguardando uma explicação, e diz.

— Não entendi! — Claro, claro... Tão inocente! — Para que, especificamente, estou sempre pronto?

— Sua ereção. Ela nunca relaxa... — Engole esta, bonitão! Tinha certeza que eu ficaria constrangida? Caiu do cavalo, benzinho...

— Ah, é isso? Pois vá se acostumando, boneca. Ela está sempre pronta para satisfazer os desejos de uma bela menina como você.

Fecho a cara de repente, sem conseguir acreditar que ele disse isso! Toda a sensibilidade que demonstrou até agora foi descartada em uma simples e curta frase.

— Então, poupe esta bela ereção para qualquer uma de suas belas meninas, porque eu já tive meu privilégio. — Dou uma piscada arrogante para ele e caminho para o banheiro sozinha.

O libertino sem-vergonha ri alto.

— Não adianta se esconder, a casa é muito pequena, não há onde se refugiar desse ciúme repentino, linda menina!

Bufo, nervosa, fechando a porta do banheiro na cara dele. O que foi isto, Patrícia? O que foi essa ceninha barata de novela mexicana? Será que bastaram apenas alguns orgasmos para me tornar tão vulnerável? Mil vezes meleca! Eu sabia que isso não daria certo. Mas, convenhamos, foi de muito mau gosto ele falar de outras mulheres para uma com quem acabou de transar, não é? E se fosse o contrário, se eu falasse de algum belo boy magia? Concordo que o fato de termos transado não me concede nenhum direito de exclusividade, mas ele foi extremamente grosseiro!

Bem, independentemente de qualquer coisa, não justifica o fato de que fui ridícula. Acho que ele se assustou com a minha ceninha medíocre ou está dando um tempo para eu perceber a besteira que fiz, porque ele demora uns bons minutos para vir atrás de mim.

Ele abre a porta do banheiro, que não tranquei porque a velha porta nem trinquinho tem.

— A água está quente, morna ou fria? — pergunta, com um sorriso cínico.

— Normal. — Banco a indiferente para disfarçar meu constrangimento.

— Que bom! Adoro quando a água está normal... — é minha temperatura preferida, porque nos mantêm em equilíbrio com tudo o que acontece... — Ri, malicioso, entrando no chuveiro, imponente, com seus gominhos do abdômen à mostra, pressionando-me contra a parede fria. Desafiante e provocador, ele abaixa, estendendo o braço cheio de veias saltadas, pega a bucha que está no chão e derrama um pouco de sabonete líquido. — Só água não limpa o corpo, pequena.

Se ele encostar essa bucha em mim, acho que sou capaz de perder o controle de meu corpo, pois as minhas pernas já estão com os músculos em frangalhos só de sentir o calor dele.

— Se vai se ensaboar, pode sair um pouco debaixo d'água para que eu me enxague? — Ele finge que não me ouve.

— Deveria ser proibido ter pintas espalhadas tão sensualmente assim pelo corpo. Olha esta aqui na sua coxa, perto da virilha! Parece que foi esculpida para indicar o caminho da felicidade. — Senhor das Buchas Sensuais, socorro! Ele está passando a bucha sobre ela! — Pequena, quando me disse que seu corpo tinha outras pintas, não imaginei serem tantas assim! Esta aqui, próxima do seu umbigo, é de tirar o fôlego. — Ele continua subindo a bucha como se minha tentativa frustrada de indiferença não o afetasse.

Antes que ele fale das pintas perdidas pelo meu busto e eu me desmanche em suas mãos, viro para a parede para reunir coragem suficiente para enfrentá-lo.

— Não adianta passar a bucha sobre elas, querido! Não são sujeira. Como você mesmo disse, elas foram esculpidas em meu corpo.

— O que é isto? Uma tela pintada com o mais belo bumbum empinado que já vi! Não existe nada mais sensual... — Filho da mãe! Ele puxa meus quadris para junto do seu corpo. Prendo a respiração.

— Não preciso de seu escovão em minhas nádegas, porque estou acostumada com buchas macias. Então, será que pode desencostar esse escovão de mim?

— Se não está acostumada, posso garantir que, se experimentar meu escovão duro neste seu lindo traseiro, pode passar a se acostumar tanto com seu tamanho e dureza, que nunca mais vai querer nada macio nele.

Este homem é pós-graduado em sedução!

— Você tem resposta sexual para tudo?

— Como disse antes, menina das pintas, são desejos lascivos por você. — Ele passa a mão pelo meu corpo e, com o braço, alcança meus seios e esfrega a bucha, enquanto sussurra no meu ouvido. — Já teve na sua vida um amo banhando seu corpo?

— Vários! — digo, divertida com a menção à palavra amo. Não quero polemizar agora, mas esse palavreado sado dele é engraçado, ainda mais porque é tudo de maneira natural. — Aliás, viver aqui na Idade Média traz alguns privilégios. — Bufo, disfarçando meu gemido na garganta. Se ele pensa que citar outras mulheres como referência de algo é uma coisa que eu vou aceitar um dia está muito enganado, nem mesmo ele sendo apenas uma transa casual de uma... bem, algumas noites.

— Você fantasia muito bem e disfarça tão bem quanto! Adorei ouvir seu gemidinho de satisfação. — Ainda com o queixo apoiado no meu pescoço, ele desce a esponja pelo meu corpo, para e passa por minha pelve, próximo à minha virilha. Nesse ponto, minha temperatura sobe.

— Meu banho terminou. Foi bom receber seus serviços de lavagem, Sr. Garanhão. — Dou um passo para me desvencilhar de seus braços, preciso fugir deste homem. Quanto mais longe dele ficar, mais rápido meus hormônios sossegarão.

— Ainda não acabei, Patrícia! — Ele segura meu cabelo molhado, puxando-o levemente, fazendo com que eu arque minha cabeça de encontro à sua boca. — Nunca faço serviço incompleto. Ainda falta o seu cabelo.

Meus globos oculares parecem que vão pular dos meus olhos, minha boca seca, minhas pernas fraquejam e o Sr. G dá fisgadas de felicitação. A leve dor do seu puxão é substituída por ondas de luxúria, mesmo depois de ele ter aliviado o aperto.

— Eu já lavei. — consigo dizer.

— Vire-se, Patrícia! Não se feche para mim, pequena! Diga-me o que foi que a incomodou para que eu possa consertar.

De repente, sinto-me estúpida por estar tão irritada sem motivos justos.

— Desculpe-me, nem eu sei explicar o que aconteceu! Acho que me entregar ao domínio de alguém, dando o controle da situação a outra pessoa, mexeu muito comigo por ir contra tudo o que sempre acreditei a meu respeito... — Ele me abraça debaixo d'água.

— Você não foi contra tudo o que sempre acreditou, apenas permitiu entregar-se a alguém que iria lhe dar o máximo prazer possível! Está tudo bem, minha menina! Ainda vamos trabalhar juntos com os muitos demônios que nos aterrorizam. Nunca tive ilusões ou sonhos de compartilhar minha vida com alguém, na verdade. E todos os relacionamentos que sempre tive na minha vida foram físicos e sem maiores envolvimentos emocionais, como tinha de ser. Mas, com você, sinto que tudo é mais, por isso desejo muito lhe provar o quanto estou disposto a arriscar com você para ficarmos juntos, sem prazo de validade.

Tento argumentar para esclarecer que não funciono assim, isto é, que não tenho pretensão quanto a romances, mas ele me interrompe.

— Eu sei que vai dizer que não nos conhecemos o suficiente, mas o que vivemos dois anos atrás e neste fim de semana faz com que eu tenha certeza de que queremos a mesma coisa. Posso sentir isso quando você respira, quando olha para mim e, também, quando tenta me tocar. Não acredite que tudo é precoce, porque não é. Quando a química tem de acontecer, simplesmente acontece.

Ele está dizendo tudo isto com sinceridade! Consigo perceber em seus olhos... Se fossem meras palavras perdidas ao vento em um primeiro encontro, eu até poderia pensar que ele estava querendo apenas uma transa comigo, mas a forma como pronuncia cada palavra faz-me sentir que é verdadeiro e profundo.

Levanto a cabeça, assustada com a sua declaração. Sinto vontade de correr, mas ele, sempre atento, dá tudo o que preciso, um beijo terno, cheio de mensagens e promessas. Nossas línguas se entrelaçam e se buscam sôfregas e com o mesmo intuito, o de tentar ser feliz.

Sua honestidade faz com que eu tenha coragem de me abrir.

— Carlos, eu não sei fazer a coisa permanente...

— Vamos descobrir juntos como fazer isto! Eu vou cuidar de você! Confie em nós! — Uma flecha do cupido rasga a barreira de proteção que me envolve.

— Posso ser muito difícil... — brinco com ele.

— Nunca desejei que fosse fácil. — Ele beija minha cabeça, como uma carícia. — Estou só em dúvida se será mais difícil conquistar você ou abrir as pregas desse seu orifício tentador e apertado. — Agora é ele quem brinca com a situação, passando seu dedo de leve pelo local que quer desbravar. Para mim é uma brincadeira de mau gosto, é claro, porque me arrepio só de imaginar seu membro grosso me rasgando. Acho que prefiro quando ele me paparica.

— Você é um tarado!

— Se depender de mim, você também se tornará uma ninfomaníaca.

Ele fecha o registro do chuveiro e vira para pegar nossas toalhas. Garanhão, acredite em mim, sou muito mais ninfomaníaca do que você possa imaginar! Olho suas costas bem desenhadas e convidativas. Sinto um desejo insuportável de sentir seu sabor, de tomar tudo que é dele para mim. Uma volúpia desenfreada de posse me invade! Sei que chegou a hora de eu mostrar que, em um relacionamento, ambos têm que se entregar e confiar um no outro. É uma via de mão dupla! Dou um passo em sua direção, minhas mãos tocam seus músculos com as pontas do dedo e minhas unhas viram garras. Ele paralisa, seus nervos tensionam; consigo ouvir sua respiração ficar irregular e seu coração acelerar.

— Não pode dizer a uma mulher que ela virará uma ninfomaníaca, você pode acordar o monstro que existe dentro dela a qualquer momento, garanhão! — digo as palavras com coragem, ao mesmo tempo em que vou descendo minhas unhas em sua pele, seguidas pela minha língua.

Ao chegar a seu umbigo, levanto minha cabeça, olho firme para seus olhos, passo a língua pelos lábios, como se a saborear algo muito gostoso, em um desafio evidente a qualquer gesto seu de protesto. Ajoelho-me no chão frio e escuro, sem nem me importar se ele vai ver isso como um gesto de rendição a seu modo estranho de conquista e domínio do território que, no caso, sou eu. Acredito que no sexo não existem dominadores e dominados, senhores e escravos, fortes e fracos, mas que devemos buscar uma comunhão entre pessoas que se despem de qualquer competição ou disputa, a fim de satisfazerem uma a outra, sem egoísmo ou rótulos.

— Você nunca me ouve, pequena?

Balanço a cabeça, negando, ainda olhando em seus olhos, que brilham a ponto de quase ofuscar minha visão, de tanto que me encantam! Ele, pretensioso, me oferece a mão para que eu levante. Longe de fazer o que ele quer, seu gesto me motiva ainda mais, deixando-me mais gulosa e resoluta a fazer o que quero muito. Sem mais perda de tempo, seguro sua ereção grossa em minha mão, trazendo-a para a frente do meu rosto, porque minha língua tem sede da gota única que aparece na abertura da sua glande.

— De-li-ci-o-so... — digo, entredentes.

— Deliciosa é você, mulher! — diz, olhando nos meus olhos e ainda parecendo querer impor comando. Claro que não o satisfaço e, em um movimento provocante, abro meus lábios e, muito lentamente, deslizo minha língua desde a ponta até a base do seu membro. Vou provando cada pedacinho do mastro duro com as veias saltadas. Gulosa, quero ter o máximo dessa coisa pulsante em minha boca, sugando-o até a metade. Sei que, primeiro, preciso me acostumar com seu tamanho até tê-lo inteiro dentro de mim. Sinto cada nervo dele pulsando entre meus lábios que, famintos, ajudam a adequar seu tamanho à minha garganta.

É simplesmente impossível traduzir em palavras a sensação e o sabor do meu garanhão! Ele é gostoso até nisso, além de ter um sabor doce e amadeirado. É ao mesmo tempo macio e muito firme! Ainda sinto uma certa resistência da parte dele, então, agarro suas nádegas com força, afundo minha boca, quase engolindo-o por completo. É justamente nessa sugada mais forte e profunda que sinto sua capitulação. Suas pernas parecem bambear e um gemido rasgado sai forte de sua garganta! Quase gozo só de ouvir isso, tamanha minha sede por ele.

Surpreendentemente, ele parece esquecer qualquer ideia de estar no controle e entrega-se às minhas safadas e bobas mãozinhas, mostrando gostar do que estou fazendo.

— Hummmmmm!!! Isso, pequena, engula inteirinho com essa sua boquinha gostosa! — Sua voz sai entrecortada e seus olhos penetram nos meus.

Suas palavras sujas repercutem com força na minha vulva, que umedece instantaneamente. Isso me estimula a fazer movimentos ágeis, chupando com força todo o seu comprimento, enquanto minha língua massageia os nervos que envolvem o seu pau. Agradeço a algo que li uma vez a respeito de sexo oral, informando que a língua não deve ficar parada durante o ato, ela deve se movimentar. Levo uma de minhas mãos a seus testículos e massageio delicadamente cada um deles.

Gulosa, sugo seu membro mais profundamente. Sinto que ele está para gozar, mas, como o quero por mais tempo, interrompo os movimentos para retardar isso, limitando-me a tirar apenas a língua para fora e a lamber todo o seu comprimento até chegar a seus testículos.

Ele segura minha cabeça, afoito e desesperado, tentando voltar a ter atenção de minha boca em toda a sua extensão.

— Esta língua será minha morte... Estou tão perto... — sussurra, com a voz tão rouca que mal a reconheço. Claro que, como ele, preciso fornecer estímulos verbais, também.

— Você gosta assim, garanhão? — Pressiono a língua, deslizando por todo seu nervo dorsal, sem quebrar o contato visual.

— Sim... assim, pequena provocadora, lambe gostoso!

Sua voz sobe um oitavo. Sua excitação igualmente me leva a um nível de excitação tão alto quanto o dele e minha vulva vira puro líquido, querendo participar da brincadeira. Sinto a água escorrer do meu cabelo molhado para minha espinha, juntando-se ao líquido viscoso que escorre entre minhas coxas. Alucinada para conjugar nosso prazer, desço minha mão para os seios, massageio os bicos de ambos, passo pelo meu ventre e, abrindo um pouco mais as pernas, mostro a ele o quanto me excita chupá-lo.

Faço movimentos circulares em meu clitóris e percebo que os olhos dele parecem saltar para cima de mim, o que me incentiva a ir além. Com firmeza e rapidez, penetro dois dedos em mim e gemo, engolindo-o inteiro. Tiro meus dedos de dentro de mim, molhados pela excitação, levanto as mãos e levo-os até próximo da boca dele que, ávido, já vem ao encontro deles, com a voracidade de um leão para devorar sua presa.

— Sinta o gosto do prazer que você desencadeia em mim e o quanto é capaz de fazer com que meu corpo clame pelo seu.

Ele chupa meus dedos, mantendo uma expressão de necessidade que me deixa ainda mais louca. Tiro meus dedos de sua boca, volto a introduzi-los em mim e falo.

— Gostosão, você me deixa tão louca que preciso sentir a combinação de nossos sabores juntos.

Retiro os dedos de dentro de mim, passo-os na ponta do seu membro, que libera mais uma gota, e levo-os, descarada e provocante, até a minha boca, chupando-os junto com seu pênis. — Hummmm, Carlos!!! A combinação perfeita. Você não imagina o quanto é bom! Sinta.

Levo novamente minha mão até sua boca e ele, com a rudeza de alguém que não aguenta mais de tanta expectativa, na mesma hora abocanha os dois dedos e geme alto. Eu deslizo a língua por sua glande e vou circulando-a sem pressa para que ele curta cada pedaço do caminho. Ele geme e joga a cabeça para trás, descendo a mão até meus seios, que aperta um por um. Engulo seu membro até o fim e, na mesma hora, sua outra mão voa até meu cabelo, que ele enrola em um rabo de cavalo, segura com força em uma pegada dura, tentando ditar a velocidade de meu movimento. Neste jogo de prazer, nossos corpos ditam as regras da lascívia e luxúria. Com o auxílio de uma de minhas mãos, imprimo um movimento mais rápido em seu pênis, para tentar aliviar a dor prazerosa que ele me causa ao torturar os bicos dos meus seios. Ele começa a puxar meu cabelo, imprimindo a velocidade que lhe convém, e eu passo a me masturbar para que nossos músculos se exercitem juntos no mesmo ritmo e sintonia. Espasmos de tesão começam a se espalhar por todos os meus sentidos ao sentir suas pernas trêmulas, sua barriga vibrante e seu pênis grosso em minha boca.

— Vou gozar na sua boca, minha linda menina, e, quando isso acontecer, que seus olhos se percam nos meus. Enfia seu dedo fundo nessa aberturinha apertada e vem comigo, pequena!

Sua voz é exigente, dura, carente. Mal termina de falar e ouço um grito rascante sair de sua garganta enquanto sinto os jorros quentes em minha boca. Não tenho nojo nem qualquer pudor em engolir tudo o que dele emana. Ainda que eu sentisse algum desconforto, seria capaz de fazê-lo só para sentir a intensidade deliciosa do momento e a beleza do seu corpo a dançar de prazer. Não desperdiço uma só gota e olho para ele. Sorrio satisfeita ao ver sua feição jubilosa, deliro. Então, pressiono meu brotinho em movimentos circulares e suspiro com o prazer que explode em minhas mãos.

— Muito mais delicioso do que eu sonhava! — Sua expressão de prazer e relaxamento faz-me sentir uma deusa poderosa. — Você tem a boca mais deliciosa que eu já tive o privilégio de sentir e que me propiciou um dos orgasmos mais intensos que já tive.

Sendo quem sou, não consigo evitar de soltar uma de minhas pérolas.

— E não tivemos que torturar ninguém para isso! — digo rindo, no meu jeito bem-humorado de ser.

Carlos Tavares Júnior...

Tenho um cérebro extremamente ativo, que uso para viver de maneira racional a maior parte do tempo, assumindo-me como soberano dos meus desejos e sentidos. Admito que isso me ajuda muito em áreas em que o uso da lógica é necessário. Mesmo assim, às vezes, sou surpreendido com alguma novidade, que desorienta meu lado emocional. Quando minha quimera dá passinhos no minúsculo banheiro para pegar a toalha, já sinto vontade de puxá-la de volta para meus braços e não largá-la nunca mais. E isso me assusta! Sei que sou possessivo, mas ela ainda não é nada minha... E, considerando que reluta em cair de cabeça no que estamos vivendo, sei que precisarei conquistar sua confiança aos poucos, vivendo sabiamente apenas um dia de cada vez, sem pensar no que pode acontecer amanhã.

Hora de conhecer um pouco de mim, minha menina, penso comigo! Preciso mantê-la atraída e curiosa, de maneira a prolongar seu tempo ao meu lado, no mínimo por uma vida inteirinha e, no máximo, por toda a eternidade...

Carlos, Carlos, o caso está sério, hein, rapaz?

— Não vai precisar da toalha agora... — Puxo-a para meus braços e que se dane o autocontrole. — Eu lhe disse mais cedo que fico muito malvado quando um orgasmo que me pertence é saciado por qualquer outra pessoa que não seja eu. — Pego sua mão e levo seus dedos à minha boca. — Ainda estão doces com seu néctar. — Ela respira fundo e nitidamente segura o ar para disfarçar o quanto a afeto. Passo minha língua em seus lábios, que se abrem e a acolhem com sofreguidão. — Sua boca deu outro sabor ao meu suco — sussurro, lambendo seus lábios.

Ela recua um passo, imprensando-se contra a privada. Mas não vou permitir que fuja. Não vou permitir que torne a erguer suas costumeiras barreiras contra os sentimentos que nos invadem quando estamos juntos. Já percebi que preciso bombardeá-la de sensações intensas, a fim de deixá-la tão envolvida que se esqueça de se proteger.

— Minha pequena e deliciosa menina, sente-se na ponta da tampa desse vaso, acomode seus quadris e abra as pernas o máximo que aguentar. Quero vê-la toda aberta e exposta para mim, pois o prazer que desceu por seus dedos está ainda impregnado em seus lábios vaginais, que quero chupar até me fartar.

Obediente e resistente ao mesmo tempo, como lhe é típico, ela faz o que mando, expondo sua vulva esculpida, brilhante e molhada. Petulante, diz:

— Agradeça às minhas aulas de balé, garanhão, porque a minha abertura para você será digna de um espetáculo do Bolshoi.

Ela une ação às palavras e se abre completamente para mim, em uma aquiescência que desmente suas palavras provocativas, levando-me à loucura! Essa conjugação de independência e entrega, de desafio e aceitação, faz com que nosso relacionamento seja insanamente ímpar e incomparável. A saudade crua de sentir seu gozo entre meus lábios faz-me cair de joelhos diante dela e inserir minha cabeça entre suas coxas. Como um mendigo sofredor e faminto, farto-me de seu alimento, lambendo e haurindo todo o seu néctar, que ela mesma produziu enquanto me dava prazer e satisfazia minha luxúria. Ela suspira, quer dizer algo, mas eu impeço ao chupá-la com mais intensidade. Seus lábios tremem e meu coração desarma de emoção com o calor que percebo surgir de dentro dela, queimando meus lábios. Seu cheiro exala de seus poros em direção à minha respiração; não há fragrância mais embriagante! Faço-a suspirar a cada pequeno estímulo da minha língua em seu íntimo, encarando-me com um meio sorriso ao mesmo tempo sexy e vulnerável, mordendo seu lábio inferior.

Sem conseguir conter o monstro faminto que me invade, mordo cada lado dos seus lábios vaginais, motivando suas caras e bocas provocadoras. Percebendo que a dor parcial causa reação quando ela grita meu nome, sei que do que ela precisa para associar essa sensação com o prazer subsequente, então, é o que faço ao circular rapidamente minha língua por seu clitóris. Quero que ela perceba que essa dor é que lhe dará ainda mais prazer quando eu lhe der o devido estímulo posterior.

— Carlos!!! — geme alto, o que me leva a enfiar a língua inteira dentro dela, tocando cada glândula que esteja ao alcance nas paredes internas de sua vagina. É delicioso senti-la comprimir minha língua enquanto explode em um orgasmo arrebatador.

— Perfeita!!! — A palavra define a imagem que tenho dela a se contorcer de prazer.

Ela respira arquejante, se esforça para dizer, de maneira entrecortada:

— Usurpador gostoso!!! Você me esgotou até minha última gota de prazer! Acho que precisarei de anos para recompor tudo o que subtraiu de mim.

— Não se subestime, pequena... Isto não é nada perto do que, tenho certeza, seu corpo pode me oferecer quando me proponho a satisfazê-la.

Ela ri.

— Eu diria que é pura pretensão de sua parte, porém, não serei tonta nem mal-agradecida caso me proporcione prazeres iguais ou ainda maiores que este.

— Não sou pretensioso! Mas é inegável que você exala tesão por todos os poros da sua pele! Então, vou aproveitar para deixar bem claro que nenhuma recusa sua me assusta. Vou levá-la ao limite sob meu domínio... Acostume-se e conforme-se com isso, minha menina, que seu prazer será muito maior.

Ela enrubesce e eu me divirto com sua inesperada timidez. Mas reflito por um momento sobre as palavras que ela diz, como se me enviasse um aviso para censurar meus desejos.

— Não duvido disso, mas, Carlos, não me leve a mal... Não acho que devemos prometer nada um para o outro. Vamos apenas viver o agora! Nenhum de nós pode prever o que acontecerá e, como já lhe disse, sou incapaz de pensar em termos de permanência. O futuro para mim não existe!

Uma série de emoções contraditórias se expressa no brilho de seus olhos, mas a certeza do que está falando é a que mais se destaca. Um frio passa por minha espinha e penso logo em desfazer essa sensação amarga de perda que me invade.

— Venha comigo!

Levanto-me, puxo-a para meus braços e levo-a para debaixo do chuveiro. O banho ameniza o clima causado pelas palavras ditas e os sentimentos não expressos. Cuido dela com o carinho que merece, passando a esponja por todos os recônditos de seu corpo, com a reverência de que é digna. Após deixá-la limpa e relaxada, rapidamente tomo meu próprio banho, enxugo a ambos, tomo-a no colo e levo-o até a varanda e, junto com ela, deito-me na rede.

Com os dedos entrelaçados, deitados na rede e com sua cabeça no meu peito, vivemos segundos, minutos e horas concentrados no presente. Suas respostas mostram-me que ela já está longe, embora seus gestos de carinho provem-me que está perto. É incrível que, para mim, seu olhar, seu sorriso, assim como sua alma límpida e nua me bastem! Não há, por ora, uma escolha ou um caminho a seguir quando sei que o seu limite rígido é falar de seu passado e desse tempo que ela não quer partilhar comigo. Então, não forçarei nada ainda. Ela esconde sua candura, o que incendeia meu peito.

— Como é morar no campo?

— É como esta paz que estamos sentindo aqui, perdidos no meio do paraíso, ouvindo apenas o som da natureza.

— Deve ser perfeito, depois de um dia incessante de trabalho, chegar em casa e não ouvir buzinas e gritaria.

— Não tenho do que reclamar. Já estive em ambos os lados. Mas, no mundo agitado em que sou obrigado a trabalhar atualmente, sinto-me mais feliz em residir no meu cantinho tranquilo. E você? Gosta do agito?

— Engraçado que nós dois tenhamos invertido as fases. Eu já residi no meu cantinho tranquilo, mas hoje vivo no agito.

— Você sente falta desta tranquilidade ou acha que é agitada o suficiente para viver no meio da loucura de uma grande metrópole?

Ela fica quieta, parecendo refletir sobre algo que, talvez, não saiba responder.

— Viver em uma metrópole faz com que eu me sinta forte, porque conquistar um espaço no meio de tanta gente só é possível por meio de muito esforço e luta. Por outro lado, viver em um lugar sossegado é aconchegante. Eu poderia, por exemplo, dormir aqui em seus braços com segurança e tranquilidade, entende? Se bem que acho que nunca dormi em uma rede e talvez acordássemos no chão, com você todo babado...

— Vou adorar sentir sua baba escorrendo pelo meu peito e seu corpo sobre o meu, mesmo no chão — digo, divertido, fazendo carinho em seu cabelo.

— Você é quase doce às vezes — diz, relaxada, aconchegando-se mais ao meu corpo. Quero ver se manterá essa visão a meu respeito depois de alguns encontros íntimos.

— Doce é seu néctar, minha menina. — Minha voz sai rouca e ela, prontamente estimulada por isso, começa com o jogo da provocação, mexendo-se o tempo todo, roçando meu membro nu com seu corpo quente.

— Esta é nova para mim! Nunca nenhum homem disse que sou doce. — Ela ergue a cabeça e me olha. — Aliás, nunca ninguém me disse isso. Na verdade, a única vez que alguém já associou doce a mim foi quando me falaram das deliciosas sobremesas que sei fazer ou dos doces que os meninos roubavam de mim quando era criança...

Não consigo disfarçar meu desagrado à menção a outros homens que tenham encostado em seu corpo e aos bastardos que não a tenham tratado como merecia. Por ser uma pessoa consciente de que estamos no mundo para correr riscos, apreciar novas experiências, descobrir prazeres deliciosos, desvendar grandes mistérios, entre outros, eu, particularmente, que sempre gostei de superar minhas próprias expectativas, vou sempre até o final em tudo o que me proponho fazer na vida. É, portanto, por este motivo que tenho certeza de que se ela for minha jamais se lembrará de que outro homem a tenha tocado, porque deixarei minha marca indelével.

— Isto talvez seja porque nenhum homem soube extrair de você o seu melhor doce néctar, minha pequena menina indefesa diante de meninos malfeitores.

— Nunca fui uma menina indefesa! Eles até tentavam roubar meus doces, mas só o que conseguiam era ficar com o amargo dos testículos atingidos. Tenho um irmão mais velho que me mostrou direitinho onde deveria acertar em cheio.

Sorrio por dentro, imaginando o quanto ela foi capaz de acertar cada um.

— Não tive a sorte de ter irmãs para me falarem a respeito das partes sensíveis de uma mulher — falo um pouco de mim, já que, pela primeira vez, ela citou algum parente. — Mas, mesmo assim, descobri que apertar os bicos dos seios com uma força bem dosada causa uma agradável mistura de prazer e dor.

Enquanto falo, deslizo minha mão que afagava seu cabelo pelo seu pescoço, descendo-a até seu seio. Ela suspira e posso senti-lo arrepiar-se com a leve pressão que faço.

— Está querendo que retribua e demonstre o quanto aprendi, sr. Tavares?

— Faça isso e verá o quanto anseio colocá-la em meus joelhos e açoitá-la gostosamente até minhas mãos ficarem cansadas.

Sinto sua respiração acelerar como reação às minhas palavras de desejo. Percebo que a pequena brincadeira mexeu com seus sentidos. Seu silêncio e imobilidade repentinos deixam-me em dúvida. Por mais vontade que te-nho de vê-la debruçada sobre meus joelhos, sei que este não é o momento. As palavras firmes e resolutas que diz confirmam isso.

— Acho melhor você retomar seu juízo e refletir bem a respeito do que me falou. Eu não estava brincando quando disse que sei me defender dos imbecis que se atrevem a intimidar e a bater em mulheres. Para ser muito sincera, achei totalmente sem graça essa brincadeira.

— Agora sou sem graça? — sussurro, apertando, entre os dedos, os bicos de ambos os seios, que se enrijecem ao meu toque. Sinto sua pele quente aguçar meus desejos lascivos e meu membro começa a pulsar. — Esta dor é prazerosa, Patrícia?

— Carlos, sou intolerante à dor física — diz, ofegante.

— Quão intolerante? — Aperto mais os dedos e ela suspira. Motivado por isso, e feliz por estarmos em uma rede de dois lugares, sorrateiramente passo uma de minhas pernas por cima do seu corpo e fico por cima dela, encarando seus olhos.

— Só não gosto de dor.

— Então, esta pequena dor que está sentindo incomoda você?

— Carlos, vou ser sincera. No que diz respeito à dor, não consigo en-xergar prazer relacionado a ela. Não imagino aonde você quer chegar com as menções que vive fazendo a respeito de castigo, surra e tortura, mas devo avisar que, por definição, sou contra tudo isso. Esta sensação que seus dedos estão causando a meus mamilos, eu não a classificaria como dor, uma vez que é suportável e nada desagradável.

Vamos ver o quão suportável isso pode ser, pequena, penso comigo.

Certo, aqui e agora não é o local nem o momento para me aventurar a praticar ou a falar da relação D/s. Isto só poderá acontecer após con-versarmos por muito tempo, falar sobre nossos desejos, vontades, tabus, traumas e limites, além de verificarmos se os desejos de ambos são afins, combinarmos até onde as práticas podem ir e o que jamais deve ser fei-to, porque não existe uma fórmula de imposições, o que existe é uma conquista da confiança que um vai adquirir em relação ao outro. Nunca fui adepto de contratos escritos, como é comum ver em relações D/s e BDSM, porque acredito que uma boa e honesta conversa, muita prática e entrega consensual são os melhores meios para se estabelecer e manter uma relação dessa natureza. Sinto que os momentos vividos e sentidos, se um dia nosso futuro relacionamento chegar a este ponto, com certeza farão com que tudo seja muito especial para ambos.

Seus olhos brilham e seu sorriso maroto me desequilibra, levando-me a morder seus lábios e meu corpo a se acomodar ao seu. A rede balança ao ritmo dos nossos corpos que se ajeitam.

— O que você está fazendo comigo, pequena travessa? — Meu pênis encaixa-se exatamente entre suas pernas.

— Talvez o mesmo que você está fazendo comigo, grande garanhão...

Deslizo pela sua fenda.

— Molhadinha!!! — Solto-a e agarro as laterais da rede, tentando nos afastar um pouco. Ela treme e protesta.

— Qual seu desejo, minha menina?

— Será que meu corpo responde à sua pergunta?

Ela levanta a pelve de encontro a mim.

— Você definitivamente não responde ao que pergunto, né? Então, vou ajudá-la a saber responder.

Mordo seu ombro, desço meu corpo lentamente, encaixando-me no dela, que é pequeno perto do meu. Minha audácia a deixa alarmada e ela contesta.

— Ai, garanhão, para que esses dentes tão afiados cravados na minha pele? Por favor, tudo menos mordidas!

— Com medo, menina desobediente da pinta atraente?

— Não se trata de medo... Está bem, já me convenceu a responder.

— Tenho certeza de que irá responder tudo o que eu perguntar. Meus planos são exatamente voltados para isto.

— Então, não me morde mais. — Faço que não ouço, mordendo levemente desta vez do ombro ao pescoço dela.

— Você confia em mim? — sussurro, entredentes, mordendo o lóbulo da sua orelha.

Patrícia Alencar Rochetty...

Toda minha dúvida passa pela capacidade de confiar. Se não confio nem mais em mim mesma, como farei isso com ele? Eu bem que disse a mim mesma, quando ouvi a sua voz pela primeira vez, que, se me virasse, não seria mais a mesma!

— Não sei!!!

— Na dúvida, entenderei sua resposta como um sim.

Não disse sim, mas que não sei! Só que demorei demais para verbalizar isso, agora vejo que é tarde demais, uma vez que o garanhão sedutor, com apenas um braço ágil, junta meus braços um ao outro, levanta-os acima da minha cabeça, deixando-me novamente à sua mercê. Com apenas dois dedos, ele segura meus pulsos presos, como se fosse um nó digno de Indiana Jones!

Sinto um aperto forte nos pulsos. Faço menção de gritar e de dar uma joelhada nele, mas, em vez disso, resolvo aguardar mais um pouco para ver até onde isso vai. Até agora, o Carlos não fez nada que me fizesse sentir medo ou insegurança. Assim, sinto minha pelve umedecida com uma gota de sêmen que sai da sua glande, que roça o meio das minhas coxas. Fico extremamente excitada, com meus hormônios em acordo com o Sr. G a nocautearem qualquer uma de minhas possíveis ações.

— Deveria ter dito apenas não, pequena. Posso ser muito malvado com você esta noite.

— Pode me chamar de pequena, mas saiba você que esta pequena perdeu o medo do bicho-papão há muito tempo.

— Hummmm!!! Este bicho-papão come menininhas. *Então come, gostoso*, penso comigo mesma.

— Quando eu era pequenininha, o bicho-papão nunca me assustou, mas, o homem do saco, deste, sim, eu morria de medo.

— Então um saco te mete medo? — Ele enfia mais seu membro entre minhas pernas até que eu sinta seus testículos encostarem no meu corpo.

— Na minha época, o homem do saco era mais bonzinho, não vinha com um taco junto...

Ele roça sua boca nos meus lábios, fazendo com que eu o sinta rir.

— Este homem do saco não só tem um taco, mas também adora introduzi-lo em bocas inteligentes.

— Ok!!! Mim promete ficar calada se ele fizer isso... — provoco, falando errado de propósito, com uma carinha de criança inocente, louquinha para chupá-lo inteirinho.

— Lançando-me um desafio, pequena? — pergunta ele, descendo a mão pela extensão do meu abdômen até chegar à minha pelve.

— E você está fazendo promessas, garanhão? — Provoco.

— Ele vai para sua boca assim que eu lhe castigar bem, para aprender a não ser tão atrevida.

Inacreditavelmente, consigo ficar molhada apenas com suas ameaças! Meus seios aproximam-se ao nível da dor, tão duros ficam.

— Eu tenho seu corpo à minha mercê e farei com ele, agora, as safadezas mais deliciosas... E, se você não se comportar, vou vendá-la também, ok? — diz isso encarando-me, enquanto se equilibra na rede junto comigo.

— Não!!! Escuridão de jeito nenhum! Vou ficar mudinha, sem nem mesmo gemer, e se gostar de alguma sensação farei apenas hum... hum... ou ham... ham... Mas não se engane, se fizer algo de que eu não goste, ficará aleijado.

Ele me cala com um beijo, dado com sofreguidão. Sua língua conquista cada fenda da minha boca. Sinto-me segura e um alívio estranho. Ele é carinhoso e mostra-me, uma vez mais, o quanto posso confiar nele. Quero tocar seu corpo, acariciar seu cabelo! Odeio a sensação de ficar presa! Amo minha liberdade, porém, a satisfação dura e crua que vejo em seus olhos excita-me, minha vontade fica em segundo plano diante do desejo de manter essa expressão em seu rosto.

Ele usa sua mão livre para deixar tremores por todo o meu corpo, brinca com a borda dos bicos dos meus seios, mordiscando-os, e lambe-os alternadamente.

— O que você quer primeiro, pequena?

— Hum... Hum... — brinco com ele e agradeço aos céus por não ter que dizer nada no momento. Ele que faça o que quiser de mim!

O som de um estalo e a ardência que sinto na pele, na altura do meu quadril, faz-me perceber que ele não está para brincadeira! Embora surpresa e um pouco horrorizada pelo gesto dele, tenho que reconhecer que estou adorando esse macho alfa! Ai, que loucura!!! Não me reconheço mais!

— Chupe-me — sussurro, rouca. — Foi você quem perguntou o que eu queria, garanhão.

— Onde? E olhe para mim, Patrícia! Quero que veja o quanto minha boca adora explorar seu corpo.

Foi-se o "menina" e surge o meu nome, que ele pronuncia com voz sensual, escandindo as sílabas com uma imponência que me tira do sério, bagunça meus sentidos e desperta cada glândula de excitação do meu corpo.

— Desde que a rede permita que você se movimente, quero que explore cada pedacinho do meu corpo com sua língua deliciosa e com essa boca macia e quente...

Isso é suficiente para fazer surgir uma expressão feroz em seu rosto. Ele puxa as franjas da rede que estão à altura de meus braços presos por sua mão e, não sei como, usa-as para me amarrar!

— Não duvide de minhas habilidades. — Ele morde meus seios, ajeitando-se mais abaixo.

— Nem de seus dentes... — gemo alto quando ele desce sua boca, mordendo cada pedaço do meu abdômen.

Mantendo seus olhos nos meus, crava os caninos em mim, como se a me mostrar que me afeta por dentro e por fora! Este homem tem o dom de fazer a dor ser excitante, e seus olhos provam o que venho confirmando a cada segundo a seu lado: ele está me levando para um lugar no qual ainda não sei se estou preparada para ir.

Ele continua sua exploração, fazendo como pedi, chupando tudo o que consegue alcançar em meu corpo, dando também mordidas. A excitação provocada por elas é ainda maior do que a dor, como se ele soubesse exatamente o quanto sou capaz de suportar. Quando percebe que estou em meu limite, ele sobe até meu rosto novamente, ajusta seu corpo ao meu, abre minhas pernas com uma dose de impaciência e penetra-me em uma só investida, chegando a me fazer sentir seus testículos de tão fundo que vai. Ele é intenso, bruto e gentil ao mesmo tempo. Meu orgasmo é forte e arrasador, e o sinto juntamente com o dele, que grita alto ao atingir o êxtase! O homem é tão competente que nem o percebi vestir a camisinha. Novamente ele me leva à exaustão e, ao perceber que estou saciada e esgotada, ele me abraça e me aconchega em seus braços.

— Responde uma coisa... — Exausta, faço força para conseguir perguntar a ele. — Como consegue pensar em tudo? E quando foi que pegou uma camisinha e trouxe para a rede?

— Nem eu mesmo sei como consigo pensar em tudo quando estou a seu lado! — Ele beija meu cabelo.

Capítulo 21

Patrícia Alencar Rochetty...

É surpreendente o que um banho pode fazer: além de nos livrar da tensão de um dia de trabalho e mandar embora junto com a água que escorre pelo ralo o estresse dos acontecimentos cotidianos, ainda permite reorganizar as ideias. Mas admito que não seja suficiente para paralisar meus desejos que gritam, lembrando-me que, do outro lado da porta, está um homem que, há dias, vem testando todos os meus limites e me levando à exaustão.

— Pequena, você viu minha pasta preta?

— Deixei na mesinha ao lado da poltrona da sala — grito, enquanto ensaboo o cabelo.

Desde o nosso fim de semana na ilha, não ficamos ainda um dia afastados. Assim, ele quase me flagrou algumas vezes mandando mensagens ao meu amigo Dom Leon, pedindo socorro. Com ele, consigo falar a respeito de meus medos e receios e, como sempre, leio respostas de incentivo para que me entregue cada vez mais a esse relacionamento que vem me tirando o chão onde piso.

O dia seguinte àquele furacão em Bonete foi mágico. Ele brincou com as crianças e foi um gentleman com a Barbarella, que quase me deixou roxa de tanto cutucão que me deu sempre que ele se dirigia a mim, tratando-me com carinho e proteção. Ele e o Marco identificaram-se tanto um com o outro que logo viraram cúmplices e planejaram diversos encontros. Pela primeira vez, em vários momentos consegui me vislumbrar casada com o Carlos, mas, claro que isto foi apenas uma brincadeira da minha imaginação.

O Luiz Fernando, que a Babby tanto quis me apresentar, agora é só o Nandão. O cara é engraçado e hilário. A Barbie que levou a tiracolo era simpática ao extremo, porém, fiquei de queixo caído ao ouvi-la chamá-lo de senhor! Não quis perguntar nada sobre isso ao Carlos, com medo de que ele tivesse ideias equivocadas e pensasse que eu estava interessada nesse assunto, mas tenho certeza de que o Nandão é um dominador nato, daquele tipo que se lê nos livros. Contei sobre ele ao Dom Leon, que afirmou, com todas as letras, que o cara é um dominador mesmo. Assim, fiquei com a pulga atrás da orelha pela forma como ele a tratava e, mais ainda, por que ela aceitava isso! Anos depois de uma mulher queimar o sutiã em praça pública... Tanto trabalho para nada?

— Não posso esperar por você hoje — diz ele, entrando no banheiro, vestido com um terno azul-marinho e gravata no tom turquesa. — Tenho reunião na matriz às 9h. Olha, daqui a Cabreúva, embora seja perto, demora-se bastante! Fico admirado de ver como você e o Nandão moram aqui e vivem a maior parte do tempo dentro do carro, levando horas para irem de uma esquina a outra! — Ele me encara enquanto deslizo a mão pelo corpo. — Provoca mesmo, pequena! Quanto maior a provocação, mais minhas ideias fervilham para retribuir cada ousadia.

— O jantar à noite está de pé? — De repente, sinto-me insegura, coisa que, aliás, vem ocorrendo todas às vezes em que ele diz que está indo para Cabreúva... Para não revelar esta minha insegurança, completo. — A Babby falou a semana inteira do jantar que você e o Marco vão preparar. Até achamos que vocês estão trocando receitas por mensagens. — Rio, divertida.

— As melhores receitas, pequena! Agora, fecha esse chuveiro e vem aqui me dar um beijo.

— Não, senhor! Vem você aqui sentir a temperatura da água e receber um beijinho molhado.

— Não.

— Ah, então vai ter que ir embora sem meus lábios tocarem os seus... — provoco, dando um sorriso sem-vergonha e fechando a torneira do chuveiro.

Abro a porta do boxe e estico meus braços para ele.

— Pelo menos me abraça e enxuga com seu corpo... Passe o dia com meu cheiro impregnado em sua roupa!

— Você sabe que vai pagar por isso, né? — Ele me surpreende e me abraça, sem se importar com meu corpo molhado, e inclina sua boca contra a minha. Fecho os olhos e sinto seus lábios se moverem. — Depois do jantar de hoje, vamos para minha casa? Venha passar o fim de semana no meu cantinho. — Ele move a ponta da língua por uma gota que escorre em meu rosto.

— Só se for amanhã depois do almoço. Tenho uma reunião importante com um cliente. Se achar melhor, podemos marcar para a semana que vem.

Ele me olha desconfiado, pois sempre encontro uma desculpa para não ir para a casa dele, mas não diz nada.

— Sem problemas, marcamos para outro fim de semana.

A resposta não é a que eu esperava, porque ele nunca insiste. Queria mesmo que ele contestasse minha objeção, mostrando que se importa com isso! Mas fico mesmo é impaciente e balançada. Nada com ele é previsível. Burra, mil vezes burra! Será que não aprendi que não se pode dar opção de escolha para um homem? Assim, corre-se o risco de você passar a nem ser mais a opção dele! Mas, no fundo, não é isso que quero que aconteça?

Sempre me escondi atrás de minhas defesas e, de repente, vejo-me desprotegida até de meus próprios sentimentos! Ele me desestabiliza e não consigo erguer nenhuma barreira entre nós! Quando acho que vou afastá-lo, ele se torna compreensivo e condescendente com minhas respostas, sem me dar chance de recuar e acabar com isso que nós temos.

— Encontramo-nos à noite, então — respondo, fria e distante.

— Cuide-se, pequena! — Beija minha boca, acaricia meu pescoço e vai embora.

Por que tenho que estragar tudo quando a vida me sorri? Prefiro achar que ela está sempre debochando de mim... Tenho vontade de gritar, chorar, espernear e xingar a mim mesma de todos os nomes, porque inventei uma reunião que não vai acontecer. Como sou estúpida! Por que não assumo que estou evitando como o diabo à cruz estreitar ainda mais nossa ligação, como se ir até a casa dele fosse a admissão de que temos algo mais sério?

Olho-me no espelho, parecendo ouvi-lo dizer as palavras certas: "Querida, quem deve reparar se seu cabelo ficou bom é seu cabeleireiro, não seu amigo de transa. Você não pode criar expectativas quanto às ações e reações dele quando o mantém do outro lado da muralha que se recusa a derrubar!".

Arrumo-me decentemente, com um vestido preto na medida certa, isto é, quatro dedos acima do joelho, que deixa as costas parcialmente desnudas, e uma calcinha minúscula, já que não vou ter tempo de voltar para casa para trocar de roupa. Assim, tento misturar o casual com o sofisticado, sendo que o detalhe da calcinha é para o caso de o garanhão me convencer a passarmos a noite juntos.

Hoje vou almoçar com as meninas, uma vez que nosso happy hour não acontecerá em virtude do jantar na residência do casal Doriana. Consegui enrolar a semana toda para responder às especulações delas a respeito do Carlos, criadas porque, todos os dias pela manhã, recebi um presente diferente. Na segunda-feira, quando voltei à realidade depois daquele fim de semana mágico, recebi flores com um bilhete charmoso, em que se lia apenas: "*Vejo você hoje? CTJ.*" Não só viu, mas também acabou dormindo em minha casa, coisa que nunca permiti a homem algum!

Na terça-feira foi ainda pior, ou melhor, sei lá! Acordei 20 minutos atrasada por culpa dele, que me manteve bem ocupada durante a noite, e, quando cheguei ao escritório, havia uma cesta de café da manhã na minha mesa com outro bilhete: "*Ficarei em São Paulo hoje. Almoça comigo? CTJ*".

Na quarta-feira, quando acordei, imaginei que era cedo ainda por causa da luz fraca que atravessava a fina cortina do meu quarto. Fechei os olhos procurando encontrar o sono novamente. Então, percebi alguns dedos quentes alisando as curvas do meu corpo, causando uma briga interna intensa entre meu corpo, que já estava acordado e excitado, e minha mente, ainda sonolenta.

Ele enfiou a mão entre minhas pernas e só me lembro de ele perguntar se tinha me acordado... A partir daí, não restou nenhuma parte do meu corpo adormecida.

No dia passado, mandou uma mensagem: estava voltando a São Paulo e queria me levar para jantar. Fomos a um restaurante charmoso, Trattoria do Sargento, e encerramos a noite novamente na minha cama! Uma parte de mim quer se acostumar com tudo o que está acontecendo, entretanto, a outra parte sinaliza que chegou o momento de se afastar.

Saio do quarto, apressada. Este homem está me tirando da rotina e rompendo meus paradigmas! Entro na sala para apagar a luz da sala de jantar...

— Será que meu garanhão ainda não entendeu que tenho janelas suficientes para não precisar acender nenhuma luz durante o dia? — Paro, levando as mãos à boca.

No lugar de uma tela simples, há uma aquarela que estava à venda no restaurante, e que achei muito bonita. Eu comentei com ele como fiquei fascinada pelo quadro e, na verdade, permaneci vidrada nele a noite toda, apesar de não conseguir identificar nem a imagem, nem a mensagem transmitida.

— Mas como ele comprou esta tela? Eu só saí do seu lado por alguns minutos para ir ao banheiro! Por que ele fez isso?

Deixa, Patrícia... Não vai surtar agora só por que ele quis dar um presente para você, né? Não vai querer fazer drama, como se vê nos livros, quando a mocinha se sente mal em aceitar um presente porque não está à venda. Você não pediu nada a ele, se ele deu, foi porque quis.

Hipnotizada pela tela, aproximo-me para analisá-la de perto. Não sou expert no assunto e, para falar a verdade, acho que esta é a primeira obra de arte que entra no meu apartamento. A palavra certa para definir meus sentimentos ao olhar a imagem abstrata é deslumbre. Não sei exatamente o que o artista expressou, mas sinto uma atração irresistível pela combinação de cores exposta na tela. Suas formas são desalinhadas e predomina um caleidoscópio em que cada cor aponta em uma direção. Em outras palavras, é como se ela não fosse para ser entendida, mas, sim, para ser sentida. É intrigante e conflitante, assim como meus sentimentos agora. Não posso rejeitar um presente, porém, não posso me deixar seduzir por todos os mimos com que ele me presenteia diariamente.

Nesse sentido, olhar a pintura é como partir para uma viagem com muitas possibilidades. Para compreendê-la, é preciso ter vivido intensamente uma ampla gama de sentimentos verdadeiros, coisa que eu, diga-se a bem da verdade, não sei se quero. Esta pintura está me fazendo parar de afundar a cabeça na areia feito avestruz e perceber que não dá para continuar fingindo viver um conto de fadas.

É certo que o Carlos é quase um príncipe encantado: é gostoso, rico, lindo, atencioso, paciente e, por incrível que pareça, não deixa um par de meias ou cuecas fora do lugar ou para eu lavar depois. Ou seja, não é folgado nem quer impor sua presença a mim, inclusive nem seus produtos de higiene ele deixa aqui! E respeita meu tempo. Claro que ele tem seus defeitos, como todo ser humano. É vaidoso, controlador e intolerante com incompetência, além de estar acostumado a ter as coisas como quer. Pesando tudo, saio no lucro, mas... estou me sentindo sufocada e acuada, como se tivesse que tomar alguma decisão e não fosse justo mantê-lo ao meu lado quando, inconscientemente, sinto que não conseguirei entregar-me de fato a esse relacionamento.

Sinto um frio na espinha, uma angústia apertando meu coração! Como se estivesse sendo fechada em um cubículo sem luz ou ar, prestes a ser enterrada viva. Minha respiração se descontrola e começo a ficar apavorada. Tento puxar o ar, mas ele não vem. Começo a rezar e a pedir para todos os santos que me ajudem, não estou no tal cubículo, estou na sala do meu apartamento, muito familiar e aconchegante, com várias janelas permitindo a entrada de ar! Começo a pensar no Biel e na Bella, nos momentos em que nos divertimos juntos, respiro bem fundo e só então sinto o ar fluir. Devagar, vou voltando a mim e tendo, novamente, domínio sobre minha respiração...

Repito o gestual e, com medo de que isso tudo volte a acontecer, paro de tentar explicar o inexplicável e decido ir trabalhar, tendo apenas a certeza de que vou ter de resolver essa situação com o Carlos de maneira a não magoá-lo, porque sei que se fizer isso estarei ferindo a mim mesma...

Ainda tentando ocupar minha mente com outras coisas para limpar meus pensamentos sinistros, levo minha mão ao interruptor e vejo nele pregada uma folha com uma caligrafia desenhada. Será que até a letra dele é perfeita? Pois, até agora, tudo o que escreveu foi digitado.

> *Toda arte encontra um olho apreciador que consegue captar seus propósitos. Portanto, aceite o presente como um direito seu; esta obra merece você como sua melhor proprietária.*
> *CTJ*

O que faço com você, garanhão? Dá para mostrar apenas uma coisinha negativa a seu respeito? Assim eu me apegaria a ela para não querer vê-lo mais! Será que você não entende o que está acordando dentro de mim? Há dias, flashes de um passado muito distante, que não estou a fim de recordar, vêm aparecendo. Infelizmente, sinto que ficar com você fará com que muito medo e insegurança me invadam! Sou corajosa para enfrentar praticamente tudo, mas o monstro adormecido que vive nas profundezas de meu inconsciente me põe para correr...

Mando uma mensagem para ele.

> *Adorei o presente!!! Sinto-me a mais sortuda proprietária de uma obra que ainda não me revelou o que é...*
> *PAR*

Já no trabalho, sentada à minha mesa, ouço um aviso sonoro de mensagem interna.

> *Bárbara: Ocupada?*
> *Patrícia: Um pouquinho, uma vez que a minha sócia decidiu que daqui a uma semana estarei saindo de férias.*

Se bem que essas férias não poderiam calhar em melhor momento! Acho que uma viagem de alguns dias, longe de toda esta carga emocional que a presença do Carlos em minha vida está causando, me fará bem. Vou conseguir pôr as coisas em perspectiva sem o embotamento das emoções intensas que ele desperta em mim.

Bárbara: Talvez sua sócia se preocupe mais com você do que você mesma.

Se ela quer conversar, sei que não vai esperar, eu estando ocupada ou não.

Patrícia: Na minha sala ou na sua?

O som desta vez não é de mensagem, mas sim, da minha porta sendo aberta após uma batidinha suave.

— Posso entrar?

— Não — respondo, divertida. — Estou ocupada. Claro que pode entrar, sua boba.

— Serei breve. — Conheço o "breve" dela. — Animada para daqui a duas semanas estar de folga desta loucura? — É a tal da inveja branca que falam, mas essa minha amiga, a cada dia que passa, fica mais linda! Nem parece que teve dois bambinos! Será que o casamento pode, de fato, não estragar uma pessoa?

— Bem animada. Em princípio, relutei um pouco porque você sabe o quanto este escritório me faz bem, porém, a saudade dos meus pais apertou e acho que uns dias longe de tudo e de todos serão bem proveitosos.

— Querendo fugir de algo, amiga? — Ela esperou eu responder, encarando-me, tentando captar alguma coisa nas minhas atitudes.

— Do que eu fugiria? Não entendi sua pergunta.

— Fala sério, Patrícia! Sei muito bem por que repentinamente está feliz com suas férias! — declara, entendendo muito bem meus reais motivos.

— Francamente, Bárbara, não sei do que você está falando! — Eu é que não vou facilitar esta conversa. Se eu não quero ser honesta nem comigo mesma, porque tenho que falar a esse respeito com ela? — É você que vem exaustivamente, devo acrescentar, insistindo para que eu tire férias. Agora que concordei, você acha outro motivo para me atormentar, é?

— Então, eu vou admitir em voz alta o que você não quer fazer para si mesma. Você aceitou minha proposta sem contestar porque quer ficar longe do que está começando a viver ao lado do Carlos. Não que ele tenha contado algo ao Marco, até porque eles não são tão próximos assim, mas eu os ouvi conversando e ele deixou escapar que vocês se viram durante a semana toda.

Sei que ela espera que eu admita isto como uma possibilidade.

— Sim, nos vimos, o que não significa que está acontecendo alguma coisa entre nós, Bárbara. E justamente por não estar é que vou visitar meus pais, que não vejo há mais de seis meses — enfatizo o período de tempo.

— O que nós temos não significa nada. Ele é apenas mais um dos meus relacionamentos carnais, se é que me entende, amiga!

— Acho que vocês formam um casal bem romântico. — Ela não vai desistir, só vai sossegar quando me ver jogando o buquê para as minhas amigas solteironas.

— Por que você quer tanto me levar ao altar?

— Porque eu acho que você merece se dar uma chance de tentar ser feliz, jogando-se de cabeça em um relacionamento. Preciso dar mais algum bom motivo?

— Você gostou dele, né?

— Gostei de como ele tratou você no fim de semana. Gostei da maneira como ele interagiu com todos nós, apenas porque queria ficar mais próximo de você. Gostei de ele não dizer amém a tudo o que você fala. Agora admita que não está resistindo aos encantos do bonitão! Porque, quando comecei com o Marco, nós olhávamos um para o outro exatamente do mesmo jeito que vocês fazem.

— Comigo e com ele? — Dou uma risada irônica. — Não está acontecendo absolutamente nada comparado a como era entre você e o Marco, Bárbara! Estamos apenas curtindo um sexo bom e explosivo. — Mas, ao contrário, sei bem que nosso relacionamento vai mais além e isso fica rondando minha cabeça.

— Seja lá o que você quer que seja, siga meus conselhos e abra as portas do seu coração.

— Vai almoçar comigo e com as meninas? — Desvio o assunto porque não sei o que responder e, por mais que a ame, não quero falar disso nem com ela.

— Não posso! E foi exatamente isto que vim fazer aqui, avisar que a Nana precisará sair mais cedo hoje. Por este motivo não poderá ficar com as crianças. Então, não volto depois do almoço. Espero vocês em casa mais tarde.

— Estaremos lá. — Sinto uma vontade imensa de contar o que aconteceu hoje pela manhã para ela, desde o lance do convite para ir passar o fim de semana na casa dele até as estranhas sensações diante do quadro e minha crise de pânico, mas, quando vou começar a falar, o telefone dela toca e ela se levanta dizendo que é o Marco, acenando com a cabeça para se despedir.

Fico com essa interrogação na cabeça e, em um afã de desabafar, pego meu celular e mando uma mensagem ao meu mais novo melhor amigo. Pelo menos ele não me conhece pessoalmente e, virtualmente, posso fazer careta, xingar e espernear que ele nem vai ver e tentar decifrar o que sinto de verdade. Ao navegar pela página dele, fico surpresa, pois, em vez de postagens ligadas a BDSM, como é comum, suas mensagens estão diferentes! Todas elas são voltadas a uma única pessoa, embora ele não diga seu nome, mencionando apenas "minha menina" ou "menina". Hum, acho que o Dom Leon está apaixonado! Curto todas elas e envio uma mensagem *inbox*.

> **Patrícia Alencar Rochetty:** *Olá!*
> **Dom Leon:** *Olá, pequena! Como está?*
> **Patrícia Alencar Rochetty:** *De verdade ou de faz de conta?*
> **Dom Leon:** *Desde quando você precisou fazer de conta comigo? O que está havendo? Parece-me que está acontecendo algo sério...*
> **Patrícia Alencar Rochetty:** *Estou um tanto quanto confusa! Penso que as coisas não funcionam de jeito normal para mim!*
> **Dom Leon:** *Já lhe disse para não pensar muito! Será que posso perguntar do que tem tanto medo?*
> **Patrícia Alencar Rochetty:** *Não, não pode. E para seu conhecimento, não tenho medo de nada, só acho que essa ideia de relacionamento permanente não vai funcionar comigo. Já vi o amor de perto e sei o quanto ele é perigoso. Assim, nem tenho como sentir medo de algo que nem pretendo dar chance de acontecer...*

Uma lágrima escorre pela minha face, sinto um aperto forte no peito e meus olhos se perdem no nada.

> **Dom Leon:** *Então você não ama nem seus amigos e parentes? Porque, se isto for verdade, quem ficará com medo de você serei eu!*

Patrícia Alencar Rochetty: *Claro que amo minha família e meus amigos, seu bobo! Eu só estou dizendo que não quero sentir esse amor homem/mulher. Este sim é uma bomba que sempre explode com consequências catastróficas...*
Dom Leon: *Quer falar a respeito do que a levou a pensar assim? Alguém a magoou?*

Sinto muito, Dom Leon, pergunta errada! Nem com você quero falar a esse respeito. Se nem eu mesma sei muito bem do que se trata!

Patrícia Alencar Rochetty: *Dom Leon, vou entrar em uma reunião agora. Falo com vc depois. Beijo no coração!*
Dom Leon: *Cuide-se, pequena! Saiba que sempre estarei aqui torcendo para que você se permita entregar-se de corpo e alma a um sentimento que pode fazê-la muito mais feliz e plena. Beijo para você também.*

Bato na mesa com força. O que é isto? Por que, pelo que parece, após tanto tempo adormecido, algo muito ruim quer voltar à minha mente? Nervosa e nostálgica, resolvo ligar para minha mãe. Hoje definitivamente não conseguirei trabalhar...

— Alô! — Ouço a voz baixinha, macia e cansada do tempo.

— Mãe? — As lágrimas escorrem pelo meu rosto, sem qualquer controle, coisa que é absolutamente inédita em mim!

— Guria, que saudade de ti!

— *Bença!* Também, mãezinha! Como está o pai?

— Bah, tá bom. Foi lá na casa do seu Zé Gerardo, porque parece que atolou o carro do Marquinho e ele foi lá ajudar.

— Mãe, semana que vem estarei indo para aí.

— Seu pai vai amar! Ele fala de ligar para tu todo santo dia.

— E por que não liga? Só eu que ligo para vocês!

— Piá, fazemos tudo o que o que podemos para o dinheiro dar, tu sabes! Cada hora é um batendo aqui na porta, cobrando alguma coisa! Aí, acabamos deixando de pagar algumas continhas...

Que inferno! Será que isso nunca tem fim?

— Mãe, vou fazer aquilo que eu deveria ter feito há muito tempo! Quando chegar aí, vou colocar todas as faturas de água, luz e telefone em débito automático na minha conta! Não é possível que o Eduardo não tome jeito!

— Bah, ele tem tentado, filha! Até tinha arrumado um emprego na mercearia do seu João, mas um moço que trabalhava lá inventou que ele estava desviando algumas coisas do depósito e ele foi mandado embora. Depois disso, guria, ele só vem piorando... Bah, mas... Fia, tu sabe que certas coisas é difícil da gente superar... Eu já me dou por feliz de tu seres essa menina pé no chão que é diante de tudo o que vocês passaram!

Meu coração chora em silêncio. Como eu queria ter o poder de mudar tudo isto e, também, que ele tivesse encontrado a coragem de viver de outra forma, assim como eu, encarando o mundo sem medos e culpas. Ele transformou a própria vida em um filme de terror, já se internou em clínicas de reabilitação tantas vezes que não dá nem para contar em todos os dedos das mãos e dos pés juntos. No fundo, sinto-me um pouco culpada por ter fugido de tudo, inclusive dele.

— Fia, tu estás ainda aí?

Enxugo as lágrimas.

— Estou sim, mãe... — Respiro fundo e digo. — Mãe, obrigada por ser quem você é. Obrigada por cuidar dele e, por mais irresponsável que o Eduardo possa ser, você nunca o abandonar.

— Guria — diz, firme — eu e meu velho nunca que íamos abandonar vocês!

— Eu sei disso. — Fungo o nariz, que escorre por causa do meu choro silencioso.

— Tu estás chorando?

— Não, mãe! É o ar-condicionado daqui do escritório que é muito gelado — minto, porque sei o quanto ela já sofreu com cada lágrima que viu cair dos meus olhos e do Eduardo. — Mãe, preciso ir! Ligo para você na semana que vem! Manda um beijo para o pai e outro para o desajuizado do Dado.

— Mando, sim! Quando tu vieres, vou fazer seu bolo preferido. Chau, fia!

As lágrimas teimosas continuam a escorrer pela minha face por causa de algo que não tem mais volta... Sinto-me angustiada porque, apesar de saber que nunca é tarde para se tentar mudar o que não está bem, lamento por não ter agido de outra maneira. Não sei se tenho forças suficientes para tentar uma mudança após tanto tempo planejando minuciosamente o caminho que eu trilharia...

Hoje sei que sou a mesma menina por dentro, só que agora uma menina grande, com contas para pagar. Amadureci positivamente com a idade e o trabalho duro, típico de gente grande. Não sei se venci ou se perdi, mas também, que importância isso tem quando o amor foi capaz de acabar com tudo?

Uma vez mais, sinto uma pressão enorme no peito, uma angústia sem fim e minha respiração falha, o ar não chega aos meus pulmões. Sinto lágrimas correrem abundantes por meu rosto e, após alguns minutos, consigo respirar normalmente outra vez. Estou de volta ao mundo dos vivos!

Mal me recupero e meu celular toca a música de chamada do Carlos! Penso em não atender, mas muito mais forte que eu é meu impulso de empurrar para longe tudo o que funciona como um gatilho para esta sensação de pânico horrível. E, com certeza, o Carlos é o maior deles, queira eu ou não admitir isso... Então, resoluta, decido dar o primeiro passo para acabar de vez com o problema.

Carlos Tavares Júnior...

Após uma hora e meia de engarrafamento infernal, chego 40 minutos atrasado para a reunião com toda a diretoria de logística, operacional e mestres cervejeiros. Entro na sala de conferência e os presentes acenam, alguns com cara de deboche por meu atraso, outros espantados. O Nandão ligou para mim durante a viagem e, sem muitos detalhes, contei a ele que estava preso no trânsito de São Paulo que ele tanto ama.

A pauta da reunião já havia sido entregue a todos. Respiro fundo e, sem delongas, vou direto ao ponto crucial da reunião.

— Senhores, peço desculpas pelo atraso. Todos sabem que não gosto disso, mas tive um imprevisto hoje pela manhã. Farei o possível para evitar me atrasar novamente! — Desde que assumi a presidência venho mantendo minha regra de honrar meus horários e exigir o mesmo de todos. — Sugiro que comecemos. Solicitei a todos, por e-mail, o planejamento diário a respeito da exportação dos nossos produtos, mais especificamente da cerveja bock. Como os senhores puderam ler na pauta, estive visitando diversos clientes pela Europa e pude identificar uma alteração no sabor do nosso produto.

Encaro cada membro da reunião, todos seguros de si quanto aos seus deveres e procedimentos, porém, existe uma falha que temos que resolver. Saber produzir uma boa cerveja é muito importante, mas só isso não garante o sucesso de uma organização. Administrar uma companhia bem-sucedida envolve também gerenciar relacionamentos. Não depende simplesmente de acertar uma fórmula, mas, sim, de alcançar continuamente as expectativas de quem se relaciona com a empresa, no nosso caso, os consumidores. Além de um produto de qualidade, boa gestão e pessoas comprometidas devem estar na mesma sintonia.

No nosso caso, temos quatro tipos de *stakeholder* que devem caminhar juntos. Em primeiro lugar, estão nossos clientes, razão de ser da nossa empresa e pelos quais vou ao limite para conseguir satisfazê-los. Em segundo lugar, estão as pessoas que trabalham na empresa. Faço questão de conhecer todas elas, motivo pelo qual alguns me chamem de louco, acusando-me de ser muito controlador... Mas eu diria que sou proativo em relação ao time que trabalha e torce pela minha empresa. Time que joga junto tem mais força para matar um leão a cada dia. Em terceiro lugar, os acionistas que, com o crescimento da empresa, foram fundamentais para sua saúde financeira. O quarto e último elemento é a imagem da minha empresa e sua aceitação no mercado pelos clientes. Todos estes devem estar na mesma sintonia.

— Talvez o armazenamento do produto não esteja sendo adequado — fala o sr. Sérgio Gaspar, um dos nossos mestres cervejeiros mais antigos, formado na Alemanha. Ele vem trabalhando conosco desde quando meu pai fundou a empresa.

— Sérgio, este é o ponto? O armazenamento, aparentemente, está dentro dos padrões requeridos, então, foi justamente por isso que convoquei esta reunião, para sanarmos o problema da alteração do sabor do produto.

— Pode ser o problema do transporte, o chacoalhar dos navios ou até dos caminhões, o tempo de armazenamento inapropriado no porto...

— O que é isto, agora? — questiona o Nandão. — Fica mais fácil atribuir o problema à logística do que procurar sua verdadeira causa?

— Não podemos trabalhar com suposições no que diz respeito às causas que alteram o sabor do produto. — Chamo a atenção de todos para mim. — Vamos verificar o que podemos fazer. Nandão, quero que você e o Sérgio acompanhem desde a fabricação até o armazenamento do produto e daqui a 15 dias faremos nova reunião para discutir o que puderam observar.

Assim que a reunião termina, reviso alguns documentos. Resolvo fazer uma pausa para um café e permito que algumas lembranças vividas com minha pequena surjam em minha mente... Mais especificamente, recordações de um passado próximo em que ela segurou tão avidamente as fitas e que desejo reviver no futuro... Mas, dessa vez, com outro instrumento de restrição: as admiráveis e belas gravatas que coleciono, com suas infinitas funcionalidades... Começo a ficar excitado, mas percebo que já é quase horário de almoço e a única fome que posso me permitir agora não é a de Patrícia! Levo ainda uns minutos para imaginar que nada me faria mais feliz do que sentir sua respiração ofegante e seu pulso acelerado sem saber qual vai ser meu próximo passo.

Vejo uma mensagem dela no celular enquanto encosto o café quente em meus lábios, que salivam com a lembrança do sabor de creme de caramelo que ela tem. Começo a trocar mensagens com ela. O teor dessa conversa está me deixando realmente apreensivo.

> **Patrícia Alencar Rochetty:** *Olá!*
> **Dom Leon:** *Olá, pequena! Como está?*
> **Patrícia Alencar Rochetty:** *De verdade ou de faz de conta?*
> **Dom Leon:** *Desde quando você precisou fazer de conta comigo? O que está havendo? Parece-me que está acontecendo algo sério...*
> **Patrícia Alencar Rochetty:** *Estou um tanto quanto confusa! Penso que as coisas não funcionam de jeito normal para mim!*
> **Dom Leon:** *Já lhe disse para não pensar muito! Será que posso perguntar do que tem tanto medo?*
> **Patrícia Alencar Rochetty:** *Não, não pode. E para seu conhecimento, não tenho medo de nada, só acho que essa ideia de relacionamento permanente não vai funcionar comigo. Já vi o amor de perto e sei o quanto ele é perigoso. Assim, nem tenho como sentir medo de algo que nem pretendo dar chance de acontecer...*

Como assim? Dei todo o espaço de que ela precisa, respeitei seus limites e fui o mais compreensivo possível com suas repostas esquivas, e nem assim ela pensa em dar uma mínima chance que seja para nós dois? E que história é essa de o amor ser perigoso? Pelo que entendi, ela não amou homem nenhum! Ou será que isso foi o que eu quis entender? Tenho que saber mais.

> **Dom Leon:** *Então você não ama nem seus amigos e parentes? Porque, se isto for verdade, quem ficará com medo de você serei eu!*

Patrícia Alencar Rochetty: *Claro que amo minha família e meus amigos, seu bobo! Eu só estou dizendo que não quero sentir esse amor homem/mulher. Este sim é uma bomba que sempre explode com consequências catastróficas...*
Dom Leon: *Quer falar a respeito do que a levou a pensar assim? Alguém a magoou?*

Sua resposta está demorando mais que o normal, o que me leva a pensar que dei um fora fazendo a pergunta errada! Mas preciso tentar que ela fale a respeito do amor para eu descobrir o que vai no coração dessa minha quimera tão arredia! Se ela está tentando escapar de mim, devo descobrir todos os elementos possíveis para evitar que isso aconteça, nem que tenha que jogar baixo como estou fazendo, usando o Dom Leon para obter informações... Finalmente, ela responde.

Patrícia Alencar Rochetty: *Dom Leon, vou entrar em uma reunião agora. Falo com vc depois. Beijo no coração!*
Dom Leon: *Cuide-se, pequena! Saiba que sempre estarei aqui torcendo para que você se permita entregar-se de corpo e alma a um sentimento que pode fazê-la muito mais feliz e plena. Beijo para você também.*

Mais uma vez ela escorrega por entre meus dedos, deixando-me com uma sensação de perda. Minha estratégia tem sido viver um dia de cada vez, lidando com ela a partir do aprendizado dos dias anteriores, como hoje cedo. Resolvi não forçar a situação e agir como se estivesse de acordo com o que disse, mesmo que por dentro minha vontade fosse jogá-la no meu colo e dar umas boas palmadas até convencê-la de que esse pretexto não me faria desistir fácil! Porém, quando vi a reação dela à minha resposta, entendi que ela esperava outra coisa, que eu forçasse a barra. As coisas funcionam para ela no sentido contrário do que sinaliza. Ao mesmo tempo que essa mulher precisa de carinho, também necessita de um tratamento de choque para despertar. E eu tenho que ter cuidado para perceber quando devo lhe dar um ou outro.

Durante toda a semana, desde que voltamos de Ilhabela, não ficamos separados um dia sequer! Percebi sua alegria e sua receptividade constantes, porém, confesso, tenho a sensação de que tenho agido como uma espécie de Henry Roth, personagem do filme *Como se Fosse a Primeira Vez*! Não sei o que o destino reserva para nós, já que ela ainda não tem ideia de que sou um dominador, mas o mais importante é o que eu estou sentindo e que sei que ela retribui. Entre nós existe química, assunto e emoção!

Ela é impulsiva, desafiadora, tem um humor sagaz que quase sempre usa de maneira sarcástica. Não existe um minuto de rotina ao seu lado! Por este motivo, não quero desperdiçar nosso tempo com pequenos fantasmas. Nunca tive problema em sair com alguém por mais de uma vez. Para mim, enquanto rola diversão e se estamos bem em estar um com o outro, está tudo bem. Mas confesso não entender o motivo de ela me olhar com tanto receio quando faço menção a qualquer planejamento futuro que nos envolva. E por ainda não ter decifrado esse enigma que ainda não revelei quem sou. Como cantou Cazuza, as coisas boas chegam com o tempo e as melhores chegam de repente.

— Tem cola na xícara?

Desperto. O café acabou, mas continuo com os lábios presos no recipiente.

— Refletindo tudo o que tenho para fazer ainda hoje.

Nandão lê minha mente.

— Por acaso tudo o que você tem a fazer hoje tem a ver com cordas, pregadores e plugues?

— Você é um sacana.

— Nasci para isso! E acho que é justamente por este motivo que sei por que seu bocão grudou na xícara. Se fosse um doutor, teria que analisar seus pensamentos e estes, amigão, com certeza diria que você está perdido.

— A palavra certa é desorientado.

— Um bom sinônimo para apaixonado... Já vi várias palavras serem usadas para expressar o fato de um homem estar de quatro por uma mulher, mas esta é nova para mim! E por falar em ficar de quatro, se tiver algum problema com esta posição, deixa ela comigo uma noite, que a domestico direitinho para você — provoca ele.

Pela primeira vez em todos esses anos de amizade, sinto as juntas de meus dedos doloridas pela força com que seguro a haste da xícara, a fim de me impedir de dar um soco na cara dele por mencionar o que poderia fazer com ela.

— Tem ido ao dentista? — rosno entredentes. — Espero que não precise fazer uma consulta de urgência. Além disso, imagino que seria muito esquisito para alguém como você, que se diz um dom, aparecer banguela para suas submissas. E mais, seu trabalho com o Sérgio começa amanhã cedo, de forma que teria de ficar assim até descobrir o que está acontecendo.

— O negócio está mais sério do que eu imaginava. — Ele levanta os braços em rendição. — Retiro minha proposta! Não que eu duvide de sua intenção de me desdentar, mas sei respeitar os sentimentos de um amigo. Quanto à nossa investigação, eu e o Sérgio seguiremos a rota amanhã. Iremos começar já na saída do produto da fábrica, já que a cerveja bock é fabricada da mesma forma para os mercados nacional e internacional.

O melhor de nossa amizade é que um sabe até onde pode chegar com o outro, sempre respeitando os espaços e limites. Acabamos almoçando juntos e o assunto Patrícia não é mencionado novamente por nenhum de nós. Esse acordo de cavalheiros sempre nos fortaleceu como amigos.

Passo o resto da tarde em minha mesa cheia de trabalho, assinando contratos e, depois, realizando mais uma reunião, desta vez com o departamento de marketing, um dos poucos com o qual faço questão de conversar duas vezes por semana. Sei que não existem consumidores que possamos chamar de fiéis no mercado cervejeiro, motivo pelo qual o departamento precisa fazer pesquisas mercadológicas diárias. Uso muito as teorias de Philip Kotler, um dos autores mais renomados da área de marketing na atualidade. Para ele: "Marketing é um processo social e gerencial pelo qual indivíduos e grupos obtêm o que necessitam e desejam através da criação, oferta e troca de produtos de valor com outros". Aqui trabalhamos com os famosos quatro "Ps" e um Q, que são: Produto, Preço, Praça, Promoção e Qualidade. Exijo que nosso departamento de marketing trabalhe para entender o consumidor e oferecer o melhor produto, a um preço certo (daí a necessidade da pesquisa de mercado), no local certo, com a promoção certa, porque não podemos errar. O mercado existe, os produtos são ótimos, então, o que resta a esse departamento é a obrigação de conquistar o consumidor.

Saio do escritório às 17h em ponto. Sinto-me profissional, com uma carga horária cumprida. Passo em casa e pego uma pequena muda de roupa, que pedi para a Maria das Dores deixar pronta. Na verdade, quando me mudei para a fazenda, minha intenção era a de não fazer mais isso todos os dias, mas acabou que repito o mesmo ritual de antes. Porque não vou me arriscar a aborrecer a Patrícia deixando meus trapos sujos para ela lavar. Tenho um monte de roupas no meu apartamento de São Paulo, porém, acho que seria maior desperdício de tempo ir até lá, com o trânsito terrível daquela cidade, do que vir buscar aqui.

Quanto a isso, nem sei se a minha quimera se deu conta, mas, aos poucos, tenho deixado alguns objetos pessoais na casa dela. Se percebeu, tampouco sei se está confortável com isso, mas esse foi um jeito sutil de lhe mostrar que vim para ficar. Não quis me arriscar a deixar roupas, com receio de que ela pense que estou procurando uma lavadeira e passadeira. Por isso, escolhi deixar pequenos objetos, como um relógio em um dia, um cinto no outro, um xampu no seguinte, com a única e exclusiva intenção de marcar território.

Nas diversas vezes em que conversamos, mesmo pelo pouco que se abriu, percebi que ela nunca viveu um relacionamento em que um homem tenha deixado sequer um lenço em sua casa. E o melhor de tudo é que ela nunca deixou nenhum bastardo dormir em sua cama. Aliás, pelo que pude depreender nas vezes em que se referiu a eles como seus malditos boys magias, nunca transou com nenhum deles lá. Este sentimento de exclusividade pode ser pré-histórico, mas que se dane. No momento, o que mais me importa é mostrar a ela que conseguiu fisgar cada parte de meu corpo, mesmo que continue me alertando a não pensar no amanhã, aliás, o que acabou virando um mantra em nossos dias de convívio...

No trajeto para São Paulo fico imaginando como seria permanecer em Cabreúva, esperando-a vir até minha casa para me ver. Provavelmente a incerteza daria um nó em meus nervos. Com ela nada é certo e essa incerteza que dita o tom de nosso relacionamento deixa-me confuso, não sei mais se o que está me atraindo é este momento do talvez ou as perguntas sem respostas, dúvidas sem esclarecimentos. Não sei se isto é suficiente para me fazer esperar para sempre. Mas uma coisa é certa, seu bom humor e espontaneidade me fazem levitar.

Não sei se pelos meus pensamentos enrolados ou pelo fluxo tranquilo do trânsito, mas não sinto o tempo passar e às 18h47 já estou dentro do meu flat em São Paulo, contando os minutos para ir buscá-la para o nosso jantar na casa dos Ladeias.

Como diz o ditado: cabeça vazia, oficina do diabo. Não me contenho e faço o que prometi a mim mesmo que evitaria fazer durante a semana toda... Mas uso a desculpa que foi ela quem falou primeiro hoje.

Dom Leon: *Boa noite, pequena!*

Sinto o celular vibrar, em segundos.

Patrícia Alencar Rochetty: *Boa noite!!!*

Dom Leon: *Muito trabalho hoje? Você melhorou? Como está exatamente agora? Não quer mesmo se desnudar para mim?*

Patrícia Alencar Rochetty: *Em que sentido? Ficar nua ou está se referindo ao meu estado emocional? Kkkkkkkkkkkk.*

Desaforada... Que história é essa de estar vestida ou não? Então, sai comigo, mas pergunta para outro se quer saber se está vestida ou nua!

Dom Leon: *Perguntei do estado emocional, mas, como você despertou o leão que habita em meu ser, que se danem suas emoções! Agora o que me interessa é apenas saber a cor da renda que cobre seu corpo macio ou o que o cobre, mesmo que seja apenas sua pele.*

Cruzo os dedos para ela não ser ousada, porque, caso seja, vai sentir hoje à noite o peso das minhas mãos, sem chance de escapatória.

Patrícia Alencar Rochetty: *Bom, querido amigo curioso, só para alimentar sua imaginação fértil, digo que estou seminua e a cor da renda é branca. Em relação ao meu estado emocional, estou mesmo me sentindo nua, pois é o efeito que causa em mim ao conseguir com que eu seja sincera e desabafe minhas angústias como não faço com ninguém. Respondendo objetivamente, confesso que estou me sentindo a pessoa mais confusa deste mundo.*

Confuso estou eu! Ao mesmo tempo em que fico com raiva por ela estar dizendo a outro homem que está seminua, sinto meu pênis despertar imaginando-a apenas de *lingerie* branca.

Dom Leon: *Adoro uma calcinha branca, ainda mais quando ela contrasta com as marcas vermelhas causadas por meus dedos na carne macia... Queria muito, pequena, debruçá-la em meu colo agora e deixar sua pele preparada para mim. Mas, por hora, conte-me: por que tanta confusão?*

A curiosidade ainda me mata!

Patrícia Alencar Rochetty: *Aiiiii, acabo de sentir a ar-dência aqui nas minhas nádegas. Está querendo me deixar mais confusa, Dom Leon? Assim não consigo pensar!*

Então, com seu amigo virtual você se mostra aberta a palmadas, né? Vamos mudar esta situação hoje, minha pequena quimera.

Dom Leon: *Você provoca porque não me conhece. Caso contrário, não ousaria fazer isso. Porém, como disse antes, tenho um caderninho em que anoto todas as suas imperti-nências. Garanto que quando nos encontrarmos ficará uns bons dias sem poder se sentar. Ainda não me respondeu o motivo da confusão.*

Olho no relógio e, entre perguntas e respostas, vejo que ficamos por mais de 40 minutos conversando. Fecho o último botão da camisa e sigo até o elevador, indo ao seu encontro.

Patrícia Alencar Rochetty: *Digamos que este dia pode não chegar, ainda mais porque eu já sei que vc quer me apresentar ao clube do chicotinho. Mas, vamos combinar, Dom Leon, meu bumbum não é octógono. Sendo assim não tenho a certeza de que suas mãos teriam a chance de fazer meus glúteos se mexerem. Os motivos da minha confusão conto outra hora, pois tenho um jantar com o causador dela.*

Destravo a porta do carro e fico olhando sua resposta, mesmo sabendo, sem ser pretensioso, que o motivo sou eu. Preciso saber mais.

Dom Leon: *Você está gostando dele?*

Torço pela resposta afirmativa, pois sinto que ela gosta de estar ao meu lado, mas ela admitir isso já é outra história. Dirijo pelas ruas a seu encontro.

Patrícia Alencar Rochetty: *Acho que mais do que eu queria e deveria.*

Sinto-me um adolescente ao ler palavras positivas quanto aos seus sentimentos. Será que ela tem alguma dúvida sobre o que eu sinto? Encosto o carro para responder a ela.

Dom Leon: *E ele gosta de você?*

Engato a marcha, satisfeito! Como gostaria que, ao menos por um dia, ela pudesse ver as coisas sem tantas objeções, aberta ao que está sentindo.

Patrícia Alencar Rochetty: *Hoje vc está muito curioso. Conto tudo depois, acabei me atrasando, sabia? Agora tenho que me maquiar em dois minutos, pois ele já deve estar chegando...*

Então apresse-se, pequena, porque meu pé nervoso acelera impacientemente, indo a seu encontro.

Estaciono em frente ao seu prédio e respondo como Dom Leon, desejando a ela um bom jantar. Fecho o inbox e, já como Carlos, ligo para avisar que cheguei. Essa confusão de dois admiradores qualquer dia vai me comprometer seriamente.

— Pronta?

— Desço em três minutos.

A pontualidade dela me encanta! Quando diz três minutos, é precisamente o tempo que ela usa. Mal desço do carro e a beleza em pessoa reluz em meio à penumbra da portaria.

Opa! De jeito nenhum vou sair com ela depois do jantar com a roupa que está vestindo! Ou seria melhor dizer, não está vestindo: uma camisa branca transparente, que revela o desenho da renda do seu sutiã, e uma saia preta, que para mim mais parece uma minúscula faixa envolta em seu quadril. No mínimo ficará dentro do apartamento dos Ladeias e depois presa em seu quarto somente comigo. Ela consegue estar mais sexy do que já vi antes, com seu cabelo solto fazendo as mechas douradas esvoaçarem. Cada centímetro de sua pele à mostra parece brilhar como uma joia rara, pronta para ser tocada. Quando olho os saltos negros que está calçando, meu membro pulsa, imaginando-os cravados em minhas costas enquanto a penetro com vontade.

— Olá, garanhão!

Não tento esconder o quanto seu visual me agradou e a puxo para meus braços.

— Olá! — digo, baixinho. — Você é a mulher mais gostosa e linda que já vi!

Ela me encara, respirando fundo. Parece imune aos meus elogios, como se não conseguisse acreditar que são verdadeiros e que ela não fosse digna de recebê-los.

— Obrigada por ser tão gentil.

Aperto-a levemente junto ao meu corpo.

— Não agradeça, qualquer coisa que eu disser será insuficiente para descrever como está linda! Vamos? — Selo nossos lábios, apenas sentindo o toque macio dos dela. Abro a porta do passageiro, porque sou da opinião de que atos de cavalheirismo cabem em qualquer lugar e situação, e ela se acomoda.

— Ei, Patrícia! Deixou cair isto!

Imediatamente meu sangue ferve quando vejo o dono da voz grave que a chamou. O cara é um desses ratos de academia bombadinhos e, pela forma como caminha em nossa direção, parece zombar de mim, estampando na cara um ar de entendido, como se mostrando que ela já esteve em seus braços.

Ela se volta para fora e o vê se aproximar, com uma chave nas mãos.

Meu instinto fala mais alto e que se danem os bons modos. Meu lado macho alfa toma a frente e pega as chaves da mão dele.

— Obrigado, cara! — Não a deixo falar nem agradecer, ajudando-a a voltar-se novamente para dentro do carro e fechando a porta. Para marcar mais o território, acrescento: — Estamos atrasados. Passar bem!

Pelo que pude perceber, se suas bochechas vermelhas forem uma pista de como ela se sente, tenho certeza de que é aborrecimento por minha atitude, que não a agradou muito. Mas ela vai ter de engolir, porque é como sou!

Respiro fundo e entro no carro. Ela está fechando o cinto de segurança e nossos dedos se esbarram.

— Para um empresário de sucesso que se relaciona com autoridades nos eventos que patrocina, você é muito mal-educado. O que foi isso?

— Quem é ele? — pergunto, seco.

— Meu vizinho — responde de maneira mais seca ainda.

Não é a resposta que eu esperava. O ódio me deixa cego.

— Você dormiu com ele.

Mal acabo de fazer tal afirmação já me arrependo de ser tão direto.

— Não, eu não dormi com ele. Eu transei com ele!

Levo um soco na boca do estômago! Sabia que isso poderia acontecer quando encontrássemos algum de seus ex, porém, a semana toda tem sido tão intensa, com ela parecendo tão desapegada do passado, que não me preparei para esse tipo de confronto. Sim, porque para mim ficou muito claro seu olhar de desprezo quando afirmou já ter passado pelas mãos dele. Como se ainda não tivesse sido suficientemente grosseiro e ogro, insisto.

— Sim, isto é diferente mesmo... Vizinhos e amigos coloridos! Conveniente, não?

— Apesar de não ter nenhuma obrigação de lhe dar qualquer satisfação, vou deixar as coisas bem claras. Em primeiro lugar, não tenho amigos coloridos, pois, com uma única exceção, que coincidentemente é você, só transo uma vez com qualquer boy magia que me apeteça. Em segundo lugar, essa regra valeu para meu vizinho também, uma vez que ficamos juntos apenas uma vez, logo quando ele mudou para o prédio e, depois disso, limitamo-nos a ser o que somos, ou seja, vizinhos. Em terceiro lugar, não dou o direito a ninguém, ouça bem, a ninguém, de se considerar meu dono, porque não sou um objeto ou um cachorro. Portanto, nem meu vizinho, nem você, nem meus boys magias podem ser considerados meus amigos coloridos!

— Imagino que não, considerando-se que você segue magistralmente sua regra de espantar todos que se aproximam.

— Bem, como diz o ditado, a exceção confirma a regra, uma vez que estou com você por mais de uma vez, não é? E acabo de ter a certeza de que sempre estive certa em seguir essa regra... — Ela para de falar e vira o rosto para o vidro como se estivesse excluindo-me de seu mundo.

Ficamos em silêncio por alguns segundos. Ligo o carro e, tão logo quanto veio a raiva, volto à razão e minha consciência mostra-me o quanto fui indelicado, bruto e injusto com ela. Obviamente, vem a percepção de que, arredia e escorregadia do jeito que é, vai usar isso como uma justificativa para se afastar de mim. O burro aqui lhe deu o argumento perfeito! Mas sou persistente e não desisto fácil do que quero. A melhor estratégia é ser sincero e admitir que não fui nada racional.

— Patrícia? — Ela não me olha. — Por favor, me desculpe! De fato fui um idiota.

— Foi — responde, com a voz magoada.

— Mas fui pego de surpresa! Sei que não tenho o direito de questionar e cobrar nada relativo a seu passado, mas não esperava me deparar com alguém que a tocou e a teve antes de mim, e que ainda está tão próximo a você! Nem refleti o quanto estava sendo grosseiro, apenas reagi de acordo com meus instintos de macho bruto e ignorante, tentando afastar o rival. Nunca imaginei que você pudesse ter alguma coisa com um cara que parece só se preocupar se os músculos estão definidos.

— Talvez eu goste de homens assim — ralha, mas com a voz mais calma do que antes.

— Imagino que deva gostar mesmo — digo, irônico. — Porque, com a sua língua inteligente, fica mais fácil dispensá-los sem maiores reclamações. Ficam tão preocupados com o corpo que acabam esquecendo-se do cérebro. — Neste momento, confirmando que é uma mulher surpreendente, ela vira o rosto para mim, com a expressão divertida, e diz, zombeteira:

— Minha língua é inteligente, é?

— E gostosa! — acrescento, tentando amenizar o clima e afastar o ocorrido de sua mente. Percebo que fiz uma cena ridícula cedo demais no que diz respeito a nós.

— Bem, apenas para constar, fique sabendo que o Rodrigo não é apenas um corpinho malhado e gostoso. Ele é muito inteligente porque... joga no meu time. Soube isso desde o começo. Saímos apenas uma vez, e rimos muito quando tudo acabou.

— Não foi o que pareceu. Ele pareceu me desafiar ao me encarar daquele jeito.

Os ânimos estão mais calmos, as vozes mais tranquilas e eu, menos agressivo. E, contrariando todas as expectativas, ela cai em uma gargalhada estrondosa.

— Para um homem tão inteligente, você deixou muito a desejar nessa situação... — Ri ainda mais, deixando-me não só intrigado, mas também enraivecido por achar que ela está me chamando de burro. — Ele não estava encarando você, ele estava pa-que-ran-do você, bobinho!

Olho pasmo até que, contagiado pelas gargalhadas, acabo rindo também diante do ridículo de tudo.

Capítulo 22

Patrícia Alencar Rochetty...

Acho que o garanhão ainda não percebeu que comigo a fila anda e a catraca gira. Essa crise de ciúmes, aliada à minha indecisão, faz com que esteja por um triz em mandá-lo para o fim da fila...

Eu tenho um passado e, nesse passado, tenho provas evidentes de que manifestações de ciúmes levam o ser humano a se tornar insano.

Sua atitude me assustou e não foi pouco.

Tudo bem que antes do infeliz episódio ele fez com que eu me sentisse uma linda mulher. Só faltou eu sair na rua e os passarinhos pararem de cantar para me aplaudirem. Mas isto não me ilude a ponto de aceitar qualquer tipo de comportamento dele. Nenhum elogio ou cortesia pode me deixar indiferente a essa lamentável demonstração de macho alfa. Na verdade, ele foi um ogro! E este ogro está despertando em mim uma sucessão de emoções, que me levam a quedas livres e sensações perigosas.

Assim, percebo que, pela primeira vez, estou experimentando o deslumbramento inicial típico de um relacionamento novo. O próximo nível é a intimidade madura, com os sabores bem variados que dela podem resultar. Mas sempre evitei, porque é também a mais perigosa. O Carlos está conseguindo me manter distraída e com as defesas tão baixas a ponto de eu até agora ignorar todos os sinais de perigo, o que me é incomum.

Houve um tempo em que fui uma criança inocente. Quando me perguntavam sobre meus sentimentos, eu abria meus bracinhos para mostrar o quanto amava alguém... Hoje não consigo mais fazer isso. A não ser com meus amigos e minha família. Nesses dois casos, fico até com dor no braço, de tanto abraçá-los e mostrar o quanto eles são especiais para mim! Mas é só. Cada um de nós sabe o quanto o próprio coração pode aguentar, e o meu foi cicatrizado com doses homeopáticas de acontecimentos que não estou preparada para reviver. Claro que tenho algo de bom para oferecer a alguém, mas, provavelmente, não é o que talvez esse alguém necessite ou queira.

— Chegamos.

Sinto sua mão quente deslizar por minha perna, que está fria por causa do ar-condicionado. Dou um sorriso cúmplice para ele, que me olha cheio de pontos de interrogação.

— Então, vamos conferir os dotes culinários do Dr. Delícia. Ele costuma dar um show na cozinha. Quero ver se você estará à altura de todo seu ritual.

— Duvidando da minha competência, pequena? — Ele se debruça sobre meu banco e solta meu cinto de segurança, passando a mão em todos os locais possíveis do meu corpo.

Minhas pernas ficam arrepiadas, meu ventre se contrai e o Sr. G, claro, dá fisgadas maliciosas. A proximidade faz minha boca salivar do desejo de beijá-lo.

— Quero poder um dia tirar esta ruguinha que tenho visto no meio das suas sobrancelhas. — Ele aproxima seu rosto do meu e meus lábios se abrem, desejosos, mas ele não beija minha boca, que implora por ele; vai além, beija a linha de expressão de minha testa carinhosamente. — Esta semana tem sido muito especial. Mas muito é insuficiente para representar a vontade de estar com uma pessoa como você. Permita-me entrar apenas um pouquinho aqui. — Desce a mão até meu peito, sinalizando que é onde ele quer estar.

Tenho vontade de gritar que ele já está aqui dentro e que é exatamente por isto que esta ruguinha anda marcando minha expressão. Mas, em vez disso, brinco.

— Pensei que preferia estar aqui dentro. — Cubro sua mão com a minha e levo ambas até abaixo de meu ventre, em uma clara indicação de que para mim nossa relação é apenas sexual.

A ousadia torna-o sedento e ele toma minha boca com um beijo cheio de promessas. Se não tivéssemos um compromisso já marcado, provavelmente a brincadeira rolaria no carro mesmo! Mas conseguimos nos controlar e saltamos.

Entramos silenciosos no elevador, apenas o observando cortar as entranhas de pedra do edifício do casal Doriana. Mal tocamos a campainha e a porta se abre.

— Bem-vindos — diz a Barbarella, com um sorriso que se amplia ao ver que o Carlos está com um lindo buquê na mão. Este homem pensa em tudo: ele trouxe flores para minha amiga, uma cerveja especial para o Marco e bombons para as crianças. Ela recebe as flores e agradece.

O Carlos estende a mão para cumprimentá-la, mas ela ignora, preferindo abraçá-lo calorosamente. Rio quando ele fica sem graça, é a primeira vez que o vejo sem jeito.

Assim que entramos no apartamento, estranho a calmaria do lugar.

— Onde estão meus pequenos príncipes?

— Meus pais chegaram de viagem hoje e imagine, já passaram por aqui e sequestraram as crianças! — diz o Marco saindo da cozinha, enxugando as mãos no avental. — Aí, Carlão, a minha sereia separou um uniforme para você também.

— Fiz a lição de casa, estudei sua receita a semana toda — brinca com o Marco. Os dois aproximaram-se muito nesta semana. Sei que até criaram um grupo entre eles, mais o Nandão, no WhatsApp. — Trouxe uma moreninha, que foi como apelidamos nossa cerveja escura. O sabor dela vem de um malte mais tostado e um pouco mais adocicado, portanto, vai combinar muito bem com o grelhado.

Eles seguem para a cozinha e um certo olho de águia me observa como se eu fosse uma formiguinha sobre um prédio de dez andares. As águias podem ver até cinco vezes mais do que a média de um ser humano e é justamente esse poder de visão que a Bárbara tem.

— Patty, você está bem?

Olho para baixo, aliso a saia e até limpo uma sujeira imaginária do tecido antes de encará-la. O que aconteceu hoje foi muito intenso, não pelo ataque de ciúmes dele, ou seja lá o nome que se queira dar ao que houve, mas pela certeza de, que caso as posições fossem invertidas e alguma gostosona aparecesse chamando-o na porta do prédio, eu teria reagido da mesma forma. E este tipo de sentimento me assusta! Não gosto de imaginar que um sentimento tão puro, chamado pelos apaixonados de amor, possa causar reações tão contrárias ao que ele representa.

Levanto os olhos e lá está a carranca de curiosidade marcando sua testa. Eu não posso falar com ela sobre meus fantasmas agora! Este assunto é meu e está enterrado. Tento agir com normalidade.

— Estou. — Levanto a sobrancelha e os ombros, sinalizando não ter entendido o teor da pergunta.

— Você está estranha! Não parece a mesma Patty com a qual falei hoje! Cadê o sorriso do Coringa e o bocão de botox?

Definitivamente não sou mesmo! O Carlos passou a semana forçando todos os meus limites! E, se eu ainda tinha alguma dúvida sobre o que devo fazer hoje, por diversos motivos tirei a prova dos nove. Um arrepio corre pela minha espinha, sinto um aperto no coração, a boca amarga e uma vontade incontrolável de chorar! De novo! Respiro fundo e mudo de assunto radicalmente.

— Liguei para minha mãe hoje à tarde. Ela disse que ficou feliz e que me espera para uma visita o mais rápido possível — conto uma meia verdade. — Mas não me disse os motivos para isso, então fiquei preocupada e decidi que segunda-feira, no primeiro horário, embarcarei para lá.

— Pelo visto, o prefeito construiu um aeroporto na cidade só para receber seu voo, né?

Entendo o tom da sua brincadeira e não gosto! Ela já me enjoou com essa história de querer que eu namore todo homem com quem me vê. E sei também que ela pensa conhecer os motivos pelos quais estou indo tão rápido para aquela cidade no meio do nada.

— Você não é Ave Maria, mas é cheia de graça, né? — ralho, mal-humorada. — Esse tom esnobe é porque, na sua cidade, seu papaizinho não só tem um aeroporto particular, mas também um jatinho estacionado em um dos hangares.

— Ei, será que a pessoa que tomou conta desse corpo pode ir embora e devolve a minha amiga? — Ela me olha horrorizada e percebo sua nítida indignação. — Quando foi que fui esnobe com você? — fala, um pouco alterada.

Passo as mãos pelo cabelo.

— Desculpe-me. Acho que a TPM me atingiu em cheio.

— Não! Você está é apaixonada pelo bofe e isso a deixa se borrando de medo. Admita, Patrícia! Se não para mim, ao menos para si mesma. Só não se torne uma pessoa amarga querendo afastar o mundo de você apenas para sofrer sozinha. E quer saber mais? Você vive em um mundo de mentiras, acreditando ser autossuficiente.

— Não fale besteira! — Será que ela tem razão? Minha cabeça parece que vai explodir, isso reforça ainda mais minha convicção de que tomei a decisão certa de me afastar por alguns dias. Tenho certeza de que isso me fará bem. Para ela pode parecer fuga, mas para mim é um trabalho de convivência com meus fantasmas. E já é tempo de mudar de assunto, pois esta discussão não vai levar a nada. — Minha mãe mandou beijos para você.

— Mande outros para ela — diz, seca.

— O cheiro está ótimo! Adoro o aroma da mistura dos temperos com alho e cebola fritando — digo, tentando restabelecer a harmonia.

— Eles estão caprichando. — Ela mexe em cada porta-retrato que está no aparador. Percebo que está magoada comigo. Aproximo-me dela e digo, baixinho:

— Desculpe-me, amiga! Há muita coisa que não tenho como lhe falar porque nem eu mesma as entendo muito bem. Mas posso garantir que estou ao menos tentando passar mais tempo com ele do que apenas uma noite, ok? E você sabe que isso já é uma grande concessão. Mas, embora nunca tenha criado a ilusão do homem ideal, porque não acredito que exista isso, com certeza, se tivesse imaginado um, não seria o Carlos. Ele é totalmente oposto! Uma mulher como eu, que sempre teve as rédeas de tudo o que se relaciona à própria vida, não tem condições de manter um relacionamento sadio e envolver-se com um homem como ele, que tomou o controle de minhas mãos sem nem mesmo eu saber em que ponto soltei- -o e deixei que ele começasse a conduzir. Ele consegue me surpreender a cada minuto, enxerga quem eu sou e dá o que preciso no momento em que necessito. Não estou preparada para tudo isto.

Ela me abraça, afaga meu cabelo e diz com carinho.

— Menina, entregue-se ao que está sentindo! Permita-se ser feliz.

Sorrio para ela e nesse momento os meninos aparecem com as travessas na mão.

— Lá vamos nós sair da dieta.

— Vamos gastar as calorias depois do jantar. — Pisco para ela. — Virão conosco ao bar sobre o qual falei?

— Adoramos rock e uma boa cerveja, então, é claro que não perderemos isso por nada! Afinal, é uma de nossas noites de alforria, as crianças estão com meus sogros justamente para podermos sair.

Fico feliz. Faz muito tempo que não saímos para beber e ouvir uma boa música.

Eles mandaram bem na arrumação dos pratos. As entradas estão lindas de se ver! Uma salada verde com palmitos e tomates cereja, cuja harmonia é tão perfeita que dá dó desarrumar. O tempero especial de mostarda está no centro da salada e o cheiro da farofa está fazendo meu estômago roncar. O prato principal é vitela de carneiro grelhada, disposta em porções individuais, acompanhada de um molho verde, de hortelã que ornamenta o prato, com um galho verde por cima da carne, para enfeitar. No canto do prato, uma escultura de arroz branco.

Tomamos nossos assentos à mesa, que foi lindamente arrumada pela Babby.

— Vocês capricharam! — digo, admirada.

— Eu só preparei a comida. Essas frescuras decorativas ficaram por conta do nosso amigo detalhista Carlos.

Olho para ele, que sorri da brincadeira.

— Assim você me compromete, Marcão! Só quis ser útil, uma vez que você já tinha praticamente preparado o jantar completo.

Tagarelamos e jogamos conversa fora, em um bate-papo agradável.

— Fale mais sobre seus negócios, Carlos! Deve ser fascinante trabalhar com o mistério da receita de uma bebida que é a paixão nacional. — A curiosa quer saber de tudo, ela nunca perde o hábito.

— Realmente! Acompanhamos nossos produtos desde a semente até o momento do líquido gaseificado. — Carlos conta um pouco do processo de fabricação de cada bebida.

— Excitante!!! — Suspiro, encantada por ouvi-lo falar. Sobrevém um silêncio e, em seguida, estrondosas risadas saem dos lábios de todos que estão olhando para mim. Só então percebo a cara de tonta que devo estampar.

O Carlos olha divertido para mim. O convencido sabe o quanto me afeta.

— Nossa, gente, qual o motivo da graça? Eu disse que é excitante a maneira pela qual as bebidas são fabricadas! — falo, indiferente, passando o guardanapo na boca.

O Carlos passa o dedo pela borda do copo e me encara. Ele está com o olhar matador que mostra sempre que quer me devorar. A sensação de descer uma montanha-russa invade meu estômago ao imaginar aqueles dedos ágeis me tocando. O Sr. G desperta! Será que esse cara de pau vai me fazer passar vergonha na frente dos meus amigos? Cruzo as pernas, nervosa, reprimindo o descarado inconveniente. Sentado à minha frente, discretamente, sinaliza com os dedos para que eu as descruze. Meneio delicadamente a cabeça, em negativa. A expressão contrariada de quem não aceita uma negativa se estampa em seu rosto, em um claro aviso de que se eu não fizer o que ele quer, vai aprontar algo. Assim, insegura quanto ao que poderá fazer na frente dos meus amigos, obrigo-me a aceitar sua demanda e descruzo as pernas sem que ninguém perceba o que houve.

— Nós brasileiros temos o hábito de geralmente combinar vinhos com o cardápio — comenta o Marco.

— Verdade! Os vinhos harmonizam-se muito bem com os alimentos — rebate o Carlos, e eu abro um pouco as pernas enquanto ele fala, para provocá-lo. — No entanto, a cerveja também proporciona uma excelente combinação com inúmeros ingredientes e receitas culinárias. — Ele morde os lábios levemente e continua falando. — Além de apresentar determinadas características que não estão presentes na maior parte dos vinhos. — Fecho as pernas sentindo-me úmida por causa da forma como ele explica, enquanto continua me lançando olhadas obscenas. — Como a carbonatação, que limpa e ativa as papilas gustativas e, portanto, como consequência, acentua os sabores dos pratos. — Provocador de uma figa! Tenho certeza de que mencionou isso só porque já me disse o quanto meu sabor agrada suas papilas gustativas. — Há também o lúpulo que, por seu amargor, torna-se um estimulante de apetite, além de reduzir aquela camada de gordura que fica na boca. — Enquanto o ouço, recordo a imagem dele degustando a cerveja em meu corpo na ilha e cruzo as pernas novamente para não dar um vexame e molhar a cadeira.

— Nossa! Não sabia que as cervejas podiam ter suas combinações.

— Pois acredite que as cervejas não são todas iguais. De acordo com a classificação do Beer Judge Certification Program (entidade que certifica juízes avaliadores de cervejas), há aproximadamente cem estilos diferentes de cervejas e, dentro de cada estilo, uma infinidade de marcas. São mais de 400 mil rótulos avaliados pela entidade, quase meio milhão de exemplares diferentes da bebida. Existem várias peculiaridades, como tipo de ingredientes, de fermentação, teor alcoólico, temperatura de serviço, lupulagem, cada um deles fazendo toda a diferença no que diz respeito ao sabor da cerveja, de maneira a que este varie entre os mais diversos estilos. Podemos ficar horas falando sobre o mundo cervejeiro sem esgotarmos o assunto. Imagino que números exercem fascínio também na contabilidade. Fale um pouco da sua profissão, pequena! Sou curioso para saber como mulheres lindas como vocês suportam a matemática de maneira tão brilhante.

Todos falam um pouco de suas profissões, mas o Carlos parece aproveitar a situação para saber mais sobre mim de maneira indireta. Pergunta desde quando eu e a Babby nos conhecemos. E, claro, ela responde tudo de forma inocente.

— Carlos, você deve ser bem assediado nos camarotes e eventos, não? —pergunta para me provocar, ou então é meu nível de estresse que está muito alto a ponto de me levar a pensar isso.

— A que tipo de assédio você se refere? — Ele sempre devolve uma pergunta com outra quando não quer ser sincero! Isso me irrita!

— Ela quer saber se você, nos eventos, degusta todas as mulheres que vê pela frente, já que, por ser o patrocinador, elas devem querer se entregar ao todo-poderoso... — digo ironicamente, bufando diante da ideia de imaginá-lo com outras mulheres.

Ele deposita o garfo que deixou suspenso no ar com o impacto de minha pergunta direta e grosseira, ergue os olhos e volta a atenção para mim.

— Não, Patrícia, não degusto nenhuma mulher porque banco um evento. Se e quando faço isso, é porque elas se sentem atraídas por mim, não pelo patrocinador. — Percebo a mesma irritação que me invade em seus olhos, que me queimam como se ele estivesse me penetrando rudemente, punindo-me por ser tão indiscreta. — Sei diferenciar uma mulher deslumbrada de outra que vale a pena! — A forma dura como profere cada palavra faz meu coração clamar pelos seus braços. Sinto uma estranha vontade de sentir a intensidade de sua braveza, pulando a mesa e subindo em seu colo para lhe provar que eu sou do segundo tipo.

— Que ironia do destino, né, Patty? — O Marco brinca para desanuviar a tensão. — Você está valendo duplamente a pena, pois encontrou o Carlão em dois eventos.

Consigo engolir a comida que estou mastigando há muito tempo, pois o nó que se formou em minha garganta é desfeito milagrosamente com a brincadeira do Marco.

— É, Marco, acho que já estou com dupla vantagem, sim! — Tento disfarçar o quanto ele me afeta e a minha insegurança com a afirmação do Marco. O que é isto, Patrícia? De onde saiu essa mulher insegura? — questiono-me.

— Há dois anos você tem levado vantagem na minha vida! — fala ele, erguendo o copo como que brindando, com um olhar de quem não admite brincadeiras nem contestações. — Apenas não se deu conta disso ainda, pequena! Nada que uma mera questão de tempo não possa resolver...

Ele consegue prender meu olhar ao seu de uma forma que me deixa totalmente incapaz de desviá-lo, como se tivesse total domínio sobre minha vontade.

Suas palavras, ao mesmo tempo, me assustam e me acalmam, mas basicamente me deixam nervosa. O assobio da Babby e o apoio demonstrado pelo Marco fazem com que meu rosto queime e enrubesça, e, confesso, fico sem saber o que responder, algo que nunca havia me acontecido.

Agradeço aos céus por todos terem terminado de comer e levanto-me para tirar os pratos da mesa, esquivando-me de acrescentar qualquer coisa.

— Vou tirar e lavar os pratos, depois vamos ouvir uma bela música.

O Carlos e o Marco ficam conversando, enquanto eu e a Babby tiramos a mesa, sem dizer nada. Ela me conhece bem e sabe que estou no meu limite, preferindo não se manifestar.

O que está errado comigo? Por que ele insiste em frisar que faz dois anos que me espera quando na verdade sumiu e aceitou a distância tanto quanto eu? Justamente por não conseguir entender isso é que esta insegurança repentina me invade. Mil perguntas que têm apenas uma resposta certa: que o tal do amor de fato bagunça a vida e faz mal às pessoas. A ideia de ficar a seu lado e passar por todos os tipos de sofrimento que andam me assombrando me deixa incerta quanto às minhas decisões. Porém, a despeito disso, meu corpo anseia por ele... Nunca nenhum homem tornou-me tão dependente de seus toques como ele! Bom, o melhor a fazer é dar esse caso por encerrado o mais rápido possível antes que eu fique ainda mais envolvida. Toda essa história é muito assustadora para mim.

A Babby serve um pudim de leite com calda de damasco, que é sua especialidade. Em seguida, sugiro irmos para o barzinho.

— Devemos ir! O show ia começar às 23h, e já estamos atrasados.

— Minha sereia, podemos conversar um minutinho? — O Marco chama a Babby e juntos saem da sala da sala de jantar. Ficamos mudos por uns momentos. Desde que nos conhecemos, nunca ficamos tanto tempo sem trocar palavras ou insinuações. Percebo nitidamente que ele ficou desconfortável com meu comportamento desde o começo daquela noite.

— Já voltamos! Comportem-se! — diz a descarada, piscando para nós dois enquanto segue seu marido.

Convido-o para ir comigo até a sala de estar. As almofadas coloridas sobre o estofado de couro negro marcam a linha de decoração, sendo que a mudança da cor foi feita especificamente para que meus pequenos príncipes tenham a liberdade de explorar cada pedacinho da casa. Este foi o tipo de educação que os pais adotaram para as crianças. O calor aquece o ambiente, sinto-me sem jeito e resolvo romper o silêncio.

— Eu não quis ofendê-lo no jantar. — Cruzo os braços inquieta, esperando por sua resposta.

— Patrícia, não estou nem um pouco preocupado com o que você possa pensar sobre meu passado! — Sinto o calor do seu corpo quando se aproxima das minhas costas. — O que me deixa realmente preocupado é a forma com que você lida com nosso presente e rechaça veemente qualquer tema relacionado a um possível futuro de nossa relação! — Sopra as palavras no meu pescoço, afastando meu cabelo com seu hálito quente. Tento dar um passo à frente para criar um espaço entre nós, mesmo sem conseguir entender por que minha cabeça pede para me afastar quando meu corpo implora para ficar perto do dele.

— Garanhão, não temos nosso presente... Estamos apenas tendo um bom tempo juntos.

— Resposta errada, pequena. Eu não vejo desta forma — diz, pausadamente. — Estive dentro de você a semana toda e não sou nenhum bastardo que trata as mulheres com as quais estou, como você mesma disse, tendo um bom tempo, como se fossem um tanque de esperma. — Meu coração aperta com essa fala. Ele mostra cada dia mais o quanto está envolvido nesta breve relação.

Mas é claro que a patética aqui tem que continuar tratando nosso relacionamento de maneira leviana, né?

— Eu teria que ser do tamanho de uma caixa d'água se pensasse assim... Um mero tanque não teria capacidade suficiente para comportar a quantidade de esperma que você liberou esta semana! — brinco com a situação.

— Então, pense grande e imagine-se com o tamanho de uma piscina olímpica, pois eu pretendo liberar muito mais disso em você.

Por que ele tem que ser tão malditamente sedutor a todo o momento?

— Vou contar um segredo, garanhão. — Viro-me para ele. — Eu não sei nadar e posso me afogar nessa piscina.

— Se depender de mim, estarei por toda a parte com você, afinal, tenho um mergulhador experiente. — Sua ereção empurra o zíper do jeans justo e ele a roça em mim. Gulosa, enfio as mãos entre os botões da sua camisa azul-turquesa da cor de seus olhos. — E sou muito bom em respiração boca a boca, fiz os melhores treinamentos de primeiros socorros. — Em vez de terminar de falar, ele tira meu fôlego ao tomar minha boca, impedindo-me de ter qualquer pensamento.

Carlos Tavares Júnior...

Hum... Hum... Ouço alguém pigarreando para avisar que não estamos mais sozinhos. Quando ela está em meus braços não quero soltá-la, pois a sensação de que ela pode ir embora a qualquer momento deixa-me desconfortável. Essa situação está passando dos limites suportáveis. Não quero nem vou tentar provar a ela que podemos ficar juntos. Se este é seu desejo, então, assim será feito. Mas sei que digo isso da boca para fora, porque para mim ela fica mais interessante a cada momento.

— Imaginem se tivéssemos deixado a sala livre para vocês! — Ainda nos beijando, rimos ao ouvir a Bárbara reclamar.

Olhamos para o casal parado e abraçado à porta.

— Amiga, eu e o Marco decidimos fazer outro programa hoje... Será que podemos marcar outro dia para ir ao bar?

— Sem problemas — diz ela, compreensiva.

Despedimo-nos do casal, que parece feliz com a mudança de planos. Pela forma como se olham, eu acho que adoraria esse tipo de mudança também...

Ela brinca por todo o caminho, canta errado todas as letras das músicas que tocam no aparelho de som, tendo a presença de espírito de olhar para mim, com o olhar arteiro que lhe é característico, e dizer que o intérprete errou... Mesmo assim, ela é a mais linda cantora que já ouvi. Não consigo deixar de observá-la sempre que posso enquanto dirijo. Sei que algo mudou esta noite, só não consigo identificar se foi para melhor.

Ela dá as coordenadas para chegarmos ao bar.

— Você gosta de cantar?

— Quem canta seus males espanta, já ouviu falar nisso?

— Já, sim! Inclusive, no que lhe diz respeito, hoje você definitivamente mostrou-me que quem canta seus amigos espanta... — Aperto seu joelho macio, divertido.

— Sua tortura já vai acabar! — diz ela, fazendo uma pausa na música que está cantarolando para dizer. — O The Wall tem bandas maravilhosas. Foi aberto em 1998 e vem conquistando um público específico, que gosta de rock. Sabe o motivo de eles colocarem este nome no bar? Se adivinhar, ganha um prêmio!

Ela testa meu conhecimento e eu adoro saber que esse prêmio já ganhei.

— Posso escolher o prêmio?

— Não, ele vai ser surpresa se acertar.

— Então, vou tentar adivinhar... — Finjo pensar. — Acho que tem uma relação com o clássico álbum do Pink Floyd?

— Esta foi muito fácil, confessa...

— O que confesso é que ganhei o prêmio.

— Parcialmente. Você acertou a origem do nome, mas não o motivo por ter sido escolhido justamente esse por seus fiéis frequentadores.

— Isso é trapaça! Você manipulou a pergunta de maneira a me induzir a essa resposta.

— Ok! Se pensa assim, mais tarde revelo seu prêmio.

Chegamos ao charmoso bairro do Bixiga, onde o trânsito à noite é claustrofóbico, ao menos para mim... Uma das minhas fobias, sobre as quais nunca contei a ninguém. Arrumo uma vaga logo que entramos na rua do bar e reforço a ela que o que mais espero hoje é receber meu prêmio.

O bar tem uma arquitetura antiga original, com piso de madeira escura, paredes de tijolos decoradas com néon e propagandas antigas de bebidas, como refrigerantes e cervejas, e também cartazes de bandas de rock. Fico feliz quando vejo até uma propaganda com uma *pin-up* segurando uma Germânica em meio às outras marcas.

— Garanhão, deveria conhecer mais os lugares por onde o nome da sua marca está sendo divulgado.

— Se topar fazer uma via sacra comigo, iremos juntos ao fim do mundo para conhecer todos os lugares em que isso acontece.

Ela aponta para um dos telões, que fica acima do palco, e diz:

— É naquele palco que as melhores bandas de rock de São Paulo se apresentam, todas as noites.

Aceno para ela, admirando o ambiente, que tem dois bares, um em cada piso e, claro, o que mais me chama a atenção é aquele em que eles servem o tradicional Chopp Germânica em jarras.

Um cara muito simpático vem nos recepcionar e perguntar se já conhecemos a casa.

— Boa noite!!! Bem-vindos! Sou o proprietário da casa. Se precisarem de algo, é só me procurarem ou mandarem alguém me chamar. Se procuram ouvir um bom rock'n roll, vieram ao lugar certo.

Aperto a mão dele, respondendo ao seu cumprimento, e agradeço-o também pela recepção.

— Prazer! Carlos Tavares Júnior. Obrigado pela hospitalidade. Faço de suas palavras as minhas no que diz respeito à Cervejaria Germânica. Se precisar de algo da empresa, conte comigo! — Via de regra, não saio com a intenção de divulgar quem sou, porém, achei a atitude humilde dele admirável e quis colocar-me à sua disposição caso necessitasse de algo nosso algum dia.

— Preciso ir ao toalete. Vá se acomodando.

Ela me dá um beijo no rosto e, imponente no seu andar, segue em direção ao seu destino. Percebo alguns idiotas olhando para ela e faço menção de segui-la, mas contenho o troglodita que existe em mim porque sei que quebrarei o clima em que estamos envolvidos. Sim, porque ela ficaria uma fera caso me visse todo protetor na sua cola. Assim, tento relaxar, observando mais o ambiente.

O local mal-iluminado parece uma taverna do Velho Oeste. O cheiro de cevada misturado a bebidas destiladas cria aquele aroma característico aos locais em que rola rock. Em uma parede pintada de branco está escrito "The Wall", do mesmo jeito que no álbum do Pink Floyd. O Wallace, muito gentil, arruma uma mesa no mezanino e diz que estava reservada para ele e que agora é nossa.

— Esta noite você vai conhecer a minha banda Columbia, na qual toco com meu filho. Fazemos alguns covers, espero que aprecie — diz, distanciando-se e medindo minha menina linda que se aproxima, toda charmosa, continuando a chamar a atenção dos babacas de plantão. Suas pernas torneadas, cobertas por uma penugem dourada, reluzem na baixa iluminação.

— O que gostaria de beber? — Entrego o cardápio antigo em suas mãos assim que ela se senta a meu lado. Como um predador silencioso, enfio meu rosto em seu cabelo para sentir seu perfume de orquídeas, além de deixar claro para todos aqueles cretinos cobiçosos que ela tem dono.

Ela desce a mão pelo meu corpo e sussurra baixinho.

— Seu prêmio está no seu bolso, mas não pode pegá-lo agora.

Mil possibilidades passam pela minha cabeça.

— Patrícia e suas regras... — reclamo.

— Não é uma regra, bonitão, é uma charada.

— Descruze essas pernas — digo a ela.

— Se descruzá-las, esta pequena mesa vazada formará uma plateia, porque não costumo ser muito feminina ao me sentar.

A menção de uma plateia a observá-la não me agrada, mas a curiosidade de saber se a sua calcinha faz conjunto com o sutiã de renda que está vestindo sob a camisa transparente me deixa louco.

— Qual a cor da sua calcinha?

— Matou a charada, bonitão! Pode comprovar o que há no seu bolso para conferir a cor dela.

Enfio a mão em meu bolso e um pequeno pedaço de tecido enrosca-se em meus dedos. Levo o pequeno tecido ao meu rosto para sentir o seu cheiro.

Ela arregala os olhos, não acreditando no que vê.

— Você não pode fazer isso na frente de todo mundo!!!

— Não posso? Está enganada, pequena! Adoro mostrar às pessoas os prêmios que eu ganho.

— Carlos!!!

— Minha pequena menina quimera, você vai me levar à morte!

— Se ficar mostrando minha calcinha para todo mundo, vou mesmo! De tanto bater em você!

Jogo a cabeça para trás, rindo de sua timidez inesperada.

— Eu já disse a você que é perfeita? — Ela sacode a cabeça, negando. — Então, acredite, você é perfeita e eu adoro suas atitudes audaciosas. Por este motivo, quero que descruze as pernas agora e vire de frente para mim.

— Aqui não é o lugar para eu mostrar minha *lingerie* natural, garanhão!

— Discordo.

Somos interrompidos pelo garçom para fazermos os pedidos. Peço um chope e ela me acompanha. Sei que tem outras preferências etílicas, mas prefiro não interferir; percebo que quer me agradar, o que me faz exultar.

Os acordes de "*Louder than words*", do Pink Floyd, começam a sair pelas caixas de som do bar. Nossos olhos se encontram e a mensagem da música nos remete a esse algo especial que estamos vivendo. Tomo-a em meus braços, dando nela um beijo carnal, com gemidos e línguas profundas. Desço minhas mãos por seu corpo e a consciência de que está nua debaixo da saia impele-me a enfiar minhas mãos entre suas pernas, sentindo-a o quanto está preparada para mim.

— Ousado! — suspira.

— Não tenho como simplesmente beijá-la quando sei que está sem calcinha... Prefiro enfiar meus dedos em você, minha gostosa provocadora.

Dançamos, brincamos e nos divertimos a noite toda, como há muito tempo eu não fazia. Imagino que a luxúria que demonstramos na pista de dança chegou a incentivar outros casais a se aventurarem no mesmo espetáculo.

Em um momento, a provocadora sentou-se ao contrário na cadeira e expôs-se descaradamente, já que só eu podia ver o que ela estava mostrando: seus grandes lábios rosados depilados. Quase a agarrei ali no bar mesmo!

— Gosta do que vê, garanhão?

— Não, minha quimera incandescente, gosto mesmo é de tocar... — respondo, revelando em minha voz a raiva que sinto por não poder tomá-la na frente de todos. — Saiba, pequena provocadora — subo o tom de voz acima do volume da música —, que este seu show particular já tem dia e local marcados para acontecer novamente — completo.

— Vou torcer para que seu calendário esteja certo, garanhão! Aliás, se me permite, vou mostrar um trailer do show... — Disfarçadamente, ela desce o dedo pelo corpo e toca seus lábios vaginais, piscando para mim. Não satisfeita, levanta-se, senta-se a meu lado e insere o dedo em minha boca para que eu sinta sua excitação.

Rugindo como um animal, chamo o garçom, pago a conta e puxo-a com força para fora dali, quero devorá-la o mais rápido possível. Essa mulher está de fato fazendo com que eu questione tudo o que fui até agora em matéria de sexo... Ela me torna insano e descontrolado! Chegamos ao carro, abro a porta para ela entrar, sigo para meu lado, entro e arranco cantando pneus... Pronto, é só o que me falta, o adolescente aparecer com força total... Consciente do meu descontrole, concentro-me, respiro fundo várias vezes e ponho-me a pensar em tudo o que possa ser desagradável, para esfriar minha excitação. Então percebo que ela está igualmente silenciosa.

— Um milhão de beijos pelos seus pensamentos.

— Estava pensando em nós — responde, sincera, depois de um longo silêncio, enquanto dirijo em direção à sua casa.

Ao som de "*You and I*", do Scorpions, sinto-me motivado.

— Namora comigo? — pergunto na lata, deixando bem claro, sem subterfúgios, que quero ficar a seu lado. Raciocínio rápido, ela responde com outra pergunta.

— Cadê o seu discurso de viver um dia de cada vez?

— Podemos namorar e viver nossos dias um de cada vez, porém, juntos como um casal. Namora comigo, pequena?

Ela mantém seu olhar voltado para a frente, fixo, parecendo não me ouvir mais, como se levada a um lugar inatingível para mim. O tempo passa e ela nada fala. Seu silêncio é a resposta mais precisa para tudo o que eu não quero ouvir.

Mas, independentemente de ela responder ou não, uma vez mais sinto que forcei a barra e que devo recuar. Tenho mesmo é que nocauteá-la com sexo, pois nossa sintonia é forte demais, sei que ela não consegue pensar quando entramos no clima. Em condições normais, minhas mãos já não conseguem ficar longe dela, e hoje, sabendo que está sem calcinha, fiquei ainda mais sedento, precisando de um gemido, uma palavra ou um mero suspiro dela... Então decido mostrar a ela que o silêncio não é a resposta certa.

Aperto sua perna enquanto dirijo silenciosamente. Minha mão sobe entre suas coxas, que ela comprime para me provocar. Sem dizer nada, mostro a minha habilidade, pressionando com força apenas um dedo em seu núcleo fechado. Para minha surpresa, ela está úmida, embora não molhada como desejo que fique. Continuo mudo, movimentando meu dedo em seus lábios vaginais quentes como o inferno. E eis que, instantes depois, o que mais desejo acontece, ela se rende a mim com um gemido baixinho que sai de sua garganta e relaxa, descomprimindo os músculos das suas pernas.

Isso, minha pequena, é assim mesmo que gosto, entregue o suficiente para eu mostrar que o silêncio é meu maior inimigo. Esta noite vou ensinar a você que há horas em que ele pode causar justamente o que você não quer que aconteça.

Mudo o itinerário para poder realizar o que estou pretendendo. Em vez de seguir para sua casa, dirijo-me para o meu flat, pois a quero em meu território, totalmente à minha mercê e em um lugar em que eu tenha disponível tudo o que preciso, mas isto ela só vai saber assim que estiver rendida a mim e não tiver forças para negar mais nada.

Pressiono ainda mais seus lábios vaginais, abrindo-os com dois dedos e usando um para tocar o seu brotinho, que começa a ficar duro e inchado. Ela abre-se mais ainda, sem qualquer pudor.

Safadinha, penso comigo mesmo! Vamos começar a jogar, pequena, porque hoje você vai implorar para que eu a possua. Afundo mais o dedo até tocar e brincar com as glândulas que envolvem suas paredes internas.

— Acho que agora sei porque inventaram os câmbios automáticos... — sussurra mais do que fala, mostrando o quanto está excitada.

— Em 1932, dois engenheiros brasileiros, José Braz Araripe e Fernando Lemos, já sabiam o quanto era importante deixar uma das mãos livres... — respondo, indiferente, provocando-a ainda mais ao enfiar mais dois dedos dentro dela.

— Hummm... Hummm... Muito sábios... — Ela treme enquanto responde. Suas paredes contraem-se exatamente quando paro na minha vaga. Mal contenho minha ansiedade para mostrar a ela que não pode me ignorar quando lhe faço uma pergunta. Ela pode até negar o que carinhosamente pedi, mas ficar em silêncio levou-me à loucura. Tiro o dedo de dentro dela e pergunto.

— Dorme aqui esta noite?

— Você já foi mais sedutor ao tentar me fazer passar a noite com você, mas já que desta vez quer apenas dormir, fazer o quê, né? Vamos lá... — responde, divertida.

— Pequena, você pode rir e brincar o quanto desejar, mas ficar muda quando lhe faço uma pergunta cuja resposta é tão importante para mim não é a melhor política para lidar comigo. Por isso, já aviso que nesta noite você vai implorar por mim! — Dou uma pequena mordida no lóbulo de sua orelha e ouço seu gemido de protesto. Este som para meus ouvidos é uma canção que soa para sinalizar que a noite vai começar.

— Adoro quando as promessas são cumpridas, garanhão! E se for preciso que eu implore para tê-lo enterrado em mim, eu farei isso com imenso prazer! Não existem vencedores ou vencidos, dominantes ou dominados, escravos ou senhores, no contexto sexual. Acho que já lhe disse isso uma vez, não é? No sexo, quando um casal está em sintonia, vale tudo o que ambos estiverem dispostos e, com certeza, eu estou disposta a realizar muitos de seus desejos, assim como quero que você realize os meus.

— Curioso, você ignora completamente meu pedido de namoro, mas desfrutar de todos os prazeres que eu posso lhe proporcionar não é nenhum problema. Vou mostrar o quanto posso levá-la às alturas, mas não vou deixá-la gozar. Quero que entenda o que uma pessoa sente quando deseja muito algo de outra e só recebe negativas.

— Você está sendo muito malvado, garanhão!

— Você não tem a menor noção ainda do quão malvado eu posso ser...

Abro a porta do carro, e enquanto circulo pela frente, ela faz o mesmo do lado dela e fica me esperando. Repito, entredentes, que ela deve esperar que eu abra a porta para ela sair e ela balança a cabeça, em rara concordância. Estou tão bravo que é difícil conter minha vontade de debruçá-la sobre o capô do carro, erguer o pedaço de pano que ela chama de minissaia e aplicar nela algumas palmadas!

Meu pênis extremamente rijo parece fazer um esforço desesperado para se livrar das camadas de tecido que o aprisionam. Ela me enlouquece, porém, os anos em que fui praticante e adepto de BDSM deram-me experiência suficiente para saber que o autocontrole é a melhor opção para quem se entrega a você sentir-se seguro.

Há muito tempo ela vem me levando ao limite. Isso tem que acabar, estou lhe conferindo muito poder, preciso mostrar pulso firme e rédea curta. Até o momento não vi necessidade de manter uma relação D/s, pois, surpreendentemente, o prazer que sinto com ela é tão forte e pleno que não sinto falta de dominar. Mas é claro que em algum momento meu traço dominador vai acabar surgindo, e creio que será agora. Acho que chegou o momento de ela saber que meus desejos podem vir a ser os mesmos dela.

O único problema é eu descobrir como me concentrar, uma vez que, com ela vivo uma situação inusitada: a fome por despi-la e torná-la minha é maior do que meus instintos de dominador!

Vamos ver o quanto aguentamos...

Puxo-a em direção ao elevador a fim de sair logo da garagem escura e misteriosa, características que me fazem lembrar o ambiente dos clubes de BSDM que já frequentei e, por isso, despertam ainda mais os demônios lascivos que vivem em mim...

A cada andar que subimos, novas e diferentes possibilidades do que fazer com ela enchem minha mente. Ela, por sua vez, olha para mim indecisa e desejosa ao mesmo tempo, como se estivesse em dúvida do que iria viver comigo esta noite, mas, ainda assim, querendo fazê-lo. Eu faço do seu o meu silêncio, permitindo que a luxúria mexa com meus sentidos. Sem aguentar mais tanta expectativa, envolvo-a com meus braços, como se ela fosse uma droga que eu precisasse injetar nas veias.

— Eu não disse que passaria a noite aqui — ela faz uma objeção provocadora.

— Nem precisou, os movimentos do seu corpo responderam por si. Pelo que me lembre, não a puxei fora do carro, você já estava me aguardando bastante disposta... — digo, apertando entre meus dedos a seda da camisa que encobre seus seios.

— Isto é jogo sujo...

— É a única forma de jogar e vencer essa sua cabeça dura.

A cada dia que passa, sinto que nenhum homem foi suficientemente forte para desafiá-la. Deixar sua boca livre só aumenta as chances de ela objetar e se defender, então, calo-a com beijos vorazes e famintos até o elevador chegar ao meu andar.

Ao trilhar o corredor comprido que leva ao apartamento, sinto meu cérebro trabalhar e claramente decidir-se a realizar o desejo que tenho desde que ficamos juntos da primeira vez. Hoje realizarei todas as minhas vontades, tanto físicas quanto mentais.

Antes de abrir a porta do apartamento, dou a ela a chance de desistir.

— Patrícia, ao entrar neste apartamento, deve estar ciente de que o que acontecerá vai ser diferente do que experimentamos até hoje. Não vou enganá-la, tampouco desistir do que quero fazer com você. Nunca lhe escondi que sou autoritário, mas ainda não mostrei toda a dimensão disso. E não vou pegar leve, pois preciso que você conheça e comece a aceitar essa parte de minha personalidade e de minhas preferências sexuais. Deixo claro que não sou nenhum sádico ou estuprador, porém, também não sou apenas o que você viu de mim até agora!

Ela fica me encarando, parecendo encantada com meu tom firme e claro. É como se ela estivesse me vendo pela primeira vez e, como uma cobra, focasse totalmente em seu encantador. Minha alegria é tanta que arrepios e sensações repercutem diretamente no meu membro, que; fica ainda mais rígido, se tal é possível.

— Uma vez mais vou lhe dizer, garanhão: não lido bem com dor e com esse modismo de bater e castigar. Já deixei claro que não sou adepta do clube do chicotinho. Mas usar brinquedinhos, criar situações diferentes e soltar a imaginação para nos dar prazer, mesmo que eu não faça ideia do que seja, não me incomoda nem um pouco. Carlos, não tenho problema algum em seguir suas ordens e acatar seus desejos, desde que fique bem claro de que isso só vale para o contexto sexual, nunca fora dele. Do mesmo jeito que você quer ser claro comigo, a recíproca é verdadeira. Assim, é pegar ou largar! Se for isso o que vamos viver hoje, entrarei de bom grado em seu apartamento, porque bem preparada já estou, molhada de desejo por você...

Sua voz rouca e sussurrante consegue o que eu pensava ser impossível: enrijece ainda mais o meu membro, a ponto de eu temer gozar na calça feito um adolescente imberbe! Olho firme para ela, respiro bem fundo, abro a porta e cedo a passagem.

— Minha fantasia é vê-la completamente submetida aos meus desejos, e isso a levará à exaustão. Prepare-se! Vou pegar uma bebida para nós. Quero que fique nua e aguarde! Quando eu voltar, independentemente do que estiver em minhas mãos, não fuja nem desobedeça aos meus comandos. Você decidiu entrar e, se não honrar o que se comprometeu, sofrerá as consequências, minha menina da pinta "possua-me". Você perdeu seus direitos individuais quando aceitou colocar-se em minhas mãos — sopro todas as palavras com meu corpo grudado às suas costas, sussurrando em seu ouvido.

— Quanta autoridade! — Ela ainda tenta brincar.

— Desta vez, pequena provocadora, não pedirei nada, apenas lhe darei ordens que você vai obedecer sem questionar. Caso eu faça algo que a deixe desconfortável, basta me dizer que pararei. Simples assim... — Dou um passo para trás, volto a abrir a porta do apartamento e ofereço a ela a última chance de ir embora. — Se aceita, você fica, caso contrário, eu a levarei embora. Porque, desta vez, não vou segurar meu instinto controlador.

— É assim mesmo? Pegar ou largar? — questiona, ainda em dúvida quanto ao que eu falo.

Posso ver a indecisão marcando sua face. Mas, desta vez, não vou recuar. Preciso muito tê-la sob meu total domínio e ver até onde ela está disposta a ir por mim, já que pedi-la em namoro de forma convencional não funcionou. Assim, eu apenas olho para ela, mostrando o quanto estou decidido.

Patrícia Alencar Rochetty...

Sinto como se uma grande e gelada mão apertasse meu ventre com muita força. Em minha cabeça, uma voz me diz para ficar e outra grita para fugir. Seu olhar decidido imobiliza minhas pernas. Mentalmente, amaldiçoo-me por ser imbecil a ponto de provocar a onça com vara curta! Agora, ou sou corajosa e vou fundo no que quer que ele esteja querendo fazer e seja o que Deus quiser, ou simplesmente dou o fora. Imagino-me desfolhando uma margarida ao som de perguntas infantis: bem me quer... tiro uma pétala imaginária, enquanto me lembro do pedido de namoro dele; mal me quer... tiro outra, ponderando a respeito do meu medo de me entregar; bem me quer... tiro mais uma, desta vez com o Sr. G lembrando-me do quanto ele foi gostoso a noite toda; mal me quer... outra pétala retirada, que me faz sentir raiva por causa do seu jeito mandão; bem me quer... tiro a última, percebendo em seus olhos todo o desejo que ele sente por mim.

Hesito um pouco e não consigo deixar de pensar que, independentemente do medo, do receio, do bloqueio ou qualquer outra sensação, não sou hipócrita, ao menos não comigo mesma, para não reconhecer o que este homem já me fez sentir! E não posso negar que foi tudo insanamente bom... Não é ele que me atormenta, mas sim a ideia do compromisso. Se ele garante que não fará absolutamente nada que eu não queira, acredito, porque até então não tive motivo nenhum para duvidar de suas palavras e integridade! Na verdade, não lembro de ele ter mentido uma única vez desde que o conheci!

Rendida e decidida, avanço um passo para dentro e fecho a porta. O simples clique, aliado ao calor do seu corpo perto do meu e seu suspiro de alívio, já me deixam absurdamente molhada. Parece que o fato de tomar uma decisão tira todos os meus receios! Saber separar o que quero viver sexualmente com aquele homem e o estranho medo de assumir relacionamentos faz com que me sinta mais leve. Então, não vou pensar nisso agora.

Viro para olhar de frente o homem que mexe com minhas estruturas, balança meu mundo e me faz ir a um lugar onde nunca imaginei estar, contra tudo o que sempre lutei. Cravo meus olhos nos seus e tento mostrar que ali, naquele lugar e naquela noite, estarei completa e irrevogavelmente entregue a ele. Sinto que minha própria pele já exala um cheiro de sexo, consequência da expectativa do que virá. Passo a língua em meus lábios secos; ele olha para minha boca e me causa um frêmito de desejo tão forte que sinto minhas pernas bambearem. Ele segura meu queixo com força e passa sua outra mão pelos meus lábios com uma certa impaciência, aproxima-se e morde um pouco forte meu lábio inferior. Apesar da leve dor que sinto, surpreendentemente fico ainda mais excitada!

Ele se afasta e, sem desviar seu olhar do meu um instante sequer, puxa sua camisa pela cabeça, revelando os músculos de seu abdômen, que formam um "V" de "vou perder minha cabeça", levando-me a olhar fatalmente para a braguilha da sua calça, que revela sua evidente ereção. É como atingir o ponto mais alucinante de seu corpo todo! Quando penso nas pétalas imaginárias de mal me quer, sinto-me uma abestalhada por considerar uma fuga em vez de ter todo esse evidente conteúdo.

— Patrícia, olhe para mim agora! Lembre-se do que eu disse, não me faça repetir. Posso não puni-la, mas, com certeza, você também deixará de ser recompensada — diz ele, forte e sério, exalando um poder silencioso.

Nossa Senhora das Mulheres Ensandecidas! Não consigo acreditar que esse modo mandão e autoritário dele faz com que cada pelinho meu fique arrepiado! O que está acontecendo... Ora, cale a boca, cérebro imbecil, já resolvi ficar, vamos curtir o que vier! Se me deixa excitada, então estou gostando, logo, análises psicológicas não têm vez. Ele me disse para ficar nua e esperá-lo... Acho graça do seu jeito engraçado e sedutor de dar ordens. Mas, admito, é extremamente sexy!

Balanço a cabeça afirmativamente, com medo de rir da situação que para ele parece séria. Geralmente sinto uma vontade louca de rir em ocasiões sérias assim ou quando acontece alguma coisa errada... Mais uma de minhas esquisitices...

Ele me pergunta com uma voz firme, mas na qual ainda consigo sentir o carinho com que sempre me trata:

— O que quer beber?

— Ainda tenho opção de escolher?

— Resposta sempre errada, Patrícia... — Ele puxa o cinto da calça e eu sinto um desespero tão grande que respondo rápido.

— Água gelada.

Ele sorri diabolicamente e me deixa sozinha. O medo e algumas lembranças tentam dominar minha mente. Começo a sentir a falta de ar típica dessas situações. O que faço agora? Respiro fundo e repito mentalmente que ele não estava tirando o cinto para bater em mim, então, não sei por qual motivo imaginei isso, se ele já deixou claro que não é um espancador de mulheres!

Para me tranquilizar, lembro daquele ditado: quem está na chuva é para se molhar. O Sr. G fica todo animadinho com isso e manda fisgadas para todo o meu corpo. Ah, seu insuportável, está feliz porque só recebe massagens do garanhão, né? Quero ver se o meu bumbum tem a mesma mentalidade que a sua, pois quando o vi tirar o cinto com toda aquela força quase desmaiei! Você que não foi atingido, por isso fica aí, todo saltitante como uma libélula.

— Falando sozinha, Patrícia? — Dá para definir se sou menina, pequena, quimera ou Patrícia?

— Não, Carlos — ironizo, disfarçando. — Apenas pensando com meus botões... os quais estou tentando soltar para tirar minha camisa...

Olho para ele e meu coração martela no peito! Uau, este homem é mais rápido do que o Papa-Léguas fugindo do Coiote! Ele já está descalço, o botão e o zíper da calça abertos, mostrando a cueca branca, que contrasta com a sua pele azeitonada. Está com dois copos na mão e eu ainda aqui vestida, distraída e conversando com o Sr. G. Ele dá um passo em minha direção e meu sangue gela nas veias com uma descarga enorme de adrenalina. Com a camisa fechada mesmo, movo minhas mãos para trás a fim de abrir o zíper da saia que, safado, emperra. Trêmula, puxo de um lado, empurro do outro, enquanto ele apenas me observa, encostado no batente da porta.

— Por que você está olhando para mim?

— Você sabe o que estou esperando.

Sua voz é dura e imperiosa. Será que ele não pode ser mais romântico e vir me ajudar? Tem que ficar parado como uma estátua da sedução em pessoa, lindo e gostoso como um deus? Tento abrir novamente e xingo baixinho o zíper desgraçado! Acho que ele percebe meu nervosismo, porque se move lentamente, com movimentos graciosos, mas me olhando com cara de mau. Agora, não só as minhas mãos tremem, meus joelhos também.

Ele estende o braço.

— Sua água.

Pego o copo, fazendo ondas dentro dele, de tão trêmula que estou! Para disfarçar, bebo tudo em um só gole. Ele caminha até o rack e uma música começa a soar. Volta-se para mim e diz:

— Vivemos sedentos, Patrícia! E de tantas coisas... No momento, minha sede é pelo seu creme gostoso. Ouça esta música enquanto eu faço jorrar de você o líquido de que preciso.

Ele contorna meu corpo lentamente, como um predador avaliando sua presa... Ouvir "*Strangelove*" do Depeche Mode, não ajuda muito me acalmar, a letra diz coisas como "estranho amor", "você suportará o que lhe darei... uma vez após a outra...", "haverá dias em que meus crimes parecerão imperdoáveis..."!!!

Ele para atrás de mim e puxa-me ao encontro de seu corpo. Soletrando a música baixinho, sinto sua respiração quente próxima da minha orelha.

> *Haverá momentos em que os meus crimes*
> *Parecerão quase imperdoáveis*
> *Me rendo aos pecados*
> *Porque é preciso tornar a vida tolerável.*
> *Meu corpo treme inteiro, mal con-*
> *sigo sentir meus membros.*

— Minha eterna menina desobediente... Sua sorte é que apenas fui buscar nossas bebidas. Agora... — Sua voz ao pé do meu ouvido chega a dar medo. — ... tire essa roupa enquanto vou preparar algumas coisas em meu quarto! Não preciso dizer o que faço quando sou contrariado...

Meus mamilos endurecem e os bicos dos meus seios criam vida com o calor do seu peito encostado no meu corpo. Tento fingir que ainda sou dona de meus atos.

— Desobediente? Eu pensei que fosse apenas desafiadora e provocadora, como você sempre frisa...

— Você é tudo isso, Patrícia! — responde, faz uma pausa e, ainda com seu corpo colado às minhas costas, leva a mão à minha garganta, levanta meu queixo, mordisca meu pescoço e continua entre suas mordidas cada vez mais fortes. — Esta noite você pertence a mim. Permito apenas que solte gemidos e gritos de prazer!

— Resposta errada, bonitão, eu não pertenço a ninguém. Estou apenas compartilhando a mim mesma com você, não se iluda...

Ele aperta seu braço em torna de minha cintura, dá uma mordida dura em meu ombro e fala com uma voz sem qualquer traço de riso:

— Pela última vez, vou deixar bastante claro: fui rudemente honesto e sincero quanto ao que teríamos se você resolvesse ficar. Você teve a opção de não entrar e, quando entrou, de sair. Ficou por livre e espontânea vontade, aceitando minhas condições. Você é uma mulher madura e inteligente o suficiente para saber que o que está acontecendo aqui não é algo inconsequente. A despeito de sua irreverência e senso de humor, sei que é uma mulher séria, comprometida com o que acredita e de palavra, além de muito esperta. Portanto, sabe que não é hora para brincadeiras ou desafios infantis. Então, comporte-se à altura, honre com o que tacitamente concordou e siga minhas regras. Porque, juro a você, por mais que me encante e tenha feito de mim um homem sedento por você, não vou tolerar ser tratado como um moleque ou um cachorro preso em uma coleira! Já deixei claro, que diferente dos babacas com quem você saiu, tenho inteligência, caráter e orgulho próprio. O fato de ser persistente e lutar pelo que quero não me torna um paspalho sem vontade e que se contenta com migalhas de atenção. Ficou claro?

Sinto-me receber um choque térmico quando o frio que corre em minhas veias encontra com o calor de suas mãos vagando por meu corpo. Tudo isso é elevado à milésima potência com o tom de voz e o teor de suas palavras. De fato, sou inteligente, porque percebo que a hora de brincar e fugir já passou. Ele tem razão, eu escolhi por conta própria, sem pressão. E ainda me deu todas as chances para desistir. Agora Inês é morta, tenho que aceitar esse desafio e ver até onde isso vai.

— Eu perguntei se ficou claro, Patrícia! E frisei que não vou tolerar falta de respostas. — Morde meu ombro.

— Sim, seu canibal! Ficou extremamente claro. Embora me mate dizer isso, você tem toda a razão, vou honrar com o que quer que eu tenha concordado em fazer aqui — digo, com a voz trêmula, mas decidida. Não adianta, eu preciso ir em frente, sei que preciso fazer isso com ele, só com ele. Depois que tudo acabar, dou um fim nisso, prometo a mim mesma.

— Você nunca desiste de me confrontar? Mesmo concordando comigo, faz isso de maneira desafiadora, não é, menina? Diga-me, o que sente quando toco seu corpo, Patrícia? — Nem mortinha quero responder isso e fico quieta. Então, provando-me que não aceitará ficar sem resposta, ele puxa brutalmente os lados de minha camisa e os botões voam para todo lado. — Gosta de ficar muda? Mesmo que seu corpo arrepiado e seus seios intumescidos respondam por você? — Ele segura um de meus seios com a mão em concha, aperta-o forte e diz: — Responda ao que lhe perguntei!

Meus mamilos doloridos mostram que, apesar de tudo, estou gostando daquilo. Por incrível que pareça, minha vontade é a de implorar que ele me toque ainda mais, mas mantenho-me em silêncio.

— Bem, estou vendo que me enganei com relação a você. A brincadeira acaba aqui. — Ele começa a tirar suas mãos de mim e a se afastar. Fico apavorada, sei que se eu não falar alguma coisa será o fim de tudo. Embora eu vá acabar com nosso caso, morrerei se não tiver mais esta noite com ele. Antes que possa refletir, para impedir que ele se afaste, falo com uma voz que parece sair das minhas profundezas:

— Eu sinto como se fosse ficar ensandecida... Como se seu toque fosse a única prova de que estou viva, plena e...

Ele não me deixa completar. Vira-me de frente para ele e sua boca busca a minha, invadindo-me com brutalidade, em uma exploração dura e crua, como se minha resposta levasse o último resquício de controle que ele ainda tinha. Meus sentidos me confundem, minha alma quer dizer muito mais coisas a ele, mas sei que minha boca ficará calada a esse respeito. Correspondo a ele com toda a volúpia que toma conta de mim e por sua respiração sinto que eu o confundo, embora apenas possa ser o reflexo de minha própria confusão!

— Vou até o quarto agora! Volto em alguns minutos. E quero encontrá-la nua, ouviu bem?

Nem tenho qualquer vontade de desafiá-lo. Estou em estado de combustão. Então, com uma voz tão humilde que até me espanta, digo:

— Sim, Carlos!

A expressão que toma conta do rosto dele, um misto de júbilo, satisfação e alegria, provoca uma sensação de dor em meu peito, como se eu estivesse negando a ele algo tão básico e simples que o faz lindamente feliz! Por que venho fazendo isso? Com ele e comigo mesma? Meneio a cabeça e novamente afasto os questionamentos psicológicos. Vou é me despir de corpo e alma e fazer, ao menos hoje, esse homem feliz, do jeito que ele merece. O amanhã, como dizem, só a Deus pertence...

Enquanto ele vai para o quarto, tiro toda a minha roupa, quase rasgando o maldito zíper teimoso, aliás, o que não seria problema algum, pois o Carlos já destruiu minha blusa mesmo e vou ter que arrumar outra roupa para ir embora de qualquer jeito. Não sei o que fazer após ficar nua. Ficar parada ali é meio constrangedor, mas melhor do que me ajoelhar, como já li nesses romances eróticos de BDSM! Embora esteja disposta a realizar os desejos do meu garanhão, há coisas que para mim decididamente não rolam. A expectativa do que está por vir deixa-me profundamente receosa e excitada ao mesmo tempo. Não pode ser nada ruim, pois o Carlos é pura dinamite e não acredito que vá ser diferente agora. Penso que será ainda melhor!

Ele sai do quarto com o que parece ser uma corda nas mãos. Fico trêmula e começo a fraquejar, mas obrigo-me a fitá-lo nos olhos, que continuam firmes e sérios, mas cândidos. Isso me dá toda a segurança necessária para que eu me mantenha calma e confiante, permitindo minha entrega total. Ele se aproxima, encosta sua boca na minha e lambe toda a extensão. Depois brinca com a língua pelo meu pescoço e volta para minha boca, mergulhando-me no seu jogo. Sedenta, agarro seus ombros, porque mal consigo parar em pé. Seu suspiro de satisfação é acompanhado de suas garras em meu corpo, que me levantam e fazem com que eu abra minhas pernas, cruzando-as ao redor de sua cintura. Com muita rapidez, ele me pressiona contra a parede e prende minhas mãos acima de minha cabeça.

Ele roça seu corpo no meu, sua calça toca em meu monte de Vênus... Fico alucinada, mas ele não se compadece nem um pouco e continua castigando minha boca com sua língua ousada e meu centro de prazer com sua fricção. Estou em brasa! Contendo meu corpo apenas com seus quadris, ele amarra meus pulsos com a corda. Surpreendentemente, não é medo o que me invade, mas um frenesi de expectativa pelo que está por vir.

— Vou levá-la para o quarto. Lá, diferente das outras vezes, vou amarrar a corda que prende seus pulsos à cama, assim como farei com suas pernas, não as deixarei soltas... Vendarei você e a manterei assim até que eu julgue conveniente. Não quero que dê nem um pio. Depois disso, sua única tarefa será desfrutar de tudo o que eu vou proporcionar, completamente entregue a mim.

Minhas pernas amolecem com seu comando sedutor e sinto puro tesão escorrer pelo meu corpo. O calor dos músculos que me espremem contra a parede contrasta com a frieza da superfície. Se ele não estivesse me sustentando, eu teria deslizado para o chão, com certeza!

Ele me conduz até o quarto, que está na penumbra; o fio de luz vem de algumas velas negras e vermelhas acesas e espalhadas pelo lugar. A cama domina o ambiente. É linda e parece feita de uma barra de aço, ouro velho, combinando com a atmosfera sensual. Os lençóis são de cetim negro e sinto meu corpo arrepiar quando sou posta sobre ele.

Ele lambe e chupa os bicos de cada um de meus seios, depois em meu pescoço, minha boca, chegando aos braços, onde faz o mesmo, um por vez. Quando dou por mim, já estou com os braços presos à guarda da cama. Ele me olha, espelhando todo o desejo que o invade. Vejo que não é difícil deixá-lo feliz, sendo que nada do que fez comigo até agora me deixou desconfortável, ao contrário, fico cada vez mais excitada. Olhando firme para mim, pergunta:

— Você confia em mim, Patrícia?

Desta vez não hesito em responder.

— Sim, Carlos, eu confio em você! Sei que não fará nada que possa me machucar.

Ele dá um suspiro que reflete todo o alívio e ao mesmo tempo o júbilo que sente. Estende a mão até o criado-mudo, pega um tecido que coloca sobre meus olhos e amarra atrás da minha cabeça. Torna-se, então, impiedoso, empurrando todo seu calor para meu corpo, chupando cada pedaço dele. Sua língua demora-se mais em meus seios, como se dali ele estivesse extraindo a essência mais deliciosa que poderia obter. Ele continua a descer, mordiscando, lambendo e chupando até chegar a meus tornozelos. Então, separa minhas pernas e amarra-as à cama. Completamente surpresa com o grau de excitação que tal gesto me faz atingir, gemo descaradamente, assustando tanto a mim quanto a ele, o que percebo por sua voz ao me perguntar em um tom de satisfação:

— Está gostando disso, Patrícia? De se sentir tolhida de seus movimentos e privada de sua visão? Isso lhe dá sensação de impotência? Afinal, sou eu quem comando tudo agora, você só precisa usufruir... Como percebe, abrir mão do controle não significa tornar-se fraca ou inferior, mas livre para curtir todas as sensações que seu corpo puder obter. Diga para mim, Patrícia, o que está sentindo!

Sinto escorrer de minha vulva toda a excitação que suas palavras provocam. Não estou nem um pouco preocupada com qualquer consideração racional. Mas sei que preciso responder ao que ele pergunta, senão, para me castigar ele é capaz de parar com tudo.

— Carlos, só posso dizer que isto tudo está sendo muito bom e gostoso e quero que você continue... Acho que posso gozar só ouvindo sua voz dominadora, à sua mercê... — falo de maneira cada vez mais trêmula e ofegante, principalmente porque ele não para de mordiscar e chupar cada pedacinho de minha perna, parando próximo ao interior de minhas coxas.

De repente, sem qualquer aviso, sinto o choque de algo batendo primeiro em meu seio direito e a seguir no esquerdo, mas, antes que possa falar algo ou sentir qualquer dor, sua boca suga cada um deles, sua língua circula-os, muito molhada e fria. Quando ele retira sua boca, arqueio meu corpo em busca de mais daquilo, que não tarda a vir, mais um choque em cada um de meus seios, seguido de chupões e lambidas frias, repetindo-se o processo nem sei quantas vezes, porque estou tão alucinada de tesão que nem consigo pensar, quanto mais contar! Gemo desavergonhadamente e percebo que nunca fui tão vocal quanto agora!

Algo é colocado encostado à minha boca e ele diz:

— Chupe, minha menina, até que fique lambuzado com sua saliva!

Faço o que ele manda, mesmo não tendo a menor ideia do que estou chupando! Não é algo muito grande nem tem gosto ruim. Na verdade, só sinto um cheiro parecido com tutti-frutti. Ao mesmo tempo, ele não dá descanso aos meus seios. Retira o objeto de minha boca e o substitui pela sua, que vem com um gosto de vinho. Arqueio meus quadris em busca dele, necessitando tê-lo dentro de mim! Sem tirar a boca da minha, ele diz:

— Tão responsiva! E minha! A visão de você entregue assim é algo absurdamente lindo e enlouquecedor, minha quimera!

Ele parece ter de arrancar as palavras de dentro de si, tal a dificuldade com que fala. Ele volta a descer até meus seios, aplicando mais alguns dos seus choques seguidos de lambidas e chupões, desce por minha barriga e segue até chegar ao interior de minhas coxas. Lá ele passa algo em meus grandes lábios, continuando pela minha vagina, até chegar ao ânus! Fico imediatamente tensa e ele, ao perceber isso, fala em uma voz tão rouca que mal consigo entendê-lo:

— Quieta, Patrícia! Relaxe. Nada irá machucá-la! Eu vou deixá-la tão preparada que não vai haver qualquer desconforto! Lembre-se, você pode recusar qualquer coisa, mas exijo que você primeiro tente.

Enquanto fala, continua massageando meus grandes lábios e provocando meu clitóris, porém sem tocá-lo, com sua respiração soprando toda a região. Estou tão alucinada que o receio é completamente suplantado pelo desejo. Sinto-o passar seu dedo pelo meu orifício traseiro, que está completamente besuntado de algo. Ele continua a lamber toda minha extensão e começo a sentir algo penetrando em meu ânus... Ele, então, finalmente chupa meu clitóris com tal força e desejo que fico a um passo de gozar, quase mal sentindo quando ele introduz ainda mais o misterioso objeto. O ritmo aumenta até que, alucinada, começo a gritar de tanto tesão! Ele intensifica o movimento até que ordena em alto e bom som:

— Goza agora para mim, Patrícia! Quero todo o creme que prometi fazer jorrar de você, minha menina da pinta "possua-me"!

Não o espero acabar de falar! Gozo alucinadamente, sem qualquer pudor, gemendo e gritando. O que sinto vai além de qualquer explicação! Parece que meu orgasmo nunca vai terminar, ainda mais com ele me lambendo incansavelmente, como se não quisesse perder uma única gota do que lhe forneço!

Fico tão prostrada com meu orgasmo que me largo totalmente mole contra a cama. Ele para de me lamber, entretanto não retira o objeto de dentro de mim. Sinto-o levantar-se e fico intrigada se ele não vai também se satisfazer. Ouço o tilintar de algo contra o vidro e, de repente, o que imagino ser gelo passa por meus lábios, seguido por sua boca, que derruba um líquido dentro da minha que, presumo, é vinho. A seguir, algo macio é passado por toda a minha boca, a qual ele manda abrir. Mordo e sinto o gosto de morango. Mal começo a mastigá-lo e ele novamente põe algo em minha boca... chantilly! Hum, isso é uma delícia, melhor ainda quando ele limpa meus lábios com sua língua!

Ele solta o nó do tecido e tira minha venda. Deparo-me com seu olhar guloso, com uma fome que deixaria qualquer mulher de joelhos. Vejo-o passar gelo pelo bico dos meus seios, alternadamente. Depois, ele besunta ambos com o que eu já tinha percebido que era chantilly, e lambe e chupa com tanta maestria que já fico molhada de novo, louca para tê-lo dentro de mim. Ele repete o processo por todo o meu corpo até retornar ao meu clitóris, igualmente molhado e besuntado com chantilly, fazendo com que eu levante meus quadris, querendo ainda mais daquilo!

Ele sobe devagar, lambendo, chupando e mordiscando todos os lugares por onde passa, até chegar à minha boca, que beija e saqueia. Então, começa a passar a ponta de seu pênis por toda a minha vagina e diz:

— Agora eu vou penetrá-la até que veja estrelas! O plugue continuará enfiado em você, para que sinta como é bom ser preenchida nos dois orifícios. Quando estiver relaxada o suficiente, vou invadi-la por trás e você vai gritar pedindo tudo o que eu puder dar.

Ele interrompe a brincadeira, veste uma camisinha e coloca a ponta do pênis em minha entrada que, gulosa, quer logo engoli-lo. Mas ele vai devagar, entrando e saindo aos poucos, repetindo o movimento até estar completamente dentro de mim. Como ele disse, a sensação de ser preenchida dos dois lados é absurdamente quente! Ele aumenta as estocadas, lambendo e chupando meus seios ao mesmo tempo. Quando elas se tornam mais profundas e rápidas, começo a sentir uma coisa quente subir por minha coluna, um prazer descomunal penetrar em meus poros e grito:

— Garanhão, vou gozar de novo!

Ele intensifica suas estocadas e diz:

— Quero que goze junto comigo, Patrícia!

E segue estocando até que sussurra:

— Agora, Patrícia, vem comigo!

E eu, como se estivesse apenas aguardando sua autorização, gozo como louca, sentindo que ele igualmente jorra dentro de mim enquanto me beija com violência! O orgasmo parece não ter fim! Ofegante e trêmulo, ele desaba sobre mim.

De repente, ele levanta seu rosto, olha para mim com carinho e diz:

— Foi muito difícil para você, pequena?

Eu apenas meneio a cabeça sinalizando um não. Ele, de forma carinhosa, solta meus braços e massageia minha pele com delicadeza, beijando meus pulsos, descendo até minhas pernas, igualmente soltando e massageando-as. Após dar-se por satisfeito, sobe até minha região pubiana e, lenta e cuidadosamente, retira o que introduziu em mim, enquanto lambe de cima a baixo toda a região.

— Presentear-me com sua calcinha esta noite foi um prêmio que eu soube agradecer à altura, pequena provocadora?

Encho meus pulmões do ar que me falta para responder.

— Você pareceu gostar do prêmio, e eu estou plenamente satisfeita com sua retribuição...

Ele me beija carinhosamente, levanta da cama e me pega no colo, levando-me em direção a uma porta que imagino ser a do banheiro. Lá, ele me põe sentada sobre a bancada da pia, tira a camisinha, joga-a no lixo, aciona as torneiras que começam a encher a banheira e volta-se para mim, aninhando-me em seus braços. Sinto-me exaurida e bombardeada por emoções que não sei e não quero saber do que se tratam. Ele não fala nada, apenas me abraça e afaga minhas costas.

Relaxo em seus braços, totalmente vencida por ele. Ao ver que a banheira está cheia, ele me solta, desliga as torneiras e volta-se para mim, pegando-me no colo uma vez mais, pousando-me na banheira e entrando a seguir. Senta-se atrás de mim e puxa-me contra seu peito, passando a esfregar uma esponja macia por todo o meu corpo. Por mais cansada que esteja, volto a ficar excitada. Este homem está me transformando em um mostro de luxúria! Ao mesmo tempo, faz com que eu tenha fome dele, que queira tocá-lo, saboreá-lo e satisfazê-lo. Volto-me para ele e peço.

— Carlos, deixe-me provar você. Quero senti-lo em minha boca, degustar seu sabor e levá-lo às alturas do prazer.

Ele para de me esfregar. Sinto seu pênis rijo cutucar minhas costas. Este homem parece que nunca deixa de ficar duro! Reforço meu pedido.

— Esta noite você fez coisas comigo que eu nunca imaginei permitir alguém fazer. Para fechar com chave de ouro, preciso sentir que fui igualmente capaz de marcá-lo como você fez comigo.

Ele me encara com o olhar esgazeado e, de repente, levanta-se, fazendo espirrar água por todo o banheiro, e diz:

— Como você quer isso, minha menina?

— Aqui e agora. Quero que você sente-se na borda da banheira e deixe que eu faça todo o trabalho sujo... — falo, com um sorriso safado e brincalhão.

Já me sinto completamente alucinada só de observar seu corpo escultural molhado com seu membro tão duro que chega a encostar em sua barriga. Ajoelho-me na banheira, puxo-o para que se sente, coloco-me entre suas pernas e começo primeiro a lamber o interior de seu ouvido, sussurrando o quanto ele é gostoso e como quero abocanhá-lo por inteiro. Ele apenas dá um grunhido e eu distribuo beijinhos por todo o seu rosto e pescoço ao mesmo tempo em que encho minha mão com seu membro gostoso e macio. Vou descendo minha língua até chegar a um de seus mamilos, que mordisco e lambo, fazendo o mesmo com o outro. Ele segura minha cabeça com ambas as mãos e geme. Impaciente, não aguento mais esperar e parto logo para abocanhar aquele mastro enorme e irresistível.

Ele acomoda-se melhor, segurando na borda da banheira, e prepara-se para o saque que lhe farei. Lambo toda sua extensão, sobretudo aquelas veias saltadas e desço até o saco, o que parece levá-lo à loucura, pois ele pega minha cabeça, levanta-a e direciona seu membro para minha boca. Não me faço de rogada e engulo o máximo que posso, sem deixar de movimentar minha língua. Daí em diante, só vou acelerando e engolindo o máximo que posso, percebendo o quanto ele está cada vez mais excitado e perto de explodir. Isso me excita! Intensifico os movimentos e engulo o máximo que posso. Ele aperta minha cabeça tão forte que penso que vai esmagá-la! Então, ele grita e goza forte e intensamente em minha boca, que tenta não perder uma única gota de seu líquido gostoso.

Respirando fundo para controlar seus tremores, ele volta a entrar na banheira, puxa-me para seu colo, enlaçando minhas pernas em sua cintura, e diz:

— Por que você tem tanta dificuldade em admitir que somos muito bons juntos e não aceita namorar comigo?

Estremeço e já começo a ficar nervosa. Não quero que nada, absolutamente nada, estrague a magia da noite, principalmente meu pânico incompreensível. Luto para me manter sã e focada.

— Está tudo tão perfeito no que estamos vivendo... Por favor, não vamos rotular nada! Por enquanto é só assim que poderei estar com você, não consigo fazer diferente, Carlos!

Uma lágrima teimosa escorre pelo meu rosto; sinto-me humilhada e dominada por todos os sentimentos que vivi ali. Tudo é demais e sinto que vou ceder à minha estranha tortura psicológica.

Percebendo o quão vulnerável e desprotegida estou, ele capta em meus olhos que preciso dos seus braços e de sua compreensão. Ele levanta-se, puxa-me para ficar em pé, tira-me da banheira, enxuga-me e leva-me de volta para a cama, na qual me deposita, deita-se comigo e, aninhando-me novamente em seus braços, apenas sussurra:

— Esta noite eu não facilitei para você, pequena! Mesmo que não tenha sido o que eu queria ouvir, você entendeu que tudo tem uma resposta. Por mais negativa que ela tenha sido para mim, você teve a decência de me responder. Agora durma e descanse!

Meu corpo sente o cansaço bater e, exausta, durmo em seus braços, porém, tranquila. Sei que ele cuidará de mim como se eu fosse uma rainha, como sempre faz.

Capítulo 23

Patrícia Alencar Rochetty...

Nossa Senhora das Mulheres Extenuadas por Sexo!!! Esse homem tem elevado o verbete a uma categoria inclassificável! Acho que, nessas poucas semanas em que estamos saindo juntos, ele me fez descontar tudo o que não gozei em 28 anos. Já tive tantos orgasmos que, se nunca mais transar na vida, já me darei por satisfeita. O que rolou na noite passada está muito além de qualquer classificação. E de manhã foi engraçado vê-lo preocupar-se com a roupa que eu vestiria para virmos até a minha casa, uma vez que as minhas estavam arruinadas pela nossa fúria sexual... Ele saiu para comprar trajes novos para mim, rechaçando veementemente minha sugestão de ir com uma de suas camisas e uma boxer dele! Disse que só ele poderia ver-me vestida assim, o possessivo!

Como não desmenti o que falei quando me convidou para ir com ele para Cabreúva, ele acreditava que eu teria uma reunião com um cliente na hora do almoço. Então, tive que vir para casa e sair enquanto ele ficou aqui, esperando que eu voltasse. Tão logo cheguei, mal acabei de entrar no apartamento e este deus da perdição já me atacou...

Mas, na verdade, estou arrependida por inventar esse almoço fictício só para não ir para a casa dele. E agora estou mais ainda, porque procurei não mentir em nada para ele, e acho que não deveria ter feito isso naquele momento! Bastava dizer que não achava que era conveniente ir e pronto! Também não lhe disse ainda que depois de amanhã viajarei de férias para a casa dos meus pais.

Este último pensamento faz com que uma profunda tristeza me invada. Olho para ele ressonando ao meu lado, sua presença tomando conta do meu quarto, o qual nunca mais será o mesmo após ele ter estado aqui. Sei que está chegando a hora de eu me afastar, mesmo sentindo que será a coisa mais difícil e dolorosa que farei na minha vida! Ele está se tornando muito importante para mim e meus sentimentos estão cada vez mais fortes e difíceis de controlar. Parece que estou cada vez mais envolvida por ele, deixando de ser eu para me tornar um "nós". E isso é perigoso! Não quero, não posso e não tenho a menor condição de administrar um "nós" em minha vida. Só de pensar nisso, suo frio, minhas mãos ficam trêmulas e uma sensação de pânico parece querer me invadir.

Como se ele sentisse o que está acontecendo comigo, acorda e, ao me perceber ao seu lado, sorri da maneira mais linda que já vi. Minha reação é bem típica daqueles que amam... Epa!! Eu falei isso mesmo? Sinais e alarmes pipocam e berram em minha cabeça enquanto ele se inclina sobre mim, me abraça e começa a salpicar meu rosto com beijinhos, intercalando-os com palavras carinhosas e... aterrorizantes.

— Minha... (beijinho) menina... (beijinho) quente! Acho que... (beijinho) definitivamente... (beijinho) você tem que... (beijinho) admitir... (beijinho) que é minha... (beijinho) mais querida... (beijinho) namorada... (beijão na boca).

Ele confere uma intensidade perigosa naquele gesto. E eu correspondo como uma desesperada que sabe que vai perder a pessoa que abala seu mundo... Sim... Está na hora de acabar com isso. Deixei a situação chegar longe demais e estou profundamente envolvida com meu garanhão mandão! Se isso continuar, sei que perderei o controle da situação e posso ficar completamente destruída. Não tenho condições de administrar mais nosso relacionamento. Ele parece pressentir alguma coisa e fala.

— Menina da pinta "possua-me", o que passa por essa cabecinha que a está levando para longe de mim? Não gostou de eu chamá-la de minha namorada?

Seu olhar é tão carinhoso, tão cheio de doçura e gentileza, que meu coração se aperta e sinto como se não pudesse respirar. Levanto-me bruscamente, quase derrubando-o, pois não esperava tal reação de mim.

Olha para mim com firmeza e pergunta:

— Patrícia, o que aconteceu para você ficar com essa expressão aterrorizada e toda trêmula? Foi algo que eu disse?

Garras apertam meu pescoço, tirando meu ar e impedindo-me de falar. Consigo apenas balançar a cabeça em sinal afirmativo.

— Foi porque eu disse que você é minha namorada?

Novamente consigo apenas anuir com a cabeça.

— E qual é o problema nisso, minha menina?

Certamente eu não conseguiria falar agora, apenas cairia em um choro desvairado. Ele fica me olhando tentando decifrar o que está acontecendo comigo. Com a voz rouca e incerta, pergunta:

— Você não quer ser minha namorada, Patrícia? É isto?

Desta vez, o sinal que faço é o de negação. Não conseguirei expressar isso em palavras. O terror que sinto é tão grande que mal percebo o choque em sua expressão.

— E o que é isso que nós estamos tendo, Patrícia? Apenas sexo? — Vejo a tensão estampada em seu rosto.

Com uma profunda dor, aceno em afirmativa uma vez mais. Ele segura firme meus dois braços e faz com que eu o encare nos olhos, chacoalhando-me.

— Isso tudo que vivemos até hoje é apenas sexo, Patrícia? — Ele é bruto e exigente. — Você tem coragem de dizer que não é mais do que isso? Que o que há entre nós não é um sentimento tão forte e tão intenso que é impossível imaginar vivermos um sem o outro? Você tem coragem de dizer que não temos isso?

Ele precisa de uma resposta que não consigo dar.

Mais um aceno afirmativo de minha parte e ele empalidece. Sua expressão mostra dor, como se ele tivesse sido atingido por um caminhão. Ele parece não acreditar no que está acontecendo. Na verdade, nem eu, mas estou convicta de que é a hora de acabar com isso antes que a situação fuja totalmente do controle e eu não possa mais sair de tanto amor que sinto por ele!

— Então eu sirvo para ser seu parceiro sexual, mas não seu namorado? Que é só sexo o que você espera do nosso relacionamento? — Ele me chacoalha novamente e grita. — Responda agora!

Só consigo balançar a cabeça, nada mais! Nem que fosse para salvar minha vida conseguiria falar neste momento. A dor é muito grande, mal posso respirar diante do que sei que sinto por ele, mas, mesmo assim, terei que acabar com tudo.

Vejo uma barreira começar a se formar entre nós e, no fundo, odeio-me por isto.

— Eu não consigo fazer isso...

Sua expressão me choca, seus olhos estão escuros, parece que sua pupila dilatou tanto a ponto de cobrir o mais belo brilho de sua íris.

— Não me diga que não pode fazer algo sem me falar o motivo!!! O que aconteceu no seu passado? — Ele me segura pelos braços com toda a frieza do mundo. Meu peito aperta com medo e a única resposta que posso dar é arregalar os olhos com medo. Sim, estou apavorada com o que ele pode fazer comigo! — Você está com medo de mim, Patrícia?

Eu, uma vez mais, aceno afirmativamente.

— Inacreditável! Depois de tudo o que vivemos, de eu mostrar que você pode confiar em mim, você ainda acha que eu sou capaz de fazer algo que possa machucá-la! — Consigo sentir a mágoa em sua voz e isso faz com que meu coração fique ainda mais apertado. — Defina bem o que eu sou para você, Patrícia! Mas eu quero ouvir em alto e bom som para não me enganar. Diga!

Respiro fundo como se fosse minha última golfada de ar nesta vida e só consigo dizer:

— Boy magia...

Na verdade, nem sei o motivo de eu falar isso, pois nunca defini para ele o que é um boy magia, mas, em minha aflição, misturo o Carlos com o Dom Leon, como se meu garanhão pudesse entender tudo o que eu estou querendo dizer apenas com essas duas palavrinhas. O mais incrível é que ele parece entender, mesmo, pois me empurra como se tivesse nojo de mim e estivesse horrorizado por me tocar. Balança a cabeça como se a clarear as ideias, levanta-se, pega suas roupas, veste-as.

— Pensei que você fosse diferente... Saiba que me desdobrei para ser especial para você, mas não se sinta culpada — grita —, o único culpado aqui sou eu, pois você cansou de dizer que não queria nada mais sério comigo! — Continua falando com um tom de voz que nunca usou comigo antes. — Nas minhas andanças pela vida, conheci um mundo que pretendia dividir com você, no qual a conexão entre duas pessoas representa uma entrega de corpo e alma, tornando-se um sentimento que vai além de qualquer compreensão.

Corto-o com um tiro de misericórdia, porque não quero mais sofrer, muito menos vê-lo sofrendo! Não suporto isso, estou quase desabando e não posso deixá-lo perceber isso. Preciso fazê-lo sentir tanto ódio de mim que nunca mais considere qualquer possibilidade de lutar por nós.

— Depois de amanhã entrarei em férias e viajarei para a casa dos meus pais.

— Sério? — cospe, irônico. — E quando ia me contar? Quando estivesse lá? Ligaria para mim e diria: "Olha, Carlos, estou aqui na casa dos meus pais e quero dizer que foi bom enquanto durou"? Ou nem isso ia fazer, apenas viajaria e me deixaria louco sem saber o que havia acontecido com você?

Sem dizer mais nada, sai do quarto, batendo a porta com tanta força que até pulo de susto. Momentos depois, ouço outra porta bater, indicando que ele foi embora.

Acabou!

As coisas tinham de ser assim...

Pronto! Consegui! Parabéns, Patrícia! Você não queria acabar o relacionamento? Vitória! Cadê a alegria por ter cumprido o que se determinou?

Estou tão entorpecida que não consigo nem chorar para ver se ao menos arranco esta angústia que toma conta do meu peito! Sinto que, se começar, chorarei por tudo o que reprimi durante todos estes anos em um cantinho bem escondido da minha mente, fingindo que não podia lembrar-me de todo o horror que vivi.

Lembranças vêm a minha mente.

Não... Não... Começo a balançar a cabeça com força, repetindo, como uma ladainha, para mim mesma.

Não... não... e não! Não quero lembrar, não quero... Por favor, meu Deus, faça com que eu pense em outra coisa, por favor, por favor, por favor...

Não sei como existe céu e terra, dia e noite, tanto quanto não sei dizer como existe o certo e o errado, onde o amor pode causar o ódio. Não sei explicar por que a dor está cravada no meu peito no momento que está sendo o mais feliz da minha vida. Há tantas lágrimas querendo sair de dentro de mim, em substituição aos sorrisos que estavam aqui há segundos. Meu coração sangra, sinto uma dor queimar meu peito e, em segundos, aquele maldito pesadelo retorna, quase me deixando em pânico total.

Em um gesto de desespero, pego meu celular e envio uma mensagem para o Dom Leon. Quem sabe ele pode me tirar deste túnel de escuridão e dor em que estou mergulhando. Minha mente pede socorro!!!

Socorro!!!

Confira os outros livros de Sue Hecker:

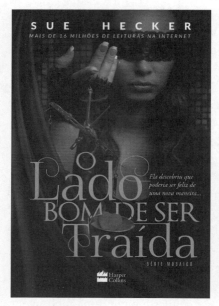

O lado bom de ser traída

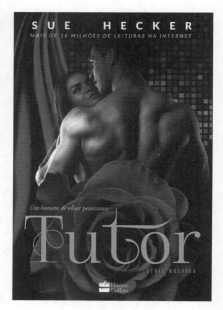

Tutor

Este livro foi impresso pela intergraf, em 2017 para a Harlequin.
O papel do miolo é pólen soft 70g/m^2, e o papel da capa é cartão 250g/m^2.